# 源氏物語
# 東アジア文化の受容から創造へ

日向一雅
Hinata Kazumasa

笠間書院

# まえがき

本書では、源氏物語とその他の物語や仏教説話を対象にして、それらが漢籍、仏典の東アジアの文学や文化を受容しつつ、いかに独自な文学世界を創造したかという問題を作品論的に明らかにすることを目標にした。とりわけ源氏物語のこの分野の研究は古注釈以来の長い歴史と多くの蓄積を持っている。本書もそれに依拠しつつ、しかし、古注釈における典拠、出典の確認や指摘が源氏物語論としてどのような作品論、テクスト論を可能にするかという方向で検討し考察した。厳密に言えば、作者が意図し創作した物語世界と、後世の注釈書を手掛かりに読み解くことのできる享受論的な作品論とは区別すべきであろうが、その区別は実際には困難な場合が多い。本書ではその点の明確な線引きはない。その他の物語や仏教説話についての検討も方法は同じである。

また本書で「東アジア」と銘打った理由は、漢籍や仏典が前近代において東アジアの共通の文化であったという意味だけではなく、源氏物語やここに取り上げた物語や仏教説話はその時代の中国、韓国の文学や文化を、日本の文学がいわば同時代の世界の新しい文学や文化として意識しつつ受容し咀嚼して、それに倣い、それを越える創作に腐心したのであろうと考えるからである。それらはその時代における中国・韓国の文学や文化の潮流を意識した文学の創出であったろうという意味であり、平安文学は東アジアの文学として共通する文学的な主題を取り上げていたという側面を押さえておくべきであろうと考える。それは大局的にいえば前近代の日本文学が多かれ少なかれ有した一面でもあったのであり、古典文学を東アジアの視点から見直すことで、日本文学の達成を客観的にまた相対的に理解することにも繋がるであろうと考える。

以下、本書の概要について簡単に説明する。全体は四部に分かれるが、Ⅰ・Ⅱ部が源氏物語論、Ⅲ部が物語と仏教説話、Ⅳ部は「人と学問」とした。

Ⅰ部「漢籍・仏典の注釈世界から」では、第一章「光源氏の物語と『尚書』」において、光源氏の政治主題の物語に『尚書』がきわめて深く重く関わっていると考えられる点を考察した。「賢木」巻で光源氏はみずからを周公旦になぞらえる発言をするが、そうした光源氏と周公旦との重ね合わせは古注釈の『尚書』言説を通して見ることで、さらに深く重く光源氏の人物造型に及んでいたと捉えるべきであろうこと、政治家光源氏の人物像は准拠とされた源高明・在原行平・菅原道真・白居易などとは次元を異にして、周公旦に依拠していたと見てよいであろうことを論じた。

第二章は「帚木」巻の「雨夜の品定」と「蛍」巻の物語論とを連結させて、作者の物語論、文学論として理解しようとしたものである。「雨夜の品定」は女性評論であるとともに物語論であるというのが私の理解であるが、その「品定」の物語は『白氏文集』「新楽府」序文で述べられた諷諭詩の方法に倣うものであり、「品定」の諷諭の方法は「蛍」巻の物語論に取り込まれていたというのが、本章の論点である。「蛍」巻の物語論は実は『凌雲集』以下の勅撰漢詩集序文や『古今集』序文の政教主義的文学論を引き取った物語論であり、物語の政教主義的意義を主張するものであると捉える。政教主義的文学論とは魏文帝『典論』「論文」の文章経国思想と『毛詩』序の諷諭の文学論に集約されるが、「品定」の諷諭はそこに包摂される。しかし、その上で「蛍」巻の物語論はそれを越えて、物語の固有な方法として多様な言説を包含する多義的構造の虚構世界の面白さ、可能性を主張するものになっていたと考えた。

第三章では「明石」巻の光源氏と明石の君との出会い、結婚、別れの物語が唐代伝奇『鶯鶯伝』の変奏として理解できることを検討した。それは単に場面的に類似する点があるというだけでなく、明石の君の人物像には鶯鶯の魅力的な人物像が透かし見えるように重ね合わせられていると思われる。『鶯鶯伝』を明石の君の物語と比較したのは本論がはじめてではないか思う。

第四章は明石一門の物語についての再々論であるが、これまでの自説で十分論じきれなかった曖昧な点をできる限り明確にしたつもりである。その明石一門の物語の原点となった明石入道の夢について『花鳥余情』が『過去現在因果経』を引いて解釈したが、その『花鳥余情』の指摘が次章の光源氏の出家における『過去現在因果経』の引用と呼応するものであったと考えた。

第五章「光源氏の出家と『過去現在因果経』」では、「幻」巻で語られる光源氏の出家の決断は『過去現在因果経』における釈迦の成道に見合うような地平を示唆する、澄明な心境を示すものとして捉えた。光源氏の出家の物語に『過去現在因果経』他の仏伝が随所に引かれることは古注釈以来の指摘であるが、それらを総合して右のように捉えた。その上で作者が見据えた問題は、光源氏の澄明な出家の決断の先にある、「成仏自証」の困難から発した仏教界の思想的苦闘であり、作者はそれに向き合うような思索によって物語に精神的内面的な深さを刻むことになったと論じた。

II部「宮中行事の世界」では、朝賀・男踏歌・追儺（第六章）、騎射と打毬（第七章）、音楽（第八章）、政治と経済（第九章）、宮内省の職と諸寮（第十章）という、宮中行事から政治、経済、官職にわたる物語の世界について、歴史や史実との関わりから検討し考察した。ここにはI部に見るような漢籍、仏典の引用は見られないが、宮中行事としての朝賀、男踏歌、追儺、騎射、打毬、音楽から、政治・官職制度に至るまで、それらの基底には日本固有の伝統文化というより古代東アジア世界が共有した文化がある。但しそれらの行事や制度の日本と中国・韓国との比較検討は本書の課題ではないので割愛し、物語における行事や制度の意義を考察した。

第六章では年中行事の中から朝賀・男踏歌・追儺を取り上げた。朝賀は「紅葉賀」巻で「朝拝」と語られる一例があるだけであり、注釈史ではこれが朝賀なのか、小朝拝なのか説が分かれる。また物語にその儀式への言及はない。しかし、ここで語られない儀式をあえて取り上げた理由は、この朝拝を朝賀と理解するか、小朝拝と捉えるかは物語の桐壺帝の治世をどのように位置付けるかに関わるからである。朝賀と小朝拝の変遷、それぞれの儀式の違いを史実に確認してみると、「紅葉賀」巻の「朝拝」は朝賀と理解する方がよいと判断される。語られない儀式を復元的に物語に当て嵌めてみるのであるが、そうすることで物語世界が立体的な奥行きをもって現前するように思われる。

男踏歌の場合はこれが宮中内の行事なのか、大内裏の外に出たのか説が分かれるが、物語では繰り返し宮中の外の後院などを回ったとされる。「幻」巻の追儺も宮中の中だけではなく京の町に出て練り歩いたと理解してよい。これらは大晦日から正月の行事であるが、その史実を押さえることで物語における年末年始はメリハリのある貴族社会の姿を生き生きと見せるようになる。

第七章は「蛍」巻の騎射と打毬について検討した。騎射と打毬は五月五日の節会の行事であるが、物語では光源氏の六条院馬場における華やかな催しとして語られた。その「舎人どもさへ艶なる装束をつくして、身を投げたる手まどはしなど見るぞ」という一文の解釈をめぐって、これが騎馬打毬であろうという私見を述べた。平安時代における騎馬打毬の記事は多くはないが、光源氏は六条院でそういう珍しい騎馬打毬を行ったと理解してよいのではないかということである。その興奮は玉鬘求婚譚にも波及するのである。

第八章では物語の中で音楽がどのように語られているか、どのような場面を形成しているかという観点から、宮中、後院、貴族の邸宅と郊外の生活に分けて検討した。源氏物語に描かれる音楽の種類の多さ、場面の多様さ、奏でられる楽器や曲の多彩さ、舞楽の意義などについて総合的に考察した。

第九章では政治については桐壺帝、朱雀帝、冷泉帝の三人の帝の治世の特色、それぞれの違いを比較考察し、経済については光源氏の場合を見た。改めて言うまでもないが、三人の帝の治世はみごとに描き分けられている。第十章は宮内省について制度面からと文学作品に描かれる面から見た。

Ⅲ部「東アジア文化圏における文学の伝流」では漢籍・仏典の受容の問題を具体例に即して検討考察した。第十一章「平安文学における『本事詩』の受容について」では、『本事詩』の徐徳言条が『大和物語』「蘆刈」譚に取り込まれていること、崔護条は「帚木」巻の「葎の門」の物語に引かれているであろうことを分析し論じた。同じ崔護条のいったん息絶えた女が生き返るという結末は、『伊勢物語』四十段、五十九段に影響を与えている可能性が強いと論じた。なお徐徳言条と「蘆刈」譚の論は新間一美氏の論を受けての再論である。

第十二章「仏教説話の日韓比較」では道成寺、源信の母、役小角の説話を取り上げた。道成寺説話は『日本国法華験記』巻下「紀伊国牟婁郡悪女」が最も古いと思われるが、これが『大智度論』巻十四「術婆伽」説話に基づくものであり、韓国においては新羅時代の「志鬼心火繞塔」説話となるが、道成寺説話はさらに『宋高僧伝』「唐新羅国義湘伝」の善妙説話を併合して成立していると論じた。源信の母については『今昔物語集』巻十五「源信僧都母尼往生語」と、『三国遺事』巻五「真定法師孝善雙美」の真定法師母の説話との比較、役小角は『日本霊異記』上巻第二十八話と、『三国遺事』巻一「桃花女鼻荆郎」説話との比較である。役小角が鼻荆郎に似ていることは、あたかも鼻荆郎の再生であるかのようである。

第十三章「中将姫説話と『観無量寿経』の韋提希夫人」では、中将姫説話の成立、展開をたどるとともに、西誉『當麻曼荼羅疏』に言うように、それが韋提希夫人の翻案であることを論じ、中将姫説話に似ている韓国の『三国遺事』巻五、郁面婢の例を調べ、韓国において韋提希説話は月精寺などの祈りの夫人像に彫刻されたであろうことを述べた。そこに日本・韓国における浄土教の浸透と流布を見ることができると論じた。

第十四章「二河白道」の文化」では中国唐代の浄土教の大成者、善導『観無量寿経疏』に説かれた極楽往生のための比喩説、「二河白道」説が源氏物語の浮舟の出家の物語をはじめとして、謡曲「舟橋」や近世の土佐浄瑠璃にまで利用されていることを確認するとともに、源信の創始とされる迎講が「二河白道」と習合して、中将姫の極楽往生を演じる当麻寺の迎講のような形に展開した様相を検討した。III部は漢籍・仏典の日本的な受容のありかたを展望するものである。

IV部は私の師である阿部秋生先生と、先達である深澤三千男氏の業績を紹介しつつ、私の学んだところを述べた。

以上本書の概要である。

# 目次

## II　宮中行事の世界

# III　東アジア文化圏における文学の伝流

## IV　人と学問

# 凡例

一　源氏物語の引用は新編日本古典文学全集（小学館）により、巻名・冊数・頁を示した。
一　源氏物語以外の作品や注釈書の引用はその都度当該箇所、または章の注として記した。
一　引用文の表記は原則として原典に従うが、かなを漢字に直したり、句読点を変えた場合がある。
一　漢文の引用はできるだけ書き下しを付した。書き下し文だけを引用した場合もある。理解の便を図ったためである。
一　書き下しの漢文のルビは省略した場合がある。
一　『内裏式』の祝詞に私にルビを付した。御批正を願いたい。
一　文中敬称は概ね氏で統一したが、省いた場合もある。

# I　漢籍・仏典の注釈世界から

# 第一章　光源氏の物語と『尚書』

## ――注釈史における儒教的言説と物語の方法――

### はじめに

本章では光源氏の物語に即しつつ注釈史における儒教的言説の展開をたどってみたい。中世、近世における儒教的言説の展開をたどることで、逆に源氏物語の構造の重層性や源氏物語の孕む本質的な批評性の一端を確かめてみたいと思う。単なる注釈史享受史における儒教的言説の整理、確認というのでなく、源氏物語の構造や方法、批評性の問題として捉え返してみたいということである。

ところで、周知のところではあるが、本居宣長は『源氏物語玉の小櫛』（一七九六年）で中世、近世における仏教的儒教的な観点からの源氏物語批評を物語の本性を理解しない、こじつけの議論として厳しく批判した。その一半を概観しながら、宣長とは異なる方向性を示しておきたい。

たとえば安藤為章『紫家七論』（一七〇三年）について、宣長は本書が「物語のおほむねを論じ」、紫式部の「才徳」などを詳しく考え、昔からの「妄説」を分別するなど、特色のあるもので必ず見るべきであるとしながら、「但し」として、次のように言う。

但しそのおほむね、ただもろこし人の、書ども作れる例をのみ思ひて、物語といふ物の趣をおもはず、物のあはれをむねとかけることをば、いまだしらざるものにして、諷諭と見たるは、なほ儒者ごころにぞ有ける。(注1)

こういう「儒者ごころ」批判は、熊沢蕃山『源氏外伝』(一六七三年頃)についても同様に、次のように言う。

又熊澤了介とかいふ人の、外傳といふ物などもあれど、ひたぶるの儒者ごころのしわざにて、ものがたりのためには、さらに用なし。

『外伝』は物語のためにはまったく無用であると、一言のもとに切り捨てられたのである。それにとどまらず、こういう「儒者ごころ」批判はさらに一般化して、「昔より、皇國の物しり人の癖にして、儒佛にへつらはぬ人は、一人もなきぞかし」とエスカレートした。この後この二人の議論については、それぞれの論点を紹介しながらいっそう徹底した批判を繰り広げた。

こうした批判の根拠は何かといえば、本居宣長の物語論にある。宣長の源氏物語論は「もののあはれ」の説としてよく知られているところだが、それは物語を自立した文学形式として定位することを前提にしていた。「さて物語は、物のあはれをしるを、むねとはしたるに」と言い、「すべて物語は、又別に物がたりの一つの趣のあることにして」、「物語は、べちに物語のおもむきあることなるを」というように、物語はそれじたい自立した文学形式であり、「もののあはれ」を知ることが物語の本性であり、儒教や仏教などの教誡・諷諭・出家の道を説くためにあるものではないということであった。源氏物語はその「もののあはれ」のもっとも深い姿を見せてくれるすぐれた達成であったということである。(注2) そうした立場から仏教的儒教的言説は厳しく批判された。

宣長の物語論は物語の自立を明確に論じた文学論として出色であったが、しかし、物語批評として仏教的儒教的言説が無効なのか、無意味なのかといえば、そうとは言い切れないはずで、物語に教誡的意味が付随することは認めていた。(注3) だが、物語を「もののあはれ」という本質に一義的に収斂する捉え方は、物語という文学形式の一種混沌とした包容力、芸術的言語表現だけに純化しきれない多種多様な言説を併呑する虚構のありかたを過小評価することになったのではないかと思う。物語が物語として自立する虚構の在り方を理解するためには、多様な視点を確認することが必要なのである。物語は元来「もののあはれ」という本質に一義的に収斂するものではなく、それを超えてさまざまな問いかけを喚起し続ける力を持った独自な文学形態であろうと思う。(注4) 注釈史享受史における仏教的儒教的言説はそういう問題をも照らし出すように思う。

## 一　『河海抄』「料簡」の冒頭について

『河海抄』序文において、四辻善成はまずそれまでの注釈史を概観する。『河海抄』までの注釈の代表例として、藤原定家『奥入』(一二三三年)、源光行『水原抄』(十三世紀半)、伏見天皇の東宮時代の『弘安源氏論議』(一二八〇年)を挙げるとともに、自分の師である丹波忠守は当時の源氏学の七の流派をきわめていて、後醍醐天皇即位(一三一八)の初めの黒戸での源氏講釈に召され、しばしば秘説を奏上したと述べる。(注5) 『河海抄』(一三六二年)はそうした当時の諸注釈を集成し、取捨選択し、新見を加えて成ったものであると言う。

そして巻一「料簡」の冒頭の「此物語のおこり」の段では、次のような源氏物語の成立伝説を紹介する。周知のところであるが引く。――紫式部は幼少のころから西宮左大臣源高明に仕えていたので、安和二年(九六九)

高明が太宰権帥に左遷されたのを嘆いていた。そのころに、大斎院選子内親王から上東門院彰子に珍しい物語はないかと所望があり、彰子が『竹取』や『うつほ』などの古物語ではありふれているから、新しい物語を作るようにと紫式部に命じたので、式部は石山寺に参籠して物語の構想を祈っていたところ、八月十五夜、月が湖水に映り、心が澄みわたるにつれて物語の「風情」が忽然とわきあがったので、仏前の大般若経の料紙を申し受けて書きとどめたのが「須磨」「明石」の両巻であった。それゆえ「須磨」巻には「こよひは十五夜なりけりとおぼしいでて」とあるのだという。その後五十四帖にまで書き継がれて完成したものを藤原行成に清書させて大斎院に奉ったが、実はそれには藤原道長が奥書を書き加えていて、世間では紫式部の作とばかり思っているが、自分も筆を加えていると言っている、と記す。

有名な源氏物語の起筆・成立伝説であるが、この伝説の要は源氏物語の執筆が大斎院選子内親王の要請によるという説話と、紫式部の石山寺参籠・起筆説話、藤原行成清書・道長加筆説話の三つである。これら説話については、寺本直彦氏による詳細な検討があり、説話の背景にある史実を明らかにしていて大変有益である。(注6)しかし、今ここで注目したいのは、成立に関わる点ではなく、「須磨」「明石」両巻から書き出されたという執筆動機に関わる点である。

改めて「料簡」冒頭の原文を引くと、次のようである。

此物語のおこりに説々ありといへとも、西宮左大臣安和二年大宰権帥に左遷せられ給しかは、藤式部おさなくよりなれたてまつりて思なけきける比、大斎院選子内親王村上女十宮より上東門院へめつらかなる草子や侍ると尋申させ給けるに、この藤式部＝紫式部が源高明に幼少より仕え、高明の左遷を嘆いていたという記事は史実ではありえない。源高明の太宰府左遷の安和の変が起こったのが九六九年、紫式部の生まれる前のことであるが、右の記事は高明の左遷を直接見聞したかのような書き方になっているからである。紫式部の生年は諸説あるが、天禄元年（九七〇）説（今井源衛）、天延三年（九七五）説（岡一男）、天元元年（九七八）説（与謝野晶子・山中裕）が代表的な説である。紫式部の没年も諸説あり、長和三年（一〇一四）説（岡一男・今井源衛）、長和五年（一〇一六）説（与謝野晶子・島津久基）、寛仁三年（一〇一九）説（萩谷朴）、長元四年（一〇三一）説（角田文衛）などであるが、（注7）近年平野由紀子氏は寛仁四年（一〇二〇）説を示した。（注8）

源高明の生存は九一四〜九八二であるから、式部の生年を一番早く天禄元年（九七〇）とすれば、高明の没年時に彼女は十三歳、当時世間を揺るがせた安和の変は十四年前のことである。いくら早熟の天才であっても、高明没年時、十三歳の少女にその時点で、十四年前の高明左遷の政治的背景や意味を理解することはできまい。にもかかわらず、「料簡」冒頭は高明左遷を紫式部が悲嘆したという話から説き起こして、「須磨」「明石」起筆説にまでつなげるのである。この高明左遷と「須磨」「明石」起筆を結びつける記述に注目したいのである。いったい「須磨」「明石」の物語とはどのような内容と捉えていたのか。「料簡」は次のように述べていた。

光源氏を左大臣（注—源高明）になそらへ、紫上を式部か身によそへて、周公旦白居易のいにしへをかんかへ、在納言菅丞相のためしをひきてかきいたしけるなるへし。其後次第に書くはへて、五十四帖になしてたてまつりしを、

「須磨」「明石」の物語はたしかに光源氏の須磨、明石への流謫・流離の物語であることは間違いないが、そこ

で光源氏は左大臣源高明に「なぞらへ」られているとした。そういう光源氏の左遷・流謫の物語には、高明だけでなく、周公旦東征のこと、(注9)白居易左遷のこと(注10)が考えられており、在原行平や菅原道真の左遷の例が踏まえられているというのである。念のため触れると、源高明は安和の変により左大臣から太宰権帥に左遷され、天禄三年(九七二)召還されるが、事件の背景は高明の娘婿であった為平親王の立太子によって源氏の世になることを恐れた藤原氏の他氏排斥であるというのが通説である。(注11)行平は後に触れるのでひとまず措いて、道真の場合は醍醐天皇を廃し娘婿である斉世親王の擁立を企てたという嫌疑によって、昌泰四年(九〇一)右大臣から太宰権帥に左遷され、延喜三年(九〇三)配所太宰府で没した。(注12)

源氏物語はそういう歴史上の左遷された人物たちに准拠しながら、主人公光源氏の左遷・流謫の物語として書き始められたと捉えたのである。これらの歴史上の人物が光源氏の物語にどのように関わっているかについては、後に触れるが、これは源氏物語に歴史を読むという読み方であると言ってもよい。ただそれは単に物語に歴史を重ねて読むというようなものではなかった。

それは次のような主題論的な内容の把握に展開するのである。

誠に君臣の交、仁義の道、好色の媒、菩提の縁にいたるまて、これをのせすといふことなし。そのをもむき荘子の寓言におなしき物歟。詞の妖艶さらに比類なし。

この一文については、源氏物語の内容を王権と政治、人倫、恋愛、宗教を主題とする物語として、『河海抄』が主題論的に把握したものであると論じたことがある。(注13)これは源氏物語の内容を幅広くしかも過不足なく総括する点で、たいへんすぐれた捉え方であると思う。そしてそうした把握が全体として儒教的観念による把握になっており、儒教的言説の展開であったと考える。中でも「君臣の交、仁義の道」という観点はおそらく周公旦に言及したことと密接に関わっていたはずであり、「菅丞相のためし」もそこから出てきたに違いない。「料簡」のいう紫式部の高明左遷悲嘆説は、そのような物語の主題把握に作家論的な根拠を与えるものであったと言えよう。

## 二　『原中最秘鈔』から『河海抄』「料簡」へ

そうした『河海抄』「料簡」の主題把握は『河海抄』の独自な観点であったのだろうか。どこかに依拠したものがあったのだろうか。『河海抄』以前の代表的な注釈書である世尊寺伊行『源氏釈』（十二世紀中頃）、『奥入』（一二三〇年頃）、素寂『紫明抄』（一二九〇年頃）などには、直接これと関わるような捉え方は見あたらない。関連があると思われるのは、『原中最秘鈔』（一三六四年）、「夢浮橋」の次のような一文である。

私云此物語は内外典を始として、君臣父子のたたすまひ、夫婦兄弟のましはり、煙霞雪月のあそひ、詩歌管弦の道までもかきのこせる事なきか。凡以二白居易之文集一、比二紫式部源氏一と古来より申傳たり。詞の優艶更無二比類一ゆへ也。是をまなひは仁義徳行の道にも達シぬへし。これをたしなまは菩提得脱のたよりとも成ぬへし。しかれはにや、或石山の観音の御ちかひにて作出したりともいへり。或は作者観音の化身とも云へり。（注14）

見られるように、『原中最秘鈔』の方が文言が多いが、内容的には「料簡」の一文とよく似ていることは明らかであろう。その文言を比較してみると、次のような照応や類似が明らかである。

| 『河海抄』「料簡」 | 『原中最秘鈔』 |
| --- | --- |
| 君臣の交 | 君臣父子のたたすまひ |
| 仁義の道 | 仁義徳行の道 |
| 好色の媒 | 煙霞雪月のあそひ、詩歌管弦の道 |
| 菩提の縁 | 菩提得脱のたより |
| 詞の妖艶さらに比類なし | 詞優艶更無比類 |
| 荘子の寓言 | |

『原中最秘鈔』の文章を、「料簡」は簡潔にしたと言ってよいくらいに同じ文言、類似の文言が使われている。文言で違いの大きいのは、「料簡」の「荘子の寓言」に相当するものが『原中最秘鈔』にはないことと、「好色の媒」―「煙霞雪月のあそひ、詩歌管弦の道」である。「好色の媒」―「煙霞雪月云々」については対応させてよいかどうか、まったく問題がないとはいえないかもしれないが、「好色の媒」とは男女の恋の「媒」であるとすれば、具体的には四季折々につけての歌の贈答や琴、笛の合奏などが「媒」となることは物語の常道である。こうして対応させてみると、『河海抄』「料簡」の主題把握は『原中最秘鈔』に拠っていたと言って不都合はない。さらにいえば、『原中最秘鈔』の「或石山の観音」云々の一文も、「料簡」にほぼ同じ「或又作者観音化身也云々。水鏡云紫式部か源氏物語つくり出して侍はさらに凡夫の所行とはおほえ侍らす」という一文があり、これも対応している。ちなみに観音化身説は、今わかっているところでは『今鏡』（一一七〇年）が初例である。(注15)

　ところで、『原中最秘鈔』は源親行が父光行（一一六三～一二四四）の後を継いで完成させた『水原抄』を基にして、『水原抄』の中の最秘の説を記した抄として成立したもので、親行（生没年未詳）の生存が明確な一二七〇年以前とされる。それに、親行の子・義行(聖覚)、義行の子・知行(行阿)が代々加筆して伝えたものである。(注16)「聖覚在判」の奥付が「正和二年八月十五日」(一三一三年)、「行阿判」の奥付が「貞治三年十二月一日」(一三六四年)とある。

先の「夢浮橋」の一文、「私云此物語は内外典を始として」云々の「私」は、親行、聖覚、行阿のうちの誰なのか。池田亀鑑編『源氏物語事典』下巻、「原中最秘抄」の項によれば、『原中最秘抄』は聖覚の加筆はほとんどなく、行阿が「伝来の本を修正加除し、面目を改めたものと考えられる」とあり、この「私云」が親行の時代からの説なのか、行阿になってからの説なのか、判然としない。しかし、『原中最秘鈔』の本文を検すると、「私云」と「行阿云」という表記がはっきり分かれており、行阿は自説を述べるときには「行阿云」と表記したと考えられるので、そうとすれば「私云」は親行以来の説ということになろう。とすれば「料簡」に述べられたような物語の把握は十三世紀、親行のころから存したということである。あるいは光行まで遡らせることも可能かもしれない。光行は当時の漢学の大家であった藤原孝範(一一五八〜一二三三)を師として儒学を学んでいた。(注17)

さらにまた『原中最秘鈔』「雲隠」には親行の言葉として、次のような一文があることにも注意したい。

凡此物語之趣石山の観音の御利生なり。加之紫式部又薩埵の化身也。かれと云これと云皆以真実徳行之道に尺し入たるなり。就中ニ祖朝儀大夫親行申侍りけるは、此物語之志趣、上には其根を和漢の才智にひらき内には其花を諷諌の詞林に結ぶ。則是顕密二教の至極深心の法文なり。これをよみえたらむ人はなとか悟道得法せさらむ。

「観音の御利生」や「薩埵の化身」云々は仏法に引き寄せた捉え方であり、全体としてもこの文章は仏法に大きな比重が置かれていることは明らかだが、「就中ニ」以下の親行の「和漢の才智」「諷諫の詞林」という言葉は儒教的言説と取ってよい。「諷諫の詞林」はここではどのような内容を指すのかは分からないが、言葉としては『明星抄』や『岷江入楚』から安藤為章・萩原広道の批評にまで連なるものである。『原中最秘鈔』は少なくとも親行の時代から単なる経書や史書の典拠・出典の指摘ではなく、源氏物語を儒教的な「諷諫」の言説を孕んだ作品として捉えていたと言ってよい。

一方、『河海抄』の著者、四辻善成もまた源氏学の学統からいうと、源光行―親行―聖覚―行阿という河内学派の系統であったことも考慮しておく必要がある。先に触れたように、善成は自分の師は丹波忠守であると『河海抄』序文に記しているが、丹波忠守は聖覚の門弟であり、善成じしんも行阿と交渉があったと考えられている。(注18)こうした経緯からしても『河海抄』「料簡」が『原中最秘鈔』あるいは河内学派の物語理解を大きな拠り所にしたことは間違いないところだと思われる。

## 三　光源氏の須磨退去の典拠・准拠

さて『河海抄』「料簡」は源氏物語のどこに「君臣の交」や「仁義の道」が語られていると考えたのであろうか。あるいは「君臣の交」や「仁義の道」がどのように語られていると捉えたのであろうか。「料簡」の範囲でいえば、先にも引いた、「光源氏を左大臣になそらへ、(中略)周公旦白居易のいにしへをかんかへ、在納言菅丞相のためしをひきてかきいたしけるなるへし」という文章がそれを示していたということになろう。光源氏の「須磨」「明石」の物語はこのような歴史上の左遷された人物、それも源高明や菅原道真のみならず周公旦のような儒教の聖人とされる人物の事蹟と重なるという捉え方である。高明や道真の左遷、周公旦の「東征」、白居易左遷はどれも王権と政治の過酷な現実を示す典型例であった。「料簡」は光源氏の流謫の物語をそうした王権と政治を主題とする物語として捉えたのであり、「君臣の交」や「仁義の道」はそうした主題把握を意味していたと考えられる。以下、そのような主題把握がどのような注釈に基づいて導かれることになったのか、具体的に見ていきたい。

まず「須磨」巻の冒頭を取り上げる。光源氏は朧月夜との密会によって免官か除名の処分を受け、さらに重い処罰を受けるかもしれないと恐れて、自発的に須磨に下る決意を固めたというところから語り始められる。(注19)

かの須磨は昔こそ人の住みかなどもありけれ、今はいと里はなれ心すごくて、海人の家だにまれに、など聞き給へど、人しげくひたたけたらむ住まひはいと本意なかるべし、さりとて都を遠ざからんも、古里おぼつかなかるべきを、人わるくぞ思し乱るる。(須磨②一六一頁)

この「かの須磨は昔こそ人の住みかなどもありけれ」について、『河海抄』(須磨)は次のような注釈をした。

光源氏大将、在納言のむかしを尋て此所に隠居せらるる歟。古来赴謫所人は配流の宣旨によりて左遷する也。いまの源氏大将は讒におそれて、われと城外に籠居せらるるにや。周公旦東征の跡をおもへるにや。風雷の変異も相似たり。又行平中納言も此義たる歟。古今集云田むらの御時に事にあたりて、津の国すまといふ所にこもり侍けるに、宮のうちに侍ける人につかはしけるとあり。傍の野相公歌の詞には隠岐の国になかされ侍ける時なと云々

光源氏の須磨退去の問題点を指摘する注である。源氏が須磨に下る以上は、通常であれば「左遷」であるから

「配流の宣旨」があって下るのであるが、この時の源氏は「配流の宣旨」はなく、「讒におそれて」下った。これは異例であり、そういう物語は作者が周公旦東征の故事を典拠にしているのではないか、「風雷の変異」も似ているというのである。そしてこれに類似する例として、在原行平の故事を挙げる。特に行平の故事は「配流の宣旨」がない点と、須磨が選ばれているという点で、光源氏の須磨退去の准拠にもっともよく当てはまるということなのである。源氏の須磨退去は「隠居」「籠居」であって、「左遷」ではないという解釈がここには明確に示された。

この行平の須磨退去とはどのようなものであったのか。「古今集云田むらの御時に事にあたりて云々」とは、『古今集』巻十八「雑歌下」（九六二番歌）の引用である。詞書は右の『河海抄』に引かれているとおりである。歌は次のようである。

わくらばに問ふ人あらば須磨の浦にもしほたれつつ侘ぶとこたへよ（新日本古典文学大系『古今和歌集』）

「田村の御時」とは文徳天皇の時代、行平は「事に当たりて」、須磨に「籠もる」ことになった。「事に当たりて」とは何らかの事件があったと考えなければならない。それが何かわからないが、そのために勅勘に触れたのである。だが、須磨に籠もったのは宣旨による左遷ではなかく、勅勘に対する謹慎の意思表示として自発的に選ばれた退去であったと解せられるということなのである。(注20)『河海抄』の注はそのような解釈を示していると考えられる。

この行平の歌の直前には『河海抄』も触れるように、小野篁の歌（九六一番歌）、「思ひきや鄙のわかれに衰へてあまの縄たき漁りせむとは」があるが、その詞書には「隠岐国に流されてはべりける時によめる」として、はっきり「流罪」であることが記される。これは有名な遣唐使船への乗船拒否事件によるものである。すでに太宰府に下っていたが、乗船を拒否したために、「承和六年正月遂以捍詔。除名為庶人。配流隠岐国」と記される（『文徳天皇実録』仁寿二年十二月二十二日、小野篁薨伝）。詞書の「流されて」とは、「除名」、すなわち官職位階を奪われて、「庶人」となって「配流」されたということであった。これは行平の「事に当たりて」「籠もりはべる」とは明らかに違う。行平には「配流の宣旨」がなかったのである。『河海抄』が「隠居」としたのはそうした違いを明確に承知していたからであろう。光源氏について、「われと城外に籠居せらるるにや」というのも、源氏物語はこうした行平の例に倣うものだという解釈である。光源氏は自発的に須磨に下り、「籠居」して謹慎の意思表示をするということなのである。

ここで『河海抄』がなぜそれほど行平にこだわるかといえば、右のような理由の他に、光源氏の須磨の物語には行平の須磨の故事が再三引かれていたからである。光源氏の須磨の住まいは、「おはすべき所は、行平の中納言の藻塩たれつつわびける家居近きわたりなりけり」（須磨②一八七頁）と語られ、また須磨の秋の憂愁を語るところでは、次のように語られた。

須磨にはいとど心づくしの秋風に、海はすこし遠けれど、行平の中納言の、関吹き超ゆると言ひけん浦波、夜々はげにいと近く聞こえて、またなくあはれなるものはかかる所の秋なりけり。（須磨②一九八頁）

この「関吹き越ゆる」という歌は、『続古今和歌集』巻十「羈旅」（八六八番歌）にある。

津の国の須磨といふ所にはべりける時よみはべりける

旅人は袂涼しくなりにけり関吹き越ゆる須磨の浦風（『新編国歌大観』第一巻所収、表記は漢字を当てた）

この詞書にも「須磨といふ所にはべりける」とあるだけで、「流されてはべりける」とはない。この歌も先の「わくらばに」の歌と同じ時の歌であることは間違いなかろう。須磨の光源氏の物語はそうした行平の故事と歌によっていた。

しかし、これらの行平の故事や歌は流離のわびしさや嘆きを語り詠うものではあっても、「君臣の交」や「仁義の道」という主題の形象という点では脆弱だと言わねばならない。「君臣の交」や「仁義の道」という主題把握のためには、「周公旦東征の跡をおもへるにや」という観点が不可欠であったのである。

## 四　「賢木」巻の光源氏と周公旦の故事

いったい周公旦の注はどこから呼び込まれてくるのであろうか。先に引いた注釈では、「周公旦東征の跡をおもへるにや。風雷の変異も相似たり」として、「須磨」巻末から「明石」巻冒頭の嵐の場面に注目しているが、その前に「賢木」巻に光源氏が自分を周公旦になぞらえる場面があった。

朱雀帝の時代となって、その外戚の右大臣家や弘徽殿大后が権勢を極めるが、桐壺院が亡くなり、後楯を失くした光源氏は不遇をかこって三位中将（旧頭中将）などと漢詩を作ったり、韻塞ぎなどをして、文事に憂さをまぎらわした。その韻塞ぎで負けた三位中将が勝った光源氏を饗応した時、そこに集まった友人や部下が今の不遇な源氏に同情して源氏を讃える和歌や漢詩を詠んだ。それに気をよくした光源氏は本心を吐露する。

みなこの御事をほめたる筋にのみ、大和のも唐のも作りつづけたり。わが御心地にもいたう思しおごりて、

「文王の子武王の弟」とうち誦じたまへる、御名のりさへぞげにめでたき。成王の何とかのたまはむとすらむ。そればかりやまた心もとなからむ。　（賢木②一四三頁）

「文王の子武王の弟」というのが周公旦のことである。この箇所については『源氏釈』に早く次のようにあった。

周公旦者、文皇子武王之弟、自知其貴、忠仁公者、皇帝之祖皇后之父、世推其仁江相公（注21）

これは『本朝文粋』巻四、後江相公、大江朝綱作「為貞信公天皇元服後辞摂政表（貞信公の為に天皇元服の後、摂政を辞する表）」の一節である。この「辞表」は八歳で即位した朱雀天皇が承平七年（九三七）正月四日、十五歳で紫宸殿で元服したので、その元服に合わせて摂政太政大臣藤原忠平が摂政を辞することを奏上した上表文である。『源氏釈』の引くところは、次の一段である。書き下し文にして引く。

臣坐臥に心を焦がし、遠近に迹を撿するに、周公旦は文王の子、武王の弟なり。自ら其の貴きを知る。忠仁公は皇后の父、皇帝の祖なり。世々其の仁を推す。然れども猶王事の久しく摂せるを恐れ、皇綱の治め難きを歎く。雒《らく》を営む功成り、政を国を有つ主に還し、冕《べん》を加ふる礼畢《おわ》りて、身を無何の郷に退く。而るに臣、庸朽春昧《とうまい》の質を以て周室、貞観の蹤に過ぎたり。是忍ぶべくは孰れか忍ぶべからざらん。（注22）

（臣忠平は辞表を天皇が受理してくれないのに苦しみ、古今の事跡を考えてみるに、周公旦は文王の子、武王の弟としてみずからその貴いことを知っていた。忠仁公藤原良房は皇太后明子の父であり、清和天皇の外祖父であり、世間ではその仁を推奨していた。しかし、周公旦や良房は王事を長いあいだ摂政することを恐れ、大政に代わって治めることの困難を歎いていた。周公旦は洛陽の経営ができると、政事は成王に返還し、成王が元服すると閑散の地に引退した。臣忠平は凡庸で愚昧の性質であり、摂政の任にあることは周公や良房の故事に過ぎている。とてもこれ以上の任には堪えられない。）

『源氏釈』はこういう大江朝綱作の上表文を引いたが、『奥入』は『源氏釈』のここを引いた後に、『史記』の次の一段、「周公吐握」の故事を引用している。(注23) その部分を新釈漢文大系「魯周公世家第三」により、書き下し文で引用する。

是に於て卒に成王を相く。而して其の子伯禽をして代りて封に魯に就かしむ。周公、伯禽を戒めて曰く、我は文王の子、武王の弟にして、成王の叔父なり。我、天下に於て、亦賤しからず。然れども我は一沐に三たび髪を捉り、一飯に三たび哺を吐き、起ちて以て士を待つ。猶ほ天下の賢人を失はんことを恐る。子、魯に之かば、慎みて国を以て人に驕ること無かれと。(注24)

「是に於て卒に成王を相く」とは、周公旦が幼少の成王の摂政となって国事に当たったことをいう。その時周公旦はわが子伯禽を魯に封じることになり、魯に赴任する伯禽に訓戒するが、それが「我は文王の子」以下の言葉である。周公旦は言う。自分は「文王の子、武王の弟にして、成王の叔父」であり、周王室の高貴の身分であるが、沐浴や食事の時間をも犠牲にして国事のために努めてきた。それでも天下の賢人を失いはしないかと心配している。息子よ、魯の国君となったからといって驕ってはならないと戒める。「周公吐握」の故事として有名であるが、『奥入』がこの箇所をわざわざ引用しているのに注目したい。『源氏釈』は引用はしないが、こうした故事があることは承知していたであろう。これを引用することで、『奥入』が「賢木」巻のこの源氏の発言をどのように解釈していたのかというところまでは分からないが、引用されたところは周公旦のまさしく儒教的な理想的為政者像を語るところであった。光源氏の発言は自分をそのような周公旦になぞらえるものである。「文王の子、武王の弟」と言った源氏は、周公旦のこの故事をも当然承知していたはずである。とすれば、源氏はみずからを周公旦的な理想的な為政者として自負していた、あるいはそうした為政者たりえる者と思っていたということになろう。「わが御心地にもいたう思しおごりて」という尊大な自負心は、そういう思いに基づいていたのだと解釈できる。

文王—武王—成王
　　└周公旦

桐壺院—朱雀帝
　　└光源氏—東宮冷泉

ところが、物語本文では続いて、「成王の何とかのたまはむとすらむ。そればかりやまた心もとなからむ」という草子地が介入する。文王—桐壺院、武王—朱雀帝、周公旦—光源氏、成王—東宮冷泉というふうに対応させると、周公旦は成王の叔父であるが、光源氏は東宮冷泉の実の父なのだから、何と名のるつもりなのかというのである。(注25)

この箇所について、『紫明抄』は『奥入』の『史記』引用をそのまま引いた上で、次のように批評する。

いふこころは六条院（略）自讃の詞に、周公旦は文王の子武王の弟との給は、我は桐壺帝の子朱雀院の弟なり、とまては、さもときこゆ。成王のをちとはの給にくき事也。冷泉院には父子の御事なれは、ここそわつらはしけれ、と、あさむきたる、おもしろくたくみなる詞にそあらんかし。(注26)

『紫明抄』の言うとおり「おもしろくたくみなる詞」と言ってよい。源氏は「文王の子、武王の弟」とまで言って、「成王の叔父」とは言わなかったが、語り手はそこまで踏み込んで、「成王の何とかのたまはむとすらむ。そればかりやまた心もとなからむ。」と批評したのである。これは数多い草子地の中でももっとも辛辣な草子地であろう。それは源氏と周公旦との違いの指摘であり、源氏は周公旦に相当しえないということを意味しているはずである。この草子地は明らかに源氏の尊大さや自負を批判し相対化する語り手の視点を示すものであったと見てよい。(注27)草子地はそういう光源氏の言えなかった言葉を明らかにすることで、光源氏を捉え返していくのである。「おもしろくたくみなる詞にそあらんかし」とは、そういう草子地の機能に対する評価であろう。

言い換えれば、ここには物語作者の光源氏を造型する複眼的な視点が端的に示されていると言えよう。光源氏は本人の発言が示すように周公旦になぞらえる視点から語られる一方で、そういう光源氏を批判的に相対化するもう一つの視点が確保されていたということである。『源氏釈』は単なる出典の確認に過ぎなかったのかもしれないが、『奥入』から『紫明抄』に至る過程で、光源氏に周公旦が引かれる意味を問うようになっていたのだと思われる。

そのように考えると、光源氏の須磨退去は源氏じしんが在原行平の故事に則って行動したというだけではなく、源氏は周公旦の故事に倣おうとしていたのだと言ってよい。光源氏の意識においては周公旦の「東征」を手本にして行動しようとするところがあったということになる。それが源氏がみずからを周公旦になぞらえた意味である。そのような前提があったからこそ須磨の嵐の場面においても、周公旦が典拠として指摘されることになったのである。物語は周公旦の故事を周到に配置して構想されていたのである。

## 五　須磨の「嵐」と「金縢の書」の故事

須磨の嵐について、周公旦を最初に引いたのは『紫明抄』である。須磨に下って一年後の三月上巳の日に、光源氏が海辺で祓えを行っていたところ、突如として暴風雨が吹き荒れる。「よろづ吹き散らし、またなき風なり」（須磨②二一八頁）という文について、『紫明抄』は『尚書』の「周公旦居東二年、秋大熟未穫、天大雷電、以風禾尽偃、大木斯抜、邦人大恐」という一節を引いた。『河海抄』はその前後を含めて引用したが、『岷江入楚』は「金縢」篇の全文を掲げる。以下、全釈漢文大系『尚書』「金縢」の書き下し文を引用する。

序　武王疾有り、周公金縢を作る。

1　既に商に克つ二年、王疾有りて、豫《のぞ》かず。二公曰く、「我其《ねがは》くは王の爲に穆卜せん」と。周公曰く、「未だ以て我が先王を戚《うご》かす可からず」と。公乃ち自ら以て功と爲らんとし、三壇を爲つて墠《ぜん》を同じくし、壇を南方に爲りて、北面とし、周公立つ。璧を植《お》き、珪を秉《と》り、乃ち太王・王季・文王に告す。

2　史乃ち册もて祝して曰く、「惟れ爾《なんぢ》の元孫某、厲虐の疾に遘ふ。若《こ》れ爾三王、是に丕子《ひし》の責を天に有せば、旦を以て某の身に代へよ。予仁にして考、能《しか》して多材多藝、能く鬼神に事ふ。乃《なんぢ》の玄孫は不《ここ》に旦の若く多材多藝にして、不《ここ》に能く鬼神に事ふるも、乃ほ帝庭に命ぜられて、四方に敷佑し、用て能く爾の子孫を下地に定めたれば、四方の民、祗畏《しゐ》せざるは罔《な》し。嗚呼、天の降せる寶命を墜すこと無くんば、我が先王も亦永く依帰する有らん。今我命を元龜に即《う》く。爾之《も》し我を許さば、我其《すなは》ち璧と珪とを以て、歸りて爾の命を俟たん。爾我を許さざれば、我乃ち璧と珪とを屏《す》てん」と。

3　乃ち三龜をトせしに、一に吉を習《かさ》ぬ。籥《やく》を啓きて書を見るに、乃ち幷びに是れ吉なり。公曰く、「體《よ》し、王其《ほと》んど害罔《な》からん。予小子、新《みずか》ら三王に命ぜらる。惟れ永く終ふるを是れ圖《はか》らん。茲《ここ》に攸《もっ》て俟《ま》ち、能く予一人を念はん」と。公歸り、乃ち册を金縢の匱《き》の中に納る。王翼日乃ち瘳《い》ゆ。

4　武王既に喪《な》し。管叔及び其の群弟、乃ち國に流言して曰く、「公將に孺子に利あらざらんとす」と。周公乃ち二公に告げて曰く、「我之《も》し辟《さ》けざれば、我以て我が先王に告ぐる無けん」と。周公東に居ること二年、則ち罪人 斯《ことごと》く得たり。于《そ》の後、公乃ち詩を爲りて以て王に詒《い》し、之に名づけて鴟鴞《しけう》と曰ふ。王も亦未だ敢て公を誚《せ》めず。

5　秋大いに熟し、未だ穫《か》らず。天大いに雷電し以て風ふく。禾盡く偃《ふ》し、大木 斯《ことごと》く抜く。邦人大いに恐る。王大夫と盡く弁して、以て金縢の書を啓く。乃ち周公の自ら以て功と爲り、武王に代はるの説を得たり。二公及び王、乃ち諸史と百執事とに問ふ。對へて曰く、「信なり。噫《そもそも》 公我に敢て言ふ勿れと命じたり」と。

6　王は書を執りて、以て泣いて曰く、「其《ねが》はくは穆卜《ぼくぼく》すること勿らんことを。昔公は王家に勤勞せしも、惟れ予沖人、知るに及ばざりき。今天は威を動かして、以て周公の徳を彰す。惟れ予小子、其《まさ》に新《みずか》ら逆《むか》へんとす。我が國家の禮も、亦之に宜し」と。王郊に出づ。天乃ち雨ふりて、風を反し、禾則ち盡く起つ。二公邦人に命じ、凡そ大木の偃《ふ》せし所は、盡く起こして之を築かしむ。歳則ち大いに熟す。(注28)

武王が病気になった時、周公旦がその平癒を祈って金縢を作ったという話である。文章が難解なので、全釈漢文大系『尚書』「金縢」の通釈をもとに概要をまとめる。

1　武王は商に勝ってから二年後に病気にかかり、なかなか治らなかった。そこで太公望と召公奭の二公(注29)が武王のために卜をしたいと言うが、周公は自分が人質になろうとして三つの壇を作って、先祖の太王・王季・文王を祀り祈った。

2　史官が祈って言う。「武王が病気にかかっているが、私、旦を身代わりにしてください。旦は生まれつき、「仁にして考」、「多材多芸、能く鬼神」に仕えることができる。武王は上帝に命じられて四方の国を治める身であり、武王が命を落とすことがあってはならない。私は三王の命を三亀に受けますと。

3　周公旦が三亀を卜った結果はすべて吉であった。卜占の書に照らして見ても吉であった。周公は、「武王は害がなく先祖の三王に命じられて永く国を治めるであろう」と言って、册書を金縢の匱の中に納めた。武王の病はその翌日には治った。

4　武王が亡くなると、周公旦の兄弟である管叔たちが周公旦は幼い成王のためによくないことをすると噂を流した。そこで周公旦は太公望と召公奭の二公に対して、「自分が管叔たちの流言を避けなければ国が乱れ、先王に申し開きができない」と言って、東に避難した。二年が過ぎた時、周公旦は流言の罪人がすべて分かったので、「鴟鴞」という詩を作って成王に示した。成王は周公を責めることはなかった。

5　周公旦が東に居住して二年目の秋、穀物が大いに実ったが、収穫前にはげしい雷電と大風が吹き、禾はことごとく倒れ大木が根こそぎ抜けた。民は恐れた。成王は大夫とともに金縢の書を開いた。そこで周公旦がみずから人質となり武王の身代わりになるという書を得た。太公望と召公奭、成王は史官と多くの執事に尋ねたところ、金縢の書は真実で周公が他言してはならぬと命じたことを証言した。

6　成王は金縢の書を手に執って涙ながらに、「もう卜は必要ない、周公は昔王室のために勤労したのに、自分が知らずにいたので、天が威力を示して周公の徳を顕彰しようとした。私はこれから周公を迎えよう。国家の礼もそうするのがよい」と言った。成王が周公を迎えるために郊外に出ると、天は雨を降らし、風を反対の方向から吹かせたので、倒れた禾がことごとく起きあがった。太公望と召公奭の二公は民に命じて倒れた大木を起こして、根もとを固めさせた。その年、禾は大いに実った。

須磨の嵐の物語に「金縢」が引かれる理由を改めて考えてみたい。物語との直接的な関わりは、『紫明抄』が引いた「天大雷電以風（天大いに雷電し以て風ふく）」という一文である。それ以外には表現上の類似点は多いとは言えない。須磨の嵐は春三月、上巳の祓えの日に突然暴風雨になり、二週間近く嵐は続いたが、「金縢」の嵐は秋であり、その表現も「雷電」を除くと一致点は少ない。にもかかわらず、ここで「金縢」が引かれる理由は前節で見たように、光源氏がみずからを周公旦に比しているからである。「金縢」の周公旦と光源氏の物語との類似点を改めて確かめてみる。（なお以下の細かな詮索にわたるような記述は、池田末利『尚書』と吉川幸次郎『尚書正義』の当該箇所の注釈に基づく[注30]が、煩雑になるので一々注を付けることは省略した。）

（1）光源氏の須磨退去は桐壺院が崩じて二年半後のことであるが、周公旦は武王の死後に「居東」する。「居東」の時期についての詮索は不用かとも思うが、武王死去の直後なのか、「武王既喪」が「終喪」の意味であれば、三年の喪を終わった後ということになるがどちらなのか明らかではない。後者であれば、須磨退去と「居東」は時期の点で接近する。（2）源氏の須磨退去の理由は朱雀帝に対する謀反の嫌疑—流罪を回避するためであったが、周公旦の「居東」は成王に対する「公将不利于孺子（公将に孺子に利あらざらんとす）」という流言、即ち周公に王位簒奪の意図があるとの流言の張本人を征伐するためであった。しかし、「東国に居り罪を待って君の己を察せんことを待つ」という解釈もある。後者の解釈に立てば、源氏の須磨退去と周公の「居東」の理由は近似する。（3）須磨の嵐は源氏の須磨退去一年後であるが、「金縢」の嵐は周公の「居東」二年目の秋であり、帰京は源氏が二年半後、周公は足かけ三年目に帰った。（4）光源氏の帰京は嵐の最中に桐壺院の亡霊が朱雀帝の夢枕に立ち、帝を叱責したことが直接の引き金になるが、周公旦の場合は成王が突然の雷電の災害に際して「金縢」の書を開き、周公が武王の身代わりになるという祈りを知ったことによる。ともに嵐や雷電という変異が重要な意味を持つ。（5）光源氏は帰京後新帝冷泉帝の後見になるが、周公旦は成王が国家の礼を尽くして迎えた。

このように整理してみると、光源氏と周公旦との立場の違い、置かれた状況の違いは大きいが、主要な類似点としては二人とも信頼してくれた父院あるいは兄王の死後に、新帝あるいは新王との間に齟齬や不信を生じて都を離れること、都を離れて一年後あるいは二年目に嵐や雷電が襲い、それを契機として両人は帰京を許されること、帰京後はともに国家の重責を果たしたという点を挙げることができよう。時期は前後するが、周公旦が幼い成王の摂政になったことは、光源氏が冷泉帝の後見になったことと見合う。

「金縢」篇は須磨巻以降の光源氏の政治家としての物語―王権と政治の物語の骨格に取り込まれていたと考えてよいであろう。『河海抄』と『岷江入楚』が「金縢」の全文を引用した意味は、須磨巻以後の光源氏の物語を読み解く上で、「金縢」が不可欠なプレテキストであることを示していたのだと考えてよい。それは光源氏を周公旦のようなカリスマ的な為政者像として読解していくということである。周公旦は武王の忠臣として周王朝のために自己犠牲的な献身をしたが、それが成王から一時は不信の目を向けられながらも最後は信頼をかちえることになるというところに、「君臣の交」や「仁義の道」が体現されていたと考えてよいのであろう。『河海抄』「料簡」が源氏物語には「君臣の交、仁義の道」が語られると言ったのは、光源氏に周公旦が重ねられていることを読み取ったからであろう。光源氏は周公旦の理想性を担わされていたと思われる。

## 六　光源氏の帰京と「金縢」篇

「明石」巻では光源氏が帰京して権大納言になり、源氏と共に不遇をかこった人々も旧官に復帰した時、「枯れたりし木の春にあへる心地して、いとめでたげなり」（②二七三頁）と語られたが、この「枯れたりし木云々」について、『紫明抄』『河海抄』『岷江入楚』は先に見た『尚書』「金縢」篇の次の一節を引いた。再度掲げる。

　昔公は王家に勤労せしも、惟れ予沖人、知るに及ばざりき。今天は威を動かして、以て周公の徳を彰す。惟れ予小子、其《まさ》に新《みずか》ら逆《むか》へんとす。我が國家の禮も、亦之に宜しと。王郊に出づ。天乃ち雨ふりて、風を反し、禾則ち盡く起つ。二公邦人に命じ、凡そ大木の偃《ふ》せし所は、盡く起こして之を築かしむ。歳則ち大いに熟す。

　引用は、成王が自分は幼くて、周公旦が王家のために力を尽くしてくれたことを知らずにいたために、天が威力を発動して周公の徳を顕したことが分かったので、周公をみずから迎えよう、国家の礼もそうすべきであると述べるところである。成王が自分の至らなさや過ちを謙虚に反省し、周公旦に礼儀を尽くすという話であり、『河海抄』的に言えば「君臣の交」の後世に範となすべき例と言ってよいような話である。

　これが「枯れたりし木云々」の典拠や出典に適切かといえば、そうとは言いにくいであろう。新編日本古典文学全集本は、『遊仙窟』の「白骨再ビ肉ツキ枯樹重ネテ花サクト謂フベシ」や『千手陀羅尼経』の「此ノ大神呪ハ乾シ枯レタル樹スラ、尚枝柯華果ヲ生ズルヲ得ン」等を挙げるが、源泉を特定することは困難であろうという（注31）。あえて言えば、「二公邦人に命じ、凡そ大木の偃せし所は、盡く起こして之を築かしむ。歳則ち大いに熟す」という箇所を挙げることになろうが、しかし、「枯れたりし木の春にあへる」とは違って、ここは秋のことである。なぜここで『紫明抄』以下の古注釈は「金縢」のこの一節を引くのか。それは光源氏の帰京と復権の物語を周公旦の故事に重ねて読もうとしていたからだと考えるほかない。

この一節に照応させうる段は、朱雀帝が弘徽殿の反対を押し切って光源氏を召還する旨の宣旨を下すところであろう。原文は次のようである。

年かはりぬ。内裏に御薬のことありて、世の中さまざまにののしる。当帝の御子は、右大臣のむすめ、承香殿女御の御腹に男御子生まれ給へる、二つになり給へば、いといはけなし。東宮にこそは譲りきこえ給はめ、朝廷の御後見をし、世をまつりごつべき人を思しめぐらすに、この源氏のかく沈み給ふこといとあたらしうあるまじきことなれば、つひに后の御諫めをも背きて、赦され給ふべき定め出で来ぬ。去年より后も御物の怪なやみ給ひ、さまざまの物のさとししきり騒がしきを、いみじき御つつしみどもをし給ふしるしにや、よろしうおはしましける御目のなやみさへこのごろ重くならせ給ひて、もの心細く思されければ、七月二十余日のほどに、また重ねて京へ帰り給ふべき宣旨くだる。

（②二六一〜二六二頁）

年が改まったが、朱雀帝は病がすぐれず、前年の嵐以来世間ではいろいろと取り沙汰するようになった。朱雀帝は皇子がまだ二歳にすぎないので、東宮に譲位しようと考えるが、東宮も元服前なので、朝廷の政事を執る人を考えると、後見役は光源氏以外にはいない。弘徽殿皇太后は反対したが、朱雀帝は赦免の決定を下した。前年から天変地異が続き、皇太后も物の怪に煩い帝も眼病が重くなり、七月に重ねて召還の宣旨が下ったというのである。

ここには成王の「予沖人」「予小子」と言ってみずからの不明を恥じ反省する言葉に相当するような朱雀帝の言葉はないが、帰京後はじめて参内した源氏に対して、朱雀帝は次のような歌を詠む。

宮柱めぐりあひける時しあれば別れし春の恨みのこすな　（明石②二七四頁）

こうして再会できたのだから昔の恨みは忘れてほしいというのであり、これは実質的な謝罪の言葉であろう。この対面の時、朱雀帝は源氏に対して、「上も、恥づかしうさへ思しめされて」（②二七三頁）、「いとあはれに心恥づかしう思されて」（②二七四頁）というように、繰り返し源氏に対する気後れやすまなさの気持ちを語られた。これは成王の反省の弁に比べることができよう。さらに朱雀帝が東宮に譲位し、源氏に後見をゆだねようとするのは、成王の言葉に引き当てれば、さしずめ「我が国家の礼も、亦之に宜し」というところに当たろう。光源氏に対する「国家の礼」として、源氏を新帝の後見に任ずるのである。『紫明抄』以下が、光源氏召還の物語を「金縢」篇の論理によって読もうとしているところに改めて注目しておきたい。須磨の嵐に前後する一連の物語は周公旦の故事を引用する物語として読まれていたということを押さえておきたい。

## 七　「澪標」巻の「摂政」と光源氏の太政大臣をめぐって

「澪標」巻、帰京して翌年の二月、朱雀帝は冷泉帝に譲位し、光源氏は内大臣になる。世間では源氏が当然摂政に就くと思っていたが、源氏は致仕大臣（旧左大臣）に摂政を譲った。摂政に就かなかったとはいえ、源氏の方が摂政にふさわしいはずであった。この「摂政したまふべきよし」について、『河海抄』（澪標）は次のように注する。

摂政、異朝唐堯時挙舜為摂政。殷湯以伊尹為阿衡。周成王幼而即位。叔父周公旦摂政。漢昭帝又幼而即位。

博陸侯霍光奉武帝遺詔摂政。如周公故事。然乃周公旦霍光為濫觴（也）。関白者漢宣帝云霍光猶執政非幼主之故。霍光還政宣帝猶重其人。令関白万機。関白号自此而始云々

摂政の異朝の例を列挙しているところであるが、これが何に拠るのか確認できていない。堯の時に舜が摂政になり、殷の湯王は伊尹を阿衡にした。周の成王は幼くして即位したので叔父の周公旦が摂政になった。漢の昭帝も幼くして即位したので霍光が武帝の遺詔を奉じて摂政になった。それは周公の故事に倣うようである。故に摂政は周公旦、霍光が濫觴であるというのである。これによれば幼帝に摂政を置いた本当の初例は周公旦であるということである。その周公旦の摂政とはどのようなものであったのかという点については、注釈書は言及しない。

『史記』「周本紀」によれば、周公旦は成王が即位した時、諸侯がそむくことを恐れて成王の摂政となって国事に当たり、管叔・蔡叔、武庚等が反乱を起こすとこれを鎮圧し、七年経って、成王が長じると、政権を成王に返上し、多くの臣下と同じ位についた。しかしその後また成王の師となったという。こういう「摂政」や「師」という地位において作ったものが、「大誥」「康誥」「酒誥」「梓材」「召誥」「洛誥」「多士」「無佚」「周官」等々であった(注32)。これらは「周書」の骨格をなすものであり、いずれも周公旦が当面した政治状況の中で成王と周王朝の安定と発展のために説いた政治的言説である。その一つ一つの内容を紹介し批評することはとてもできないが、一つだけ印象批評的な言い方で言えば、周公旦は為政者、政治家として人心を掌握する強烈なカリスマ性をもった人物であったろうということである。そうした存在感をこれらの言説からははっきりと窺うことができる。武王の病んだ時、周公旦は身代わりになろうとして祈るが、その時、「予仁にして考、能《しか》して多材多芸、能く鬼神に事ふ(注33)」と語っていた。まさしく周公旦はそうした天賦の才覚と器量をそなえた稀代の逸材であったことを実感

させられる。そこに浮かび上がる人物像は状況に応じた対処の仕方といい、決断力や行動力といい、その時々の堂々たる論陣とそれによって人々を心服させるところといい、どれをとっても間違いなく超一流の政治家であったと実感させられる。

「賢木」巻で光源氏はみずからを周公旦になぞらえていたが、それは単に光源氏の自惚れではなく、作者が意図的に光源氏を周公旦的なカリスマ性を持った人物像として描き出そうとしていたからではなかろうかと思われる。別の言い方をすれば、光源氏のカリスマ的な存在感を描き出すためには、周公旦の人物像が参考にされたのではなかろうかということである。

光源氏は理想化されており、誰からも讃美され称賛されたが、しかし、それは単に美貌であったり高い身分であったり、桐壺帝の寵遇や冷泉帝との特別な関係によっていたからという以上に、光源氏じしんの人々を魅了する「多芸多才」な器量によっていた点を押さえて置かねばならない。それは天賦の才能による魅力であった。光源氏が時に応じて語った論議があるが、それは芸道論（「絵合」）、春秋論・季節論（「薄雲」「朝顔」「少女」）、教育論（「少女」「玉鬘」「常夏」）、和歌論（「玉鬘」）、物語論（「螢」）、香や書についての論（「梅枝」）、音楽論（「常夏」「若菜下」）、人物批評（「朝顔」「若菜下」）、出家論（「絵合」「鈴虫」「御法」「幻」）など広範囲に及んだ。源氏は学問や芸能は桐壺帝の御前で一通り習っただけで、本格的な学習をしたことはないと話したが、それでも詩文を作る文才はいうまでもなく、琴、横笛、琵琶、琴の琴、絵、書のどれを取っても専門家を凌駕する卓越したものであったと、蛍宮が口を極めて誉めあげている（「絵合」）。詩を吟じ、舞を舞えば聞く人、見る者を陶然とさせた（「紅葉賀」「花宴」）。政治家としての光源氏の権謀のしたたかさや、理想的な施政理念といったものについてもこれまでさまざまに論じられてきた。私は特に為政者としての光源氏の理想性について「養老令」の太政大臣の規定に則る造型であろうと、かつて論じたことがある（注34）が、実は「周官」には「養老令」の太政大臣規定と同じ文言が述べられている。

「職員令」の太政大臣については、「右師範一人。儀形四海。経邦論道。燮理陰陽。無其人則闕。（右は一人に師とし範として、四海に儀形たり。邦を経め道を論し、陰陽を燮らげ理めむ。其の人無くは闕けよ）」と規定されているが、この「師範一人。儀形四海」は唐の三師（太師・太傅・太保）と同じであり、「経邦論道。燮理陰陽」は同じく三公（太尉・司徒・司空）と同文の規定であるから、「職員令」の太政大臣は唐の「三師」と「三公」を合わせた地位であると言われる。（注35）

ところで、「周官」の文は次の通りである。全釈漢文大系本により原文と書き下しを引く。

今予小子、祗勤二于徳一、夙夜不レ逮。仰二惟前代一時若、訓二迪厥官一。立二太師・太傅・太保一、茲惟三公、論レ道經レ邦、燮二理陰陽一、官不二必備一、惟其人。

（今予小子、祗《つつ》しみて徳を勤め、夙夜逮《およ》ばざるがごとくにす。惟《こ》の前代を仰ぎて時《こ》れ若《したが》ひ、厥《そ》の官を訓迪《くんてき》せん。太師・太傅・太保を立てて、茲《これ》を惟れ三公とし、道を論じ邦を経し、陰陽を燮理すれども、官必ずしも備へず、惟《ただ》其の人あるときのみ）。（注36）

これは成王が周の官制を定める話であるが、この「周官」の「三公」の「論道經邦、燮理陰陽、官不必備、惟其人」は、「令」の太政大臣の「経邦論道。燮理陰陽。無其人則闕」とまったく同じと言ってよい。光源氏の太政大臣が「職員令」に基づく官職であったことは言うまでもないが、その規定は唐令の「三師・三公」からさらに「周官」にまで遡るものであったことに注意したい。「周官」は「偽古文」とされ、作者は周公旦ではない（注37）ということだが、ここでは本当の作者が誰かということは問題ではなく、周公旦が定めたとされてきたことを重視する。こういう官職の規定がその後唐令から日本令に踏襲されて、それが光源氏の造型に関わりをもつと考えられる点を重視したい。

ところで、「職員令」の太政大臣の規定が左大臣以下の官職と大きく異なる点は、職掌についての規定を持たないこと、太政大臣は「邦を経め道を論し、陰陽を燮らげ理めむ」という理想的な存在でなければならず、それゆえ「其の人無くは闕けよ」というように、ふさわしい人がいないときは空席にしておいて構わないとされたのである。源氏物語はそうした太政大臣の規定をその理念に添って光源氏の造型に生かしたと考えられるのである。それが「周官」にまでさかのぼるということは、「周官」の「三公」に託された理想を光源氏は体現するものとして造型されたということであろう。いわば周公旦の描いた理想の為政者像を、源氏物語の作者は光源氏に移し替えていたということである。光源氏の造型には『尚書』の周公旦が深いところで影響していると考えてよいと思う。

## 八　「ひたたけたらむ住まひ」と「堯典」

周公旦に関わる注ではないが、『尚書』を引く注釈についてさらに別の例を見ておきたい。再び「須磨」巻の冒頭にもどるが、光源氏が住みかを定めるに当たって、「人しげくひたたけたらむ住まひは本意なかるべし」と語られるところである。その「ひたたく」についての注である。

まず『紫明抄』が「叨ヒタタク」とするが、『河海抄』がそのまま引き、『花鳥余情』は「叨ひとしけくかまひすしき心あり」とし、『岷江入楚』は『河海抄』と『花鳥余情』の両方をかかげる。「叨」の辞書的な意味は『角川大字源』によれば、「①むさぼる。むさぼりくう。②みだりに。けんそんのことば。転じて、不相応に恩恵を受けること。かたじけなくする。」という意味であり、中古の古訓は「カタジケナシ・クラフ・ミダリガハシ・ムサボリ」である。『花鳥余情』は「叨」の辞書的な意味に基づきながら、本文に即して、これから光源氏の住む場所として、人の多い喧騒でみだりがわしい所は源氏の望むところではないというふうに解釈したのであろう。この解釈は現代の注釈書に引き継がれる。

ところが、『岷江入楚』は『河海抄』や『花鳥余情』の注を掲げた後に、次のような三条西公条の「秘」説を示す。

> 秘河花叨字を出せり云々。同勘物云愚案滔天一ノ点滔天。尚書堯典帝曰①吁静言庸違象恭滔天—註滔者漫也歌象者恭敬而心傲狼若滔天言不可用。又云②浩々滔天註盛大若漫天。箋聞洪水滔天。ひたたくは滔字也。是は人しけくにきはしき処といふ也。聞書同之。(注38)

公条はここになぜ「堯典」を引用したのであろうか。引用の当否の問題よりも、その引用によってこの部分の解釈にはどのような意味がもたらされるのかということである。全釈漢文大系『尚書』「堯典」の①の部分を書き下しで引く。

> 帝曰く、「疇《たれ》か咨《ああ》、時《こ》の登庸に若《したが》ふものぞ」と。放齊曰く、「胤子《いんし》の朱は啓明なり」と。帝曰く、「吁《ああ》、嚚訟《ぎんしょう》す、可ならんや」と。帝曰く、「疇か咨、予が采《こと》に若ふものぞ」と。驩兜《かんとう》曰く、「都《ああ》、共工方《あまね》く鳩《あつ》めて功を僝《そこな》ふ」と。帝曰く、「吁、言を靜《よ》くすれども、庸《もち》ふれば違ひ、恭なるに象《に》て、天を滔《あなど》る」と。(注39)

この段は帝堯の人材登庸についての話であるが、これも全釈漢文大系本の通釈によれば、次のようである。堯が誰かこの人材登庸にしたがうであろうかと問うと、放斉が嗣子の朱が啓明でありますと答えるが、堯は朱は言葉に誠がなく人と争うから用いられないと言う。堯が誰か私の政治に従うであろうかと言うと、驩兜が共工が功績を備えていると答えるが、堯は共工は言葉はうまいが用いれば違い、恭しいようだが天を侮っていると言う。

②「又云浩々滔天」の部分は「堯典」では次のようである。

帝曰、咨、四岳、湯湯洪水方割、懐レ山襄レ陵、浩浩滔レ天、下民其咨。有能俾乂。

（帝曰く、「咨、四岳よ、湯湯として洪水方《あまね》く割《そこな》ひ、山を懐《つつ》み陵に襄《のぼ》り、浩浩として天に滔《はびこ》り、下民其《すなは》ち咨《なげ》く。有《たれ》か能く俾乂《ひがい》せん」と。）

堯が四岳に向かって、「今洪水があちこちで害をなし、山をつつみ丘にのぼり天にまであふれ、下民は嘆いているが、誰かこれを治めることのできる者はいないか」と言う。

この「堯典」の二例の「滔天」―①「吁、言を靜くすれども、庸ふれば違ひ、恭なるに象て、天を滔《あなど》る」、②「浩浩として天に滔《はびこ》り」を「ひたたく」の注釈に引いたのであるが、「秘」説はここからどのような解釈を導こうとしていたのであろうか。

まず①の「象恭滔天」については、「天の附する所の五常の性を慢る」意、「象恭とは令色、滔は嫚、滔天とは天を畏れぬ」意、「貌は恭敬なれども天命を信ぜず」の意、「天を君とし、貌は恭順に似る、即ち令色なり、上を慢るなり」、「その貌、恭謹に似て実は天に対して傲慢不敬なり」等々の解釈がある（注40）が、②の「滔天」とは別義である。これらの内では「天を畏れぬ」や「上を慢る」、「天に対して傲慢不敬」という意味に取るのが、「秘」説の理解であろう。それは光源氏の心情として、「天を畏れず、上を慢り、傲慢不敬」と見られるような住まいは望まないという考え方を読み取ろうとしたということになるであろう。源氏が進んで須磨に下る意図は謀反心のないことを示すためであり、朝廷に対する謹慎を身をもって示すためであったはずだからである。「秘」説は①の引用によって、そうした源氏の謹慎の強い意図を読み取ろうとしたのであろう。少なくともそのような理解が可能であると思う。

②は洪水が天にまであるれるという意味であるが、それを、「箋聞洪水滔天。ひたたくは滔字也。是は人しけくにきはしき処といふ也」というように解するので、これは先にも見たが、今日の通説に近い。この部分の現代語訳は、「人の出入りが多くてにぎやかな処に住むのも本意にもとる」（小学館・新編全集本）、「世間との交渉のわずらわしい住居は（―は本意ではない）」（新潮社・古典集成本）、「人の往来が頻繁で俗塵にまみれた生活（―は本意ではない）」（岩波・新大系）というものである。物語の本文が光源氏の心情として謹慎の意思を語っているのであり、「洪水滔天」の引用は「ひたたく」の字義を説明する以上のものではない。

これに対して①は光源氏の朝廷に対する謹慎の強い意志をはっきりと読み取ろうとしているものだということができよう。「秘」説の注はそのように解釈できる。それは「君臣の交」あるいは「仁義の道」という主題把握にそった読み方を示すものであったと考えられる。あるいはそういう方向での読みを強化するものである。

## 九　「薄雲」巻の「聖の帝の世の横さまの乱れ」について

「薄雲」巻、出生の真相を夜居の僧都から告げられた冷泉帝は煩悶し、光源氏に譲位の意向をほのめかした。源氏は冷泉帝の真意は分からないままに制止するが、その時次のように語った。

世の静かならぬことは、かならず政の直くゆがめるにもよりはべらず。さかしき世にしもなむよからぬことどももはべりける。聖の帝の世に横さまの乱れ出で来ること、唐土にもはべりける。わが国にもさなむはべる。

（薄雲②四五四頁）

この「聖の帝の世に横さまの乱れ出で来ること」については、『紫明抄』、『河海抄』が次のような例を挙げている。まず『紫明抄』（薄雲）の挙げる例を示す。

①堯水九年、湯旱七載、野無青草、人無飢色

②貞観五年張-蘊-古為二大理丞一、相-州-人李-好-徳素《モトヨリ》有二風-疾一、言渉二妖-妄一、詔令レ鞫《キツ》二其獄一、蘊-古言、好-徳癲-病有徴《シルシ》、法不レ当レ坐、太宗許将二寛-宥一、蘊-古密報二其旨一、仍引与博-戯、治書侍御史権-万-紀劾《カイ》奏之、太宗太怒、令レ斬二於東市一、既而悔之。及三成王用二事一、人或譖周公、周公犇《ハシル》二楚一史記。

③延喜御代有菅家左遷事。

『河海抄』（薄雲）が挙げるのは、次のような例である。

①後漢皇后紀上、堯湯負洪水大旱之責、高宗成王有雊雉迅風之変、雖有小異不失天徳。

②及成王用事、人或譖周公々々犇楚。史記

③（貞観政要曰、昔黄帝与蚩尤七十余戦甚矣。既勝之後便致太平、九黎乱徳、顓頊征之。既尅之後不失其治。桀為暴虐而湯放之。在湯之代即致太平。紂尚無道、武王伐之、成王之代亦致太平。）

④本朝延喜聖代菅家左遷事以下歟。和漢先蹤不可勝計。

『紫明抄』『河海抄』ともに①は堯と湯の故事に関してであり、内容的には同様のことを指している。ただ『紫

明抄』には何か出典があると思うが、今は確認できない。『河海抄』所引の①は『後漢書』「皇后紀第十上」、和憙鄧皇后の「徳政」を語る一節を引いて、堯・湯の故事に加えて、殷の高宗と周の成王の話が付加されている。その部分を吉川忠夫訓注『後漢書』の書き下しで引用する。

若し善政をば述べず、細異をば輒《すなは》ち書せば、是れ堯と湯は洪水と大旱の責を負うのみにして、而して咸な熙《ひろ》くして天に仮《いた》るの美無く、高宗と成王は雉雊くと迅風の変有るのみにして、而して中興と康寧の功無しと為すなり。(注41)

『河海抄』所引の文とは一部異なるが、要するに堯や湯のような聖王の時代にも洪水や旱魃の災害はあったし、また殷の高宗が湯王を祭る時に雉が鼎の耳に乗って鳴いたり、周の成王が周公旦を疑い雷電風雨の変事に見舞われたようにささいな異変はあったが、彼らの治世は殷を中興し、周に太平の世を実現したというのである。『河海抄』所引では、それらは「天の徳」を失ったものではないという。引用文は、そういう例を挙げて、和憙鄧皇后に徳政が多いので、その功績を讃える碑を作ることを安帝に上書する話の一節である。(注42)

②の『紫明抄』『河海抄』の成王の故事は、成王が政治を執るようになってから、周公を讒言する者がおり、周公は楚に出奔したという記事である。これだけでは分かりにくいので、『史記』の当該箇所の内容を説明すると、次のようである。成王が幼い時、病気になる。その時周公は自分の爪を切って黄河に沈め、成王のために神に祈り、祈禱書は府庫に納めた。後に人が周公を讒言したので、周公は楚に逃れたが、成王は府庫を開いて周公の祈禱書を発見し、泣いて、周公の無実に気づき召還した。帰国した周公は成王の政事が「淫逸」になることを恐れて、「多士」と「毋逸」を作り、成王の戒めとしたというのである。成王の時代はよく治まった時代であっ

たが、その中途には失策もあったという例として、ここには挙げられているのであろう。ちなみに、「毋逸」について、『史記』は次のように記す。「毋逸に稱す、人の父母爲るもの、業を爲すこと至つて長久なれども、子孫驕奢にして之を忘れ、以て其の家を亡ぼす。人の子爲るもの、愼まざる可けんや」。(注43)

『紫明抄』の②は貞観五年、太宗(五九八〜六四九)が張蘊古を処刑したことを後悔する話を挙げるが、『河海抄』は触れない。太宗はその治世を「貞観の治」と謳われて後代の皇帝の模範とされた人で、賦役・刑罰の軽減、奢侈の禁止、官制の整備、人材の登用に心がけ、文学・儒学を奨励したと言われる。(注44)『紫明抄』所引の話は太宗が臣下の言行のささいな過ちを厳しく咎めて処刑したことを悔やむというもので、これも皇帝の鑑のような太宗にも過失はあったという例である。

『河海抄』の③は『貞観政要』巻一「政体」第二、貞観七年の記事の引用である。(注45)太宗が大乱の後にはすぐに平和な世を作ることはできない、どうすべきかと問うたのに対して、秘書監の魏徴が大乱の後だからこそ平和な世は速やかに実現できると答えるところである。引用文は、昔黄帝と蚩尤が七十回以上も戦い、世は乱れたが、黄帝が勝利するとたやすく太平の世を将来できた。九黎が徳を乱すと、顓頊が征伐し、夏王朝の桀が暴虐をなすと湯王が放逐し殷王朝を興し太平を作り出した。殷王朝の紂が無道を行うと、周の武王がこれを征伐し成王が平和を築いたというもの。これらは暴虐な王を滅ぼして聖帝の世が起こるという話であるから、「聖の帝の世に横さまの乱れ出で来る」という注としては順序が逆であり、適切とは言いがたいと思うが、「聖の帝の世」とはこれら黄帝・顓頊・湯王・武王・成王という皇帝の時代であったということを示そうとしているのであろう。

最後に『紫明抄』『河海抄』ともに「延喜聖代菅家左遷事」を挙げるが、これは今日にまで引き継がれる。『岷江入楚』(薄雲)は『河海抄』の注をすべて引用するとともに、三条西公条の「聖代にも恠異なとある事、漢家本朝不可勝計也」という「秘」説を記す。

これらの注は聖代や聖帝における過誤、過失、変異、怪異を挙げているのであるが、そのことよりもむしろ聖代とか聖帝に対する認識パターンの類型化に注意を払う必要があるのではないかと思う。中世における源氏物語の享受を考える時、こうした聖代観や聖帝観に基づいて物語が読まれていたと思われるところに注意を払いたいのである。それは中世享受史の時代的な特色であるというだけでなく、そうした注釈の言説を呼び込んでくる源氏物語という作品の本質に関わる問題として理解していく必要があるだろうということである。源氏物語は注釈史における儒教的な言説を正当に、あるいは適切に評価しなければ、作品世界の理解を平板なものに貶めることになるのではないかと考える。

## 十 「少女」巻の夕霧の大学入学

「少女」巻で光源氏は三十三歳の秋、太政大臣になるが、それに先立ち同年四月、十二歳で元服した夕霧を大学に入学させた。冷泉帝の後見として権勢並びない光源氏の長子ゆえ、蔭位の制度によって夕霧は四位に任じられるものと世間では思っており、源氏もそうしようか考えたが、あえて六位の大学生として学問させることにした。これは当時の権門の子弟としては異例なことであったから、世間は驚き、源氏のライバルでもある内大臣(旧頭中将)は源氏は何を考えているのだろうかといぶかった。光源氏はそういう異例をあえて行った。その理由は将来国家の柱石となる夕霧には、この時期に大学できちんと勉強させておくことが必要であり、それが光源氏亡き後の源家の将来のためでもあると考えたからだというのである。それは源氏じしん少年時代に学問を広く修めなかったことへの反省に拠っていたのでもある。「思ふやうはべりて、大学の道にしばし習はさむの本意はべるにより、いま二三年をいたづらの年に思ひなしておのづから朝廷にも仕うまつりぬべきほどにならば、いま人となりはべりなむ」(少女③二一頁)と、源氏は語った。

これについての注釈を見てみる。『河海抄』（少女）は『尚書大伝』『三代実録』『論語』『貞観格』を引く。

①尚書大伝曰、古之帝王必立大学小学、使公卿大子大夫元士適子、十有三年始入小学見小節焉践小義焉。年十五入大学見大節焉践大義焉。入小学知父子之道長幼之序、入大学知君臣之義上下之位。

②三代実録云、大臣在童稚局量開明、及於弱冠、始学大学稚有才弁。

③論語曰、子曰三年学不至於穀不易得已。

④貞観格云、大学者尚才之処、養賢之地也。天下之俊咸来、海内之英並萃。游夏之徒元非公相之子、揚馬之輩出自寒素之門、高才未必貴種、貴種未必高才、且夫王者用人、唯才是貴。朝為廝養、夕登公卿。

（尚書大伝曰く、古の帝王は必ず大学・小学を立て、公卿の大子、大夫・元士の適子をして十有三年、始めて小学に入れ、小節を見、小義を践ましむ。年十五にして大学に入れ、大節を見、大義を践ましむ。小学に入りては父子の道、長幼の序を知り、大学に入りては君臣の義、上下の位を知る。

三代実録云く、大臣、童稚に在りしより局量開明なり。弱冠に及びて、始めて大学に学び稚くして才弁有り。

論語曰く、子曰く三年学びて穀に至らざるは、得やすからざるのみ。

貞観格云く、大学は才を尚ぶ処、賢を養ふ地なり。天下の俊、咸く来たり、海内の英、並びて萃まる。游夏の徒、元は公相の子に非ず。揚馬の輩、寒素の門より出づ。高才未だ必らずしも貴種ならず、貴種未だ必らずしも高才ならず。且つ夫れ王者は人を用ゐるに、唯才、是を貴ぶ。朝には廝養たれども、夕には公卿に登る。）

①は『河海抄』引用の「尚書大伝」と百部叢書集成、嚴一萍選輯「尚書大傳」（藝文印書館印行）とでは、小学入学が十三歳であるのは変わらないが、大学入学の年齢が「二十」となるなど若干の異同がある。この他、『河

海抄』に引かれないが、次のような一文が続く。「小師は小学の賢者を取りて、之を大学に登め、大師は大学の賢者を取りて之を天子に登め、天子は以て左右と為す。」「故に君則ち君為り、臣則ち臣為り、父則ち父為り、子則ち子為る」と。

次の②「三代実録云」の文は、『三代実録』貞観九年十月十日の右大臣正二位藤原朝臣良相の「薨伝」の一節である。これも文言に異同があり、『河海抄』の「開明」「学大学」「稚有才弁」は、「薨伝」ではそれぞれ「開曠」「遊大学」「雅有才弁」となっている。「稚有才弁」は「雅有才弁」の誤りであろう。上に「及於弱冠」とあるので、弱冠が『礼記』にいう「二十曰弱。冠。」の意味であるとすれば、それを「稚」で受けるのは適当でない。ここで良相の例を挙げるのは、良相が「贈太政大臣正一位冬嗣朝臣之第五子」であり、「姉太皇大后。兄太政大臣忠仁公」であったという出自や家門の高さが夕霧の例にふさわしいと考えたからであろう。

③の「論語」は三年勉強して就職しない者はめったにいないという意味で、長く学問を続ける者はめずらしいということを言う。

④は『本朝文粋』巻二、「太政官符」「応補文章生幷得業生復旧例事格」の一節である。『河海抄』が「貞観格云」とするのは不明であるが、新訂増補国史大系第八巻『日本逸史』巻三十五、淳和天皇・天長四年六月十三日条にも「本朝文粋第二」によるとして載る。天長四年当時の大学政策を知る上で貴重な史料であり、光源氏の夕霧の大学入学を考えるためにも参考とすべき資料であると思うので、長文ではあるが、全文を引いて検討する。引用は新日本古典文学大系『本朝文粋』の書き下しにより、適宜段落を設けた。

**天長四年格——都腹赤牒**

応に文章生并に得業生を補する旧例に復すべき事格

右式部省の解を得るに偁く、「大学寮の解に偁く、「文章博士正五位下都宿禰腹赤が牒に偁く、『天平二年三月廿七日の格に偁く、文章生廿人、雑任及び白丁の聡慧ならんを簡び取れ、須く年の多少に限るべからずてへり。而るを省の去ぬる弘仁十一年十二月八日の符に偁く、太政官の去んじ十一月十五日の符に偁く、唐式を案ずるに、昭文崇文の両館の学生には、三品已上の子孫を取り、凡流を選ばざれといへり。今須く文章生には、良家の子弟を取りて、寮にて詩若くは賦に試みて之を補し、生中に稍進まん者を選びて、省にて更に覆試して、号して俊士となし、俊士の翹楚の者を取りて秀才生とすべしてへり。

今良家と謂ふは、偏に符の文に拠れば、三位已上を謂ふに似たり。縦し果して符の文のごとくせば、学道に妨げあらん。何とならば大学は才を尚ぶ処、賢を養ふ地なり。天下の俊咸く来たり、海内の英並びて萃まる。游夏が徒、元卿相の子に非ず。揚馬が輩、寒素の門より出でたり。高才未だ必ずしも貴種ならず、貴種未だ必らずしも高才ならず。且つそれ王者の人を用ゐること、唯才をこれ貴ぶ。朝には廝養たれども、夕には公卿に登る。而るを況や区々の生徒、何ぞ門資に拘らん。竊かに恐るらくは悠々たる後進、これに因りて解体せんことを。また就中に文章生の中に、俊士五人秀才二人を置く。後年に至りて、更に勅旨あり。良家にあらずといへども、これを俊士に補することを聴すてへり。良家の子、還りて下列に居り。号を立つること異なりといへども、課試これ同じ。徒らに節目を増して、政途に益なし。

また令に依るに秀才進士二科あり。課試の法、難易同じからず。所以に元文章得業生二人を置けり。才学の浅深に随ひて、二科の貢挙に擬せり。今専ら秀才生と曰はば、恐るらくは科に応ずる者稀ならん。望請すらくは、俊士は永く停廃に従ひ、秀才生は旧号に復せん。文章生を選ぶことは、天平の格に依らん。謹みて処分を請ふ』てへり。寮解状に依りて申し送る」てへり。省解状に依りて官裁を請ふ」てへり。正三位行中納言兼右近衛大将春宮大夫良峯朝臣安世宣す。勅を奉ず、請に依れ。

天長四年六月十三日(注46)

この表題「応に文章生幷に得業生を補する旧例に復すべき事格」は、役所の手続きとしてどのような手順を経ているかという点を確認しておこう。まず文章博士・都腹赤の「牒」を大学寮の「解状」として上司の式部省に送り、式部省はこれを式部省の「解状」として太政官に送って官裁を請うという手順である。それが太政官の審議を経て天皇に奏上され、天皇から「奏上の通りに行え」という詔勅が下ったことを、中納言良峯安世が宣すというのである。都腹赤の「牒」はこういう手順によって、「格」として施行されたのである。「格」は臨時の詔勅である。

そこでいったい腹赤は何を問題にしたのであろうか。腹赤の問題提起は、天平二年（七三〇）三月廿七日の格では、「文章生廿人、雑任及び白丁の聡慧ならんを簡び取れ」と決められていたのに、弘仁十一年（八二〇）十二月八日の式部省符は、同年十一月十五日の太政官符の「今須く文章生には、良家の子弟を取りて云々」という方針によって、俊士・秀才の制度を設けているが、これは「学道の妨げ」になるというところにあった。どうしてかというと、「大学は才を尚ぶ処、賢を養ふ地なり。云々」ということであり、ここを『河海抄』は引いているのである。大学は天下の俊秀が集まり、賢者を養成するところであり、王者は才能によって登庸するから、卑賤の者も公卿に登ることができる。それを門地や家格による制限を加えれば、後進の学生は失望し大学寮は解体するだろうという。

後半は弘仁十一年の式部省符により俊士五人、秀才二人の制度を設けたが、この制度の種々の問題点を指摘し、俊士は廃止し、秀才は天平二年の旧来の格に復して文章生を選ぶようにするのがよいというのである。これが都腹赤の「牒」の内容である。これが式部省から太政官に送られ「官裁」を経て、「天長四年（八二七）六月十三日」付の「格」として公布されたのである。

弘仁十一年の式部省符による俊士の制度は、この天長四年の「格」まで実施されていたから、その間にさまざまな現実的な問題が起こっていたのであろう。「文章生は良家の子弟から取れ」という方策は権門貴族の優遇策にほかならず、大学寮の本来の理念を崩すことにもなるのであり、「大学は才を尚ぶ処、賢を養ふ地なり。云々」という『河海抄』の引いた一節は、文章博士・都腹赤には譲れない一線であったのであろう。それはまた中下級貴族層の立場を代弁するものでもあったと思われる。

夕霧を大学に入学させるという光源氏の方針について、『河海抄』はこのような注を付けたのだが、この注はどのような意味を持っていたのであろうか。まずこれらの注は直接的な典拠とは言いがたいが、あえて言えば、それは光源氏の教育方針が『尚書大伝』以来の伝統的な大学教育の古典的理念に則るものであり、日本の令制の大学寮にも継受されてきた正統的な理想主義であることを示すものになっていたといえようかと思う。「天長四年格」の根幹にもそうした古典的な大学教育の理念がある。

平安時代の初期の大学教育は盛行であったと言われる。桃裕行氏はその時期、「官吏養成の現実的な必要から、あるいは貴族の子弟に対する儒教教化の理想から、出身法の改正・強制就学・財政の補強・新知識の輸入等によって大学寮振興が企図されたのである（注48）」と論じた。しかし、十世紀に入ると、やや情勢は変わってくる。延喜十四年（九一四）、醍醐天皇が諸臣の意見を徴したのに応じて、当時式部大輔であった三善清行が奏上した「意見封事十二箇条」には、大学寮の現状について、以下に見るような厳しい現状認識と提言が述べられた。長いが、『河海抄』引用の一節と関連するところを引いておく。引用は書き下し文である。

## 三善清行「意見封事十二箇条」

一、大学の生徒の食料を加へ給はらむと請ふこと

右、臣伏して以《おも》みるに、国を治むるの道は、賢能を源と為す。賢を得るの方は、学校を本と為す。ここをもて古者は明王、必ず庠序を設けて、もて徳義を教へ、経芸を習はして、彝倫《いりん》を叙《つい》づ。周礼に卿大夫賢能の書を王に献る、王拝してこれを受くとあり。道を尊び士を貴ぶ所以なり。（中略）

然れども学生等、成し立つるの望み猶し深く、飢寒の苦しび自ら忘れたり。各鑽仰を勤め、共に学館に住す。ここに性利鈍あり、才愚智異なり、或は捍格《かんかく》して用ゐがたき者あり、或は穎脱《えいだつ》して嚢《ふくろ》を出づる者あり。通計してこれを論ずれば、中才以上の者、曾て十分が三四もなし。これによりて才士はすでに超擢して挙用せられ、不才の者は衰老して空しく帰す。またその旧郷凋落して、帰託する所なき者は、頭に白雪の堆《うづたかき》を戴きて、飢ゑて壁水の涘《ほとり》に臥せり。ここに後進の者、偏にこの輩の群を成すを見て、即ち以為《おも》へらく、大学はこれ迍邅坎壈《ちゅんてんかんらん》の府、窮困凍餒《たい》の郷なりとおもへり。遂に父母相誡めて、子孫をして学館に歯《まじは》らしむることなきに至るなり。これによりて南北の講堂、鞠《きはま》りて茂草と為り、東西の曹局、闃《けき》として人なし。

ここに博士等、貢挙の時に至るごとに、ただ歴名をもて士を薦む。曾て才の高下、人の労逸を問はず。請託これにより間《まま》起り、濫吹これがために繁く生《な》る。権門の余唾に潤ふ者は、羽翼を生して青雲に入り、闕里の遺蹤を蹈む者は、子衿《しきん》を詠じて黌舎《こうしゃ》を辞す。かくのごとく陵遅《りょうぢ》して、興復するに由なし。先王の庠序、遂に丘墟と成りたり（注49）。

全文は大学の理念と現実の大学寮の衰退を述べて、大学寮の復興のためには広く諸国の田租を大学寮の雑用料に充てること、勧学田を旧に復すべきこと等を切々と論じた文章である。ここで衰退の状況は「大学はこれ迍邅

坎壈の府、窮困凍餒の郷」と見なされるようになっていたというのだから、文飾や誇張を考慮しても深刻であることは変わらない。そういう現状を打開するためには、「臣臥して以みるに、人を萃《あつ》むるの道は、食《じき》をもて本と為す」というように、大学寮の財政基盤の再建である。学生には食料を給付し、寮においてきびしく教育する以外にない、そのための対策を取ってもらいたいという献言である。都腹赤は権門貴族を優遇する制度を批判したが、清行は大学寮そのものの衰退を憂慮し、その復興策を具申したのである。そういう提言の根幹には大学に対する共通した理念が共有されていたことが窺われる。都腹赤は「大学は才を尚ぶ処、賢を養ふ地なり」と言い、清行は「国を治むるの道は、賢能を源と為す。賢を得るの方は、学校を本と為す」と言うが、大学は学才を尊重し治国の賢能を養成する機関であるというのが彼らの共有した大学理念であった。さらに清行は「古者は明王、必ず庠序を設けて、もて徳義を教へ、経芸を習はして、彝倫を叙づ」と言うが、これは『尚書大伝』の小学・大学を通しての「小義を践み」、「大義を践む」ことを通して、「父子の道」「長幼の序」「君臣の義」「上下の位」を知るという教育思想を受け継ぐものであろう。大学は「徳義」を修めるところでもあったのである。

*　*　*

光源氏は夕霧の大学入学が異例なこととして大きな反響を呼んだ時に、夕霧になぜ大学教育が必要なのかを諄々と説いた。とはいえ、夕霧は大学に入学したからといって、実際に大学寮で暮らしたわけではなく、二条東院に部屋を与えられて大内記を家庭教師につけて集中的に猛勉強を課されたのであり、通常の中下級貴族の子弟の大学入学とは待遇はまったく違っていた。それでも夕霧は不満であったが、ともかくよく努力して『史記』を四五ヶ月で読み終わり、源氏の期待によく応えた。こうして夕霧は四月に入学して同年の秋には寮試に合格して、擬文章生となり、翌年の二月には朱雀院における放島の試みに優れた詩作をし、進士に及第、秋の除目には従五位に叙せられ侍従に任じられた。大学生であった期間は実質一年数ヵ月程度である。

とはいえ、これが光源氏の大学振興策として歓迎され、「昔おぼえて大学の栄ゆるころなれば、上中下の人、我も我もとこの道に心ざし集まれば、いよいよ世の中に才ありはかばかしき人多くなんありける」とか、「殿にも文作りしげく、博士才人どもところ得たり。すべて何ごとにつけても、道々の人の才のほど現るる世になむありける」（少女③三〇頁）というような、学芸の盛行する時代を現出することになった。物語が都腹赤や三善清行の問題にしたような大学寮の現実に向き合っていたとは思われないが、光源氏によって「昔おぼえて大学の栄ゆるころ」が実現したというところには、作者の一種警世的な意図を読み取っても不都合はあるまい。十一世紀の作者の時代の大学寮の現状が清行の「意見封事」によって改善されていたのか否か、今つまびらかにしないが、この物語は大学寮の振興、博士や学識ある者の積極的な登用を謳うのであり、それは文治主義の理想を語るものであったと言えよう。『河海抄』の注からはそのような物語の思想を読み取ることができると思う。その上で確認しておきたい点は、そうした思想が源氏物語の世界では光源氏に導かれた冷泉帝の聖代の物語として構造化されていたという点である。『河海抄』の注はそのような物語の構造を読み解くために有意義であると考える。

## 十一　『尚書』引用注釈のゆくえ

『河海抄』が『尚書』や『尚書大伝』を積極的に引用して注釈をしたのは、源氏物語に『尚書』に通じるものを読み取ったからであろう。そしてそうした注釈を継承したのは『岷江入楚』までであった。新注の契沖『源注拾遺』（一六九六年）は周公旦や『尚書』にはいっさい触れず、賀茂真淵『源氏物語新釈』（一七五八年）は「賢木」巻と「明石」巻で周公旦に触れるが、『尚書』や「金縢」の名は出てこない。本居宣長『源氏物語玉の小櫛』は「賢木」巻で周公旦にふれるだけである。国学者の注釈史から『尚書』は消えたも同然の状態になったのである。儒者の注釈書、熊沢蕃山『源氏外伝』には一回だけ「賢木」巻で光源氏を批評するところで周公旦が引かれる。

安藤為章『紫女七論』、萩原広道『源氏物語評釈』（一八六一年）にも『尚書』はもはや出てこない。しかし、右に見てきたように、少なくとも「藤裏葉」巻までの第一部の物語においては周公旦と『尚書』は光源氏の造型に深いところで重く関わっていたことは間違いないと思われる。その両者を繋ぐことで、光源氏なり源氏物語なりがどのような特色や性格を付与されるかと言えば、藤原克己氏の言葉を借りて、光源氏は「最も完満な高貴理想の体現者として造型されていた」(注50)と言うのが、もっとも適切な評語であろうと思う。

源氏物語の注釈史における儒教的言説の検討は多岐にわたる漢籍の引用を確認し整理するところから始めなければならないが、単なる勧善懲悪的観点の批評に止まらないことは明らかであろう。大曽根章介氏の「源氏物語と白話小説」(注51)には儒者の源氏物語批評が国学者の源氏論に影響を与えたことが述べられる。蕃山から萩原広道まで中世的な儒教言説とは異なる形で、儒教的言説は新しい源氏物語批評を切り開いていった。それらを今後の課題として本章を閉じることにする。

【注】

（1）『本居宣長全集』第四巻、筑摩書房、一九六九年。一八一、二二四頁。蕃山批判、為章批判は二二六〜二二九頁。

（2）注1に同じ。一八三、一九八、二二五頁。源氏物語は「物のあはれ」の文学であること、「物のあはれ」は恋の中に深い相が現われるものであるとして、次のように論じた。「人の情の感ずること、戀にまさるはなし。」「さまざまに人の心の感ずるすぢは、おほかた戀の中にとりぐしたり。かくて此物語は、よの中の物のあはれのかぎりを、書あつめて、よむ人を、深く感ぜしめむと作れる物なるに、此戀のすぢならでは、人の情の、さまざまとこまかなる有さま、物のあはれのすぐれて深きところの味は、あらはしがたき故に、殊に此すぢを、むねと多く物して、戀する人の、さまざまにつけて、なすわざ思ふ心の、とりどりにあはれなる趣を、いともいともこまやかに、かきあらはして、もののあはれをつくして見せたり」（「玉の小櫛」二巻、二二五頁）。

従って、密通の物語の意義は次のように論じる。「されば此すぢにつけては、さるまじきあやまちをも引いで、ことわりにそむけるふるまひも、おのづからうちまじるわざにて、源氏君のうへにて、空蟬君の事、朧月夜君の事、藤壺中宮の事などのごとし。戀の中にも、さやうのわりなくあながちなるすぢには、今一きはもののあはれのふかきことある故に、ことさらに、道ならぬ戀をも書出て、そのあひだの、ふかきあはれを見せたるもの也」（同上、二二七頁）。

特に源氏と藤壺との密通について、安藤為章が「一部の大事」と論じたことに対して、「さる世の中の大事を、一部の大事として書べきにはあらず」と批判し、これを書いた意図について、次のように論じた。「然らば此事は、いかなる意にて書るぞといふに、まづ藤つぼの中宮との御事は、上にもいへるごとく、戀の物のあはれのかぎりを、深くきはめつくして見せむため也、そは男も女も、よきことのかぎりをとりぐし給ひて、よろづにすぐれて、物のあはれをしり給へるどちの御うへといひ、又ことわりにたがへる、あながちなるあひだの戀には、殊に今一きは、あはれのふかきことある物なる故に、ことさらにわりなくあるまじき事のかぎりなる戀を、此御方のうへに書出て、かたぐ〵もののあはれの深かるべきかぎりを、とりあつめたる物ぞかし、さて冷泉院のもののまぎれは、源氏君の榮えをきはめむために書る也」（同上、二二九頁）。

（3）　この点については、次のように言う。「なほいはば、儒佛の教とは、おもむきかはりてこそあれ、物のあはれをしるといふことを、おしひろめなば、身ををさめ、家をも國をも治むべき道にも、わたりぬべき也。人のおやの、子を思ふ心しわざをあはれと思ひしらば、不孝の子はよにあるまじく、民のいたつき、奴のつとめを、あはれとおもひしらむには、よに不仁の君はあるまじきを、不仁なる君不孝なる子も、よにあるは、いひもてゆけば、もののあはれをしらねばぞかし。されば物語は、物のあはれを見せたるふみぞといふことをさとりて、それをむねとして見る時は、おのづから教誡になるべき事は、よろづにわたりて、おほかるべきを、はじめより教誡の書と心得て見たらむには、中々のものぞこなひぞありぬべき」(「玉の小櫛」二巻、二二五頁)。ここからは、「もののあはれ」は教誡をも含むものであるということになる。「もののあはれ」を知ることの延長線上には教誡になることも多々あるということであるが、それは教誡を目的に物語を読むこととは違うということである。

(4) 問題は物語とは何か、物語をどのようなものとして捉えるかということであるが、『今鏡』には源氏物語を弁護する一節に、「綺語とも雑穢語などはいふとも、さまで深き罪にはあらずやあらむ」という一文がある。小嶋菜温子氏は、物語は「綺語」「雑穢語」であるとする物語観をどう読み替えるかと問い、これが仏教や王権の側からのイデオロギー的な物語批判であるとしながら、逆に物語は「雑穢語」であることによって仏教や王権を根元的に批評する力を持つといい、「おそらく物語はあらゆる幻想を異化するものではなかろうか」という(『源氏物語批評』有精堂、一九九五年。三六三頁)。本稿でも物語はさまざまな言説を取り込みつつ、それを異化するものとして捉える。

(5) 『河海抄』は玉上琢彌編『紫明抄河海抄』角川書店、一九六八年。以下、『河海抄』の引用は同書に拠る。

(6) 寺本直彦氏は大斎院選子内親王要請説について、斎院選子と中宮彰子との交渉や選子の物語への関心の深さから考えて、「全くの事実無根ではなく」「ある程度の可能性を認める」ことができるという。寺本直彦『源氏物語受容史論考續編』、風間書房、一九八四年。第二部第二章第二節「源氏物語起筆伝説について(一)—大斎院要請説—」。また石山寺参籠説話について、東三条院詮子は高野山検校雅真に帰依し、雅真は石山寺に住んだことがあり、詮子はその石山寺に正暦から長保年間には特に頻繁に参詣していたこと、紫式部と父為時一族は詮子と関わりが深かったことなどから、紫式部参籠説話が生まれる背景はあったと論じた。同書、第三節「源氏物語起筆伝説について(二)—『続伝燈広録』所載石山寺参籠伝説の異説—」。

(7) 紫式部の生没年についての諸説は、阿部秋生編『諸説一覧源氏物語』明治書院、一九七〇年所収、堀内秀晃「紫式部伝諸説一覧」。

(8) 平野由紀子『平安和歌研究』風間書房、二〇〇八年。第一部「私家集の諸相」七「紫式部」。氏は紫式部の没年

の上限は寛仁四年、下限は万寿二年（一〇二五）とする。二五二頁。

（9）周公旦は前一〇〇〇年頃の人。周の文王の子、武王の弟。武王を助けて殷を滅ぼした。武王の死後、成王を助けて、管叔・蔡叔の乱を平定。孔子をはじめ儒家から聖人として尊敬され、儒教の礼は周公によってたてられたと伝えられる（京都大学文学部東洋史研究室編『東洋史辞典』）。周公旦東征とは武王の没後、周公旦は幼い成王に代わって政治を摂行したが、周公旦は成王のためによくないことをするという流言を避けて、二年間東に居住した。『尚書』「金縢」。

（10）白居易（七七二〜八六四年）、翰林学士・刑部侍郎等を歴任、八四二年、刑部尚書をもって致仕した。翰林学士を辞し、太子左賛善大夫であった時、八一五年、武元衡宰相の暗殺事件に関連して上書するが、逆に敵対勢力から中傷され、江州司馬に左遷された。太田次男『白楽天』集英社、一九八三年。一四七〜一八一頁。

（11）『平安時代史事典』角川書店、一九九六年三版。「源高明」の項。

（12）注11に同じ。「菅原道真」「斉世親王」の項。

（13）拙著『源氏物語の準拠と話型』至文堂、一九九九年。序章、一「源氏物語論の方法と展開」。

（14）『原中最秘鈔』の本文は池田亀鑑『源氏物語大成』巻七、一九六三年再版に拠る。『河海抄』の成立は一三六二年、『原中最秘鈔』の成立は通常「行阿判」の奥付のある「貞治三年十二月一日」（一三六四年）とされているので、この限りでは『河海抄』が『原中最秘鈔』を参照したとは言いにくいが、『原中最秘鈔』は源親行によって著作されたもので、その子の聖覚の写しの奥付が「正和二年八月十五日」（一三一三年）とある。本文中でも触れるように四辻善成は源光行―親行に始まる河内学派の学統であり、聖覚の写した『原中最秘鈔』は必ず見ていたはずである。

（15）海野泰男『今鏡全釈』下、福武書店、一九八三年。「作り物語の行方」。「妙音観音など申すやむごとなき聖たちの女になり給ひて、法を説きてこそ人を導き給ふなれ」。

（16）池田亀鑑『源氏物語事典』下巻、東京堂出版、一九六〇年。「原中最秘抄」の項。

(17) 池田亀鑑『源氏物語大成』巻七、中央公論社、一九六三年。第二部第三章、二六～七頁。

(18) 重松信弘『源氏物語研究史』刀江書院、一九三七年。一二八、一四九頁。拙著『源氏物語―その生活と文化―』中央公論美術出版、二〇〇四年。第十章「規範化する『源氏物語』」参照。

(19) 朧月夜事件による処分は通説では「除名」であると考えられているが、むしろ「免官」と考えられることについて、注18、拙著『源氏物語―その生活と文化―』第六章「光源氏の流謫―除名説・左遷説の再検討―」で論じた。

(20) 在原行平の須磨流謫については、『古今和歌集打聴』の説が適切に思われる。「文徳天皇の御時也。事にあたりてとは、勅勘をいへど、今はいささか御けしきのあしかりけるを、しばし避けて須麻に籠居られし成べし。罪ありて流されしと云事、文徳実録に見えず。此天皇の御在位はわづかに十年がほどにて、其間官位昇進年々にこそあらはれ、とどこほりなく見えたり。」久松潜一監修『賀茂真淵全集』第九巻、続群書類従完成会、一九七八年。三八四頁。

(21) 注14の『源氏物語大成』巻七所収、「源氏釈前田家本」二九五頁。

(22) 柿村重松『本朝文粋注釈』上、冨山房、一九七五年新修再版。五七〇～五七三頁。

(23) 注14の『源氏物語大成』巻七所収、「奥入（第二次）定家自筆本」、三七七頁。

(24) 新釈漢文大系『史記』五、明治書院、一九九〇年。一一八頁。

(25) この草子地については、『花鳥余情』に異見がある。則ちここは周室の王位の順序によって当てはめるので、武王の次には成王となるので、朱雀帝が退位すればその子、今上が即位するべきことである。それが朱雀帝の次に弟の冷泉が即位するので相違していることになる。「よりて成王のなにとかの給はんとすらんとは、今上の御意をはかりかたきといへるこころなり」（源氏物語古注集成・桜楓社、一九七八年）という。しかし、ここに今上を持ち出すことは間違いだと『岷江入楚』（源氏物語古註釈叢刊、武蔵野書院、一九八四年）は指摘する。今上は明石巻で二歳であり、賢木巻ではまだ生まれていないからである。ここは『岷江入楚』のいうとおりであろう。

(26)『紫明抄』の引用は、玉上琢彌編『紫明抄河海抄』角川書店、一九六八年。六二頁。

(27)『源氏外傳』「秋之巻」に次のような批評があるので引いておく。「此心おこり凶事の出来し先兆なるへし。若くて文才に長したるを不祥といへる是なり。これより人を見くたし何とも思はすして慎うすけれは必凶に入物なり。此時分唐朝本朝ともに徳を好み心をみかく学術なかりしかは、博学達才を以て聖賢とおもひしなり。故に周公の徳をしらすして其才の美はかりをしるゆへに、文学に長し物を博くしり詩文にさときを至極とせり。ことに源氏をは其代には時の有職と天下よりゆるして博学の名を得たる人なれは、徳をしり給て心のおこりも生すへき事なり。」『國文註釋全書』第十三巻所収。すみや書房、一九六九年再版。

(28) 全釈漢文大系・池田末利『尚書』集英社、一九八〇年。二六八～二七〇頁。

(29) 太公望は文王の師、武王を助けて殷を滅ぼした周朝樹立の功臣。召公奭は武王の弟、周公旦の兄弟でもあり周公とともに成王をたすけた周朝の重臣。京都大学文学部東洋史研究室編『東洋史辞典』一九七四年。

(30) 池田末利『尚書』は注28に同じ。吉川幸次郎全集第九巻『尚書正義』岩波書店、一九七四年。巻十二「金縢」。

(31) 新編日本古典文学全集『源氏物語』2、「漢籍・史書・仏典引用一覧」、五二三頁。

(32) 新釈漢文大系・吉田賢抗『史記一（本紀）』（明治書院、一九八二年）、「周本紀第四」、一七〇頁。

(33) 注30、吉川幸次郎『尚書正義』により現代語訳を示す。「私には父上たちに仕えまつるだけの仁がございます。それにまた才能も多く技芸も多うございます。また神神に立派にお仕えすることができまする」。

(34) 拙著『源氏物語の準拠と話型』至文堂、一九九九年、第五章「光源氏の儒教的形象」。

(35) 日本思想大系『律令』岩波書店、一九七六年。五一三頁。

(36) 前掲『尚書』「周官」、六三四頁。

(37) 前掲『尚書』解説、三四～四九頁。

(38) 源氏物語古註釈叢刊第七巻、中野幸一編『岷江入楚自十二須磨至廿六常夏』武蔵野書院、一九八六年。六頁。

(39) 前掲『尚書』、六〇～六二頁。

(40) 注39に同じ。六一頁。
(41) 吉川忠夫訓注『後漢書』第二冊、岩波書店、二〇〇二年。二八八頁。
(42) たとえば和憙鄧皇后の「徳」は次のように述べられる。「伏して惟んみるに、皇太后は大聖の姿に膺り、乾坤の徳を体し、蹤を虞妃に斉しくし、跡を任姒に比ぶ。孝悌にして慈仁、允に恭しくして節約、奢盈の源を杜ざし絶ち、逸欲の兆を防ぎ抑え、位を内朝に正し、化を四海に流す。」注41、二八七頁。
(43) 新釈漢文大系・吉田賢抗『史記五（世家上）』明治書院、一九九〇年。一二二頁。
(44) 京都大学文学部東洋史研究室編『東洋史辞典』東京創元社、一九七四年。「太宗」の項。
(45) 新釈漢文大系・原田種成『貞観政要』上、明治書院、一九七八年。七六頁。
(46) 新日本古典文学大系・大曽根章介・金原理・後藤昭雄校注『本朝文粋』岩波書店、一九九二年。一九〜二三頁。
(47) 前掲注46。二一頁、脚注17。
(48) 桃裕行著作集第一巻『上代学制の研究修訂版』思文閣、一九九四年。六七頁。
(49) 日本思想大系『古代政治社会思想』岩波書店、一九七九年。竹内理三校注「意見封事十二箇条」、八五〜八八頁。
(50) 藤原克己『菅原道真と平安朝漢文学』東京大学出版会、二〇〇一年。一七頁。
(51) 大曽根章介『日本漢文学論集』第三巻、汲古書院、一九九九年所収。

# 第二章　「帚木」巻の「諷諭」の物語から「蛍」巻の物語論へ

## ――『白氏文集』諷諭詩を媒介として――

### はじめに

「雨夜の品定」についてはこれまでも拙稿で主題論的に、また物語論として検討したことがある。(注1) 本章ではそれらを踏まえながら再度「雨夜の品定」が『白氏文集』の諷諭詩に倣う「諷諭」の物語になっていると考えられることを確認したい。その上でそれが「蛍」巻の物語論と連動する物語の方法であったことを考えてみる。「品定」がなぜ「諷諭」の物語になったのかは、たまたまこの箇所がそのような性格の物語になったというのでは十分な説明にはならない。それは作者の物語の方法の問題であり、「蛍」巻の物語論も作者の物語創作の方法論として理解しなければならない問題であると考える。「品定」を「諷諭」の物語として捉えることは、「蛍」巻の物語論と切り離せない問題として押さえておくべきであると思う。本章ではそのような問題意識からまず「雨夜の品定」の「諷諭」の問題を取り上げ、「蛍」巻の物語論の検討に及ぶ。

さて源氏物語の漢詩文引用については、『白氏文集』が引用句数、頻度数ともに五十パーセントを上回る圧倒的多数を占めることが報告されている。(注2) その『白氏文集』の中でもまた諷諭詩が群を抜いて多いのであった。具体的には、「秦中吟」から「議婚」「重賦」「傷宅」「不致仕」「五絃」、「新楽府」から「海漫々」「上陽白髪人」「縛戎人」「驪宮高」「両朱閣」「牡丹芳」「李夫人」「陵園妾」「古塚狐」「采詩官」、その他の「凶宅」等々である。このことが源氏物語にとって何を意味するのかということであるが、これは源氏物語の諷諭の文学としての性格や方法を端的に示すものではないかということを考えてみたい。

その点について丸山キヨ子氏が早くに言及していた。すなわち源氏物語の諷諭詩の引用において、作者紫式部は原詩の諷諭性を最も早く正しく捉えており、物語の根幹に充分に活用しているという見通しを述べた。その上で具体的な引用の仕方を三つに分類した。第一には断章主義的な引用、第二には「諷諭詩の寓する教訓性こそ踏襲されてゐないものの、その一部を踏まえることによって、その句を中心にその詩一篇のもつ感動的な場面のイメージなり、情趣なりを彷彿として描き出させ、原詩のもつ場面、事柄に類似する光景または構成などを効果的に印象づける」という引用の仕方があるといい、第三には諷諭詩の本来的な教訓性をそのまま取った引用があるとした。(注3) 右に挙げた各諷諭詩はこのうちのいずれかの方法で使われているというのである。

丸山氏は源氏物語が『白氏文集』の諷諭詩の方法に倣う諷諭性を内在させているということを指摘したのであるが、以下私もそうした観点に従いつつ、これまで触れられることのなかった「新楽府」序文との関わりなどから、「雨夜の品定」の方法を検討してみる。

## 一　古注釈の教誡説・寓言説

「雨夜の品定」の諷諭の検討に入るまえに、注釈史において源氏物語の諷諭についてどのように言及されてきたのか概観してみる。源氏物語の諷諭について主題論的にはっきりと論じたのは、安藤為章『紫女七論』（一七〇三年）が最初であるが、それ以前の注釈書では「諷諭」という言葉は使用されず、同様のことに触れても、

「さとらしめ」「をしへ」「こらしめ」「指南」等々の言葉が用いられた。四辻善成『河海抄』（一三六二年）は「凡此物語の中の人のふるまひを見るに、たかきいやしきにしたかひ、おとこ女につけても人の心をさとらしめ、事の趣を教へずといふことなし」と言うが、(注4) 中院通勝『岷江入楚』（一五九八年）になるとより教条主義的な儒教的傾向を強める。「文躰等事」の項では「此外於巻々文々句々有司馬遷文法」とか「一字褒貶は左伝之法也。是筆誅と同物云々」という箋説を冒頭に示し、自説として『毛詩』（詩経）を引き合いに出して、「（源氏物語が）抑男女の道をもととせるは関雎螽斯の徳、王道治世の始たるにかたとれり。」と、源氏物語は『毛詩』に倣うものだと言う。あるいはまた、「君子のつつしむところ専ここにあり。後人をしてこらしめんと也」、「すべて仁義礼智の大綱より仏果菩提の本源にいたるまて、此物語をはなれて何の指南をかもとめむ」(注5) というように、物語の教訓や教誡を力説したが、「諷諭」という言葉は使われなかった。

『岷江入楚』のこうした教誡説の強調は実は三条西家の注釈の傾向を示すものであって、三条西公条（一四八七～一五六三）の「秘」説、それを継承する三条西実枝（一五一一～一五七九）の「箋」説に基づいていた。右の「文躰等事」も「箋」説を冒頭に引いたが、「大意」の項でも同様に「箋」説を引く。たとえば『易』を引き合いに出しては、「易の家人の卦の心も、女は内に位を正し、男は外に位を正するが家の正しき道也。家正しければは天下も定まるといふそ。」といい、『大学』を引用しては「意を誠にし心正くし身を脩め家を斉へ国を治め天下を平にする道をあかすそ。此物語一部の大意もこれを本とせり。よく此物語に心をつけて道の正しき所を守るへしとそ。学者これを思へと也。」と説いた。(注6) こうした教誡説の観点は注釈の随所に見て取れる。これは漢籍の断章取義による源氏物語の儒教的教訓性を主張するものであったが、「学者これを思へと也」とか「学者深切に眼を付くへし」とコメントするように読みの観点として提起されたと言える。

一方で「寓言」説がもう一つの中世の源氏論の特色であった。寓言説は『河海抄』の「誠に君臣の交、仁義の道、好色の媒、菩提の縁にいたるまで、これをのせずといふことなし。その趣き荘子の寓言におなじきものか」（巻一「料簡」）とあるのが最初かと思われるが、三条西公条『明星抄』（一五三四年）から『岷江入楚』まで繰り返し言及された。「寓言」とはどういう意味かというと、『明星抄』の「此物語の大綱荘子が寓言にもとづけり。寓言と云ふは己が言を他人の名を借て以て謂ふと也」（「大意」）という説明が比較的分かりやすい。寓言とは「己か言を他人の名を借て以て謂ふ」という物語の方法であり、具体的にいうと、表面には「好色妖艶」を語るが、作者の本意は「人をして仁義五常の道に引いれ云々」ということであるとされた。(注7)

他に熊沢蕃山『源氏外伝』（一七〇四年頃）は源氏物語を「上代の美風」や「古の礼楽文章」を正しく伝えるものとして、「此物語は風化を本として書」かれたとする風化説を展開した。(注8)こうした教誡説、寓言説、風化説の当否は別にして、本稿ではこれらを総じて諷諭の範疇にあるものと考える。諷諭の方法には社会や現実に対する風刺や批評とともに教訓や教誡の意識があると考えられるからである。

## 二　安藤為章と萩原広道の諷諭説

安藤為章『紫女七論』の諷諭説はこうした流れの中に位置づけられるが、右のような古注釈との違いは諷諭を物語の方法や主題として明確に位置づけたことである。たとえば源氏物語の「大旨は婦人の為に諷諫すといへども、をのつから男子のいましめとなる事おほし」と言い、また光源氏の藤壺密通事件については、特にこれを「一部の大事」として、「この造言諷諭に心つかせ給ひていかにもいかにも物のまぎれをあらかじめ防がせ給ふべし」と論じた。(注9)藤壺事件は後世において帝系のまぎれが起こらないようにとの作者の遠き慮りによる諷諭であるというのである。この為章の「一部の大事」を諷諭とする説に対しては、本居宣長は『源氏物語玉の小櫛』（一七九六年）で為章の説は儒者心の偏見であるときびしく批判した。(注10)

その宣長の為章批判に対して、宣長の論を批判したのが萩原広道『源氏物語評釈』（一八五四年）である。広道は為章を支持する論を展開するのだが、そうした論の根拠は源氏物語の文章の法則として「諷諭」の方法をはっきりと認めていたからである。源氏物語の文章の「法則」として「諷諭」を立てたのは広道が最初である。(注11)

広道『源氏物語評釈』のいう文章の法則とは、二十一項目にわたるが、「諷諭」については、「今の現にある事に諷へて、一つの事をあらはし出でつつ、もののことわりを諭すをいふ。この二つは作者の心の中にある事なるを、推し量りて云ふ也」というふうに定義される。現実にあることによそえて、物語を語りつつ、ものごとの道理を諭すのが諷諭の方法であるというのである。広道が「諷諭」を「今の現にある事に諷へて、一つの事をあらはし出でつつ」と規定したことは、源氏物語に現実批判や社会批評という方法の所在をしっかりと認めていたのだといってよい。物語を通して道理を諭す、あるいは批判や批評を通して道理を考えるということが広道のいう「諷諭」であったと思われる。源氏物語はそうした諷諭の方法を持っていると広道は見なしたのである。源氏物語のどこにどのような諷諭を認めるかは、具体的には藤壺事件に対する為章の諷諭説の擁護と、「雨夜の品定」についての二カ所である。

藤壺事件についての批評を見ておくと、要点はこれが物語の中の「むねとある事にて、其余の事どもは、皆これをまぎらはさんために、あやなしたる物のやうにさへ見ゆめり。されば此事のみは、猶作りぬしの意ありし事となんおぼゆる」というところにある。藤壺事件の重要性を光源氏の他の女性関係とは次元の異なるものと位置づけ、その上で作者の意図するところを推測すべきだとした。藤壺事件を物語の最重要の核心と断じたのは広道が最初であろう。今藤壺論に立ち入ることはできないが、この指摘はまさしく先駆的であり慧眼であった。(注12)そしてこの事件に「作りぬしの意ありし事」を認めるというのが諷諭である。しかし、それがどのような諷諭かについては、その解釈は読者に委ねられているというのである。「よく見ん人はよく見てよくさとるべくなん」と言うのである。あるいは、「其世のさまとその事がらとを思ひて、作りぬしの心をおして、かうもやと思はんぞ、この諷諭といふことの見やうなりける」という。広道がどのような諷諭の意味をくみ取ったかは興味深いが、それは語られなかった。

「雨夜の品定」についての広道の論は、要約すれば「品定」は女性論、恋愛論、結婚論として作者の精魂を傾けた議論であり、仏教や儒教にこじつける解釈はしてはならないが、教えや誡めとなることは多い、しかし、作者は教誡の意図を隠してさまざまに紛らわして書いているというところにある。「この品定はあるが中にも心をいれて世にあらゆる女のさがどもをくまなく論じあかしたる所なれば」、「かくさまざまの女のさがを論らひたるは」というように、文字通りの女性論でありつつ、「世の中の男女のなからひの有さまをば大かたに書つくされたり」というように、「男女のなからひ」について書かれた恋愛・結婚論であるが、それらは「さりげなく書きまぎらはされたるにや」、「わざとかくまぎらはして何となく物語のうちにこめたる物」、「わざとしどけなく書まぎらはしたる物」であるという。それゆえに読者はその作者の意図を深くくみ取らねばならないと論じた。「見ん人ふかく心して味はふべし」というのである。ここでは諷諭という言葉は使われないが、この理解の仕方は「品定」を諷諭の物語として捉えているものであり、広道の諷諭の定義によく適うものであろう。

源氏物語をはっきり諷諭の文学として論じたのは安藤為章が最初であるが、それは見てきたような中世の古注釈を通して準備されたのであった。しかし、それは本居宣長の言うような儒者心的な硬直性をまぬがれなかったと言わざるをえない。広道はそのあたりを物語の文章の法則として捉え返すことで、諷諭を物語の方法として正しく位置づけたのだと言えよう。

## 三　「新楽府」序と「雨夜の品定」の構成

右のように源氏物語を教誡、寓言、風化あるいは諷諭の物語として理解することは注釈史の大きな流れになっていたといえるが、明治以降でも藤岡作太郎や島津久基はその流れを継承していた。（注13）それら教誡、寓言、風化、諷諭という言葉で論じられたところを総じて諷諭説として捉え、源氏物語の諷諭の物語としての性格を示すものと、私は理解する。そして源氏物語の中でそうした諷諭の性格あるいは諷諭の方法を最もよく示す部分が、広道も言うように「雨夜の品定」であろう。どうして「雨夜の品定」はそのような諷諭性をもつことになったのか。以下「雨夜の品定」と『白氏文集』「新楽府」との関わりを検討し、「雨夜の品定」が「新楽府」の方法に倣ったであろうところを確かめてみたい。

とはいえ、右に見たような源氏物語注釈史における諷諭説と、『白氏文集』の諷諭詩とでは、その背景や意図に大きな違いがある。静永健氏によれば『白氏文集』の諷諭詩は白居易が左拾遺に補せられて以降、その職務の一環として創作されたものが圧倒的に多く、「天子の諫官たる左拾遺の官としての意識が強くはたらいていた」とされ、そういう意識で詠まれたゆえに、「天子のため、公のためを以て詠んだ、あくまでも純粋な意味での社会風刺詩としての性格」をもつとされる。（注14）白居易の諷諭詩が諫官という職務に関わって創作された詩であるとすれば、源氏物語の諷諭にはそうした背景はない。当然諷諭の意図や意識も異なる。そういう白居易諷諭詩の職務的な背景を紫式部がどの程度理解していたかは分からないが、それはそれとして、中宮彰子に「新楽府」を進講した（『紫式部日記』）ことからして、諷諭詩の政教的意図、為政者のための誡めという意図はよく理解していたと考えてよいのであろう。藤原克己氏は紫式部の白氏諷諭詩の受容は当時の文人たちの『白氏文集』享受圏のなかで、「白居易の人生を再構成しながら読む、またとりわけ白居易と元稹との交友と詩の応酬に関心を寄せて読む」という文人たちの享受のあり方に支えられていたであろうことを論じている。(注15) 紫式部の白氏諷諭詩への深い理解が想定できる。

さて「雨夜の品定」における白氏諷諭詩の引用は三人の男たちの経験談に顕著である。左馬頭の指食いの女の話に「上陽白髪人」が、頭の中将の常夏の女の話に「陵園妾」が、藤式部丞の博士の娘の話に「議婚」が引用されていることが繰り返し論じられてきた。(注16) それらを通して紫式部の白居易諷諭詩への親炙の深さは明らかであるが、ここでは「雨夜の品定」の構成が「新楽府」序文にいう「首句其の目を標し、卒章其の志を顕らかにする」という諷諭詩の構成法に倣ったと思われる点について検討してみる。

「新楽府」序文には次のようにある。

> 序曰、凡九千二百五十二言、斷爲五十篇、篇無定句、句無定字、繫於意、不繫於文、首句標其目、卒章顯其志、詩三百之義也、其辭質而徑、欲見之者易諭也、其言直而切、欲聞之者深誡也、其事覈而實、使采之者傳信也、其體順而律、可以播於樂章歌曲也、惣而言之、爲君、爲臣、爲民、爲物、爲事而作、不爲文而作也。(注17)
> （序に曰く、凡べて九千二百五十二言、断《さだ》めて五十篇と為す。篇に定句なく、句に定字なし。意に繫けて文に繫けず。首句其の目を標し、卒章其の志を顕らかにするは、詩三百の義なり。其の辞質にして径なるは、之を見る者の諭り易からんことを欲すればなり。其の言直にして切なるは、之を聞く者の深く誡めんことを欲すればなり。其の事覈《かく》にして実なるは、之を采る者をして信を伝へしめんとてなり。其の体順にして律なるは、以て楽章歌曲に播《ほどこ》すべきなり。總べて之を言へば、君の為、臣の為、民の為、物の為、事の為にして作る。文の為にして作らざるなり。）

この序文の要点は、「新楽府」の五十篇は「篇に定句なく、句に定字なし」というようにいたって自由な形式で、しかも内容に重点を置いて、文飾は重んじていないという点が第一の特色である。次に最初の句に主題を示し、最後の一段に趣旨を明言するとともに、表現や用語は読む人にわかりやすく、聞く人には深く誡めとなるように書いているというのが第二の特色である。結論としてすべてこれらの詩は君のため、臣のため、民のため、物のため、事のために作ったもので、装飾のために作ったものではないという。

この第二の特色である「最初の句に主題を示し、最後の一段に趣旨を明言する」という構成法が「雨夜の品定」の構成の仕方に影響を与えていると思うのである。「雨夜の品定」の構成ははじめに導入部を置き、次いで中心となる部分が一般論、比喩論、経験談という三段に分かれて展開され、最後にそれらを総括する形でしめくくられる。一般論は「女のこれはしもと難つくまじきはかたくもあるかな」(帚木①五七頁)と始まり、比喩論は「よろづのことによそへて思せ」(同上、六九頁)と始まり、経験談は「かかるついでは、おのおの睦言もえ忍びとどめずなむありける」(同上、七一頁)と始まって、これらはそれぞれの段の主題の提示になっている。各段の内容のまとまりも大変よい。ここにまず「首句」と「卒章」の首尾呼応する構成が見て取れる。またそれぞれの内容も教訓的風刺的であることはいうまでもなく、例示は省略するが、そこでの話題や発言は右の「之を見る者の諭り易からんことを欲すればなり」、「之を聞く者の深く誡めんことを欲すればなり」という「新楽府」序文の教訓的教誡的意図によく合致していると言ってよい。

こういう「首句」と「卒章」との首尾呼応した構成法が一般論、比喩論、経験談の内部でも採用されていると思われるのである。そうした点を、以下少々煩瑣だが見ておく。

## 「雨夜の品定」の構成

### 導入

- 一般論
  - 三階級（上の品・中の品・下の品）論
  - 妻・主婦の論
  - 性格・人柄の論
  - まとめ
- 比喩論
  - 木工芸の論
  - 絵画論
  - 書の論
  - まとめ
- 経験談
  - 左馬頭の話
    - 指喰いの女
    - 木枯らしの女
  - 頭中将の話—常夏の女
  - 藤式部丞の話—博士の娘
- 総括

## 四　「雨夜の品定」の構成法——「首句」と「卒章」

まず「品定」の一般論の部分から見てみよう。一般論は先にも引いたが、頭中将が「女のこれはしもと難つくまじきはかたくもあるかな」と切り出して、本題に入る。「これは欠点がないと思われる女はいない」というのが、この段のテーマである。そういう本題のテーマを冒頭に明確に示し、次いでそのテーマに即した内容を語る。女の筆跡や手紙の内容、親が大切に世話している様子や周囲の者の噂から期待して交際してみるのだが、交際を重ねて行くうちにがっかりしないですむ例はないという話になる。「見劣りせぬやうはなくなむあるべき」(帚木①五七頁)ということになる。こういう構成が「新楽府」序文にいう「首句」と「卒章」の呼応という構成法に学んでいるものではないかと考える。

その「見劣りせぬやうはなくなむあるべき」という意見を受けて、しかし、「その片かどもなき人はあらむや」(同上)—ひとつの取り柄もない女はいないでしょうと言って、次の話題に転じる。そこでは女を身分や境遇によって上中下の三階級に分けるのだが、その議論の中心は「中の品になむ人の心々おのがじしの立てたるおもむきも見えて、分かるべきことかたがた多かるべき」(同上、五八頁)という点にある。「中の品」の女の個性的な魅力を力説するのである。そうした中心的な論点をまず示してから、「上の品」との違い、「中の品」の境遇、「中の品」の女の思いがけない個性や魅力を語り続ける。「中の品」には思いの外に魅力的な心惹かれる女がいるというのが結論である。

さらに妻女論、主婦論へと進むが、そこでもはじめに「おほかたの世につけてみるには咎なきも、わがものとうち頼むべきを選らむに、多かる中にもえなむ思ひ定むまじかりける」(同上、六一頁)と、妻とすべき女を選ぶことの難しさをまず揚言して、以下なぜ難しいかということについて、家庭における主婦の役割の重大さ、妻に求めたい心構えや気配りなどをもっぱら男の立場から自由気ままに論い、理想の妻は得がたいと慨嘆する。この慨嘆が「卒章」にあたる。

この理想の妻は得がたいと慨嘆しつつ、妻とすべき女の最後の条件として論じられるのが性格や人柄についてである。

今はただ品にもよらじ、容貌《かたち》をばさらにも言はじ、いと口惜しくねぢけがましきおぼえだになくは、ただひとへにものまめやかに静かなる心のおもむきならむよるべをぞ、つひの頼みどころには思ひおくべかりける。

（帚木①六五頁）

生涯の伴侶とすべき妻は身分や容姿ではなく、誠実で落ち着いた性格の女がよいというのである。これが「首句」の主題の提示であり、こうした論点に対して現実の夫婦仲はなかなかうまく行かないことを述べ立てる。結論的には「夫婦仲がうまく行かないようなことになったら、互いに気長に辛抱する以外にはない」ということになる。これが「卒章」の趣旨である。

このような展開が「雨夜の品定」の一般論の議論の大筋であるが、その構成はそれぞれの話題ごとに最初にテーマや論点を明示して、以下それを具体的に説明したり敷衍して行き、それぞれの段落で最初のテーマや論点に相応するまとめを付けるのである。こういう語り方を、「首句其の目を標し、卒章其の志を顕らかにす」という「新楽府」序文にいう諷諭詩の構成法に倣うものと考えるのである。

比喩論の部分でも同様であり、「よろづのことによそへて思せ」といって、木工芸、絵画、書を例として、その道の名人とそうでない者との作品の出来栄えの違いを論じていく。そして名人の作には見た目のおもしろさを超えた風情や風格があるとする。その上で、こうした技芸にもまして、「人の心」はうわべを見ているだけでは信頼できないものだとまとめる。これが「卒章」である。

経験談の部分においても「首句其の目を標し、卒章其の志を顕す」という首尾呼応した体裁は明確である。「おのおの睦言」を語ることを目的として、それぞれの話に批評を下す形になっている。まず左馬頭の「指食いの女」の話から始まるが、その女はまだ身分の低かった左馬頭の浮気を口うるさく非難したが、それ以外は

「はかなきあだ事をも、まことの大事をも言ひあはせたるにかひなからず」(同上、七六頁)という頼りがいのある女で、染色や裁縫の技術にも優れていて、妻としても主婦としても申し分のない女であったことが、亡くなった後になって分かったと言って、後悔する。

左馬頭のもう一つの経験談は「木枯らしの女」の話で、指喰いの女と同時期に通っていた教養のありげに見えた浮気な女の話であるが、この話の締めくくりは、「すきたわめらむ女に心おかせたまへ。過ちして見む人のかたくなる名をも立てつべきものなり」(同上、八〇頁)と言って、女の浮気のために男が笑い者になることがあるから注意するのがよいというのであり、光源氏に対する左馬頭の自嘲的な忠告となっている。

頭中将の経験談は「常夏の女」の話で、子どもまで生まれた仲であったが、内気な女で言うべきことをも言わずに突然失踪したことを語って、長く連れ添うことのできない頼りなさを嘆息した。そしてこの三話を纏めて批評するのだが、「指喰いの女」については忘れがたい女だと言っても、毎日顔を合わせているとうるさくて嫌になりかねないと言い、「木枯らしの女」については浮気の罪は重いと言い、「常夏の女」については失踪したのは他に男ができたのではないかと疑われると言い、結局どういう女が妻によいかは決めかねるということになる。吉祥天女のような女を求めても、抹香臭く人間離れしていて興ざめであろうと言って笑う。これが経験談の中締めといったところである。

最後に藤式部丞が「かしこき女の例」(同上、八五頁)として学問のある博士の娘と結婚したものの、男まさりの学者言葉が身に染みこんでいるような女であったので離婚したという話をする。このようにどの経験談においても最初の話題の提示と結末は首尾呼応しており、内容もまた風刺と教訓を含むものになっていた。ここでも「首句」と「卒章」の呼応する構成法で語られていたと考えてよい。

経験談が終わり、「雨夜の品定」の最後の一段は次のような風刺教誡の言説で締めくくられた。全文の引用はできないので、一部を引く。

1　すべて男も女も、わろ者はわづかに知れる方のことを残りなく見せ尽くさむと思へるこそ、いとほしけれ。三史五経、道々しき方を明らかに悟り明かさむこそ愛敬なからめ。などかは女といはむからに、世にあることの公私につけて、むげに知らずいたらずしもあらむ。わざと習ひ学ばねど、すこしもかどあらむ人の耳にも目にもとまること、自然に多かるべし。（帚木①八九頁）

2　よろづのことに、などかはさてもとおぼゆる折りから、時々思ひ分かぬばかりの心にては、よしばみ情けだたざらむなむめやすかるべき。すべて心に知れらむことをも知らず顔にもてなし、言はまほしからむことをも、一つ二つのふしは過ぐすべくなむあべかりける。（帚木①九〇頁）

1男でも女でも生半可な者はわずかばかりの知識をひけらかすのが困りもの、三史五経といった本格的な学問を女が究めようというのは愛敬のないことだが、女だからといって世間の出来事について何も知らないということがあるはずもない。わざわざ勉強しなくても多少の才知があれば見たり聞いたりして学ぶことは自然多いものだ。

2女は万事時と場合の振る舞いが分からぬようでは気取ったり風流ぶったりしない方がいいし、知っていることも知らない振りをして、言いたいことも一つ二つは言わずにおくのがよい、というのである。

皮肉で辛辣な話しぶりに風刺の意図が明らかである。女は本格的な学問をするには及ばないが、自然身に付く知識や教養はあり、それはひけらかすのではなく、万事控え目に謙虚にするのが賢明だという意見である。「女のこれはしもと難つくまじきはかたくもあるかな」と始まった「雨夜の品定」の、これがまとめの発言である。「新楽府」序文にいう「卒章其の志を顕す」という箇所である。「雨夜の品定」の最後の章句がこういう言説で締めくくられるところに、風刺教誡の文学としての性格が示されていると考えられる。

## 五 「雨夜の品定」と「新楽府」における「人の心」

「雨夜の品定」には引用とか典拠とかはっきりいえないものの、白居易の諷諭詩との関わりを想定しておきたい箇所がある。「品定」の比喩論の部分で木工芸、絵画、書について名人とそうでない者との出来栄えの違いを述べた後に、結論として「まして人の心の時にあたりて気色ばめらむ見る目の情けをば、え頼むまじく思う給へてはべる」(同上、七〇頁)と語られたところである。女がその時々に取り繕ってみせる、うわべの風情は信用できないというのである。やや意味の取りにくいところだが、人の心は表面的な風情だけでは本当のところは分からない、当てにできないということを述べるものと解される。こういう「人の心」に対する見方は常識的といえばそのとおりであり、格別注意を払う必要はないのかもしれないが、「新楽府」の「太行路」「天可度」に次のような一節がある。

太行之路能摧車　　太行の路は能く車を摧く
若比人心是坦途　　若し人の心に比すれば是坦途なり
巫峡之水能覆舟　　巫峡の水は能く舟を覆す
若比人心是安流　　若し人の心に比すれば是安流なり
人心好悪苦不常　　人の心の好悪苦だ常ならず

好生毛羽惡生瘡
（中略）
君不見左納言右内史
朝承恩、暮賜死
行路難、不在水不在山
只在人情反覆間

天可度、地可量
唯有人心不可防
但見丹誠赤如血
誰知偽言巧似簧
（中略）
海底魚兮天上鳥
高可射兮深可釣
唯有人心相對時
咫尺之間不能料
君不見李義府之輩笑欣欣
笑中有刀潜殺人

好めば毛羽を生じ悪めば瘡を生ず

君見ずや、左納言、右内史
朝に恩を承け、暮に死を賜ふ
行路難、水に在らず山に在らず
只人情反覆の間に在り（「太行路」）

天度《はか》るべく、地量るべし
唯人の心の防ぐ可からざる有り
但見る、丹誠赤きこと血の如きを
誰か知る、偽言巧みなること簧《こう》に似たるを

海底の魚、天上の鳥
高きも射るべく深きも釣るべし
唯人の心のみ相対する時
咫尺の間も料る能はざる有り
君見ずや、李義府の輩、笑ひて欣欣たるも
笑中に刀有りて潜かに人を殺すを（「天可度」）

「太行路」の副題は「借夫婦以諷君臣之不終也（夫婦に借りて以て君臣の終らざるを諷するなり）」であり、「天可度」の副題は「悪詐人也（詐人を悪むなり）」というので、それぞれ主題は異なる。「太行路」の「人の心」は妻の立場から夫の心の定まりがたさ、変わりやすさ、当てにならないことを非難し嘆き、それが君臣の間柄にも当てはまるというのである。引用箇所は、太行の路はよく車を砕く難路であり、巫峡の水はよく船を転覆させる難所であるが、人の心に比べればまだ平らで安らかだという。人の心は好悪の定まりなく、気に入ればあばたもえくぼであるが、憎めばあら探しばかりする。これは夫婦の間のことだが、君臣の間においても変わらず、朝に君寵のあった者が夕には死を賜わる人情の定めなさを諷するのである。

「天可度」では詐人を例にして「人の心」の計りがたさ、知りがたさ、信用のならないことを論う。引用箇所は、天も地もともに測量することができるが、「人の心」だけは予測のしようがない。見たところ誠実そのものであるのに、実に上手なうそつきがいる。李義府の輩はにこにこ笑っているが、笑いの中に刀が隠されていて潜かに相手を殺したと謳う。李義府は唐の高宗の宰相で、外見はおだやかで人と話す時は常ににこにこしていたが、その実腹黒く笑いの中に刀があると噂されたという。(注18)

いずれも平易で具体的な例話による教誡と風刺であるのに対して、「品定」の比喩論の「人の心」は具体的な状況のもとに語られているのではなく、一般論的に述べられたのだが、にもかかわらず「太行路」や「天可度」にいう「人の心」の信じがたさ、当てにしがたいことをいう点では共通する理解であり、捉え方であると思われる。それらが比喩論の「人の心」の典拠であるという根拠はないが、「品定」の根底にはこうした作品群も沈められていたと考えてよいのであろうと思う。

特に「太行路」には「人生莫作婦人身、百年苦楽由他人（人生まれて婦人の身と作る莫かれ、百年の苦楽は他人に由る）」という女の人生についての嘆きが詠われた。そうした女の人生を詠んだ諷諭詩として、注目したいものに

「井底引銀瓶」がある。「井底引銀瓶」は若い娘が一目惚れした男と駆け落ちして、男の家に暮らすようになったが、男の親は「娉則爲妻奔是妾（娉すれば則ち妻たり、奔れば是れ妾）」と言って、女を妻と認めなかった。結納を納めて迎えた者は妻であるが、勝手に走りこんだ女は妾であり、家の先祖の祭をさせるわけにはいかないというのである。女は男の家に居ることができなくなったが、さりとてこっそり飛び出してきた故郷にも帰れない。「爲君一日恩、誤妾百年身（君が一日の恩の為に、妾が百年の身を誤る）」と言って、女は嘆くという詩である。これも「新楽府」の諷諭詩であるが、こうした女の人生や恋愛や結婚を詠んだ諸作品が「雨夜の品定」の恰好の材料になっていたのではなかろうかと思う。

「雨夜の品定」に続く空蟬の物語には、桐壺帝に入内を予定していた空蟬が父の死によって、伊予介の後妻になったことについて、「世こそ定めなきものなれ」とか「世の中といふもの、さこそ今も昔も定まりたることはべらね。中についても、女の宿世はいと浮かびたるなむあはれにはべる」（帚木九六頁）という、光源氏と紀伊守の感想が語られた。彼らの言葉に空蟬の人生に対するどれほどの実感があるわけでもないが、この言葉は空蟬のみならず物語の女の人生の不安定さを言い当てていたことは間違いない。そしてこういう言葉は、「人生まれて婦人の身と作る莫かれ、百年の苦楽は他人に由る」という一句と響き会っているのではなかろうか。光源氏を拒み続けた空蟬の態度には、「君が一日の恩の為に、妾が百年の身を誤る」という句を教訓としていたところがあるのではないかとも思われる。「新楽府」と「雨夜の品定」、あるいは「帚木」三帖の物語との間には緊密な受容と変奏の様相が存したと思うのである。

## 六　「蛍」巻の物語論

さて「雨夜の品定」が「諷諭」の物語としての性格を持っていたことは、源氏物語がそのような社会批評、人生批評の性格を持っていたというだけでなく、なぜそのような文学として成立したのかという問題として考える必要がある。冒頭でも触れたように「諷諭」の問題は「蛍」巻の物語論と連動する物語の方法であったと考えられるのであり、物語論の可能性やその到達点を評定することに繋がると思うのである。

はじめに「蛍」巻の物語論の要旨を整理しておく。「雨夜の品定」と同じ長雨の季節に、光源氏は玉鬘を相手に物語について長広舌をふるう。それが物語論であるが、発言の大略は次のようである。

1　物語は事実が書かれているわけではなく、作り話であることは承知しているが、その中になるほどそうであろうとしみじみと思わせ、もっともらしく書かれていると、たわいないことと思いながらも興味のわくものである。

2　ありえないことだと思いながら、仰々しい書きぶりを見ると驚いて、落ち着いて読み返すと馬鹿ばかしくなるが、それでもふと感心することもある。幼い者が女房に読ませるのを聞いていると、作り話の上手な者が世間にはいるものだと思う。

3　とはいえ、物語は神代以来の世の中の出来事を書き記したものであり、日本紀などは一面的にすぎず、物語にこそ政道の役にも立ち人生にも詳しいことが書いてあるのだろう。

4　物語は誰それの身の上としてありのままに書くことはないが、世間の人の有様で見たり聞いたりして、そのまま聞き流してしまうことのできないことを、後世にも言い伝えさせたいと思い、心に納めておくことができずに語り始めたものであろう。

5　よく言おうとしてはよいところばかりを書いたり、読者の受けをねらって悪いことで珍しい話を取り集めたりするが、どれもみなこの世のことでないものはない。

6　外国のものでも作り方は変わらない。内容に深い浅いの違いはあるが、ただ一途に物語は作りごとだと言ってしまっては実情を無視したことになる。仏の教えにも方便ということがあって、悟りのない者はあれこれ疑いを持つが、せんじつめると一つの趣旨になる。よく言えば何ごとも無益なものではない。

（蛍③二一〇～二一三頁）

この光源氏の発言は物語の実作者としての経験に基づいた、作者の物語論であると考える。全体の論旨は物語の性格や特色についてさまざまな角度から考察するとともに、物語の意義を強調するものになっている。これを再度整理してみると、第一の論点は物語は作り話であるということである。これを物語の本性の論とする。原文を示すと、「こころ（物語）の中にまことはいと少なからむを」、「かかるすずろごと」、「このいつはりども」、「いとあるまじきこと」「そらごとをよくし馴れたる口つきよりぞ言ひ出だすらむ」、「そらごと」などの言葉が繰り返される。

しかし、作り話であっても、物語は読者の心を打つもの、読者を虜にするもの、感動させるものであるというのが第二の論点である。これも物語の本性の論である。「かかるすずろごとに心を移し、はかられ給ひ」、「はかなしごとと知りながら、いたづらに心動き」、「憎けれどふとをかしきふしあらはなるなどもあるべし」と語られる。

第三には物語の内容は神代からの人間世界の出来事を語るものだと言う。これは物語の発生、成立についての論である。「神代より世にあることを記しおきけるななり」、「よきもあしきも、世に経る人のありさまの見るにも飽かず聞くにもあまることを（中略）言ひおきはじめたるなり」、「みなかたがたにつけたるこの世の外のことならずかし」という。国が違ってもそれは変わらないと言う。

第四には物語の意義を論ずる。世間では一般に物語は「まこと」が少ないとか、「すずろごと」、「はかなしごと」、「そらごと」と考えられているが、実は「政道の役にも立ち人生にも詳しいこと」が語られているというのである。「日本紀などはただかたそばぞかし。これらにこそ道々しくくはしきことはあらめ」と言う。さらに物語の書き方、語り方には誇張も作り事もあり、出来栄えには深浅があるが、物語は有意義なもので、「よく言へば、すべて何ごとも空しからずなりぬや」と述べる。それは仏の説法における「方便」説と同様に考えてよいとするのである。

このような物語論がなぜ語られたのかという点について、阿部秋生氏は次のように論じた。当時の官僚貴族は中国の古代から行われていた文章論、政教主義的効用を重んじる文芸観を身につけてしまっていたから、文学を評論する時には、政教主義的文芸観によるしかなかった。それが彼らの常識であった。「蛍」巻の物語論の中で、紫式部が終始意識して抵抗していた相手もこの文芸観であったろうと言い、それとともに「紫式部が物語論の中で、最もあらわに抵抗していた直接の相手は、物語は作り話である、「そらごと」である、だから低級なものだという批評である。この批評の裏には、物語のような「そらごと」のないものとして「日本紀」(国史)が意識されていた」と述べた。(注19)

物語を「そらごと」として批判した早い例は『蜻蛉日記』序文である。「世の中に多かる古物語のはしなどを見れば、世に多かるそらごとだにあり、人にもあらぬ身の上まで書き日記して、めづらしきさまにもありなむ」(新日本古典文学大系『蜻蛉日記』。表記を直した)と、物語は「そらごと」で満ちていると言い、そのような物語に代わって「身の上の日記」を書いて、身分の高い男との結婚生活がどのようなものかを、その実情を読者に示そうと、作者は述べた。おそらく当時身分の高い男と結婚した女の他愛のない物語が流行していたのであろう。それは「そらごと」だと、作者は異議を唱え、そのような物語に代わるものとして日記文学という新しい文学を提示すると宣言したのである。

源氏物語の作者の前に通用していた物語観は政教主義的文学観に立った評価と、物語は「そらごと」で低級なものという評価であったというのはその通りであろう。「蛍」巻の物語論はそれに対する異議申し立てであり、むしろそういう物語観の逆転を企図する議論であったのである。それはどのようにして可能であったのか。物語を書き進める経験の中で作者がおのずと育んだ見解であったというのでは十分な説明にはならない。その物語論の出てくる背景を考えることが必要であろう。

## 七　「蛍」巻の物語論と『古今集』序文との類似

「蛍」巻の物語論が『古今集』「仮名序」を意識していたであろうことを、藤井貞和氏が問題にした。すなわちこの物語論には「仮名序」と一致する発想や語句、類似・近似する表現がいくつも見いだせることを指摘して、「蛍」巻の物語論の淵源が仮名序から中国の文献に遡るとした。(注20)藤井氏は物語論と「仮名序」の表現上の類似に注目したが、ここでは『古今集』序文との類似の意味を物語論における政教主義的発想として考えてみたい。「蛍」巻の物語論は単に同時代の政教主義的文学論に対抗して物語の独自性を論じたのではなく、物語が政教的な意義を有することを述べつつ、物語の独自性を論じたものとして考えてみたい。それは『古今集』序文が「毛詩序」や、魏文帝「典論・論文」の文章経国思想に基づきながら展開した和歌論の政教性と軌を一にするものであったのではないかと考えるのである。

まず『古今集』序文と物語論との構成の類似について注意したい。『古今集』編纂の目的は「仮名序」と「真名序」の二つの序文に述べられており、両序では若干の違いがあるが、「仮名序」によって要点を述べれば、次のようである。

和歌は人の心を種として生まれ、神代から今日まで詠み継がれてきた。和歌の形式には六義があり、その歴史には盛衰がある。現代では世の中の風潮が虚飾を求め、人の心が華美になって、実意のない軽薄な歌ばかりになり、公的な場所で詠まれることがなくなったが、昔はそうではなかった。代々の帝は春の花の美しい朝や、秋の月の美しい夜などには、臣下を招いて和歌を詠ませ、賢愚のほどを見分けたものである。『万葉集』が作られてから百年以上が経ち、古代のことや和歌のことを理解できる人が少なくなったが、近代では僧正遍照や在原業平、小野小町など六歌仙が有名である。こうした和歌の歴史に鑑みて、古代のことを忘れず、和歌を復興しようという醍醐天皇の意図に基づいて、『古今集』は編纂されたというのである。

この序文の構成は①和歌の本質論に続いて、②和歌の発生とその歴史、③朝廷における和歌の献上、和歌の効用④特に万葉集と六歌仙に触れた後に、⑤醍醐天皇による勅撰集編纂の意義を顕彰するという形式である。「蛍」巻の物語論でも先の要旨の整理で見たように、物語の本性の論（「作り話」）とともに、物語の発生と歴史（「神代からの出来事を語る」）、物語の方法、意義が論じられ、さらに「住吉の姫君」「くまの物語」「うつほの藤原の君の娘」、「継母の腹きたなき昔物語」など具体的な作品名によって物語史に言及した。この「住吉」以下の物語批評は、「仮名序」「真名序」の六歌仙批評に見合うものであると言えよう。『古今集』序文の①②③④に相当する内容が、「蛍」巻の物語論でも取り上げられているのであり、物語論が『古今集』序文を意識していたことは認めてよいと思う。

『古今集』序文と物語論との違いは、前者では『古今集』編纂が醍醐天皇の徳を称え文運の隆盛を謳うという政教主義的意義を宣揚するのに対して、物語は勅撰とは無縁のものであるゆえに、そうした発言は見られないことである。それでは物語は政教的意義と無縁であったのかと言えば、そうではない。『古今集』の政教性とは意味が異なるが、物語には物語の政教的意義があることを「蛍」巻の物語論は積極的に主張するのである。

## 八　「蛍」巻の物語論――政教主義的物語観を超えて

物語論の次の一節をもう少し具体的に検討してみる。

1　（物語は）神代より世にある事を記しおきけるななり。日本紀などはただかたそばぞかし。これらにこそ道々しく詳しきことはあらめ。（蛍③二一二頁）

2　（物語は）世に経る人のありさまの、見るにも飽かず、聞くにもあまることを、後の世にも言ひ伝へさせまほしき節ぶしを、心に籠めがたくて言ひおきはじめたるなり。よきさまに言ふとては、よき事のかぎりを選り出でて、人に従はむとては、また悪しきさまの珍しき事を取り集めたる、みなかたがたにつけたるこの世の外の事ならずかし。（同上）

1は、物語は神代の昔から人間世界の出来事を記述してきたものであり、「日本紀」に比べると、物語にこそ「道々しく詳しきこと」が書かれているというのである。つまり神代以来のこの世の出来事を記す点では、物語は「日本紀」と変わらないが、その記述の仕方は物語の方に「日本紀」にまさるところがあると言うのである。「日本紀」については六国史説と『日本書紀』説とがあり、現代の代表的な注釈書でも解釈が分かれている。新編日本古典文学全集本は前者、新潮日本古典集成本は後者である。玉上琢彌『源氏物語評釈』は、「朝廷編纂の『日本紀』といえども、書くべきことにきまりがあり制限があり、その文体にはばまれて、伝えるのは一面にすぎない。物語は自由である。されば、人の生きる道を伝え、ことこまかに語ってくれる」と解説する（注21）が、これは六国史説であろう。

「日本紀」とは何を意味するのか、神野志隆光氏は用例の精査から「日本紀」は六国史を指すことはなく、また『日本書紀』そのものを意味するのでもなく、「『日本書紀』の外側で、解釈作業をくり返し、新しい物語を生みながら多くのテキストを生成して広がってゆく言説空間があり、そうした全体が「日本紀」と呼ばれる」ものだという。(注22)「朝廷編纂の『日本紀』」というようなものはないのである。それでは「日本紀」は恣意的な言説なのかといえば、決してそうではなく、「根拠を証する権威(注23)」、「正史としての権威を代行(注24)」するものであったとされる。ここでは神野志氏の説に従う。

「これらにこそ道々しくくはしきことはあらめ」の「道々し」の意味については、「朝廷に仕うまつるべき道々しきことを教へて」(帚木①八六頁)、「三史五経、道々しき方を明らかに悟り明かさむ」(同上、八九頁)という例があることなどから、阿部秋生氏は「三史五経など儒教的性格をもっていることをいう語」であり、「倫理道徳にかなっている」「政道に役立つ」というほどの意であると解する。(注25)これに従う。

「日本紀」が「正史の権威を代行する」ものとして認知されていたとすれば、それを一面的と批評して、物語の方に道理にかない、「政道に役立つ」事柄が書いてあるとする主張は、物語の政教主義的意義の主張であろう。それは物語の評価を高めるためのレトリックであったであろうが、それだけでなく作者の物語創作の方法に関わる発言であったと思われる。

2は物語の虚構の方法や特色を述べるが、それに止まらずここでも諷刺や教誡というような物語の政教主義的意義を含意していたと考える。「よきさまに言ふとては、よきことの限り選り出でて」という理想化の語りは、光源氏や紫上の人物像をはじめ六条院邸宅やそこでの暮らしぶりなど、源氏物語の随所に見て取れるし、また「悪しきさまの珍しきことを取り集め」るという方法は、光源氏が父帝の女御、藤壺と密通し、その子が冷泉帝となり、源氏は帝の父として栄えるという物語がその典型と言えよう。この物語論が作者の物語創作の方法に関わっていたと考える所以である。

引用文に続いて、さらに物語は他国の物語と大和の国の物語とでは異なり、同じ大和の国の物語でも昔の物語と今の物語とでは違いがあり、また内容にも深浅の違いがあるが、それを一概に「作りごと」にすぎないと言うのは、物語に対する理解を欠いていると言う。このようなところにも作者の中国と日本の文学や物語に対する幅広い読書経験に基づいた思索が反映していると思うが、作者はここでも物語は「この世の外の事ならずかし」と言って、物語が「この世のこと」、人間世界のあらゆる出来事を対象にする希有な文学形式であることを述べているのであろうと思う。それが「日本紀」を「かたそば」として、物語の意義を称揚する主張にも繋がるのであり、そこにも物語の政教主義的意義についての明確な主張があったと思うのである。「雨夜の品定」が「諷諭」の物語になっていたことは、このような物語論と密接に連動するものであったと考えられる。

源氏物語をそのような政教主義的意義を有する作品として捉えていたのは、実は『河海抄』以下の中世の古注釈書であったと言ってよい。周知のところであるが、『河海抄』「料簡」には、源氏物語は「誠に君臣の交、仁義の道、好色の媒、菩提の縁にいたるまで、これをのせすといふことなし(注26)」とあり、『明星抄』「大意」は『河海抄』のこの一文を引いた後に、「此物語はことことく好色淫風也。何とて仁義五常を備ふべき哉」と不審を呈する人への答えとして、「毛詩又淫風を記して戒とす。史漢是又暴虐をしるせり。是後人のいましめ也(注27)」と説いた。古注の集大成である『岷江入楚』「大意」では、『河海抄』の先の一文を掲げた後に、恋物語としての源氏物語をどう読むかについては、次のように「毛詩序」を引く。

又此物語何としたれは男女の道を専とする也。是毛詩関雎の徳を可見云々。関雎后妃之徳也云々。此后妃は文王の后太姒を云そ。賢女を得て文王の后になして天下の政をたすけたいと（文王のおほしたれは、太姒を得

給へり。此太姒詩人のほめて作る詩也。）太姒の思はれたる事をほむる也。これを以て知るへしとぞ。（注28）

「関雎后妃之徳也云々」は「毛詩序」の冒頭の文章の引用であり、太姒については『列女伝』巻一「周室三母」に基づくかと思われる。「男女の道」の物語を「関雎螽斯の徳、王道治世の始たるにかたとれり」というのは、政教主義的文学観による解釈の典型であろう。それもきわめて教条主義的な解釈であり、本居宣長の痛罵するところにほかならない。またいわゆる延喜天暦准拠説も同様の解釈であったことは、『岷江入楚』（「物語時代之准拠」の項）の「桐壺のみかとを延喜に准する事、醍醐は殊聖主にてましませは、是も聖代明時を模するの義也」（注29）というところからも明らかである。

これは逆に言えば、源氏物語は政教主義的文芸論に十分堪える作品であったということであり、中世古注釈書は源氏物語のそのような特性を実証したということである。

とはいえ、「蛍」巻の物語論は政教主義的文学論に終始したわけではない。それとは一線を画す、もっと総合的でラデイカルな文学論であったのだろうと思う。冷泉帝が出生の秘密を知った時、中国と日本の史書を博捜して自らの出処進退を考える場面がある。その一節は文学論として見ると、物語の独自性、物語の方法についての作者の明確な思想が語られた箇所であると思われる。

いよいよ御学問をせさせ給ひつつ、さまざまの書どもを御覧ずるに、唐土には顕れても忍びても乱りがはしきこといと多かりけり。日本にはさらに御覧じうるところなし。たとひあらむにても、かやうに忍びたらむことをば、いかでか伝へ知るやうのあらむとする。（薄雲②四五五頁）

冷泉帝は唐土には帝王の血統の乱れに関する史実が記録されているが、日本には見いだせないとしながら、たとえあったとしても秘事として隠されたことをどうして知ることができようかと考える。日本の歴史には見いだせないという事件が冷泉帝の物語として語られた。冷泉帝の物語は光源氏と藤壺の不義が王権と政治、恋愛、宗教の問題として渾然一体となっていた物語である。そのような物語を荒唐無稽として一蹴するか、歴史と人間の問題として捉え返すかは読者に委ねられていると言えるが、物語は一面では無責任でありつつ、ラデイカルな想像力を読者や社会に対して投げ出し、人間や社会や歴史の問題を問いかけ、思想することを迫るのである。「蛍」巻の物語論はそのような文学の本質を問い質し論じていたと言ってよいであろう。

物語が「女ノ御心ヲヤル物」(『三宝絵』)、「そらごと」(『蜻蛉日記』)、「狂言綺語」「雑穢語」(『今鏡』)と言われていた時代に、「蛍」巻の物語論はそうした物語に対する否定的言説を逆手にとって、物語の独自性や可能性として捉え返していたのである。「そらごと」「狂言綺語」「雑穢語」の世界は、「神代より世にあることを記しおける」ものであり、「世に経る人のありさま」を自在に取り上げ加工できる想像力の世界として、新しい意味の下に位置付け直されたのである。(注30) 物語は人間と社会のあらゆる問題を主題として取り上げ、思想することのできる可能性に満ちた文学形式として作者は捉えていたのであろう。それは政教主義的文学観の地平を越えた新しい文学の地平の発見であったに違いない。

**【注】**

(1) 拙著『源氏物語の主題』桜楓社、一九八三年。五章「「帚木」三帖について―物語論としての「雨夜の品定め」の地平―」。同『源氏物語の準拠と話型』至文堂、一九九九年。第十二章「「雨夜の品定」の諷諭の方法」。

(2) 丸山キヨ子『源氏物語と白氏文集』東京女子大学学会、一九六四年。第二篇第一章「源氏物語に於ける白氏文集受容の概観」。

（3）前掲丸山著、一一五頁。第四章「諷諭詩その他の影響関係」、一九三〜二〇〇頁。

（4）玉上琢彌編『紫明抄河海抄』角川書店。『河海抄』巻一「料簡」、一八六頁。以下『河海抄』の引用は同書による。なお表記を改めたところがある。他の注釈書も同様である。

（5）中野幸一編『岷江入楚』武蔵野書院。巻一「桐壺」、一〇頁。以下『岷江入楚』の引用は同書による。

（6）注5に同じ。八〜九頁。

（7）『國文註釋全書』第五巻（すみや書房、一九六八年）所収の『細流抄』の説であるが、これは『明星抄』を誤ったもの（伊井春樹「源氏物語古注釈事典」秋山虔編『源氏物語事典』學燈社、一九八九年）なので、『明星抄』とした。

（8）『國文註釋全書』第十三巻所収、『源氏外傳』序文。風化説とは例えば次のような議論である。「且風を移し俗を易るは楽よりよきはなしといへり。此物語に於て音楽の道取分心を止て書置るは此故也。風化の道をつくして人自鼓舞を得。これ此物語の政道に便有所也。云々」。

（9）『紫女七論』「其五作者本意」「其六一部大事」『國文註釋全書』第三巻　すみや書房、一九六七年所収。

（10）『本居宣長全集』第四巻、筑摩書房、一九六九年。二二二〜二三〇頁。宣長の藤壺事件についての批評は第一章注2参照。

（11）『源氏物語評釈』は前掲『國文註釋全書』第二十巻所収。以下『評釈』の引用は同書の「総論」からである。広道『評釈』が源氏物語の文章、文体、表現の批評としていかに先駆的であったかは、野口武彦『『源氏物語』を江戸から読む』講談社、一九八五年。

（12）清水好子『源氏の女君　増補版』（塙書房、一九六三年）は、藤壺の物語における位置づけについて、次のように言う。「藤壺は光源氏の心の中で重要な人物であるのみならず、物語構成の背骨になる人でもあるのだ。」（二一頁）。「藤壺宮は物語の構成という点から考えると、光源氏よりも、紫上よりも、はるかに重い役割であることがわかる。藤壺は、光源氏をも紫の上をも背後から動かしてゆく力なのである。」（二三頁）。これは萩原広道の指摘を踏まえたものと思われる。

（13）藤岡作太郎『國文学全史平安朝篇』（一九〇五年）は源氏物語を「一つの理想小説」として論じたのに対して、五十嵐力『新國文学史』（一九一二年）は源氏物語は「現実的、自然的、平凡的、精写的、没理想的」であると論じた。五十嵐の論は藤岡への批判であるが、藤岡の論は宣長の「もののあはれ」論、坪内逍遙の写実小説論への批判であったことを野村精一「藤岡作太郎おぼえ書き」（『日本文学研究史論』笠間書院、一九八三年）が論じている。島津久基『対訳源氏物語講話』一（矢島書房、一九三〇年）は批評家、教育家、論文家としての作者を論じるが、その批評は至って教誡的である。

（14）静永健『白居易「諷諭詩」の研究』勉誠出版、二〇〇〇年。九、十、一八頁。

（15）藤原克己「日本文学史における白居易と源氏物語」『白居易研究年報』創刊号、二〇〇〇年一二月。

（16）注2の丸山著。新間一美『源氏物語と白居易の文学』和泉書院、二〇〇三年。「第三部源氏物語と白居易の諷諭詩」。中西進『源氏物語と白楽天』岩波書店、一九九七年。

（17）「新楽府」の引用は、以下、中国詩人選集・高木正一注『白居易』上、岩波書店、一九五八年。

（18）高木正一注『白居易』上、岩波書店、一九五八年。二一〇頁。

（19）阿部秋生『源氏物語の物語論』岩波書店、一九八五年。二六八頁。同様の指摘は一〇四、一一四、一二八、二二〇頁などに繰り返される。

（20）藤井貞和『源氏物語論』岩波書店、二〇〇〇年。第二章「雨夜のしな定めと蛍の巻の〝物語論〟」。

（21）玉上琢彌『源氏物語評釈』第五巻、角川書店、一九六五年。三三七頁。

（22）神野志隆光『古代天皇神話論』若草書房、一九九九年。第四章二「平安期における「日本紀」、三一九頁。

（23）注22に同じ。二九九頁。

（24）神野志隆光『変奏される日本書紀』東京大学出版会、二〇〇九年。［二］「『革命勘文』の依拠した「日本記」」、二八頁。

(25) 注19に同じ。九五頁。

(26) 玉上琢彌編『紫明抄河海抄』角川書店、一九六八年。一八六頁。

(27) 中野幸一編『明星抄種玉編次抄雨夜談抄』武蔵野書院、一九八〇年。六頁。

(28) 中野幸一編『岷江入楚自一桐壺至十一花散里』武蔵野書院、一九八四年。八頁。

(29) 注28に同じ。一一頁。

(30) 小嶋菜温子『源氏物語批評』(有精堂、一九九五年) は次のように言う。物語が「綺語」「雑穢語」であるとする文学観は仏教や王権の側からのイデオロギー的な物語批判であり、逆に物語は「雑穢語」であることによって仏教や王権を根元的に批評する力を持つと言う。「おそらく物語はあらゆる幻想を異化するものではなかろうか」と。三六三頁。

## 付記

物語論については注には示していないが、秋山虔「螢巻の物語論」(『源氏物語の論』笠間書院、二〇一一年。初出『日本文学』一九八六年二月) を反芻しつつ考察した。

# 第三章　明石の君の物語と『鶯鶯伝』
## ――「明石」巻の光源氏と明石の君との出会いと別れを中心に――

### はじめに

本章では明石の君の物語について、唐代伝奇『鶯鶯伝』と比較し場面構成や表現の類似を確認するとともに、明石の君に鶯鶯の面影が重なって見える点を明らかにしたい。明石の君の人物像は鶯鶯を基底に置いて造型されたのではなかろうかと考える。

明石の君が物語の中で果たす役割は単純ではない。彼女の人生は何よりも父明石入道の「夢」の実現のためにあったと言えるような人生であったが、その人生は光源氏との結婚と別れ、明石姫君の出産、明石姫君を紫上の養女とするために手放すこと、東宮の女御となった明石姫君の世話に奉仕すること、六条院における光源氏の妻として生涯を伴にしたこと等々、物語のさまざまな局面において複雑な相貌を語られた。そうした明石の君の物語の構造については、周知の通り阿部秋生氏の詳細な分析がある。そこで指摘されたことは明石の君の物語は光源氏の予言や入道の夢の告げに典型的に示されたような「古代伝承物語の型」に則るものであり、「美男と美女との恋物語」という古風な物語でありつつ、「実話的性格」をもった物語になっているということであった。明石の君の物語は「作者の時代の社会の現実的な事象をしっかり踏まへた複雑な心情や意欲や情緒や思考を伴った言動が平安京の現実的なしかも豊かな色彩を帯びて動いてゐるもの」になっているというのであった。(注1)

そのような複雑な構造の明石の君の物語にくらべると、『鶯鶯伝』は比較にならない単純な構造である。『鶯鶯伝』には予言や夢の告げはないし、鶯鶯が娘を生むこともなく、鶯鶯と張生とは生涯連れ添った伴侶でもなく、二人の出会いから別れまでの短編の恋物語である。明石の君の物語が光源氏の生涯を語る長編物語の重要な一翼を担うのに対して、『鶯鶯伝』は短編物語として完結している。とはいえ、これも阿部秋生氏の言葉を借りていえば、『鶯鶯伝』は「実話的性格」をもった「美男と美女との恋物語」であると言える。この作品は作者元稹の「自叙」であるとも言われるが、(注2)そうした実話的性格の中に唐代の名家の女性の恋と結婚の問題が女の人生の重大問題として色濃く反映していると思われる。明石の君に鶯鶯の面影が重なって見えるというのも、そのような恋物語として人物像に類似する点が見られるからではないかと思うのである。特に鶯鶯と張生との出会いと別れは「明石」巻における光源氏と明石の君との結婚と、光源氏の帰京による別れの場面に類似点があるように思う。そのような点を検討し、その意味を考えてみたい。

## 一　平安物語と『鶯鶯伝』——研究史略説

『鶯鶯伝』は『伊勢物語』六十九段「狩の使」段に取り込まれていると早くから指摘されてきたが、(注3)最近新間一美氏は『鶯鶯伝』は『伊勢物語』だけでなく、源氏物語「花宴」巻の光源氏と朧月夜との逢瀬の場面や、「夕顔」巻の光源氏と夕顔との出逢い、「若紫」巻の光源氏と藤壺との逢瀬の「夢」の表現、光源氏の人生と元稹の人生との関わりなどに『鶯鶯伝』の影響が見られると論じている。(注4)諸田龍美氏は「若紫」巻の光源氏と藤壺の密通は『鶯鶯伝』に淵源するという。(注5)源氏物語が『鶯鶯伝』を引くことは間違いないと思われる。

「帚木」巻冒頭の一段、「光源氏、名のみことごとしう」以下、「さるまじき御ふるまひもうちまじりける」については、今井源衛氏が『鶯鶯伝』の冒頭と比較して、「その発想から用語までも対応する観があり、物語はその翻案に基づいて出発したと思われる」と論じていた。(注6)『鶯鶯伝』の冒頭で、主人公の張生は「性温茂、美二風容一、内秉堅孤、非禮不レ可レ入（性温茂にして、風容美はしく、内秉堅孤にして、非禮入るべからず）」―性質は穏やかで、美貌であり、芯は堅固で浮いたことには見向きもしないと紹介された。

張生が二十三歳になっても女性を近づけなかったので、友人たちが冷やかした時には、張生は自分は「真に色を好む者」であり、今まで心にかなう女性に出会わなかっただけのことで、本当にすばらしい美人に出会えば心を奪われないはずはないと言い、醜い妻との間に何人もの子どもを儲けて「好色者」として有名な登徒子は「好色者」ではなく、単なる「兇行」にすぎないと反論した。友人たちもなるほどと納得したという。「帚木」巻の冒頭の光源氏もありふれた浮気には関心がないが、時に道に外れた恋に夢中になる「癖」があったと紹介されたが、そういう「帚木」巻冒頭は『鶯鶯伝』をひねって、張生を光源氏に、登徒子を交野少将に置き換えたというのが今井源衛氏の指摘であった。新間氏の論と併せて『鶯鶯伝』が源氏物語に取り込まれて入ることは認めてよいと思う。

本章では『鶯鶯伝』は明石の君の物語、具体的には「明石」巻の光源氏と明石の君との出会いと別れの物語に踏まえられていたと見られる点を検討してみる。それは物語の場面だけでなく、さらに明石の君の人物造型にも鶯鶯の人物像が取り込まれていたのではないかと考える。阿部秋生氏の言われた、明石の君の平安京の現実的な色彩を帯びた人物像には、唐代伝奇の魅力的な名家の女性像が溶けこまされていたように思うのである。そうした点を検討してみたい。

## 二　『鶯鶯伝』の粗筋

はじめに『鶯鶯伝』の粗筋を述べる。主人公は張生という科挙をめざす書生である。唐の貞元年間（七八五～八〇五年）の話とされる。張生は性質はおだやかで、容姿は美しく、芯は堅固で、友人が大騒ぎをしても調子は合わせるが、一緒になって乱れることはなかった。二十三歳になったが、女性関係がなかったのを友人にひやかされた時、「余眞好色者（余は真に色を好む者）」であるが、まだ美人に出会っていないだけで、すばらしい美人に出会えば心を奪われないはずがないと反論した話は先に触れたところである。

蒲州に旅に出た張生は普救寺に宿を取った。たまたま同じ寺に長安に帰る途中の崔氏の未亡人と子どもが泊まっていた。その年蒲州の都督が亡くなると、軍人が騒動を起こした。崔氏は財産家だったので、略奪に遭うのを恐れたが、張生が蒲州軍の将校と知り合いだったので話を付けて、寺は無事で一家は難を免れた。その後騒動は収まったので、崔氏の未亡人は張生に感謝して盛大な宴を設けてもてなした。そして息子と娘の鶯鶯を張生に紹介し挨拶させたが、鶯鶯はなかなか姿を見せず、母にきびしく叱責されてやっと出てきたが、化粧もしていなかった。だが鶯鶯を一目見た張生はその美しさに驚いた。鶯鶯は十七歳であった。張生が話しかけても返事はなく、宴会は終わった。それからというもの張生は鶯鶯に思いを伝えたいと願った。

崔氏には紅娘という召使いがいた。張生は紅娘に贈り物をして、折を見て鶯鶯への思いを打ち明け、取り次がせようとした。紅娘は断るが、翌日になって張生と崔氏とは親戚関係なのだから、その縁故で求婚したらよいと張生に助言する。張生がそんな悠長なことをしていたら自分は死んでしまうと言うと、それでは詩を贈るのがよい、鶯鶯はよく詩句を口ずさんでいると言うので、張生は即座に二首の「春詞」を作り贈った。すると鶯鶯から「明月三五夜」と題された返書が来た。「待レ月西廂下、迎レ風戸半開（月を待つ西廂の下、風を迎へて戸半ば開く）」

と記されていた。
張生はその晩、垣根を越えて崔氏の住まいに忍び込み、西廂に行くと戸が半ば開いていた。張生は寝ていた紅娘を起こし、訪ねてきたことを鶯鶯に取り次がせた。ほどなく現れた鶯鶯は身仕舞いを正し、きびしい顔つきで張生を責めた。鶯鶯は張生が「春詞」を贈った振る舞いに直接抗議するためにわざとはしたない詩を届けたのだと言い、二度とそんな行動に出ないようにと言い終わると、さっと引き返した。張生は呆然自失し、すっかり諦めた。

それから数日後の夜、張生が寝ているところに、紅娘が衾と枕を持ってくると、枕を並べ衾を敷いて帰った。張生が夢現でいるところに、鶯鶯が紅娘に支えられて来た。寺の鐘が鳴り、夜の明ける頃、鶯鶯は紅娘に支えられながら帰って行った。それから十日あまり、何の音沙汰もなかった。張生が「会真詩」を作って贈ると、その後鶯鶯との逢瀬は日に夜を継いで一ヶ月ほど続いた。張生は結婚しようと考えた。しかし、まもなく張生は長安に行かなくてはならなくなったので、鶯鶯に真情を伝えて諭すと、鶯鶯は素直に聞き入れて恨み言は言わなかったが、大変悲しげであった。長安に行く前二晩、鶯鶯は姿を見せず、張生は旅立った。

それから数ヵ月後、張生は再び蒲州に帰り、鶯鶯と逢瀬を重ねること数カ月になった。鶯鶯は文章が巧みで、芸事にも優れていたが、人前で見せようとはしなかった。愛情が深くても言葉にあらわすようなことはなく、喜びや怒りも外にあらわすことはなかった。ある晩一人で琴を弾いていて、その音色が悲しかったので、張生がもっと聞かせて欲しいと頼んだが、二度と弾かなかった。

突然張生に試験の呼び出し状が届いて、長安に旅立つことになった。出発の前夜、張生が鶯鶯の側で嘆いていると、鶯鶯もこれが別れだと知って改まった顔で静かに話した。自分が遂に棄てられるのを恨みはしませんが、生涯連れ添うとの誓いがはたされるならありがたいことです。あなたは私が琴を上手に弾くと言っていたので、今夜は私の真心を弾いて聞かせますと言って、「霓裳羽衣」の曲を弾いた。その悲しい音色に皆すすり泣きをし、鶯鶯は琴を投げ出すと泣きながら母のもとに帰り、もどらなかった。張生は翌早朝、旅立った。

翌年、張生は試験に落ちて長安に止まることになり、手紙を鶯鶯に贈った。鶯鶯から長文の返書が届いた。張生と別れた悲しさと尽きることのない恨みが綿々と記されていた。張生はその手紙を友人たちに見せた。親友の楊巨源は「崔娘詩」と題する絶句を作った。元稹は張生の「会真詩」に和して詩を作った。

張生の友人でこの話を聞いて珍しく思わない者はいなかった。しかし、張生の気持ちは鶯鶯から離れた。元稹は特に張生と親しかったから、別れた訳を聞くと、張生は言った。天が優れた女性に下す運命は本人に災いを下すか、そうでなければ関わり合う他人に災いが及ぶ。鶯鶯はそういう類の女である。自分の徳はそのような災いに勝つことはできないので、恋情を抑えたのだと。それから一年後には鶯鶯は他人と結婚し、張生も結婚した。その後たまたま張生は鶯鶯の家の近くを通った時に、夫を介して会いたいと申し入れたが、鶯鶯は会うことはせず詩だけを贈って寄こした。以後消息は絶えた。(注7)

## 三　明石の君の物語と『鶯鶯伝』との比較

やや長いまとめになったが、以下の検討においても場面が分かりにくい時には粗筋を参照していただきたい。また粗筋と重複する説明をする場合があることをお断りしておく。まず人物設定の面から両者の類似点を見てみよう。

### 年齢・旅先での出会いの類似点

主人公光源氏と張生が色好みの共通点を持つのは今井源衛氏の指摘したところであるが、明石の君が源氏にはじめて逢うのが十八歳、源氏が須磨に来たことを聞いたのは十七歳、源氏は二十六歳である。鶯鶯は十七歳の時に張生に逢った。張生は二十三歳になっても「未だ嘗て女色を近づけず」とあるが、その後「幾何もなくして」蒲州に旅に出て鶯鶯に出逢うので、出逢いは二十四歳くらいであろうか。源氏は都を退去して須磨に下り、翌年明石で明石の君に逢うが、張生は蒲州に旅に出た時、鶯鶯も長安に帰る旅の途中で、蒲州の寺に泊まり合わせたのがきっかけであった。都を離れた旅先での出会いであった。もっとも明石の君の側からいえば旅先ということにはならないが、しかし、元をたどれば彼女の本貫は都である。

**親戚筋の類似**

「崔氏之家、財産甚厚」(鶯二九八頁)というように、鶯鶯の家は財産家であったが、財産家、富豪であったのは明石の君も同じである。明石の君の父入道と光源氏の母桐壺更衣とは父方のいとこであるから、明石の君と光源氏とはまたいとこになる。親戚筋になるわけだが、その点張生と鶯鶯とは母方のいとこであった。最初鶯鶯の母(崔氏婦)と張生との関係を説明するところに、「崔氏婦、鄭女也。張出於鄭、緒其親、乃異派之従母。(崔氏の婦は鄭の女なり。張は鄭より出づ、其の親を緒すれば、乃ち異派の従母なり)」(同上)とあるが、鶯鶯から張生への手紙には「中表」とあり、「異姓のいとこ」であることが明確である。

以上、主人公の男が色好みであること、男女の出逢いの年齢、女との出逢いの地が地方であること、女の家は財産家であること、親戚筋の男女であることなど、意外と多くの共通点が見られることを確認しておこう。

**親に逆らう娘・求婚を拒む娘**

次に恋の場面を見てみる。張生と鶯鶯がはじめて会うのは、母親が軍人の騒動から守ってくれた張生に対して、子どもたちに御礼を言わせるところである。ところが、鶯鶯ははじめは気分が悪いと言って姿を見せず、母親にきびしく叱られてやっと現れた。だが、すねたように母親の傍らに坐ったまま、張生が話しかけても一言も言葉を発しなかった。

この母親、張生、鶯鶯の関係は、娘を光源氏と結婚させたいと願う明石入道と、入道の願いを受け入れて「心細きひとり寝の慰めにも」（明石②二五七頁）と言って、明石の君に手紙を贈る源氏、それになかなか返事もしない明石の君という三者の構図に似ていると言えよう。但し厳密に言えば、母親が鶯鶯を張生と結婚させたいと考えていたかどうかは語られないので推測の域を出ないが、無理に張生と引き会わせたのは張生の将来性を見込んでいたからではないかと思われる。鶯鶯が逢瀬をくり返すようになってからも制止したふうはない。明石の君の母親は最初は源氏との結婚に反対していた。

源氏と明石の君との仲はその後も特段の進展を見ないまま、夏から秋に季節が変わり、しびれを切らした源氏が「とかく紛らはして、こち参らせよ」（同上、二五三頁）と、入道に催促するようになるものの、明石の君は依然従おうとしなかった。親が娘を男に会わせようとするのだが、娘が抵抗するという図式である。なかなか親の言いなりにはならない、年ごろの娘の形象として鶯鶯と明石の君は共通性を持っていると言えよう。

特に明石の君の場合は、身分の違う結婚には大きな困難が付きまとうことを悩んでいた。物語は明石の君が源氏の求婚に応じにくい理由を丁寧に語った。概略を整理すると次のような点である。

1　一時的に都から下った男の甘言に乗って結婚するのはつまらない田舎者のすることだ。

2　源氏は自分を対等な身分の女として認めてはいないのだから、結婚すればたいへんな苦労をすることになる。

3　そうなれば親も心配が尽きない。

4　明石に滞在している間だけでも、源氏と文通したということは並大抵のことではない。まして源氏の噂に高い琴の音を聞くことができ、普段の様子を知ることができたことは幸せである。

5　源氏から求婚されたことは漁師の世界に落ちぶれた自分には身に余る光栄だ。

明石の君はこのように考えて、「つゆもけ近きことは思ひよらず」（同上、二五四頁）と、源氏との結婚はありえないことと思っていた。

これが源氏の求婚を拒んでいた理由であるが、ここには明石の君の誇り高く聡明で軽率に源氏との結婚はできないとする堅実な人生観がよく見て取れる（注8）。

『鶯鶯伝』においても、はじめて張生から求愛の詩（「春詞」）を贈られた鶯鶯は、わざわざ張生を誘い出しておきながらきびしく拒絶していた。鶯鶯は言う。あなたが軍人の騒動のさなかに私たち一家を救ってくれたので、母親は息子と娘の力になってほしいとお願いしました。ところが、あなたは召使いに託して「淫逸の詞」（「春詞」）を届けさせた。これは私たちを守ってくれた「義」によって、「掠乱」することです。最初私はあなたの手紙（「淫逸の詞」）は無視しようと思ったが、それではよこしま（「姦」）をかばうことで「不義」になります。母親に打ち明ければ、あなたの恩にそむき「不祥」です。召使いに伝言させるのでは本心が伝わらない懼れがあります。短い手紙に書くのでは真意が伝わらず、あなたから非難される懼れがあります。そこで「鄙靡の詞」（「明月三五夜」）を贈り、あなたを誘い出したが、恥ずかしい限りです。どうか礼儀によって身を守り、よこしまな行いをしないでほしいのです。鶯鶯はこう言い終わると、翻然として帰って行った。（鶯三〇四頁）

鶯鶯のこの言動は儒教的な道徳観によって身を守る女性像を示しているのであろうが、それは男の甘言を拒絶し軽率な結婚を拒む誇り高い聡明な娘の形象として、明石の君の造型に共通すると言えよう。

**逢い引きまたは結婚**

『鶯鶯伝』では張生は宴席ではじめて鶯鶯を紹介されると、その輝くような美しさに一目惚れして話しかけるが、鶯鶯は一言も答えず、張生はこれ以後心を迷わし、思いを通わせたいと願うようになる。「張自是惑之、願致其情（張是より之に惑ひ、其の情を致さんことを願ふ）」（鶯二九九頁）。

張生は鶯鶯に逢うための算段をめぐらし、崔家の召使いの紅娘にひそかに贈り物をして取り次がせようとする。紅娘は一旦は断るものの、鶯鶯が文学に通じていて時々詩句を口ずさんでいるから、詩を贈ったらよいと助言する。張生が「春詞」二首を贈ったところ、はたして鶯鶯から返書があった。それには「明月三五夜」と題して、次のようにあった。

待月西廂下　月を待つ西廂の下
迎風戸半開　風を迎へて戸半ば開く
拂薔花影動　薔を拂つて花影動く
疑是玉人来　疑ふらくは是れ玉人来たるかと
（鶯三〇二頁）

明月の十五夜の晩、西廂で張生を待つという意味の詩であると理解した張生は、その晩崔氏の住まいの垣根を越えて西廂まで行くと、戸は半ば開いていた。張生は期待に胸をふくらませ、寝ていた紅娘を起こして取り次がせると、先に触れたところだが、鶯鶯はきびしい顔つきで現われ、張生が「淫逸の詞」を贈ったと非難し、二度とこうした振る舞いをしないようにと抗議をするために、わざと「鄙靡の詞」を贈り、張生が来るように仕向けたのだと言った。張生は絶望する。こうして張生の最初の逢い引きは失敗する。

これに対して源氏の場合はどうであろうか。張生は鶯鶯に一目惚れであったが、源氏の場合は明石の君に求婚するまでの手順が込み入っている。それは物語の構造の問題（注9）と、源氏と明石の君との身分差や彼女の境遇の問題が複雑に絡み合っているためであるが、構造の問題はそれとして、当面の問題としては源氏が明石の君と結婚しようと思うに至る心理的必然性をまず設定する必要があった。そのために明石入道の熱心な説得があった。源氏は入道の話を聞いているうちに、自分がいわれない罪に当たって明石までさすらうことになったのは、「げに浅からぬ前の世の契りにこそはとあはれになむ」（明石二四六頁）と、前世からの深い定めであったと了解するという手順が必要であったということである。

そうした経緯を経て手紙の贈答を通して、源氏は明石の君に魅力を感じるようになり、逢わずにすますわけにはいかないと思うようになる。明石の君の文面や筆跡は都の高貴な女性にくらべてひけを取らず、思慮深く気位の高い様子が気に入ったからである。

明石君　思ふらん心のほどややよいかにまだ見ぬ人の聞きかなやまむ

手のさま書きたるさまなど、やむごとなき人にいたう劣るまじう上衆めきたり。京のことおぼえて、をかしと見給へど、うちしきり遣はさむも、人目つつましければ、二三日隔てつつ、つれづれなる夕暮、もしはものあはれなる曙などやうに紛らはして、をりをり人も同じ心に見知りぬべきほど推しはかりて、書きかはし給ふに似げなからず、心深う思ひあがりたる気色も見ではやまじと思すものから（明石②二五〇頁）

源氏は明石の君の手紙に京の高貴な女たちを思い起こし、自分の相手となるのにふさわしいと判断したのである。「心深う思ひあがりたる気色も見ではやまじと思す」という思いを強くするのである。「なんとしても会ってみたい」、源氏のこの思いは、先の鶯鶯を一目見た時の張生の思い、「張自是惑之、願致其情（張是より之に惑ひ、其の情を致さんことを願ふ）」という箇所に、相当させることができよう。

源氏が明石の君をはじめて訪ねる場面は、八月十二、三日の明るい月がはなやかに輝く晩であった。ここの記述にはさらに看過できない表現がある。

造れるさま木深く、いたき所まさりて見どころある住まひなり。海のつらはいかめしうおもしろく、これは心細く住みたるさま、ここにゐて思ひのこすことはあらじとすらむと思しやらるるにものあはれなり。三昧堂近くて、鐘の声松風に響きあひてもの悲しう、巌に生ひたる松の根ざしも心ばへあるさまなり。前栽どもに虫の声を尽くしたり。娘住ませたる方は心ことに磨きて、月入れたる真木の戸口、けしきことにおし開けたり。

（明石②二五五〜六頁）

これが明石の君の暮らす岡辺の住まいの様子である。深い木立のなかにある、みごとな造作の家である。近くには入道の日々の勤行のための三昧堂もある。注目したいのは「月入れたる真木の戸口、けしきことにおし開けたり」の表現である。これは鶯鶯が張生に贈った詩の上二句、「待月西廂下　迎風戸半開」によく似ているであろう。張生が鶯鶯を訪ねたのは春二月の満月の晩であったが、源氏は秋八月の中秋の明月の晩である。美しい月夜に、女の家の戸はともに男を誘うように開いていた。また共に風も吹いているという設定である。

これに続く場面で張生が予期に反して女から非難されて絶望的になるところは先に見た。一方、光源氏は時間をかけて女を説得すると、初夜の一夜を過ごして予想以上に魅力的な女であったことに満足し、普段とは違って夜の明けるのが早いと感じた。「御心ざしの近まさりするなるべし、常は厭はしき夜の長さも、とく明けぬる心地すれば、人に知られじと思すも心あわただしうて、こまかに語らひおきて出でたまひぬ。」（同上、二五八頁）というのであった。

### 鶯鶯の逢い引き

鶯鶯は最初張生を誘っておきながら、張生が来ると「春詞」を贈った非礼をきびしく責めたが、それから数日後にはみずから張生を訪ねた。鶯鶯は紅娘にささえられて、「至則嬌羞融冶、力不能運支體。曩時端荘、不復同矣。（至れば則ち嬌羞融冶、力支體を運ぶ能はず。曩時の端荘と復た同じからず）」（鶯三〇五頁）―はにかんだ艶めかしい姿は自分の身体を支える力もなさそうで、張生を責めた時の毅然としたおごそかな態度とはまったく違っていた。張生は神仙が天下ったのかと、文字通り夢を見ている気分で過ごし、女が帰った後、女の残り香や涙の跡をたしかめた。

この女の変貌が何に因るのかは語られず、判然としないが、後に張生への手紙で、鶯鶯は「婢僕見誘、遂致私誠。兒女之心、不能自固。（婢僕に誘はれ、遂に私誠を致せり。兒女の心、自ら固くする能はず）」と語っているので、その通りに取れば、紅娘が張生のために鶯鶯を説得し、鶯鶯が説得を受け入れたということであろう。紅娘は張生に詩を贈るように勧めた時にも、「君試爲喩情詩以亂之。（君試みに為に情詩を喩して以て之を乱せ）」（鶯三〇二頁）と、恋を煽っていた。こうした紅娘の裏方の工作が功を奏したのであろう。そして夢のような一夜が明ける。この初夜の別れの表現は、二人とも無言であったようだ。鶯鶯は夜通し一言も発せず、帰るときも「嬌啼宛轉」（鶯三〇五頁）―なまめいた忍び泣きに、なよなよと身をくねらせた―と記述される。男も女が帰る時、言葉を掛けたふうはない。源氏が「こまかに語らひおきて出でたまひぬ」とは違う。とはいえ、この夜張生も源氏も女に深く心を諾かれたことは変りない。

### 旅立ち――別れの琴を弾く

張生と鶯鶯との逢い引きはこの後一月ほど続き、張生は結婚を考えるようになるが、長安に行かなくてはならなくなり、一旦別れる。しかし、数カ月後には再び蒲州に帰り、鶯鶯との蜜月の日々を過ごすが、再び試験のために長安に行くことになる。この時二人はこれが最後の別れになると覚悟する。明日は旅立ちという前夜、鶯鶯はこの恋が道ならぬ恋ゆえ恨みはしない、張生が長安に行くのも憾みはしないと言い、張生がいつも聞きたいと言っていた琴を弾いてやろうと言う。二人が出会ってからこの時までおおよそ半年余り経っていた。

君常謂二我善鼓一レ琴。向時羞顔、所レ不レ能レ及。今且レ往矣、既二君此誠一。因命拂レ琴、鼓二霓裳羽衣序一。不二數聲一哀音怨亂、不三復知二其是曲一也。左右皆歔欷、崔亦遽止レ之投レ琴。泣下流連、趨歸二鄭所一、遂不三復至一。明旦而張行。

（君常に我善く琴を鼓すと謂ふ。向時羞顔、及ぶ能はざりし所なりき。今且に往かんとす、君に此の誠を既《つく》さんと。因って命じて琴を払ひ、霓裳羽衣の序を鼓す。数声ならざるに哀音怨乱、復た其の是の曲なるを知らざるなり。左右皆歔欷し、崔も亦遽かに之を止めて琴を投ず。泣《なみだ》下りて流連、趨《はし》りて鄭の所に帰り、遂に復た至らず。明旦にして張行く。）

（鶯三〇八頁）

鶯鶯は以前は恥ずかしくて弾けなかったが、今宵は自分の真心を尽くして弾きますと言って、「霓裳羽衣」の序曲を弾き始めると、その哀しい音色は憂いに乱れ、その曲であることも分からなかった。一座の者はみなすすり泣き、鶯鶯は弾くのを止めると泣きながら母のところに帰り、戻らなかった。翌早朝、張生は旅立った。

これを「明石」巻の次の一段と比較してみる。源氏が明石の君と結婚したのは二十七歳の八月十三日、赦免の宣旨が下り、帰京することになったのは二十八歳の七月二十日過ぎのころであった。一年になろうとする月日が経っていた。

源氏　このたびは立ち別るとも藻塩やく煙は同じ方になびかむ

とのたまへば、

明石君　かきつめて海人のたく藻の思ひにも今はかひなきうらみだにせじ

あはれにうち泣きて、言少ななるものから、さるべきふしの御答へなど浅からず聞こゆ。この常にゆかしがり給ふ物の音などさらに聞かせたてまつらざりつるを、いみじう恨み給ふ。「さらば形見にも忍ぶばかりの一ことをだに」とのたまひて、京より持ておはしたりし琴の御琴取りに遣はして、心ことなる調べをほのかに掻き鳴らし給へる、深き夜の澄めるはたとへん方なし。入道、えたへで箏の琴取りてさし入れたり。みづから（明石君）もいとど涙さへそそのかされて、とどむべき方なきにさそはるるなるべし。忍びやかに調べたるほどいと上衆めきたり。（中略）これ（明石君）はあくまで弾き澄まし、心にくくねたき音ぞまされる。この御心にだに、はじめてあはれになつかしう、まだ耳馴れ給はぬ手など心やましきほどに弾きさしつつ、飽かず思さるるにも、月ごろなど強ひても聞きならさざりつらむと悔しう思さる。心の限り行く先の契りをのみし給ふ。（明石②二六五〜六頁）

張生は別れに際して再会を約束しなかったのに対し、源氏が「このたびは」の歌に見られるように再会を約束しているのは大きな違いであるが、これは物語の主題の違いに拠るところである。注意したい点は、鶯鶯がこれまで張生が求めても弾くことのなかった琴を弾いたように、明石の君も源氏の求めに応じて、ここではじめて源氏に聞かせるために箏の琴を弾いたのである。源氏に「恨」まれ、「形見にも忍ぶばかりの一ことをだに」とせがまれて、弾いたのである。それは妬ましくなるほどの音色で、源氏にはしみじみと懐かしく、まだ聞いたことのない曲を途中で弾きやめたりするので、物足りなく、これまでどうして無理にでも聞かなかったのかと悔やまれた。鶯鶯が琴を途中で弾きやめたように、明石の君もやめている。

旅立ちを前にして、二人の女はともに男のために、男の聞きたがっていた琴や箏の琴をはじめて弾き、そして途中で止めていたのである。

## 恨みの別れ

張生の出発の日、鶯鶯は見送った形跡はない。彼女は前夜から泣き臥していたのであろう。琴を弾いた夜、鶯鶯はこの恋を恨みはしないと言っていたが、後に張生に贈った手紙には棄てられた恨みが綿々と綴られていた。鶯鶯は張生との結婚を願っていたのである。

但恨僻陋人、永以遐棄。命也如レ此、知復何言。（略）

（但恨むらくは僻陋の人、永く以て遐棄せらるるを。命や此の如くんば、知る復た何をか言はん。）（略）

愚陋情、永謂レ終レ託。豈期、既見二君子一、而不レ能レ定レ情。致レ有二自獻之羞一、不三復明侍二巾幘一。没レ身永恨。含レ歎何言。倘仁人用レ心、俯遂二幽眇一、雖二死之日一、猶二生之年一。

（愚陋の情、永く託を終へんことを謂《おも》ふ。豈に期せんや、既に君子を見て、情を定むる能はず。自獻の羞有るを致し、復た明らかに巾幘に侍せず。身を没するまで永く恨む。歎を含んで何をか言はん。倘《も》し仁人心を用ひ、俯して幽眇を遂げなば、死するの日と雖も、猶ほ生くるの年のごとくならん。）

（鶯三一〇頁）

恨めしいのは永久に見捨てられることだが、ただそのような運命であるならば、何も言うことはないと鶯鶯は言う。願わくは生涯を連れ添いたかった。張生にはじめて会ったとき、恋に落ちて、自分から身を捧げたことが恥ずかしく、婚礼をして妻としてお世話できなかったのが、一生の恨みである。あなたの妻になりたいというこの人知れぬ思いを叶えてもらえるなら、死んでも生きていると同じですと訴えた。

明石の君はどうかといえば、源氏の出発を見送りながら、見捨てられる恨みに泣き暮らしていた。

正身の心地たとふべき方なくて、かうしも人に見えじと思ひしづむれど、身のうきをもとにて、わりなきことなれど、うち棄て給へる恨みのやる方なきに、面影そひて忘れがたきに、たけきこととはただ涙に沈めり。（明石②二七〇頁）

明石の君は泣きくれる様子を人には見られまいと気持ちを静めるが、わが身の運のつたなさゆえにどうなるものでもないのだが、源氏に見捨てられる恨めしさの晴らしようがない上に、源氏の面影が忘れられず、ただ涙にくれていたというのである。二人の女はそれぞれこの別れが棄てられる別れになると思ったのである。注意したいのは次のような文言の類似である。

| | 鶯鶯 | 明石の君 |
| --- | --- | --- |
| ① | 「但恨むらくは僻陋の人、永く以て遐棄せらるるを」 | 「うち棄て給へる怨みのやる方なきに」 |
| ② | 「命や此の如くんば、知る復た何をか言はん」 | 「身のうきをもとにて、わりなきことなれど」 |

二人とも①恨めしいのは見捨てられることであるが、②それが運命ならば仕方がないと言っているのである。この文言はよく似ているであろう。男との別れはともに恨みの別れであった。

**形見の品**

鶯鶯は長安からの張生の手紙を受け取ると、それに返書するが、その時「玉環一枚」と「亂絲一絇」「文竹の茶碾子一枚」を添えて贈った。その心は、「玉環」は張生の腰に下げてほしいというだけでなく、張生が鶯鶯に対して玉のように変わることのない真心を失わず、鶯鶯の心は環のようにめぐって絶えることのないことを分かってほしいということであった。「亂絲」はいうまでもなく乱れた糸のように愁いに心の乱れることを、「文竹」は涙の痕が竹の斑に残ることにたとえたのである（鶯三一一頁）。そのように記して「形見」の品としたのである。鶯鶯の恨みの深さが伝わる文面である。

一方、源氏は京から持ってきていた琴を贈り物にしたが、それは「琴はまた掻き合はするまでの形見に」（明石二六六頁）ということであった。明石の君が新調した狩衣を贈ると、源氏はそれに着替えて、今まで着ていた衣装を贈り物にする。それは「げにいまひとへ忍ばれ給ふべきことを添ふる形見なめり」（同上、二六九頁）というのである。

## 四　明石の君と鶯鶯の人物像をめぐって

以上、明石の君の物語と『鶯鶯伝』との類似点を検討してみた。物語としてはそれぞれ別の話であるが、意外と類似点が多いのではなかろうか。特に源氏を迎える夜、岡辺の家の戸口を開けておいた――「月入れたる真木の戸口けしきことにおし開けたり」という表現は、『鶯鶯伝』の「待月西廂下　迎風戸半開」を典拠にしたと言ってよいのではなかろうか。

さらに次のような鶯鶯の人物像は明石の君だけでなく源氏物語の女性像と重なるところがあるように思う。

崔氏甚工二刀札一、善属レ文。求索再三、終不レ可レ見。往往張生自以レ文挑、亦不二甚覩覧一。大略崔之出レ人者、藝必窮極、而貌若レ不レ知、言則敏辯、而寡二於酬對一、待レ張之意甚厚、然未二嘗以レ詞繼一之。時愁艶幽邃、恆若レ不レ識、喜慍之容、亦罕二形見一。異時獨夜操レ琴、愁弄悽惻。張竊聽レ之、求レ之、則終不二復鼓一矣。以レ是愈惑レ之。

（崔氏甚だ刀札に工に、善く文を属す。求索すること再三なれども、終に見る可からず。往々張生自ら文を以て挑むも、亦甚だしくは覩覧せず。大略崔の人に出づる者、芸は必ず窮極するも、貌は知らざるが若く、言は則ち敏弁にして、酬対に寡く、張を待つの意甚だ厚けれども、然れども未だ嘗て詞を以て之に継がず。時に愁艶幽邃なれども、恒に識らざる若く、喜慍の容も亦形に見はすこと罕なり。異時独り夜琴を操り、愁弄悽惻す。張竊かに之を聴き、之を求むれど、則ち終に復た鼓せず。是を以て愈々之に惑ふ。）

（鶯三〇七頁）

鶯鶯は文字がうまく文章もすぐれていたので、張生が再三書いてほしいと頼んだが、見せてくれなかった。張生が文章を作って誘ってもたいして見ようとはしない。鶯鶯の人と違うところは芸事は何でも奥まで極めていても外見は知らないふりをし、言葉は雄弁なのだが、人に応対しては口数が少なく、張生に対する愛情は厚いが言葉にあらわすことはなかった。時に愁いを帯びあでやかで奥深く物静かな時も、何も知らないふうであり、喜びや怒りを顔に出すことはめったになかった。ある時一人で夜琴を弾いていたが、その愁いにみちた音色に心を打たれて、張生がもっと聞かせてほしいと求めたが、二度と弾かなかった。

鶯鶯はこのように紹介された。教養があり芸事にも抜群で、何ごともよくわきまえ精通していながら、控えめな態度をとり、喜怒哀楽の情も面にはあまり出さず、自分一人で堪えるというのが鶯鶯の性格であったということであろう。「名門深窓の麗人にふさわしい」という評もある（注10）。

明石の君にも似ている面があったことは、先に見た別れに臨んで箏の琴を弾いたところである。源氏がもっと早く無理にも聞いておきたかったと思ったほどの技量であったが、そうした面を日ごろは包み隠しているのである。鶯鶯の「芸は必ず窮極するも、貌は知らざるが若く」というところに似ていると言える。それは箏の琴に限るわけではない。源氏との別れにあたっても、明石の君は「かねて推しはかり思ひしよりもよろづ悲しけれど、なだらかにもてなして、憎からぬさまに見えたてまつる」（明石二六一頁）というふうに振る舞った。悲しい時も「なだらかにもてなして」いた。これは鶯鶯の「時に愁艶幽邃なれども、恒に識らざる若く、喜慍の容も亦形に見はすこと罕なり。」というところに、相当させることができよう。そういう明石の君を光源氏は次のように評していた。

（明石の君は）何ばかりのほどならずと侮りそめて、心やすきものに思ひしを、なほ心の底見えず、際なく深きところのある人になん。うはべは人になびき、おいらかに見えながら、うちとけぬ気色下に籠もりて、そこはかとなく恥づかしきところこそあれ。（若菜下④二一〇頁）

紫上を相手にこれまでの女性関係を語るところなので、多少は紫上に対する配慮が働いているかもしれないが、それはそれとして、「際なく深きところ」があるが、「うはべは人になびき、おいらかに見え」るという明石の君の態度は鶯鶯と共通していると言えよう。明石の君の物語には深いところで『鶯鶯伝』が木霊のように響き合っていると考える。さらに言えば、見てきたような鶯鶯の人物像はそれが「名門深窓の麗人にふさわしい」とすれば、源氏物語が描き出した名門深窓の他の女性像にも影響していたのではなかろうかと思うのである。

【注】

(1) 阿部秋生『源氏物語研究序説』（東京大学出版会、一九五九年）第二篇第五章「明石の君の物語の構造」八八八、八九六、九〇三頁。

(2) 新釈漢文大系『唐代伝奇』明治書院、一九七六年所収、内田泉之助『鶯鶯傳』解説、二九七頁。「この一篇が作者元稹の自叙であることは宋の王銍の考証によってほぼ定説に近く」とある。

(3) 田辺爵「伊勢竹取に於ける伝奇小説の影響」『國學院雑誌』一九三四年一二月。目加田さくを『物語作家圏の研究』（武蔵野書院、一九六四年）第二章第二節「唐末に到る中国小説の展開と史伝」、第八章第一節「歌物語の先蹤」。上野理「伊勢物語『狩の使』考」『国文学研究』四一号、一九六九年一二月。渡辺秀夫『平安朝文学と漢文世界』勉誠社、一九九一年、四九一頁。

(4) 新間一美「源氏物語花宴巻と「鶯鶯伝」」（『白居易研究年報』九号、二〇〇八年一〇月）は、注3の田辺・目加田・上野の指摘する伊勢物語六十九段と『鶯鶯伝』の類似点を整理した上で、「花宴」巻の光源氏と朧月夜の出会いを『鶯鶯伝』と比較する。新間一美『源氏物語と白居易の文学』和泉書院、二〇〇三年。「日中妖狐譚と源氏物語夕顔巻」・「源氏物語若紫巻と元白詩」二一五〜二一六頁。三八三頁。

(5) 諸田龍美「伝奇と物語の美意識」『和漢比較文学』四四号、二〇一〇年二月。同『白居易恋情文学論』（勉誠出版、二〇一一年）、第十二章「北宋『蝶恋花詞』の主題と風流」、「資料『元微之崔鶯鶯商調蝶恋花詞』訳注」、「附論中唐の恋愛詩」が『鶯鶯伝』の主題と中唐北宋代における受容について論じて有益である。

(6) 新編日本古典文学全集『源氏物語』①小学館、「漢籍・史書・仏典引用一覧」四三六頁。今井氏は『伊勢物語』六十三段「つくも髪」の段も『文選』「好色賦」と『鶯鶯伝』の影響がありそうだという。『今井源衛著作集八』笠間書院、二〇〇五年所収、「源氏物語の形成―帚木巻頭をめぐって」。

(7) 注2の『唐代伝奇』所収『鶯鶯傳』。以下『鶯鶯傳』の引用は同書により、（鶯〇〇頁）と表記する。

(8) 明石の君の誇り高さ、自負心、気位の高さは、次のように語られた。一部を示す。

この娘すぐれたる容貌ならねど、なつかしうあてはかに、心ばせあるさまなどぞ、げにやむことなき人に劣るまじかりける。身のありさまを、口惜しきものに思ひ知りて、高き人は我を何の数にも思さじ、ほどにつけたる世をばさらに見じ、命長くて、思ふ人々におくれなば、尼にもなりなむ、海の底にも入りなむなどぞ思ひける。

（須磨②二一一頁）

手のさま書きたるさまなど、やむごとなき人にいたう劣るまじう上衆めきたり。

（明石②二五〇頁）

女はた、なかなかやむごとなき際の人よりもいたう思ひあがりて、ねたげにもてなし聞こえたれば、心くらべにてぞ過ぎける。

（明石二五一頁）

こういう明石の君の姿は六条御息所（明石二五七頁）や藤壺中宮（明石二六六頁）を源氏に思い出させたというふうに語られた。

（9）明石物語の構造的な問題とは、明石入道の夢に起因する明石一門の王権への回帰の物語を指す。拙著『源氏物語の準拠と話型』至文堂、一九九九年。第四章「光源氏の王権と「家」」一一三〜一一九頁。

（10）『鶯鶯傳』解説で、内田泉之助氏は「内容上興味を惹くのは、女主人公である鶯鶯の情を写して巧みな点である。それは理性と意志とに制せられつつ内に炎々として燃える情で、誠に名門深窓の麗人にふさわしいものというべく」と評している。注2『唐代伝奇』二九七頁。

# 第四章　按察使大納言の遺言と明石入道の「夢」

## ――明石一門の物語の始発と終結――

### はじめに

本章では桐壺更衣の父按察使大納言の遺言の意味について検討するが、この遺言の意味を明らかにするためには、按察使大納言の甥である明石入道の「夢」と関連させて解釈することが不可欠である。あらかじめ結論的に言えば、按察使大納言の遺言と明石入道の「夢」とは両者を統合する明石一門の王権への回帰の悲願を意味していたと考えるべきであろうということである。

また明石入道の「夢」については、『花鳥余情』が『過去現在因果経』の善慧仙人の夢と類似すると指摘して以来、通説になっている。いったい明石入道の「夢」の解釈になぜ『過去現在因果経』が斟酌されるのか。たまたま似たような「夢」の話があったというようなことなのか。むろんそのようなレベルの問題ではなく、本経典が源氏物語に深く関わるものであったことによると考えなければならない。この経典は源氏物語にどのような関わりを持っているのか。次章の光源氏の出家の物語に『過去現在因果経』が深く関わっていることに繋がる問題であることを押さえておきたいと思う。

## 一　按察使大納言の遺言の謎

桐壺更衣の父、按察使大納言の遺言の問題についてはこれまでも再三考察してきたが(注1)、ここではより論点を明確にしたいと思う。按察使大納言の遺言は、桐壺更衣の逝去後に、桐壺帝の勅使として弔問した靫負の命婦に、母北の方が更衣の入内の経緯を回顧するところで、次のように語られた。

生まれし時より思ふ心ありし人にて、故大納言、いまはとなるまで、ただこの人の宮仕の本意、かならず遂げさせたてまつれ、我亡くなりぬとて、口惜しう思ひくづほるなと、かへすがへす諫めおかれはべりしかば、はかばかしう後身思ふ人もなきまじらひは、なかなかなるべきことと思ひ給へながら、ただかの遺言を違へじとばかりに出だし立てはべりしを、身にあまるまでの御心ざしのよろづにかたじけなきに、人げなき恥を隠しつつまじらひ給ふめりつるを、(桐壺①三〇頁)

按察使大納言は娘の更衣が生まれた時から望みを託していたので、臨終の時においても、娘の入内を必ず成し遂げよ、自分が亡くなったからといって、断念されては不本意だと繰り返し誡めていたから、しっかりした後見のない宮仕えはかえってつらいことが多いと思いながらも、夫の遺言にそむくまいと入内させたところ、過分なまでの帝の寵愛を受けたことがもったいなくて、更衣は他の妃たちから見下される恥を忍びつつお仕えしてきたようであったと、母北の方は語った。

ここにはいくつか謎がある。「生まれし時より思ふ心ありし人」と按察使大納言は語っていたというが、その「思ふ心」とは何か。入内を意味することは間違いないが、しかし、単に入内させたい、入内できればよいという程度のことではなかったと思われる。しかも大納言は自分の亡くなった後でも入内は必ず実現させよと強く遺言していたというのだが、いったい大納言は更衣の入内に何を期待していたのかということである。常識的に考えれば、娘を入内させる貴族の期待するところは、娘が寵愛されて皇子を産み、その皇子が東宮になり、即位すること、そして娘は皇后になり、その親は外戚として摂関になる、摂関になれなくても外戚として一門が繁栄するという構図である。大納言も生前こうした期待を抱いていたと考えてよい。

こういう構図に照らしてみたとき、問題はここで按察使大納言が娘の入内を自分の死後においても必ず実現させよと遺言した点である。死後の入内であれば、仮に更衣の生んだ皇子が即位しても、大納言はその恩恵に与ることはない。しかも、物語では大納言には更衣一人しか子がいなかった。後になって男子がいて雲林院の律師になっている（賢木巻）ことがわかるが、律師は大納言家の相続者にはなれないから、更衣が亡くなった段階で大納言家は継嗣のいないまま断絶するのである。そういうことが明らかであったにもかかわらず、なぜ大納言は更衣の入内を遺言し実行させたのか。これが謎の理由である。

さらにもう一つ、大納言の遺言どおりに更衣は入内し、光源氏の誕生を見たわけだが、これは大納言の遺言とどのように関わるのかという問題である。大納言が生きていれば、光源氏の誕生は大納言の目的のほぼ完璧な実現であったと考えられるのだが、死んだ大納言にとって光源氏の誕生はどのような意味を持つことになるのか。「帝王の相」を持った皇子、光源氏の誕生は大納言の遺言とどのように関わるのかということである。大納言家は断絶するが、それと引き替えに大納言家の血筋を光源氏という王統につなげることが目指されたということであったのか。もしそうだとすれば、そのことに大納言はどのような意味を見出していたのか。こうした疑問が次々に浮上する。これを謎かけの方法と呼べば、物語はそうした方法によって大きな構想を展開していくのである。

## 二　按察使大納言の家系

なぜ按察使大納言は「家」の断絶にもかかわらず更衣を入内させたのか。更衣の入内は断絶する名門大納言家の有終の美学として遂行されたというような話ではなかったであろう。それは大納言家の家系の問題として考えなければならない問題であると思う。

按察使大納言が明石入道の父大臣と兄弟であることが、後に入道の話からわかる（「須磨」）。この大臣を仮に明石大臣と呼ぶと、明石大臣と大納言とは同じ一門として捉えることができる。彼らを明石一門と呼ぶことにする。とはいえ、一門という同族意識で彼らが結束していたのか、そのような連帯感を持っていたのかどうか、その見極めはむずかしい。兄弟ということだけでは、兄弟は必ずしも協力し結束するとは限らない。藤原兼通と兼家兄弟の対立は熾烈を極めたし、それほどではなくとも、兼家の息子の道隆、道兼、道長のあいだにも対立的な状況はあり、また道兼の父兼家に対する不満や、道長と甥の伊周のあいだにも対立関係は存した。そうした父子、兄弟、叔父甥の間の不和や対立は『大鏡』に如実に語られた。その対立の原因は関白をめぐる対立であり、そういう状況においては兄弟、親子、伯叔父甥だからといって、一門・同族として結束することが当然視されていたわけではない。

一門は「中世における武家社会の単位組織である血族団体」で、武士のあいだで発達したが、貴族社会にさかのぼる（『国史大辞典』「一門」）。橋本義彦氏は醍醐天皇の外祖父藤原高藤を祖とする勧修寺流の形成について、この一門が「外戚貴族としての寄生的性格より脱却し、実務官僚としての自己形成の道を切り開いて行った」ことを明らかにしたが、その際、勧修寺を結合の精神的紐帯として、同門意識のもとに相扶けて家門の興隆を計ったことと、「家風」の形成―弁官歴・受領・摂関家乃至院の近臣という性格を堅持するに至ったことに注目した。（注2）

明石大臣と按察使大納言の兄弟が勧修寺流藤原氏に見るような家門の興隆のために結束する関係にあったのか、あるいは兼通・兼家兄弟のような関係であったのかといえば、ここでは前者のような連帯意識を考えておきたい。明石入道は光源氏の須磨流謫を知って、娘を源氏と結婚させたいと妻に話した時、妻から反対されると、源氏の母桐壺更衣との血縁関係を強調して、結婚の実現への期待を熱烈に語った。その時の入道の言葉には按察使大納言・桐壺更衣・光源氏に対する強い同族意識とシンパシーが見て取れる。

いかにものし給ふ君ぞ。故母御息所は、おのが叔父にものし給ひし按察使大納言の御むすめなり。いと警策なる名をとりて、宮仕に出だし給へりしに、国王すぐれて時めかし給ふこと並びなかりけるほどに、人のそねみ重くて亡せ給ひにしかど、この君のとまり給へる、いとめでたしかし。女は心高くつかふべきものなり。おのれかかる田舎人なりとて、思し棄てじ。（須磨②二一一頁）

明石入道は桐壺更衣とはいとこであり、光源氏は更衣の子であるから、入道の娘明石の君と源氏とはまたいとこになる。自分のような田舎者の娘だからといって、源氏は娘をお見捨てにはなるまいというのである。この入道の言葉には叔父按察使大納言と桐壺更衣を同族意識で捉えるだけでなく、源氏をもそのなかに取り込んでいる。「おのれかかる田舎人なりとて、思し棄てじ」というのは、入道の一方的な期待や願望だといってもよいが、しかし、ここには入道における桐壺更衣・光源氏をも含めた一門の血族意識は強く明確である。

光源氏を明石に迎えた入道は、初夏の一夜琴を合奏した折りに、娘の琴の技量をほめて、源氏の気を引き、四方山話のはてに日ごろ思い続けていた悲願を語った。まず入道は源氏が明石に移って来たのは自分の長年の祈りを神仏が嘉納してくれたのではないかと思うと話し、源氏に娘との結婚を申し出た。

住吉の神を頼みはじめたてまつりて、この十八年になりはべりぬ。女の童のいときなうはべりしより思ふ心はべりて、年ごとの春秋ごとにかならずかの御社に参ることなむはべる。昼夜の六時の勤めに、みづからの蓮の上の願ひをばさるものにて、ただこの人を高き本意かなへ給へとなん念じはべる。前の世の契りつたなくてこそかく口惜しき山がつとなりはべりけめ、親、大臣の位をたもち給へりき。みづからかく田舎の民となりにてはべり。次々さのみ劣りまからば、何の身にかなりはべらんと悲しく思ひはべるを、これは生まれし時より頼むところなんはべる。いかにして都の貴き人に奉らんと思ふ心深きにより、ほどほどにつけて、あまたの人のそねみを負ひ、身のためからき目を見るをりをりも多くはべれど、さらに苦しみと思ひはべらず。

（明石②二四五頁）

入道は住吉神に祈願するようになって十八年になるが、それは娘の幼い時分から「思ふ心」があったからだという。これは按察使大納言が娘更衣に対して「生まれし時より思ふ心ありし人」と話していたことと変らない。入道はそうした娘への期待のために住吉神に毎年春秋に参詣しては、娘に「高き本意」を叶えてくれるようにと祈願してきたというのである。その「高き本意」とは何かといえば、娘を「都の貴き人」と結婚させたいということであった。自分は拙い運命で「田舎の民」に没落したが、娘には「生まれた時より頼むところ」があったというのである。ここで繰り返し語られる「思ふ心」「高き本意」「頼むところ」とは、娘を「都の貴き人」と結婚させたいということであった。「都の貴き人」はここでは光源氏以外にはいない。入道は娘と源氏との結婚を住吉神や仏に祈願し続けてきたということになる。

この話を聞いた源氏は、自分がいわれのない罪で須磨、明石にさすらってきたのは、何の罪によるのかと不審に思っていたが、入道の話によって、「げに浅からぬ前の世の契りにこそはとあはれになむ」(明石②二四六頁)と、このさすらいの理由が深い前世からの因縁に依っていたと納得できたと話した。そして娘との結婚に同意した。入道はこの時源氏の母更衣との血縁についても話したであろう。光源氏が入道の話を聞いて明石一門としての同族意識を抱いたか否かは明確ではない。しかし、入道にとっては源氏は一門の至宝であり、この結婚に一門の栄枯の帰趨がかかっていると信じていたのである。「すべてまねぶべくもあらぬことどもを、うち泣きうち泣き聞こゆ」(同上)という入道の話しぶりは、これまでの人生の辛苦を吐露する趣がある。源氏の結婚承諾はその苦労が無駄ではなく、しっかりと報われたのであり、「限りなくうれしと思へり」(同上、二四七頁)ということになるが、入道の喜びがこれまでの艱難や祈願が報われたという喜びにとどまるものではなかったことは、後の「夢」語りを待たねばならない。

この結婚はどのような意味で入道を喜ばせたのか。その結婚にはどのような意味があったのか。それを明らかにすることが按察使大納言の遺言の謎を解く鍵にもなる。

## 三　明石入道の「夢」

いったい明石入道が光源氏と娘との結婚を考えるようになったのはいつからなのか。娘が生まれた時からなのか、それとも娘が生まれた後、播磨の国守になったころからなのか、源氏が須磨に退去した時からなのか。娘を源氏と結婚させたいという考えは、源氏が須磨に来た時、源氏二十六歳、明石の君十七歳の時にはじめて語られたが、それ以前、「若紫」巻の源氏十八歳、明石の君九歳の時の話として、代々の国司からの娘への求婚はすべて断っていたとある。その理由は「わが身のかくいたづらに沈めるだにあるを、この人ひとりにこそあれ、思ふさまことなり」(若紫①二〇三頁)というように、自分が没落したのは無念であるが、娘には格別の期待をかけているので、国司風情は相手にしないというのであった。この娘に対する「思ふさまことなり」という期待が何を根拠にしていたのか、どこから生まれてくるものなのかは、この段階ではいっさい語られないので、真意は不明である。それだけでなく入道は、「もし我に後れて、その心ざし遂げず、この思ひおきつる宿世違はば、海に入りね」と常に遺言していた（同上、二〇四頁）。

この「若紫」巻の時点で、九歳の娘に自分が期待しているとおりの運命にならなかった時には、海に入水せよと遺言していたというのは、奇矯で非常識というほかない。入道が娘にどのような運命を期待していたのかは、すべて謎として伏せられたままであった。入道は「世のひがもの」（同上、二〇二頁）と言われるように変人扱いされたが、この段階で光源氏との結婚は視野に入っていたのであろうか。入道が近衛中将を捨てて播磨の国守になったのは、明石の君が生まれてまもなくであり、おそらく一、二歳のころかと思われる。(注3)その時娘を都の高貴な貴族と結婚させるためには並々でない財力が必要だと考えて、入道は播磨の国守になり、さらに土着して財力を畜えたのである。(注4)しかし、具体的に結婚相手を誰と考えることがあったのだろうか。

明石入道のことは「若紫」巻の源氏十八歳の後は、「須磨」巻の源氏二十六歳の時まで語られないから、そのあいだは想像するしかないが、入道はその間もたえず都の情報収集は怠らなかったのであろう。なかでも光源氏については注視していたと思われる。娘と源氏との結婚は源氏が須磨に来たことを知ったときに突然好機が到来したと、思い立ったというようなものではなかったはずである。源氏を明石に迎えて求婚するとき、「住吉の神を頼みはじめたてまつりて、この十八年になりはべりぬ」と話したが、これは単に娘の運命の成就を祈って十八年になったというのではなく、娘と源氏との結婚を祈って十八年になったということではなかろうか。娘の結婚相手は源氏以外にはいないと、入道は娘が生まれたときから考えていたのではないかと思われる。

いったい入道は何故に娘と源氏との結婚を祈り願っていたのか。その結婚によって何を実現したかったのか。

その根拠は明石の君が生まれた時の夢にさかのぼる。有名な夢であり、長い一節であるが、引用する。

伝にうけたまはれば、若君は東宮に参り給ひて、男宮生まれ給へるよしをなん、深くよろこび申しはべる。そのゆゑは、みづからかくつたなき山伏の身に、今さらにこの世の栄えを思ふにもはべらず、過ぎにし方の年ごろ、心ぎたなく、六時の勤めにも、ただ御事を心にかけて、蓮の上の露の願ひをばさしおきてなむ、念じたてまつりし。わがおもと生まれ給はむとせしその年の二月のその夜の夢に見しやう、みづから須弥の山を右の手に捧げたり、山の左右より、月日の光さやかにさし出でて世を照らす、みづからは、山の下の蔭に隠れて、その光にあたらず、山をば広き海に浮かべおきて、小さき舟に乗りて、西の方をさして漕ぎ行くとなむ見はべべし。夢さめて、朝より、数ならぬ身に頼むところ出で来ながら、何ごとにつけてか、さるいかめしきことをば待ち出でむと心の中に思ひはべしを、そのころより孕まれ給ひにしこなた、俗の方の書を見はべしにも、また内教の心を尋ぬる中にも、夢を信ずべきこと多くはべしかば、賤しき懐の中にも、かたじけなく思ひいたづきたてまつりしかど、力及ばぬ身に思うたまへかねてなむ、かかる道におもむきはべりにし。

（若菜上④一一三〜一一四頁）

この夢語りは明石女御が東宮の第一皇子を出産した直後に、入道の手紙によって明らかにされたものである。入道の孫娘、明石女御がこの先皇后になり、その皇子が即位する可能性が予見できる時が来たのである。その現実を踏まえて、入道はほぼ三十年前の明石の君の生まれるころに見た夢をはじめて明らかにしたのであった。

その「夢」がどのような意味を持つ夢であったのかは、『花鳥余情』が解き明かしている。現代の注釈もそれに従っている。以下『花鳥余情』の解釈を要約して示す。

韓国・景福宮勤政殿の玉座の須弥山と日月の図

入道が須弥山を右の手に捧げるというのは、右は女をつかさどるので右手は明石の君を指す。須弥山の左右から月日が出て世を照らす（図参照）というのは、月は中宮、日は東宮にたとえて、明石の君の娘が中宮に立ち、孫に東宮が生まれるという瑞祥である。入道自身は山の下に隠れてその光に当たらないというのは、入道は世を逃れて栄華をむさぼる心がないから子孫の繁栄の恩恵には与らないということ、須弥山を広い海に浮かべおくとは、東宮が即位して四海を掌握する意味であり、小さい舟に乗って西を指して行くとは、入道が般若の舟に乗り生死の海をわたって西方極楽浄土に至ることをたとえるとする。この夢は「現当二世の願望成就して目出度瑞夢なり」と解釈した。

その上で『花鳥余情』は、この入道の見た夢と、『過去現在因果経』巻一の善慧仙人の見た須弥山と日月の夢を普光仏が夢解きしたことと比べてみると、両者の夢の意味はまったく異なるが、入道にとっても善慧にとっても、みずからの願い求めるとこ

ろが成就したことは共通するとして、作者は善慧の夢を念頭に置いて入道の夢を書いたのであろうと説いた。(注5)

善慧の夢については後に触れることとして、明石入道の夢が瑞夢であったことはまちがいなく、入道はこの夢を『花鳥余情』のように解釈し、内典外典に照らして夢は信ずるに値すると判断して、夢の実現のために生涯をささげたのである。だが、それにしても入道が一夜の夢に生涯を賭けた理由は何か。阿部秋生氏は没落した名門を回復したいという入道の、「名門に生まれた者のみの知る執念といふべきもの」、「名門の血の疼き」であったろうという。(注6) 子孫に中宮、東宮が生まれるという夢の実現を導く明石の君の運命にふさわしい相手は誰か、そういう運命を実現できる相手は誰か、入道は考え続けたのである。それが光源氏以外にはいないと考えるようになったのは、先の検討からして明石の君が生まれた直後からであっただろうと思う。

繰り返しになるが、入道の次の言葉を引いておく。入道は明石の君の生まれたときから、娘と源氏との結婚を念願していたと考えてよいと思うのである。

いととり申しがたきことなれど、わが君、かうおぼえなき世界に、仮にても移ろひおはしましたるは、もし年ごろ老法師の祈り申しはべる神仏の憐びおはしまして、しばしのほど御心をも悩ましたてまつるにやとなん思う給ふる。そのゆゑは、住吉の神を頼みはじめたてまつりて、この十八年になりはべりぬ。

(明石②二四四頁)

源氏が明石に移って来た理由は、入道の住吉神や仏への祈願を神仏が聞き届けてくれたからではないかというのである。十八年の間入道は娘と源氏との結婚を祈願し続けたのである。

## 四　源家としての再生

明石の君の運命を叶える相手として、入道は光源氏を選び、二人の結婚によって明石姫君が生まれ、姫君は東宮に入内し、皇子を生んだ。これを入道は、「思ひのごと時に逢ひ給ふ」と喜び、さらに「若君、国の母となり給ひて、願ひ満ち給はむ世に、住吉の御社をはじめ、はたし申し給へ」（若菜上④一一四頁）と遺言した。明石女御が国母になること、すなわち女御の皇子が即位することが、「願ひ満ち給はむ世」であった。それが入道の満願成就であった。その暁には住吉大社をはじめとする社寺へのお礼参りを明石の君に申しつけたのである。それが入道の最終的な目的であったということになる。これは入道にとってどういう意味を持つものであったのだろうか。

入道は子孫の繁栄の恩恵に与らないことを承知していたし、入道の家は男子の後継者のいないまま、娘明石の君の代で断絶するのである。これは入道の叔父、按察使大納言が娘更衣を入内させ、光源氏を儲けたものの、大納言家は断絶したのと軌を一にする。にもかかわらず、入道は孫娘の明石女御が国母になることを、「願ひ満ち給はむ世」と言って、それが満願成就であるとしているのである。あるいは按察使大納言にとっても、光源氏が生まれ、准太上天皇にまでなったことは、彼が生きていれば、入道と同様に満願成就と考えたのであろうか。そうだとすれば、彼らはともに家の断絶の代償として、外孫の王権回帰を願っていたということになる。

按察使大納言と明石入道という一門は女子を介して王権に回帰することに一門の命運を掛けた人々であったということになる。彼らはともに家の断絶を代償にした。それは天皇の外戚として摂関家を目指すとか、外戚になることで一門の繁栄を目指すという、通常の貴族の後宮政策とはまったく次元を異にするものである。子孫が即位したからといって、彼らはその恩恵とは無縁であり、のみならず彼らの家そのものが消滅しているのである。

にもかかわらず、子孫の王権を悲願とし、その実現を満願成就としたことはどのような意味があったのかということである。単に滅び行く名門がその血を皇統に残そうとしたというようなことではなかったはずである。そうしたことを考える上で参考になるのが『花鳥余情』の説である。光源氏は明石の君から入道の手紙を見せられた時、入道と先祖の大臣について、次のように話した。

（入道は）すべて何ごとも、わざと有職にしつべかりける人の、ただこの世経る方の心おきてこそ少なかりけれ。かの先祖の大臣は、いと賢くありがたき心ざしを尽くして朝廷に仕うまつり給ひけるほどに、ものの違ひ目ありて、その報いにかく末はなきなりなど人言ふめりしを、女子の方につけたれど、かくいと嗣なしといふべきにはあらぬも、そこらの行ひの験にこそはあらめ。（若菜上④一二八頁）

明石入道は万事に優秀な人であったが、処世の才が少なかった。入道の先祖の大臣はたいへん賢明で誠心誠意朝廷にお仕えしたが、何かの行き違いがあって、その報いで子孫が衰えたと世間では言っているようだが、女子の筋ではあるが、入道家にこのように跡継ぎがいないというわけではないのは、入道の長年の勤行のご利益であろうというのである。この「女子の方につけたれど、かくいと嗣なしといふべきにはあらぬも」というところに関わって、『花鳥余情』は次のように注釈した。やや長いが引用する。

さて三条院の御むすめに禎子内親王と申は、後朱雀院の御代に入内ありて、後三条院をまうけさせをはしまして、のちに陽明門院と申き。その御すゑのみこそいまの世までつたへさせ給へ。三条院の御末おとこかたはたえさせ給て、おんなかたより御子孫をのこし給へる事、この物かたりにいへるあかしの入道の事に公私のちかひめこそあれ、によりたるやうなれは、つゐてなからしるしつけ侍り。これは物語つくれるよりはるかにのちの事なれと、世のことはりはいにしへも今もかはらぬ事なるへきをや。(注7)

要点は三条院の皇統は男系は絶えたが、娘の禎子内親王が後朱雀院に入内して後三条院を生み、その子孫つまり後三条院皇統がその後、一条兼良の時代まで存続しているというのである。七十一代後三条から八十六代土御門までになる。これを「おんなかたより御子孫をのこし給へる事」として、明石入道の場合も同様に考えられるとしたのである。これは物語より後代の例によって物語を読み解くことになるが、世間の道理は昔も今も変わらないから問題はあるまいとする。

この解釈は断絶した三条院皇統が禎子内親王を介して後三条院皇統として復活したとしているのである。これが女の血筋で子孫を残すという考え方―「おんなかたより御子孫をのこし給へる事」である。これを明石入道の場合に当てはめれば、明石の君が源氏と結婚して明石姫君が生まれ、姫君が東宮に入内して将来は国母になるということが、娘の血筋で子孫を残すことに相当するということである。按察使大納言の場合の方がより簡明である。按察使大納言家は男系は断絶したが、娘の更衣を介して光源氏を儲け、源家として復活したということである。明石入道も按察使大納言も娘の血筋で子孫を残したということである。

しかし、ここで注意すべき点は血筋の範囲が同族に限られると考えなければならないことである。三条院―禎子内親王―後三条院という系譜は禎子と後朱雀がまたいとこであり、すべて彼らは村上天皇の子孫である。(注8)明石入道と按察使大納言の子孫が光源氏の代で源家として復活したと考える場合、入道と按察使大納言の家系は源氏であったと考えなければならない。藤原氏が娘を入内させて、皇子を儲け、その皇子が臣籍に下ったからといって、藤原氏が源家として再生したという考え方はありえないのである。『花鳥余情』の注釈は男系の系譜観念と同族観念を前提にしているのである。明石一門は源氏であり、先祖の大臣の過誤がもとで衰亡したが、入道と大納言はともにかつての名門源家の復活を志した。彼らはみずからの源家の断絶を代償として、女子を介して新しい源家の再生に賭けた。按察使大納言が更衣を入内させた意図はそこにあり、光源氏は大納言のそういう遺志を負わされていたということである。

桐壺帝は更衣の入内について、「故大納言の遺言あやまたず、宮仕の本意深くものし給ひしよろこびは、かひあるさまにとこそ思ひわたりつれ」（桐壺①三四頁）と話したが、これは桐壺帝が大納言の遺言を承知していたことを示唆しているように思われる。さらにいえば、桐壺帝は無理を承知で更衣を入内させた大納言の真意―源家の再生という真意をも理解していたのではなかろうか。そうであれば光源氏の臣籍降下は大納言の真意に叶っていたと言ってよいかもしれない。

入道はそういう光源氏を明石一門の血族としてしっかり位置づけるために娘との結婚を是が非でも実現させようとしたのであり、一門が光源氏家として再興し繁栄することを祈り続けたのである。入道と大納言は同じ志を持って、新しい源家の再生のために生きたのだといえる。

## 五　王権への回帰

だが、明石入道と按察使大納言の大望は源家としての復活にとどまらず、王権への回帰であったと考えなければならない。入道の手紙を読んだ源氏は「夢」の記述に目を留め、明石の君との結婚や須磨明石へのさすらいがすべて入道の夢に基づいた計らいであったことを知って、感慨に沈んだ。

さらば、かかる頼みありて、あながちには望みしなりけり、横さまにいみじき目を見、漂ひしも、この人

（入道）ひとりのためにこそありけれ、いかなる願をか心に起こしけむとゆかしければ、心の中に拝みて取り給ひつ。（若菜上④一二八頁）

「かかる頼み」とは入道の子孫に中宮と帝が生まれるという夢解きへの確信である。そういう確信ゆえに入道は源氏を必死で明石の君と結婚させたのだと、源氏は了解したのである。源氏は「帝、后かならず並びて生まれ給ふべし」（澪標②二八五頁）という昔の宿曜の予言を改めて想起していたことであろう。宿曜の予言は冷泉帝が即位し、明石姫君が生まれた時にはじめて明らかにされたものであった。その宿曜の「后」誕生の予言が明石入道の「夢」と軌を一にするものであり、入道の祈りに支えられていたことを知って、源氏は粛然とした感慨に捉えられたのである。「心の中に拝みて」とはそういう心境であろう。いったいなぜ入道や源氏の「夢」や予言はこのように王権を志向したのであろうか。

光源氏は「帝王の上なき位にのぼるべき相」（桐壺①四〇頁）を持つと言われながら臣籍に下ったが、それゆえに物語は光源氏の王権回復の物語を語り続けた。明石入道の先祖も王権から排除された源氏であり、さらに言えば皇位継承に敗れた一世源氏であったと考えてよいのではなかろうか。明石入道の「夢」はその先祖の無念を晴らすために、子孫の王権への回帰を悲願としたのであったと。入道の夢が没落し断絶する名門の復活ということにとどまらず、子孫の王権を見据えていたのは、そのような家の歴史を背負っていたからであったと考えられるのである。（注9）明石女御は東宮に入内し皇子を三人儲けるが、彼らが続けて即位するような将来こそ明石一門の満願成就であり、先祖の鎮魂になったに違いない。

明石入道の手紙を見てから五年後、冷泉帝が今上に譲位し、明石女御の第一皇子が東宮に立つ。この時に源氏は住吉参詣をおこなうが、参詣に先立って入道の願文の箱を開け、さまざま盛大なお礼参りのことが書かれているのを見る。それは光源氏のような権勢がなくては果たし得ないことどもであり、源氏は入道の大望に感心もし分不相応であると思いながら、畏敬の念を覚える。だが、「このたびは、この心をばあらはし給はず」（若菜下④一六八頁）と、この時は入道の願ほどきはなされなかった。明石女御が国母になっていないからである。その後も明石女御は中宮にはなるが、国母になる時までは語られなかった。明石中宮が国母になった時にはどのような願ほどきがなされたであろうか。

そのことを考える上でよい例が中宮彰子の賀茂社への神郡寄進である。土田直鎮氏によれば、彰子は敦成親王の即位を賀茂社に祈願し、即位できた時には神郡を寄進すると願を立てた。敦成は九歳で即位（後一条）したので、道長は寄進地の選定を藤原実資に命じ、山城国の愛宕郡が寄進地に決まるが、官庁や寺社の複雑な利害関係のある土地であったので、実資の仕事は厄介きわまりなかったという。（注10）明石中宮が国母になった時には住吉大社に神郡寄進が行われたのではなかろうか。明石入道の大願は光源氏でなければできない願ほどきであったことは間違いない。

## 六　明石入道の「夢」と『過去現在因果経』

ところで、『花鳥余情』は明石入道の夢の解釈に当たって、『過去現在因果経』巻一の善慧仙人の夢を普光仏が解き明かしたことと対比して、両者の夢の意味には違いがあるが、ともに「ねかひもとむる所の成就せる事は、世出世の利益ことなりといへとも、なそらへてこれをおもふへきなり」と言い、さらに作者は善慧の「五種の夢をふくみてかけるにや侍らん。今に此物語の諸抄にひきのせさる事おほつかなし」と述べた。（注11）『花鳥余情』は入道と善慧はともに夢の指し示したところを成就したのであり、入道の夢は善慧の夢になぞらえて考えるべきであり、入道の夢は善慧の夢を念頭に置いて書かれたのであろうと言うのである。そのように解釈してよいのかどうか、またなぜここに善慧の夢が引かれたのか、考えてみたい。まず『過去現在因果経』巻一の善慧の夢と、普光如来による夢解きを見てみよう。次のようである。

爾の時、善慧仙人、山中に在りて、五の奇特の夢を得たり。一には夢に大海に臥す。二には夢に須弥に枕す。三には夢に海中の一切衆生、其の身内に入る。四には夢に手に日を執る。五には夢に手に月を執る。此の夢を得已りて、即ち大に驚き悟め、心に自ら念じて言く、「我が今の此の夢、小縁と為すに非ず。当に以て誰にか問ふべき。宜しく城内に入りて、諸の智者に問ふべし。」と。（『大正新修大蔵経』第三巻、『過去現在因果経』、六二一頁。書き下しは『国訳一切経』の『過去現在因果経』を参照した。以下同じ。）

善慧はこの「五奇特夢」が「小縁と為すに非ず」と、きわめて重い意味のある啓示であると思い、それが何を意味するのかを智者に問うて明らかにしたいと考えた。山中を出て城内に行き、普光如来に会って出家し沙門になる。そして善慧が普光如来に「五奇特夢」について解説してほしいと頼むと、普光如来は次のように夢解きをする。

爾の時、普光如来、答へて言はく、「善哉。汝、若し、此の夢の義を知らんと欲せば、当に汝が為に説くべし。夢に大海に臥したるは、汝が身即ち生死の大海の中に在るなり。夢に須弥に枕したるは、生死を出でて、般涅槃を得る相なり。大海中の一切衆生の身内に入ると夢みたるは、当に生死の大海に於て、諸の衆生の為に、帰依処と作るべきなり。夢に手に日を執りたるは、智慧の光明、普く法界を照らすなり。夢に手に月を執りたるは、方便智を以て、生死に入り、清涼の法を以て、衆生を化導し、悩熱を離れしむるなり。此

の夢の因縁、是、汝が将来成仏の相なり。」と。（同上、六二三頁）

この善慧の夢と、先の明石入道の夢との類似点を挙げると、須弥山、日月、海、右手で日月の出た須弥山を捧げるのと、手で日月を執るというところである。いわば夢を構成する素材はまったく同じである。違いは構図にある。入道は右手で須弥山を捧げるが、その後は須弥山を広い海に浮かべて自身は小舟に乗って西方に向かったのに対して、善慧は須弥山を枕にして大海に臥したところ、大海中の一切衆生が善慧の身内に入った。夢解きとしてはこの構図の違いが同じ素材でありながらも、記号論的に決定的な意味の違いを生み出すことになる。それはそれとして、この夢を見た時、両者がどのように思ったか、何を感じたかというと、善慧は「即大驚悟。心自念言。我今此夢。非為小縁。」と、大いに驚いて目を覚まし、この夢は「小縁」ではないと考えた。明石入道は「夢さめて、朝より、数ならぬ身に頼むところ出で来ながら」（若菜上④一一四頁）と、「大驚」とは語られないが、夢が大きな運命の啓示であり、「小縁」ではないと考えたことは間違いない。その後善慧は夢の真意を知るために普光如来に師事して、夢の意味を解き明かしてもらうが、入道は「俗の方の書を見はべしにも、内教の心を尋ぬる中にも、夢を信ずべきこと多くはべしかば」（同上）というように、自分で内典外典を精査して夢解きをしたのであった。

善慧は普光如来から、「此の夢の因縁、是、汝が将来成仏の相なり」と告げられと、「歓喜踊躍し、自ら勝ふる能はず」という様であったが、その後は多くの転生を繰り返して、最後に閻浮提の迦毘羅旆兜国の白浄王家の太子に生まれ、後に釈迦となる。明石入道は自分で夢解きをし、夢が信じるに値すると確信して、夢の実現のために明石に下り、多くの願を立てて生涯を捧げたのであった。『花鳥余情』の言うように、夢の意味も違い、両者の生涯も異なるが、夢の成就のために生きた点は同じである。

『花鳥余情』がここに善慧の夢を引いたのは、そもそも入道にとって善慧の夢は馴染み深い、周知の話であると理解したからであろう。入道みずから「内教の心を尋ぬる中にも、夢を信ずべきこと多くはべしかば」と言うように、須弥山、日月、海、手という記号から成る夢は、入道に『過去現在因果経』の善慧の夢をとっさに連想させたであろう。「内教」の夢の代表として善慧の夢は入道の念頭にあったことは間違いない。『花鳥余情』が「なそらへてこれをおもふへきなり」、「五種の夢をふくみてかけるにや侍らん」と言ったとおりであると思う。作者は『過去現在因果経』を明石入道も知悉したものとして物語に変換しつつ取り入れていたのである。

その変換の様子を少し見てみよう。『過去現在因果経』の善慧は釈迦の前世譚としてさまざまな転生を重ねており、「五奇特夢」はあくまで善慧が釈迦になることの予言であって、入道の場合のように須弥山と日月が明石一門の王権の予言となるような意味ではなかった。また入道が子孫の栄華に与ることなく、西方極楽世界に往生するというのも「五奇特夢」とは関わらない。「五奇特夢」は善慧が衆生を救済する仏になることを予言するものであり、入道の「九品の上の望み疑ひなくなりはべりぬれば」（同上、一一五頁）という、個人的な救済とは次元を異にする。入道の「小さき舟に乗りて、西の方をさして漕ぎ行く」（同上）夢は、源氏物語の時代の浄土教信仰の流行に棹さす思想であろう。(注12) とはいえ、入道が明石の浦の邸を出て深い山に入り、「かひなき身をば熊、狼にも施しはべりなむ」（若菜上④一一六頁）というのは、釈迦前世譚の「捨身飼虎」に則る行為であり、一概に浄土教信仰に従っていたとは言えない。言ってみれば、入道の仏道修行は浄土教的でありつつ、「捨身飼虎」の原始仏教に通じる面を有した独特な性格であったのであろう。入道の夢は「五奇特夢」をさまざまに変換した引用であったのである。

そのような変換をしながら、入道の夢に『過去現在因果経』が取り入れられた理由は何か。詳しくは第五章で検討するが、『過去現在因果経』の仏伝が光源氏の人生の深層に響き合っていたことと、一連のことであったと思う。入道の人生の混沌とした情念は住吉信仰や仏道修行が混然一体となって、明石一門の王権回帰の悲願に捧げられていたが、そこに入道が矛盾を感じることはなかったようだ。だが、入道の夢において王権を意味した須弥山と日月は、『過去現在因果経』では「夢に手に日を執りたるは、智慧の光明、普く法界を照らすなり。夢に手に月を執りたるは、方便智を以て、生死に入り、清涼の法を以て、衆生を化導し、悩熱を離れしむるなり」という意味であった。善慧にとってそれは衆生の救済者となるための予言であったが、入道にとっては日月の「智慧の光明」と「清涼の法」によって救済されるという意味を持つことになったのであろう。入道は「九品の上の望み疑ひなくなりはべりぬれば」(前掲)と、往生を確信していた。『花鳥余情』の『過去現在因果経』の引用は、源氏物語が仏道による救済の課題に向き合っていることを指摘するものでもあったと考える。

**【注】**

(1) 拙著『源氏物語の主題』桜楓社、一九八三年、「光源氏論への一視点」。『源氏物語の準拠と話型』至文堂、一九九九年、第三章「桐壺帝と桐壺更衣」。『源氏物語の世界』岩波書店、二〇〇四年、四〜九頁。

(2) 橋本義彦『平安貴族社会の研究』吉川弘文館、一九七六年、「勧修寺流藤原氏の形成とその性格」二八七〜二八九頁。

(3) 「代々の国の司など、用意ことにして、さる心ばへ見すなれど」(若紫①二〇三頁)とあるが、若紫巻で光源氏は十八歳、明石の君九歳である。「代々の国司」の求婚をそのとおりに受け取れば、少なくとも二人の国司として五年の在任期間があったことになる。その前に入道が赴任していたのだから、入道は明石の君が一、二歳の時に播磨の国守になったということになる。

(4) 阿部秋生『源氏物語研究序説』東京大学出版会、一九五九年、第二篇第二章二「播磨守」。明石入道の明石の浦における経営は、海岸を占有することによって船津としての権利をもつこと、倉庫を設けて後背地の農産物を集積すること、海産物の収益、塩浜の権利を握っていたこと、それらの交易という多角的経営になっていたと論じる。七五一頁。

（5）伊井春樹編『花鳥餘情』桜楓社、一九七八年。二三八頁。

（6）注4に同じ。第二篇第二章三「名門の血」。「明石入道の一切の行動の底には、かうして名門の座を回復しようとする強烈な意欲が潜んでゐるわけであり、それが住吉の神をよび、源氏をよび寄せるのだともいひうるであらう。作者もまた、この入道といふ人物を、名門の血の回復のため、栄光の座の鬼となってゐる人物として描き出してゐるのだとみるよりほかないであらう。」（七六三頁）という。

（7）注5に同じ。二四〇頁。

（8）三条院―禎子内親王―後三条院の系譜は次のようである。

（9）前掲、拙著『源氏物語の準拠と話型』第二章「桐壺帝と大臣家の物語」、第七章「平安物語における主権譚の展開」参照。七八～八〇頁。一六五～一七五頁。

（10）土田直鎮『奈良平安時代史研究』（吉川弘文館、一九九二年）「一条天皇の賀茂社行幸」。

（11）注5に同じ。二三八頁。

（12）「小さき舟に乗りて、西の方をさして漕ぎ行く」は、『花鳥余情』のいうとおり、「入道般若の舟にさほさし、生死の海をわたりて、西方極楽の岸にいたるへきにたとふ」ということであるが、この小舟に乗って泰然と渡海する出典が明確でない。日本思想大系『源信』（岩波書店、一九七〇年）所収、『往生要集』巻中、「大本第五助念方法」には、「阿弥陀仏は、観世音・大勢至とともに、大願の船に乗じて生死の海に汎び、この娑婆世界に就いて、衆生を呼喚して大願の船に上らしめ、西方に送り著けたまふ。」（一五〇頁）と『無量清浄覚経』を引く。但し、これは阿弥陀の大願の船に乗る話で、入道の小舟に乗って西方に向う話とは違う。『大般涅槃経』巻二十三「光明遍照高貴徳王菩薩品」第十の三（『大正新修大蔵経』第十二巻）には、四毒蛇等に追われた人が急流の河に追いつめられた時、毒蛇の危害を逃れるために草筏を作って河を渡ったところ、彼岸は「安穏にして患無く、心意泰然として怖恐消除す。」という比喩説がある。これは小舟・草筏に乗って、海・河を渡る点は似ているが、怖恐の渡河であり入道の西方往生を確信した安らかな渡海とは異なる。

# 第五章　光源氏の出家と『過去現在因果経』

## はじめに

源氏物語にとって仏教が重要なテーマになっていることは改めて言うまでもない。たとえば光源氏や紫の上、薫や浮舟という物語の主人公たちが出家したり、出家による救いを求めていたのを始めとして、その他の主要人物でも、六条御息所、朧月夜、女三の宮、空蟬、明石入道、朱雀院、八の宮などすべて出家したり出家を願った人たちである。僧侶も北山の僧都、夜居の僧都、横川の僧都など、それぞれ立派な高僧らしい風格がある。物語はそのような人物たちを最初から最後まで次々と登場させて、仏道や出家というものに向かい合わせていた。

あるいは源氏物語に引かれる仏典として、池田亀鑑編『源氏物語事典』「所引詩歌仏典索引」によれば、主要な経典だけでも『過去現在因果経』『妙法蓮華経』『観無量寿経』『大般涅槃経』『往生要集』などがあり、それらを含めて二十七種の仏典が指摘され、引用箇所は六十六箇所におよぶ。現在の研究からすればその数はもっと増えるはずである。また仏事として法華八講や持仏開眼供養、法華経千部供養等々の盛大な法会が描かれた。

源氏物語にとって仏教とは何であったのか。作者が向き合った仏教の問題はどのようなものであったのか。光

源氏の出家の問題を取り上げながら、そのようなことを考えてみたいと思う。(注1)

## 一　中世の仏教的批評──『源氏一品経』と『今鏡』

はじめに中世の仏教的な観点からの源氏物語批評を見てみようと思う。中世の仏教的な源氏物語批評は狂言綺語観や紫式部堕地獄説、それと裏腹の妙音・観音菩薩の化身説、比喩方便説といった批評が代表的な言説である。そうした批評は院政期に『源氏一品経』『今鏡』などの諸書に現れ、以後中世を通して長く伝承された。

澄憲の作とされる『源氏一品経』（一一六六年頃）では、紫式部が読者とともに地獄に落ちたという話が記される。すなわち源氏物語は「言は内外の典籍に渉り、宗は男女の芳談を巧みとする」、古来の物語の中で「秀逸」な物語であるが、「艶詞はなはだ佳美」にして「心情多く揚蕩」する物語なので、深窓の娘がこれを見てひそかに「懐春の思ひ」を動かし、独身の男は「秋思の心」を労した。そのために紫式部も読者もすべて「輪廻の罪根」を結び、「奈落の剣林」に堕ちた。その紫式部の亡霊が人の夢に現れて、罪根の重いことを告げたので、禅定比丘尼が奈落に落ちた紫式部と読者を救うために、「道俗貴賤」の人々に勧めて『法華経』を書写して供養することにしたというのである。

昔白楽天発願し、狂言綺語の謬ちを以て、讃仏乗の因と為し、転法輪の縁と為す。今比丘尼物を済《すく》ひ、数篇の艶詞の過ちを翻して、実相の理に帰一し、三菩提の因と為す。彼も一時なり、此も一時なり。共に苦海を離れ同じくは覚岸に登らん。(注2)

白楽天が「狂言綺語の謬ち」に気づいて仏法に帰依する因縁にしたように、比丘尼は紫式部の亡魂と読者を救うために、「艶詞の過ち」を翻して仏教の真理、悟りの境地に至る因にしようと言う。

このような紫式部堕地獄説を裏返した形が観音化身説である。『今鏡』（一一七八年頃）「作り物語のゆくへ」の段では、源氏物語は「綺語とも雑穢語などはいふとも、さまで深き罪にはあらずやあらむ」、「情をかけ、艶ならむによりては、輪廻の業とはなるとも、奈落に沈む程にやは侍らむ」と言って、源氏物語と紫式部の「罪」を「奈落に沈む」ほどの「罪」ではないと弁護する。その上で、「女の御身にてさばかりの事を作り給へるは、ただ人にはおはせぬやうもや侍らむ。妙音、観音など申すやむごとなき聖たちの女になり給ひて、法を説きてこそ人を導き給ふなれ」と語って、紫式部は妙音菩薩や観音菩薩の化身説を説いたのである。紫式部は妙音、観音などの化身であるから、「法を説きてこそ人を導き給ふなれ」という、源氏物語には「法」が説かれているという捉え方が出てくる。

いったいどのような「法」が説かれているというのであろうか。あるいはどのように「法」が説かれているというのであろうか。次の一文を見てみよう。

罪深き様をも示して、人に仏の御名をも唱へさせ、弔ひ聞こえむ人のために、導き給ふはしとなりぬべく、情ある心ばへを知らせて、憂き世に沈まむをも、よき道に引き入れ、世のはかなき事を見せて、あしき道を出だして、仏の道に勧む方もなかるべきにあらず。(注3)

「罪深き様をも示して」が具体的に何を指すか、明らかではないが、まず思い浮かぶのは源氏と藤壺の密通事件であろう。そういう人間の罪深い姿を示して、人に仏の御名を唱えさせ、それが供養する人を仏道に導く端緒になるというのである。罪深い物語を読めば、読者は仏の御名を唱えたくなり、さらに供養しようと思う、物語はそのようにして読者を仏道に導く端緒になるというのである。こうした論理は方便説といってよいであろう。「仏も譬喩経などいひて、なき事を作り出だし給ひて説き置き給へるは、こと虚妄ならずとこそは侍れ」とも述べていた。

次の「情ある心ばへを知らせて」というのも具体的に物語のどういうところ指しているのか分かりにくいが、海野泰男氏はこの後に語られる、八の宮、大君、朱雀院などのことを指すと解する。(注4) 従いたい。八の宮が亡くなった妻を悼んで優婆塞の戒を保ち、大君が女の潔い道を守り、朱雀院が弟冷泉帝に譲位して西山に住み、仏道に専心したように、物語は思いやりや心遣いのある登場人物の様子を読者に知らしめ、迷妄の世に沈もうとする人々を仏の正しい道に引き入れるというのである。

さらに「世のはかなき事を見せて云々」というのも、この世の無常であることを示すことで、読者を仏の道に導くことになると言う。「世のはかなき事を見せて」というのは光源氏を例として説明される。光源氏は桐壺帝の限りない寵愛を受け、比類ない運命であったのに、「夢幻の如くに」亡くなった、そういう物語を読めば、読者は「世のはかなき事」を思い知るだろうというのである。源氏物語はそういう物語であるというのである。

こうした『今鏡』の源氏物語評論は方便説に立つ批評だと言ってよい。(注5)「智恵を離れては、闇にまどへる心をひるがへす道なし、惑ひの深きによりて、憂き世の海の底ひなきには漂ふ業なりとぞ、世親菩薩の作り給へる書の始めつ方にも宣はすなれば、ものの心を弁へ、悟りの道に向かひて、仏の御法をも広むる種となし、云々」というように、源氏物語は読者に仏法の「智恵」を与え、「ものの心」を弁えさせて、「闇に惑へる心」を覚醒させ、仏法を広める種になる作品だという捉え方であると言えよう。こうした観点は『源氏一品経』には見られなかったところであり、『今鏡』の批評は物語の内容に即しながら、源氏物語は読者を仏道に導く物語になっているというのである。

しかし、こうした方向で読むかぎり、源氏物語における仏教の問題を作品の主題や思想に関わる問題として考察することはむずかしい。仏教の真理というものは自明なものとして存在していて、読者は物語の場面や人物の生き方のなかに仏教の真理に気づき、仏道に進むことを期待されているという方向に行くしかないからである。本居宣長が批判したように、そうした読み方では物語の意味は儒仏の教理に回収されることになるほかはない。それでは物語が物語として切り開いた思想の地平が見失われる。（注6）

しかし、宣長の「もののあはれ」論も源氏物語を「もののあはれ」という思想に一義的に回収する点では、『今鏡』と立場は違うけれど、同様の限界を持っていたと言わなければなるまい。たとえば、光源氏が仏道にどのように向き合ったのか、作者は仏教をどのように捉えていたのかという、作品の主題的構造的な分析は放棄されて、物語の意義は「もののあはれ」を知るという一義に収斂されたからである。ここはやはりはじめに触れたように、登場人物の仏教への向き合い方、あるいは仏典の引用を具体的に検討することから、源氏物語における仏教の問題は考えなければならない。

## 二　光源氏の出家への道のり

以下、光源氏の出家の問題を取り上げてみる。光源氏の出家については、「宿木」巻に薫の話として、光源氏が晩年の二、三年を出家して嵯峨院に住んでいたこと、嵯峨院や六条院を訪ねる人は悲しみを静めようがなかったことなどが語られた。嵯峨院は生前に源氏の建立した嵯峨野の御堂（「松風」）であろう。そこでの光源氏の出家生活の心境や心情を具体的に確認できる記事はないが、「さしのぞく人の心をさめん方なくなんはべりける。木草の色につけても、涙にくれてのみなん帰りはべりける。」（宿木⑤三九五頁）と語られた。これはかつての光源氏の栄華を承知している人々が、源氏の出家生活を見て感じた感想なのか、光源氏じしんの出家生活が憂愁に閉ざされたものであると観察したということなのか、どちらなのか判断しにくい。前者であれば、源氏じしんは心を澄ました仏道修行に専念していたと考えることも可能である。見舞った人々がかつての源氏の栄華とかけ離れた出家姿に接して、堪えがたい思いに駆られたということかもしれない。光源氏の出家生活とはどのようなものであったのかはわからないが、ともかく源氏は人生の最後を出家によって締めくくったのである。源氏の出家への道筋をたどることで、源氏物語における仏教の問題を考えてみる。

その際、光源氏の出家の物語を仏伝との関わりから検討してみる。光源氏と仏伝との関わりを正面から取り上げたのは高木宗監氏である。高木氏は源氏物語が「釈尊伝」に準拠しているとして、釈迦誕生や釈迦入滅の叙述が光源氏の誕生や予言、死の物語に取り込まれていると論じた。(注7) そこで用いられた「釈尊伝」は『過去現在因果経』『摩訶摩耶経』『仏所行讃』などである。高木氏の指摘は外面的な類似の指摘が中心なので、それを参照しながら、しかし、もう少し別の角度から光源氏の物語と仏伝との関係を考えてみる。仏伝は『過去現在因果経』を比較のテクストとして利用する。『過去現在因果経』と源氏物語との関わりについては、光源氏だけではなく浮舟の出家にも本経典が下敷きになっていることを三角洋一氏が詳論している。(注8) 源氏物語は『過去現在因果経』に依拠しつつ出家の問題を描いていったと考えられる。

**「若紫」「葵」「賢木」巻の出家観**

さて光源氏の仏道への関心は比較的早くから見られる。阿部秋生氏によれば、光源氏は空蟬との別れ、夕顔との死別という経験を通して、去りゆくもの、移りゆくものをとどめかねる「苦しさ」を知るが、それは無常観に通じる意識であり、「源氏という人物は、やがて無常を知り、仏法を志すこともありうるという素地ともいうべき感覚をもっていたということだけはいっておくことができるであろう」(注9) という。これは十七歳の時のことであるが、光源氏が仏道への素地をもつ人物として造型されたという点は注意しておきたい。

十八歳の春、北山に瘧病の治療に行った時には、北山の僧都と面会し、僧都から「世の常なき御物語、後の世のことなど」の話を聞いて、源氏は「わが罪のほど恐ろしう、あぢきなきことに心をしめて、生けるかぎりこれを思ひ悩むべきなめり、まして後の世にいみじかるべき思しつづけて、かうやうなる住まひもせまほしうおぼえ給ふものから」（若紫①二一一頁）と語られた。罪障への恐れ、藤壺への恋ゆえに来世では地獄に堕ちるのではないかという恐れを抱き、出家に心惹かれたというのである。阿部氏の説に従って、ここにも仏道への素地というものが源氏の人生行路に敷設されたと言ってよいであろう。しかし、この時には具体的な出家のイメージがあったわけではない。ただ「かうやうなる住まひもせまほしうおぼえ給ふ」という、その時だけの憧れのような気分であり、切実な実感を込めて出家を願ったわけではなさそうである。そう思う次の瞬間には紫の少女への関心に気持ちは変わっていったからである。

その後、出家への明確な思いが語られるのは、葵の上と死別した時のことである。葵の上の死が六条御息所の物の怪によるものであったことから、源氏は厭世観を強めた。「憂しと思ひしみにし世もなべて厭はしうなり給ひて、かかる絆しだに添はざらましかば、願はしきさまにもなりなましと思すには」（葵②五〇頁）というのである。この絆しは紫の上だけでなく東宮冷泉や生まれたばかりの夕霧も含まれているのであろう。そういう絆しがなければ、「願はしきさま」すなわち出家したいと思う。二十二歳の年のことである。

その翌年父桐壺院が亡くなるが、その時にも、「去年今年とうち続き、かかることを見給ふに、世もいとあぢきなう思さるれど、かかるついでにも、まづ思し立たるることはあれど、またさまざまの御絆し多かり。」（賢木②九八頁）と語られた。去年は妻を、今年は父を亡くした悲しみから、厭世観を深めて出家を思うが、絆しが多くて出家しかねるというのである。「葵」巻、「賢木」巻のこういう出家への願いは仏道への素地が次第に光源氏の精神に血肉化してゆく過程ともいえよう。

## 「絵合」巻の出家観

桐壺院の没後、源氏は人生で最大の挫折を経験した。朱雀帝の外戚である右大臣・弘徽殿大后の政権下で、源氏は須磨に退去を余儀なくされた。その後、朱雀帝の譲位によって帰京した源氏は、冷泉帝の後見として内大臣になり権勢を確立する。三十一歳になっていたが、栄耀栄華を手中にした中で、次のようなことを考えていた。

> 大臣ぞなほ常なきものに世を思して、いますこし大人びおはしますと見たてまつりて、なほ世を背きなんと深く思ほすべかめる。（中略）静かに籠もりゐて、後の世のことをつとめ、かつは齢をも延べんと思ほして、山里ののどかなるを占めて、御堂を造らせ給ひ、仏経のいとなみ添へてせさせ給ふめるに、末の君たち、思ふさまにかしづき出だして見むと思しめすにぞ、とく棄て給はむことは難げなる。いかに思しおきつるにかといと知りがたし。
>
> （絵合②三九二頁）

源氏はこの世は無常であると観じているので、冷泉帝がもう少し大人になったら出家しようと思う。今の繁栄は須磨明石に流謫した代償のようなものであり、これ以上の栄耀栄華をむさぼることは寿命が心配だ。静かに引きこもって後生のための勤行をし、命を延ばそうと思って山里に御堂を造り、仏像や経巻の供養をさせる。とはいえ、幼い明石姫を思い通りに育てたいと思うので、すぐに出家するというわけにもいかない。どうお考えなのだろうかというのは、語り手の批評である。

「若紫」巻とは趣の違う述懐であるが、ここで源氏の考える出家のありかたは具体的で分かりやすい。出家の時期はいつになるか分からないが、早くも御堂を造営して仏像などの供養をするというのである。何不自由ない現世の栄華を極めてから出家して齢をも延ばそうというのであり、これは光源氏のような貴族にしかできない出家であり、権門貴族にとっての理想的な出家であったと考えられる。こういう出家観は『過去現在因果経』に語られる王に許された出家であるが、それについては後に触れる。

## 「御法」「幻」巻の出家観

この後の物語で源氏の出家観が語られるのはずっと後の「御法」巻、「幻」巻である。紫の上は病が重くなり、源氏に出家したいと訴えるが、源氏は許さない。その理由は、自分も同じように出家したいと思っているのだが、いったん出家した以上はかりそめにも俗世を顧みることはすまいと決意しているからだという。紫上とは来世でも同じ蓮華に座を分け合おうと約束しているが、この世で修行する間は同じ山に籠もっても、峰を隔てて離ればなれに住むつもりなので、このように病の重い紫上と別れ別れになって出家することは心に迷いを生じてできない、というのである。

さるは、わが御心にも、しか思しそめたる筋なれば、かくねむごろに思ひ給へるついでにもよほされて同じ道にも入りなんと思せど、一たび家を出で給ひなば、仮にもこの世をかへり見んとは思しおきてず、
（御法④四九四頁）

光源氏の出家観が窺われるところである。一度出家したら、断じて現世を顧みることはしないというところに、覚悟の厳しさが見て取れる。それだけに決断がにぶるのである。

しかし、出家の時期は迫ってきていた。紫上が亡くなった。光源氏五十一歳、紫上四十三歳である。紫上の死は八月十四日、翌十五日の暁には火葬に付した。このあまりに早い葬儀の理由はよくわからないが、この日が遠からず来ることを覚悟していた源氏は、その時にはそのようにしようと決めていたのであろうか。紫の上の亡く

なった直後泣き暮らす日々の中で、源氏は自分の人生を回顧した。

いにしへより御身のありさま思しつづくるに、鏡に見ゆる影をはじめて、人には異なりける身ながら、いはけなきほどより、悲しく常なき世を思ひ知るべく仏などのすすめ給ひける身を、心強く過ぐして、つひに来し方行く先も例あらじとおぼゆる悲しさを見つるかな、今はこの世にうしろめたきこと残らずなりぬ、ひたみちに行ひにおもむきなんに障りどころあるまじきを、いとかくをさめん方なき心まどひにては、願はん道にも入りがたくや、とやましきを、「この思ひ少しなのめに、忘れさせ給へ」と、阿弥陀仏を念じたてまつり給ふ。

（御法④五一三頁）

昔からの自分の身の上を振り返ってみると、鏡に映る容姿を始めとして人に抜きんでた身であったが、幼い頃から人の世は悲しく無常であることを理解させようと仏などが勧めてくださったのに、素知らぬ振りで過ごしてきて、そのあげく紫上の死という後にも先にも例のないと思われる悲しい目に遭った。今はこの世に思い残すことはなくなった。ひたすら仏道の修行に進むのに何の支障もないが、このように悲しみの静めようもなく心を乱していては、出家の道にも入りがたいと、気がかりなので、「この悲しみを少しでも軽くして忘れさせてください」と、阿弥陀仏に祈念申し上げる、というのである。光源氏の表情は憂愁に沈んでいる。

これとほぼ同じ内容の文章が「幻」巻にもある。紫上が亡くなった翌年の春、悲しみに沈む源氏は古女房を相手に、次のように自分の生涯を述懐した。

この世につけては、飽かず思ふべきことをさをさあるまじう、高き身には生まれながら、また人よりことに口惜しき契りにもありけるかなと思ふこと絶えず。世のはかなく憂きを知らすべく、仏などのおきてたまへる身なるべし。それを強ひて知らぬ顔にながらふれば、かく今はの夕近き末にいみじき事のとぢめを見つるに、宿世のほども、みづからの心の際も残りなく見はてて心やすきに、今なんつゆの絆なくなりにたるを、これかれ、かくて、ありしよりけに目馴らす人々の今はとて行き別れんほどこそ、いま一際の心乱れぬべけれ。いとはかなしかし。わろかりける心のほどかな。

（幻④五二五〜五二六頁）

自分はこれといって不足に思うことのない高貴な身の上に生まれながら、しかし、他人と比べると格別に不本意な運命であったと思わずにはいられない。この世は無常で憂愁に満ちたものであることを教えようと、仏がお決めになった身なのであろう。その仏のご意向に逆らうように素知らぬふりをして生き長らえてきたので、こうした晩年になって紫上の死という悲しみの極みを体験することになり、自分の運のつたなさも器量の限度もすべて見極めがつき、心は落ち着いた。今はこの世に絆しはなくなったが、そなたたち、以前よりも親しくなった人たちと別れる時には、今一段と心が乱れるにちがいない。たわいのないことだが、思い切りの悪い了見であるよ。こんなふうに話した。

この二つの文章がよく似ていることは明らかであるが、阿部秋生氏はこれと「若菜下」巻の類似の一文とを併せて、光源氏が自分の生涯を繰り返し「憂愁」の思いで捉え返しているとして、それをどう解釈すべきか、どのような意味があるのかを問うた。そして「自他共に許していた世俗の栄華にもかかわらず、わが生涯は憂愁悲哀に満ちたままならぬ生涯であった、といわざるをえないという述懐が、若菜下・御法・幻に、殆ど同一の論の運びで繰返されている」(注10)という。それは実は源氏だけでなく、藤壺も紫上も共に抱いていた思いであったといい、物語の中でもっとも華麗な生涯を送った三人が、「一様に口裏をあわせたように、世の人も、自分自身も、この世の栄華の限りを尽くしたことは認めるが、それにも拘らず、わが生涯は憂愁の思いのたえぬものであった、といっていた」、これをどう考えればよいかというのである。氏はそれを「人間の宿命的な袋小路」を描いたとして、作者の問いつめた人間にとっての普遍的な主題であったと論じた。(注11)

ここで光源氏が繰り返し述懐した、「悲しく常なき世を思ひ知るべく仏などのすすめたまひける身を」、「世のはかなく憂きを知らすべく、仏などのおきてたまへる身なるべし」という言葉は、出家が人生の最後の道として見定められたことを、自分で確認しているのであろう。「悲しく常なき世」と言い、「世のはかなく憂き」と言うのは、自分の人生が悲哀、無常、憂愁に包まれていたものであるとともに、人の世はそういうものであったと、改めて実感的に認識したということなのであろう。そういう認識の果てに光源氏は出家に至ったという構図である。

## 三　「幻」巻の「御仏名」の日の光源氏

その紫上の死から一年四ヵ月後の十二月に、光源氏は六条院で例年通りに仏名会をおこなった。その間、源氏はまったく人前に出ることなく、六条院に籠もりきりでもっぱら女房たちを話し相手にして涙の日々を過ごした。その傷心の姿には以前の自信と威厳に満ちた面影はまったく見られなかった。この仏名会は源氏五十二歳の十二月の行事であり、六条院では毎年恒例の行事になっていたものと思われる。仏名会は元来宮中の行事として光仁天皇の代に始まり、仁明天皇の承和五年十二月十五日清涼殿において行われた頃から恒例となった。罪障懺悔と長寿を祈る法会であった。(注12)源氏がいつから始めたかはわからないが、この時期六条院の年末の恒例行事であったことは間違いない。

御仏名も今年ばかりにこそはと思せばにや、常よりもことに錫杖の声々などあはれに思さる。行く末長きことを請ひ願ふも、仏の聞き給はんこと、かたはらいたし。雪いたう降りて、まめやかに積もりにけり。導師のまかづるを御前に召して、盃など常の作法よりも、さし分かせ給ひて、ことに禄など賜はす。年ごろ久しく参り、朝廷にも仕うまつりて、御覧じ馴れたる導師の頭はやうやう色変りてさぶらふも、あはれに思さる。

（幻④五四八～五四九頁）

光源氏はこの御仏名が最後の行事だと思っている。例年行ってきた御仏名も今年が最後だと思うと、錫杖の声々が身にしみて聞こえるというのは、年が明ければ出家を決意しているからであろう。それゆえ導師が源氏の長寿を祈るのを聞くと、仏からまだ現世に執着しているのかと思われるのではないかと気が引けるという。光源氏の出家の意志は固まっていた。その思いが導師に対する格別に丁重なもてなしにもなる。

導師に柏梨の酒を賜う時には、次のように詠んだ。

春までの命も知らず雪のうちに色づく梅を今日かざしてん

（幻五四九頁）

導師は源氏の長寿を祈ったが、源氏は「春までの命も知らず」と、寿命はいつ尽きるかわからないと詠む。「雪の中で色づいた梅を今日は簪にしよう」というのは、いつ尽きるかわからない命だからこそ、今の命を大切にしたいというのであろう。出家の意志を固めた源氏は、その先に死を見つめているのであろうと思われる。

そして大晦日に詠んだ源氏の最後の歌は次のようである。

もの思ふと過ぐる月日も知らぬまに年もわが世も今日や尽きぬる

（幻五五〇頁）

これは光源氏の辞世の歌となったものである。もの思いをして月日の過ぎるのも知らずにいたあいだに、今年も自分の人生も今日で終わってしまうのか。万感の思いが込められた歌である。「年もわが世も今日や尽きぬる」と詠むところには、単なる詠嘆ではなく、もの思いに明け暮れた人生に別れを告げて、新年にはこれまでとは違う出家生活に入るのだという決意が込められていると思われる。御仏名の日を境に源氏は新しい源氏に生まれ変わったのである。少なくとも源氏の覚悟としては、それまでとは違う生き方に臨む決意が固まったと思っていたのであろう。

そう覚悟が定まるまでに一年四ヵ月を要したのであるが、仏名会の前に紫上の文反古をすべて焼き棄てたことは、その決意を象徴する行為であったといえよう。

かきつめて見るかひもなし藻塩草おなじ雲居の煙とをなれ

（幻五四八頁）

文反古は紫上との愛の形見であるがゆえに、それがあるかぎり紫上は絶えず源氏の前によみがえってくる。それは源氏にとって「長恨」(注13)のよすがにほかならない。文反古を焼き、紫上の形見をすべて身辺からなくすことで、源氏は悲しみに訣別し出家へと踏み出すのである。御仏名はそのための画期をなすのである。御仏名においてわが身の罪障を懺悔した光源氏は、涙にくれた日々に別れ、決然とした姿を人々の前に見せる。悲しみは胸に納めて、新しい地平に立ち向かう姿を示す。それが光源氏の美学である。悲しみのあまりに惚けてしまったというような評判が立つことは、光源氏には許されない。

仏名会を終わって人々の前に姿を現した時には、見違えるような姿であった。次のように語られた。

その日ぞ出でゐ給へる。御容貌、昔の御光にもまた多く添ひて、ありがたくめでたく見え給ふを、この古りぬる齢の僧は、あいなう涙もとどめざりけり。（幻④五五〇頁）

この「昔の御光にもまた多く添ひて」という、「御光」を体現する光源氏とはどのような姿なのであろうか。光に包まれて「ありがたくめでたく」見えた姿は、紫上の追憶に泣きくれていた時の姿とは打って変わった姿である。御仏名の後の「御光」につつまれた姿はどのように理解したらよいのか。

玉上琢彌『源氏物語評釈』（九巻）は、ここに「仏身的な光」「仏身にも似た光」を読み取る。次のようにいう。

「幻」巻は、一段一段、季節の進行に合わせた源氏の悲傷を描きすすめてきたが、その内面にひとすじ道心の深まりが進行していた。道心の深まりということが表立って語られているとは思えない。しかし、深く潜み、やがて地下水のごとく湧出してきた感じである。表立って描かれるのは、悲傷を描くことによっての紫の上への愛である。愛の物語として、愛の人としての光る源氏を、『源氏物語』は語り通したのである。その内面を流れ、最後の日に、仏身にも似た光を放ち、悟りに明るい心を示す源氏の道心を、読者は認めるであろう。(注14)

しかし、同じこの箇所について、柳井滋氏はもう少し慎重な読みを示した。

むかしの御光よりも多く添うと、あらためて源氏の容貌の美しさを強調している。（略）注意されるのは、賛美者の代表に、導師の老僧を置いていることである。長年、源氏や宮廷に仕え、源氏もよく知っている僧である。老僧の目には、かつての御光が残っている。かつて雲林院において、「山寺にはいみじき光行ひ出だしたてまつれりと、仏の御面目ありと、あやしの法師ばらまでよろこびあへり」（賢木・略）と、僧たちは賛美した。それと同じく仏者的賛美の色合いが加わる。諸々の罪が消えた源氏の姿の美しさに導師の老僧が感涙にむせぶ。それは、出家を遂げようとする源氏にふさわしい賛美といえよう。しかし、それは他者が外から見た賛美である。仏名に臨んだ源氏の心境、その内面はどうだったのか。（注15）

「御容貌、昔の御光にもまた多く添ひて」という光源氏の姿に、『評釈』は「仏身にも似た光」を認め、「悟りに明るい心を示す源氏の道心」を読み取る。これに対して、柳井氏は源氏の「御光」は「仏者的賛美」「他者が外から見た賛美」として、「源氏の心境、その内面はどうだったのか」と、「内面」への注意を喚起する。この「御光」はどのように受け止めればよいのか。「他者が外から見た賛美」なのか、光源氏の体現する「仏身的な光」であったのか。

この時の「御光」は老僧以外のすべての人々によっても認知されていたと解釈できるので、これは単に老僧の見た賛美にとどまらず、光源氏の体現した「仏身的な光」と解してよいであろう。源氏の「内面」もかつての涙にくれていた時とは異なる次元に至っていたと見られる。この時光源氏は「仏身に似た光」に包まれていたのだと思われる。その「仏身に似た光」とは何か。それは釈迦の成道の時の光り輝く姿に重ねることができるのではないか。光源氏のこれまで見てきたような出家への道のりは、釈迦の成道に至る道のりと重ねられているのではないか。そのように考えられる。そのことを、以下『過去現在因果経』の仏伝との対比を通して考えてみたい。

## 四　仏伝と光源氏との対比

はじめに『過去現在因果経』によって仏伝の概略を見、次に「光」の表現の代表的なところに注目しながら、光源氏の物語との対比をしてみる。

まず仏伝の概略を見よう。釈迦の前世は善慧菩薩であり、その転生である。善慧菩薩は次のような経歴の人であった。善慧ははじめ仙人であったが、梵行を浄修し、一切種智を求めて生死をくり返す中で、人々が愛欲に耽惑し苦海に沈流する様を見て、慈悲心を起こし抜済したいと願った。山中にいた時、「五の奇特の夢」を見て大いに驚き、夢の意味を知ろうとして、智者を求めて城内に行き、普光如来に出会い師事して比丘となる。「五の奇特の夢」については、第四章に引用したので参照願いたいが、夢の意味は普光如来によって、善慧が「衆生を化導して、悩熱を離れし」め、成仏する相であると解き明かされる。

この夢解きを聞いて以来、善慧は正法を護持して衆生を教化し、四天王や転輪聖王、忉利天などにいくたの輪廻転生を繰り返した後、兜率天に生まれて菩薩となる。兜率天でも諸々の天主や十方国土の衆生のために法を説く一方、また転生すべき国土を観察して、閻浮提の迦毘羅旆兜国の白浄王の摩耶夫人の腹に生まれることにする。善慧菩薩が閻浮提に生まれることを知った兜率天の天人たちが嘆き悲号涕泣するのに対して、善慧は「諸行無常、是生滅法、生滅滅已、寂滅為楽」と偈を説き、閻浮提に転生する目的を次のように語った。

汝等當レ知、今是度二脱衆生一之時。我應レ下二生閻浮提中。迦毘羅旆兜國。甘蔗苗裔。釋姓種族。白淨王家一。我生二於彼一。遠二離父母一。棄二捨妻子及轉輪王位一。出家學レ道。勤二修苦行一。降二伏魔怨一。成二一切種智一。轉二於法輪一。一切世間天人魔梵。所レ不レ能レ轉。亦依二過去諸佛所行法式一。廣利二一切諸天人衆一。建二大法幢一。傾二倒魔幢一。竭二煩惱海一。淨二八正路一。以二諸法印一。印二衆生心一。設二大法會一。請二諸天人一。汝等爾時亦當下皆同在二於此會一。飡中受法食上。以二是因緣一。不レ應二憂惱一。（『大正新修大蔵経』第三巻『過去現在因果經』巻一、六二三～六二四頁以下引用は同書により書き下し文を示す。）

（汝等当に知るべし。今は是、衆生を度脱するの時なり。我、応に閻浮提中、迦毘羅旆兜国、甘蔗の苗裔、釈姓の種族、白浄王の家に下生すべし。我、彼に生まれ、父母を遠離し、妻子及び転輪王の位を棄捨して、出家し道を学び、苦行を勤修し、魔怨を降伏して、一切種智を成じ、法輪を転ぜん。一切世間の天・人・魔・梵の、転ずる能はざる所、亦過去の諸仏の所行の法式に依りて、広く一切の諸天人衆を利し、大法幢を建てて、魔幢を傾倒し、煩悩の海を竭し、八正路を浄くし、諸法印を以て、衆生の心に印し、大法会を設けて、諸々の天人を請ぜん。汝等、爾の時亦当に皆同じく此の会に在りて法食を飡受すべし。是の因縁を以て、応に憂悩すべからず。）

ここに語られるとおり、善慧は白浄王の太子として下生する。その太子が後の釈迦であるが、その生涯はこの一文に要約されている。すなわち、ここに語られたところは太子の生涯の予言なのであり、太子＝釈迦はこの善慧菩薩の宣言したとおりの人生を生きるのである。

太子は周知のように、摩耶夫人の右脇から生まれる。生まれると同時に七歩して、右手を挙げて獅子吼した。その「身は黄金色にして、三十二相あり。大光明を放ちて、普く三千大千世界を照らす」（巻一、六二五頁）。この「身は黄金色」で「大光明を放つ」というところに注意したい。光源氏が「玉の男御子」と呼ばれ、「光君」と呼ばれたことは、「黄金色」の「大光明」という太子の輝きとは程度や規模が異なるが、その存在を光の比喩で語る点は共通する。

その太子の誕生によって三十四の奇瑞が現れたが、白浄王が太子の相を占わせると、多くの婆羅門が、「我、太子を観るに、身色光焔、猶、真金の如く、諸の相好あり、極めて明浄となす。若、当に出家せば一切種智を成ずべし。若、在家ならば転輪聖王と為りて、四天下を領せん」（巻一、六二六頁）と占う。さらに婆羅門よりも優れた観相家である阿私陀仙人は、婆羅門の観相を肯定した上で、太子は必ず「正覚」を成就すると説いた（巻一、六二七頁）。これは太子の出家を意味するので、白浄王にとっては深い悩みの種となる。王は太子を後継者としたいので、その出家を思いとどまらせるために、これ以後さまざまな引き留め工作をおこなうことになる。一方、母の摩耶夫人は太子誕生から七日で亡くなる。

このあたりは三十四の奇瑞はともかくとして、光君について、「ものの心知り給ふ人は、かかる人も世に出でおはするものなりけりと、あさましきまで目をおどろかし給ふ」（桐壺①二一頁）と語られた点は、太子の神話的超越性を多少現実的レベルに引き据えて語り直しているのではなかろうか。また光君が高麗の相人や宿曜や倭相から「帝王の相」をもつが、帝王になるとすると「乱憂」が起こると繰り返し占われたこと、また光君の母更衣が光君三歳の年に早世したことなども太子と似通う。白浄王が太子を愛したことと、桐壺帝が光君を愛したこともよく似ている。

特に太子は「在家であれば転輪聖王となり、出家すれば一切種智を成じる」とされたが、光源氏も転輪聖王に喩えられた点が注目される。「若紫」巻の北山の場面であるが、瘧病が癒えて京に帰る源氏に対して、北山の僧都は次のような歌を詠んだ。

優曇華の花待ちえたる心地して深山桜に目こそうつらね　（若紫①二二一頁）

『光源氏物語抄』『紫明抄』『河海抄』(注16)は『倶舎論』『法華文句』他を引いて、優曇華は三千年に一度出現し、その時には金輪王が出現すると注した。その上で『光源氏物語抄』は「歌心は光源氏君を見れば金輪王の出現の心ちす。然者是を優曇花とみるゆへに、山のさくらにはめもうつらすとよめるにや」と説明する。『弄花抄』もこれらを受けて、「輪王出世の心をもて源に比して申しを」（注17）と、源氏が輪王に比定されているとする。金輪王は転輪聖王の一人である。『明星抄』は『般泥洹経』を引いて、優曇華は「優曇鉢」で、それが「金華」を付けると仏が現れると注した。（注18）『光源氏物語抄』『河海抄』の引く経典では、優曇華は金輪王の出現と一体であるが、仏の出現を意味しない。『光源氏物語抄』『河海抄』は僧都の歌は光源氏を金輪王＝転輪聖王に見立てた歌として解釈したのであり、これは光源氏の「帝王の相」と一体の比喩である。光源氏は在家であれでは転輪聖王になるはずなのである。『明星抄』によれば仏になることになる。この二つの注を合わせれば、光源氏は転輪聖王になるか仏になる者に見立てられたということになる。僧都の歌は光源氏と太子との共通点を示すものとして重要である。

しかし、いうまでもなく、太子は釈迦になる道を先天的に生きるのに対して、光源氏は世俗の人として生きるのであり、その点で『明星抄』の注は問題があるかもしれない。とはいえ、光源氏の出家には太子に共通する憂愁の思いが付きまとっていたことには注意する必要がある。

太子は七歳になると婆羅門に就いて書芸を学ぶが、技芸・典籍・議論・天文・地理・算数・射撃のすべてにわたって精通していたから、婆羅門は教えることはないと話した（巻一、六二八頁）。これまた光源氏が七歳で学問をはじめると、その聡明ぶりに、帝は「あまり恐ろしきまで御覧ず」と語られ、学問だけでなく琴や笛でも「雲居をひびかす」（桐壺①三八〜三九頁）というありさまであったところと似通う。

## 五　光源氏と釈迦の憂愁と成道

太子と光源氏との最大の違いは、太子が「在家を楽しまなかった」ということ、耶輸陀羅と結婚後も「禅観を修する」ばかりで「夫婦の道」はなく、白浄王は太子が「不能男」ではないかと深く恐れた（巻二、六二九頁）というところであろう。王は国嗣の絶えることを恐れ、その意向を受けた臣下、優陀夷が、「古昔の諸王も、及び今現在のも、皆悉く五欲の楽を受けて、然る後に出家す。（中略）唯願はくは太子、五欲を受け、子息あらしめ、王嗣を絶たざれ」と諫言したとき、太子は次のように答えた。

誠に所説の如し。但、我国を捐つるを以ての故に、爾るにあらず。亦復、五欲に楽なしと言はず。老病生死の苦を畏るるを以ての故に、五欲に於て、敢て愛著せざるなり。汝が向に言へる所、「古昔の諸王は、先づ五欲を経て、然る後に出家す」と。此の諸王等、今何許にか在る。愛欲を以ての故に、或は地獄に在り、或は餓鬼に在り、或は畜生にあり、或は人・天に在り。是の如き輪転の苦有るを以ての故に、是を以て、我、老病の苦、生死の法を離れんと欲するのみ。（巻二、六三一頁）

これが太子が釈迦になるゆえんである。宮城の東門を出た時、老人を見て、「益厭離を生じ、即ち車を廻して還り、愁ひ思ひて楽しまず」（巻二、六二九頁）、南門を出た時は病人を見て、「此の如き身は、是、大苦の聚」と言い、「即便ち車を廻らし、還りて王宮に入り、坐して自ら思惟し、愁憂して楽しまず」（同上、六三〇頁）、西門を出て死者を見た時には、「宮に到りて、惻愴常に倍す」（同上、六三一頁）というように、太子は人生の苦の諸相について常住坐臥、「愁思」「愁憂」「惻愴」の念を抱いて「出家学道」の願いを強めた。この思いが太子の出家の発条となるのであるが、光源氏の「在家」の暮らしのなかにも、二節に見たように、出家に至る階梯では似たような憂愁の面があったと理解してよいであろう。むろん太子は人類のためを考えたのに対して、光源氏は自己一身のことにとどまるという違いは歴然としているが、それは今は措く。

御仏名の後の「光」につつまれた姿は、悲哀や憂愁を見極め無常を悟った心境に至った姿であったということなのであろう。(注19) それを釈迦の成道になぞらえてみたい。

出家した太子は六年の苦行ののちに、菩提樹下の修行で魔王の遣わした群魔を退散させて成道を遂げた時、「大光明を放って」いた。

爾の時、菩薩、慈悲力を以て、二月七日夜に、魔を降伏し已りて、大光明を放ち、即便ち入定して、真諦を思惟し、諸法中に於て、禅定自在に、悉く過去所造の善悪を知りて、此より彼に生じ、父母眷属、貧富貴賤、寿夭長短、及び名姓字、皆悉く明了なり。(巻三、六四一頁)

こうして太子は魔を降伏して真諦を思惟し悉く明瞭に悟りを得た結果として、「大光明」を放つのだが、光源氏の憂愁と悲泣の果ての姿が光に包まれていたのを、それになぞらえて理解したいと思う。光源氏の出家に仏伝の構造を読み取る観点からは、そのような理解が可能であろうと思う。

## 六　光源氏の出家の地平

御仏名のあとの「光」につつまれた光源氏の姿を釈迦の成道に準えてみたが、それでは出家後の光源氏は、「真諦を思惟し、諸法中に於て、禅定自在に、悉く過去所造の善悪を知」るという成道に比せられる境地に到達しえたのであろうか。釈迦の成道は「此より彼に生じ、父母眷属、貧富貴賤、寿夭長短、及び名姓字、皆悉く明了なり」というように超能力を体得して、万人の過去世の善悪から来世までも見通すことが出来たというのであるから、そういう意味では光源氏に成道はありえない。

とは言え、たとえば慶滋保胤撰『日本往生極楽記』（九八五年）に語られる人々のように、源氏もまた阿弥陀仏の来迎引接を確信して、澄明な心境で勤行に専心する出家の日々を過ごすことができたのであろうか。[注20] 先に見た、「宿木」巻に語られた光源氏の姿からはやはり出家によっても憂愁や悲哀から離脱できなかった姿が浮かぶ。人々が光源氏の出家生活をのぞき見て感じたこと、「さしのぞく人の心をさめん方なくなんはべりける」、「涙にくれてのみなん帰りはべりける」という記事は、「仏身的な光」に包まれていたはずの光源氏が、その後の出家生活においてそうした光を失っていたことを暗示しているように思われる。作者は出家が人生の憂愁や無常からの救済を保証するものではない生の現実を見つめていたと思われる。仏道にすがりつつ、しかし、『日本往生極楽記』の人々のようには往生を確信できない不安な意識のたゆたいを、光源氏の出家は示していたのであろう。

それは『紫式部日記』の次のような迷いや不安に通じるものであろう。

いかに、今は言忌みし侍らじ。人、といふともかくいふとも、ただ阿弥陀仏にたゆみなく、経をならひ侍らむ。世のいとはしきことは、すべて露ばかり心もとまらずなりにて侍れば、聖にならむに懈怠すべうも侍らず。ただひたみちにそむき、雲に乗らぬほどのたゆたうべきやうなん侍るべかなる。それにやすらひ侍るなり。いたうこれより老いほれて、はた目暗うて経読まず、心もいとどたゆさまさり侍らんものを、心深き人まねのやうにはべれど、今はただかかる方のことをぞ思ひ給ふる。それ罪深き人は、また必ずしもかなひ侍らじ。さきの世知らるることのみ多う侍れば、よろづにつけてぞ悲しく侍る。

（新日本古典文学大系『紫式部日記』三一五〜三一六頁）

「阿弥陀仏にたゆみなく、経をならひ侍らむ」と阿弥陀信仰への帰依を述べ、出家することにためらいはないと言いながら、「雲に乗らぬほど」、すなわち聖衆来迎の雲に乗るまでは気持ちがぐらつき、出家もためらわれる。年を取ってゆくと目もかすんで経も読まなくなり、気持ちも無気力になるだろうから、信心深い人のまねをするようだが、極楽往生を願うものの、それも罪障の深い自分には叶いがたいのだろう。前世からの宿業のつたなさを思い知らされることが多いので、何につけても悲しい、というのである。こういう迷いや不安は光源氏の出家に通底する意識と言ってよいのではなかろうか。

阿弥陀信仰と出家についてのこういう意識には、どのような歴史的な背景が存するのか。阿部秋生氏は光源氏の「憂愁の袋小路」を語った物語には、平安貴族社会の権門の人々の中に同様の憂愁の意識が生まれており、それが紫式部にも伝わってきたということではないかという。(注21) 文学が同時代の意識や精神の深い闇を探り当てることがあるとするならば、源氏物語の出家の問題にもその時代の不安や迷いが形象されていたと考えて不都合はない。

それはあるいは仏教界の思想的アポリアに通底していたのかもしれない。渕江文也氏はその点について次のように記した。やや長い引用になるが、引いておく。

> 内面的に自ら「仏」と成りえたとする成仏自証の困難さが平安時代の高僧の伝記に深い苦悩としてしばしば見えて来る。奈良朝仏教では未だ大方の有名僧にそうした深い苦悩は大きな自分たちの課題として意識の日程に上って来ていなかった。(中略) それが平安朝の慈覚円仁門系の名僧達のなかで成仏内証の難さに慄然としての追求と工夫との伝統が生じていたことを、相応や尋禅や源信などの事蹟を手がかりとして考察したことがかつてあった。(中略) 成仏自証の困難さが心ある人々に確認され、なおかつ絶対にそれが求められねばならぬと知っていればどうすればよかったのか、それが思想界第一の問題であった時代がある。(中略)

成仏の自力自証は不能だから「念仏」生活によって第二階程の「極楽往生」の資とする。苦しき輪廻を遮断し不退転の「往生」を遂げた上で、まずこの一応の安心を得た上で終局目標の「成仏」的目的を得ることが、そこでは遅かれ早かれ必然として予約されている、とする思想の発見なのである。此の様な「過程安心」の把握と、従来の難業学解的仏教思想の後遺症的影響で、「念仏」も凡人には容易でない観念の念仏なのであるから「往生」も容易ならぬ事だとする思想との、重層する此の時代の思想が深く源氏物語に反映しているわけである。時代思想界のトップ・レベルの問題がかくまで深く、しかも何の衒いもないさりげなさで物語に反映しているについては、さような問題が此の作者の単なる知的関心による問題であったのではなく、自身の生き身の具体的な苦悶を解決しようとするに際して、その内層に自然と入り込んで来てしまった思想であったことを思わせられるのである。(注22)

紫式部の阿弥陀信仰への帰依と不安は「成仏自証」の困難から発した仏教界の思想的問題に連なっていたと、渕江氏は言う。「往生」じしんも容易ならぬとする仏教界の思想的問題が作者の内層に沈む問題として意識されていたというのである。光源氏の出家を通して作者の見据えていた問題は、同時代の最前線の思想的問題にかぶさっていたということである。同様の指摘は阿部秋生氏も最澄以来の課題として論じていた。(注23) 源氏物語の思想的精神的世界を理解するに当たって仏教の重要性を改めて考える必要を感じる。

【注】

（1） 岩瀬法雲『源氏物語と仏教思想』笠間書院、一九七二年。丸山キヨ子『源氏物語の仏教』創文社、一九八五年。三角洋一『源氏物語と天台浄土教』若草書房、一九九六年。同『宇治十帖と仏教』若草書房、二〇一一年。丸山

著は源氏物語の仏教が天台系を基本としながら法相唯識の思想が見られることや、紫式部の仏教の背景を明らかにして有益である。三角著は源氏物語に引用される多種多様な経典、仏典を指摘して本文解釈に資する。

(2)『源氏一品経』は、袴田光康「源氏一品經」(日向一雅編『源氏物語と仏教』青簡舎、二〇〇九年所収)が校異、書下し、注を付して詳しい。

(3) 海野泰男『今鏡全釈』下、福武書店、一九八三年。「作り物語の行方」、五一九、五二六頁。

(4) 注3に同じ。五二八頁。

(5) 海野泰男氏は『今鏡』の源氏物語批評について、次のように述べた。「『源氏物語』は人間の罪深いさま、心遣いのあるさま、世のはかないさま、つまり人と世の真実の姿を見せ、人々をして仏道に勧める面があるという理解は、人間や人生を遙かにトータルに奥深く見ている。『今鏡』の『源氏物語』論を譬喩方便説といったり、菩薩化身説といったりするが、堕獄説と同じ仏教からの立論という印象のみが濃いきわめて目の粗い言い方であるといえる。時代の必然の思潮であった仏教の中に身を置きながら、教条主義におちいることなく、文学の価値や意義を(中略)正しく射当てていることを評価すべきであろう。」注3『今鏡全釈』下、五三二頁。

言われるとおり、『今鏡』の源氏論は教条主義的な単純な譬喩方便説ではなく、「人間や人生を遙かにトータルに奥深く見ている」、柔軟な批評であると言ってよい。その点は『無名草子』の印象批評より、深い作品理解を看取できるように思う。しかし、論の基本は方便説であるといわざるをえない。むしろ方便説によらなくては源氏物語の価値を評価する術がなかったということであろう。

(6) 本居宣長『源氏物語玉の小櫛』筑摩書房、一九六九年。一巻「大むね」・二巻「なほおおむね」で、儒仏の論と物語との違いを力説する。「物語は儒仏などのしたたかなる道のやうに、まよひをはなれて、さとりに入べきのりにもあらず、又国をも家をも身をも、をさむべきをしへにもあらず、たゞよの中のものがたりなるがゆゑに、さるすぢの善悪の論はしばらくさしおきて、さしもかかはらず、たゞ物のあはれをしれるかたのよきを、とりたててよしとはしたる也。」一九八〜一九九頁。

（7）高木宗監『源氏物語と仏教』桜楓社、一九九一年、第十章「仏教文学として観た『源氏物語』の種々相」。
（8）三角洋一『源氏物語と天台浄土経』若草書房、一九九六年。「横川僧都小論」。同『宇治十帖と仏教』若草書房、二〇一一年。「浮舟の出家と『過去現在因果経』」。
（9）阿部秋生『光源氏論　発心と出家』東京大学出版会、一九八九年。第二章「光源氏の発心」、七一頁。
（10）注9に同じ。第四章「六条院の述懐」、一八六頁。
（11）注9に同じ。第四章、二一七頁。第三章「光源氏の出家」、一五一頁。
（12）池田亀鑑編『源氏物語事典』上巻、東京堂、一九六〇年。「ぶつみやう」の項。
（13）ここでいう「長恨」とはいうまでもなく「長恨歌」の「長恨」の意味である。桐壺帝が桐壺更衣との死別を嘆く物語は「長恨歌」や「李夫人」の引用の物語であったが、それは「長恨」の主題の物語として理解できる。光源氏が紫上を追悼する御法・幻両巻もまた「長恨」の主題の物語として捉えうる。詳しくは、拙著『源氏物語の準拠と話型』至文堂、一九九九年。第三章「桐壺帝と桐壺更衣」、第八章「光源氏と桐壺院」参照。
（14）玉上琢彌『源氏物語評釈』九巻　角川書店、一九六七年。一八一、一八三頁。
（15）柳井滋「御法・幻巻の主題」増田繁夫・鈴木日出男・伊井春樹編『源氏物語研究集成』二巻、風間書房、一九九九年。一一五頁。
（16）『光源氏物語抄』は中野幸一編『源氏物語古註釈叢刊第一巻』武蔵野書院、二〇〇九年。二〇七〜二〇八頁。『紫明抄』『河海抄』は玉上琢彌編『紫明抄河海抄』角川書店、一九六八年。四二頁、二五七頁。
（17）伊井春樹編『弄花抄』おうふう、一九八三年。三五頁。
（18）『明星抄』は中野幸一編『源氏物語古註釈叢刊第四巻』武蔵野書院、一九八〇年。八三頁。
（19）注1の丸山キヨ子『源氏物語の仏教』には次のように言う。幻巻の光源氏の述懐について、「光る君が自ら省察し、自覚したものは、その脱し難き愛執の罪の生涯そのものであり、しかもそのまさに最も弱き所に働く仏の善巧方便、慈悲の計らいであり、（中略）そこからの脱離へと傾きかけている姿勢であったと思われる。」源氏が

「新しい永遠に向かって旅立つべく身構えさせられた」ところに、物語の「高き宗教性」を認める（二四七頁）。光源氏における「愛執の罪の自覚」と、そこからの「脱離」の「姿勢」や「身構え」は無常観に立つものと考えておく。

(20)『日本往生極楽記』（日本思想大系『往生傳法華験記』岩波書店、一九七四年）には四二話、四五人の往生者の話を載せるが、彼らは一心に阿弥陀仏を念ずることによって、往生の時には部屋には香気が満ち、空には音楽が響き、菩薩や僧侶が空中に来迎するというような奇瑞があったということが繰り返し語られた。

(21)注9に同じ。第四章、二一八〜二二〇頁。たとえば師輔の子高光少将、道長の子顕信のような突然出家した貴公子たちの意識の底に外からはわからない「憂愁」があったのではないかという。丸山キヨ子『源氏物語の仏教』は『紫式部日記』のこの文章について、「日記のこの言葉の底を流れる思想も、五姓各別の思想に示唆された、救われ難い存在としての自覚に貫かれたものであろう」（三四四頁）と言い、紫式部は法相唯識の五姓各別の思想に基づく人間の深い罪障への認識があると論じる。

(22)渕江文也『源氏物語の思想』桜楓社、一九八三年。第四章「第二部」論註、一二五〜一二七頁。

(23)阿部秋生『源氏物語研究序説』東京大学出版会、一九五九年。第二章「叡山の思考」一五三〜一七五頁。第三章「作者の仏教思想の系統」五三二〜五四六頁。

# II　宮中行事の世界

# 第六章　源氏物語の年中行事——朝賀・男踏歌・追儺——

## はじめに

本章では源氏物語にその時代の年中行事がどのように描かれているか、それは物語世界に対してどのような意味を持っているのかという点を中心に検討する。源氏物語に描かれる年中行事は宮中行事が大半であり、またその取り上げられ方は儀礼や儀式そのものを目的として語るわけではなく、物語の展開に必要な範囲で儀礼や行事の一部が描かれるにすぎないが、それにしても実に多くの年中行事が取り上げられた。なぜそのように多くの行事・儀礼が取り上げられたのか、それは源氏物語にどのような特色をもたらしたのかという問題である。それは源氏物語の作品形成の論理を明らかにすることにもなると考える。

## 一　行事一覧

はじめに源氏物語に見られる主要な行事を「年中行事」「臨時行事」「人生儀礼」に分けて列挙してみる。

### 1　年中行事

〈一月〉
朝賀（小朝拝）（紅葉賀）
歯固（初音）
朝覲行幸（若菜下）
二宮大饗（若菜上）
臨時客（初音）
参賀（紅葉賀・初音）
大臣家大饗（少女・竹河・宿木）
白馬節会（末摘花・賢木・薄雲・少女）
県召除目（賢木・浮舟）
男踏歌（末摘花・花宴・初音・胡蝶・真木柱・竹河）
女踏歌（賢木）
賭弓（若菜下・匂宮・竹河・浮舟）
内宴（紅葉賀・賢木・早蕨・浮舟）
子の日の小松引き・若菜（初音・若菜上）
卯杖・卯槌（浮舟）
〈二月〉
季御読経（賢木・胡蝶・御法）

### 2　臨時行事

〈即位・譲位〉
桐壺院譲位（葵）
朱雀院即位（葵）、同譲位（澪標・二月）
冷泉院即位（澪標・二月）、同譲位（若菜下）
今上即位（若菜下）
〈立坊〉
朱雀立坊（桐壺・春）
〈立后〉
藤壺中宮（紅葉賀・七月）
秋好中宮（少女・秋）
〈斎宮〉
斎宮卜定（葵）
斎宮野宮に移る（葵・八月）
斎宮下向（賢木・九月）
〈斎院〉
斎院御禊（葵・四月）
〈行幸〉
桐壺帝の朱雀院行幸（紅葉賀・十月）

### 3　人生儀礼

〈誕生・産養（三日・五日・七日）・五十日の祝〉
夕霧誕生（葵・四月）
明石姫君五十日の祝（澪標・五月）
薫五十日の祝（柏木・三月）
匂宮若君産養（宿木・二月）
同五十日の祝（宿木・三月）
〈袴着〉
明石姫君（薄雲・十二月）
〈読書始〉
光源氏（桐壺）
〈元服〉
朱雀・光源氏（桐壺）
冷泉（澪標・二月）
夕霧（少女・四月）
東宮（梅枝・二月）
〈裳着〉
玉鬘（行幸・二月）
明石姫君（梅枝・二月）
女三宮（若菜上・十二月）

桜花の宴（花宴・須磨・薄雲・少女）
〈三月〉
上巳の祓（須磨）
石清水臨時祭（若菜上）
藤花の宴（花宴・藤裏葉・宿木）
〈四月〉
更衣（葵・明石・少女・胡蝶・柏木・幻・総角）
潅仏（藤裏葉）
賀茂祭（葵・藤裏葉・若菜下・宿木）
〈五月〉
五日節会（帚木・澪標・蛍・藤裏葉）
騎射・左近真手結・打毬（蛍）
〈七月〉
七夕（乞巧奠）（幻）
相撲（竹河・椎本）
〈八月〉
月の宴（須磨・鈴虫）
鈴虫の宴（鈴虫）
萩の宴（横笛）

朱雀帝の桐壺院行幸（賢木・十月）
冷泉帝の藤壺女院行幸（薄雲・三月）
冷泉帝の朱雀院行幸（少女・二月）
冷泉帝の大原野行幸（行幸・十二月）
冷泉帝の六条院行幸（藤裏葉・十月）
〈寺社参詣〉
光源氏住吉大社（澪標・秋、若菜下・十月）
石山寺（関屋・秋、蜻蛉・春）
石清水八幡（玉鬘・九月）
長谷寺（玉鬘・九月、宿木、手習・春、秋）
春日大社（紅梅）
〈持仏開眼供養〉
女三宮（鈴虫・夏）
法華経千部供養紫上（御法・三月）
〈仁王会〉

夕霧六君（早蕨・二月）
今上女二宮（宿木・二月）
〈大学入学〉
夕霧（少女・四月）
〈結婚〉
光源氏と葵上（桐壺）
光源氏と紫上（葵・冬）
光源氏と女三宮（若菜上・二月）
鬚黒と玉鬘（真木柱・冬）
夕霧と雲居雁（藤裏葉・四月）
匂宮と中君（総角・八月）
匂宮と夕霧六君（宿木・八月）
薫と今上女二宮（宿木・二月）
〈入内〉
藤壺（桐壺）
斎宮女御（秋好中宮）（絵合・春）
明石女御（藤裏葉・四月）
〈算賀〉
光源氏四十賀（若菜上・一月、十月、十二月）
式部卿宮（紫上父）五十賀（少女・春）

〈九月〉
九日節会（重陽）（帚木・幻）
〈十一月〉
五節・豊明節会（少女・幻・総角）
賀茂臨時祭（帚木・若菜下）
〈十二月〉
御仏名（幻）
追儺（紅葉賀・幻）

朱雀帝主催（明石・三月）
〈法華八講〉
藤壺中宮主催（賢木・十二月）
光源氏主催（澪標・十月）
明石中宮主催（蜻蛉・夏）

朱雀院五十賀（若菜下・十月、十二月）
〈出家〉
藤壺女院（賢木・十二月）
朱雀院（若菜上・十二月）
女三宮（柏木・春）
光源氏（宿木）
〈死・葬儀〉
桐壺更衣葬送（桐壺・夏）
夕顔火葬（夕顔・八月）
葵上火葬（葵・八月）
桐壺院（賢木・十一月）
六条御息所（澪標・秋）
藤壺（薄雲・三月）
柏木（柏木・春）
一条御息所（夕霧・八月）
紫上火葬（御法・八月）
大君（総角・十一月）
浮舟火葬（蜻蛉・三月）
〈四十九日・周忌法要〉
桐壺院四十九日（賢木・十二月）
桐壺院一周忌（賢木・冬）
藤壺四十九日（薄雲・夏）

| | | |
|---|---|---|
| | | 柏木一周忌（横笛・春）<br>一条御息所四十九日（夕霧・十月）<br>紫上一周忌（幻・八月）(注1)<br>浮舟四十九日（蜻蛉・夏） |

源氏物語はこのような多種多様な儀礼や行事を取り上げて物語を構成していたのだが、いうまでもなくそれらは宮廷や貴族生活の節目をなすものであった。1の「年中行事」について、『西宮記』『北山抄』『年中行事御障子文』『江家次第』等に記される年中行事と比較してみると、大きな違いは源氏物語では祈年祭、釈奠、大原野祭、広瀬竜田祭、平野祭、月次祭、神今食、大祓、駒牽、維摩会、鎮魂祭などの主として神事に関わる年中行事、釈奠のような孔子の祭祀は取り上られていないということである。また源氏物語では六月と十月の年中行事がないが、これはこの月に年中行事がなかったわけでは無論ない。『年中行事御障子文』は年中行事の項目数が一番多いが、それで見ると、六月の朔日、三日、五日、七日、九日、十日、十一日、十二日、二十五日、晦日と、次々と神事、政務の行事がある。十月も同様であるが、それらが源氏物語で無視されたのは、行事が地味で物語に取り上げにくいもの、あるいは物語には不用なものであったためであろう。源氏物語では一月の行事が際だって多いが、他の月にも少なくとも一つ二つの年中行事は語られており、全体的には特色ある年中行事が巧みに配置されて一年を通じた宮中世界の生活のサイクルを示すものになっていると言えよう。

2の「臨時行事」では即位、立坊、立后、斎宮、斎院、行幸のことだけでなく、仁王会までが語られている点は注目すべきであって、これは宮中の年中行事と併せて源氏物語が王権の物語であることを端的に示しているものと思う。

3の「人生儀礼」については、誕生・産養、元服、裳着、結婚、算賀、葬儀、四十九日・周忌法要が語られるが、それらは人生のサイクルそのものであり、ここには源氏物語が人生を総合的に描こうとしたことが見て取れる。(注2)

このように年中行事・臨時行事・人生儀礼を軸に据えて見ると、源氏物語が宮廷貴族の人生史と生活のサイクルの全体を語る文学になっていたという特色が浮かび上がる。ここではそれらのすべての儀礼や行事について触れることはできないので、朝賀・男踏歌・追儺について検討する。はじめに朝賀について取り上げる。

## 二　朝賀――「紅葉賀」巻の「朝拝」の問題

実は朝賀の儀式は物語には語られない。語られない行事をなぜ取り上げるのかというと、玉上琢彌氏の次のような指摘を重視したいからである。玉上氏は「物語は作中人物の生活のほんの一部分を描くに過ぎない。描かれざる部分が物語の外に広く深く存することを、この物語は明示する(注3)」と述べた。半世紀以上前の指摘であるが、これは源氏物語の理解には不可欠な視点である。物語に朝賀の儀式はいっさい語られないが、朝賀が行われたことは前提になっている。その儀式がどのようなものであったのかを確認することは、物語の理解や解釈に大きな違いをもたらす。具体的に見てみよう。

「紅葉賀」巻に、「男君は、朝拝に参り給ふとて、さしのぞき給へり」(①三二〇頁)という一文がある。光源氏十九歳の元旦のことで、「朝拝」に参内しようとして、源氏が紫上の部屋をのぞいて挨拶をする場面である。この「朝拝」は「朝賀」なのか「小朝拝」なのか議論がある。『河海抄』は「朝賀也。始自神武天皇云々。小朝拝延喜五年被停止也。同九年又行之。依群臣請也」と注して、ここの朝拝は朝賀の後に小朝拝が行われていた時代の朝賀であるとした。これに対して『花鳥余情』は小朝拝と断定したが、ここは「朝賀」と考える方がよい。朝賀は元旦に天皇が大極殿に出御して百官の賀を受ける儀式であり、(注4)小朝拝は清涼殿で公卿以下殿上人から賀を受ける儀式である。両者は儀式の規模の違い、威儀の重厚さの違いが歴然としている。「紅葉賀」巻の物語では桐壺帝の治世が二十年余に及び、親政の実績は文化隆盛の時代を導いたという展開になっており、朝賀か小朝拝かの問題は、そういう桐壺帝の時代をどのように位置づけるかということと関わる。桐壺帝の治世の後半が親政による聖代の実現として語られている点からすれば、王権の権威を演出する儀礼としては、「朝賀」がふさわしいと考えられる。(注5)

『類聚国史』「歳事部二」には、「元正朝賀」について、孝徳天皇大化二年（六四六）を初例として、光孝天皇仁和三年（八八七）までの記事を載せる。天皇は大極殿に出御して朝賀を受けた後、紫宸殿において五位以上に宴を賜い、被《かづけもの》を賜うことが恒例になっている。廃朝の例も数多くあるが、その理由は「聖体不予」（桓武・延暦二十四、二十五年）、「諒闇」（平城・大同二年）、「皇帝不予」（嵯峨・大同五年）、あるいは「雪」「雨」「風寒」「雨後泥深」「雪後泥深」など、悪天候のためである。

『類聚国史』「歳事部二」の桓武天皇から光孝天皇までの朝賀の記事について、各天皇の朝賀の回数、朝賀を行わなかった回数（廃朝）、朝賀記事の数、在位年数を整理してみると、次頁の（表1）のようになる。

『類聚国史』「歳事部二」の朝賀記事は記載のない年も若干あるので、その年に朝賀がおこなわれたのか否かはわからないが、傾向としては桓武・嵯峨・淳和・仁明の四代が朝賀に熱心であったこと、反対に平城・文徳・清和・陽成の四代は不熱心であったことがよくわかる。清和の朝賀は一回だけ、陽成に至っては一回も朝賀はない。朝賀が行われなかった理由の内訳は、清和の場合、諒闇一回、左大臣源信薨、太皇太后崩、雨六回、雨後地湿三回、理由不明四回である。陽成の場合は、諒闇一回、雨降雪一回、烈風大雨雪一回、雪一回、雨二回、不明

| | 朝賀 | 廃朝 | 朝賀記事 | 在位年数 | 在位年 |
|---|---|---|---|---|---|
| 桓武 | 一〇 | 九 | 二三 | 二六 | 七八一～八〇六 |
| 平城 | 〇 | 二 | 二 | 四 | 八〇六～八〇九 |
| 嵯峨 | 一二 | 二 | 一四 | 一五 | 八〇九～八二三 |
| 淳和 | 六 | 四 | 一二 | 一一 | 八二三～八三三 |
| 仁明 | 九 | 八 | 一七 | 一八 | 八三三～八五〇 |
| 文徳 | 二 | 六 | 八 | 九 | 八五〇～八五八 |
| 清和 | 一 | 一六 | 一八 | 一九 | 八五八～八七六 |
| 陽成 | 〇 | 七 | 七 | 九 | 八七六～八八四 |
| 光孝 | 二 | 一 | 三 | 四 | 八八四～八八七 |

（表１）

一回である。清和・陽成ともに悪天候に祟られたともいえるが、清和の雨後地湿の三回は行えば行えたのではないかとも思われる。理由不明の四回と合わせれば、清和は七回は可能であったのではないかとも思われるのであり、朝賀に熱心でなかったことの証拠にしてもよいのではなかろうか。

概して言えば、桓武・嵯峨・淳和・仁明が親政の時代であり、文徳・清和・陽成が藤原良房・基経の前期摂関制の時代であることを考え合わせると、朝賀は親政の表徴と見ることができる。「紅葉賀」巻の「朝拝」は桐壺帝が親政であったことと関わらせれば、「小朝拝」ではなく、「朝賀」と考えてよいのである。

同様の調査を宇多・醍醐・朱雀・村上について、『日本紀略』で見てみると、次頁の（表２）のようになる。『日本紀略』は在位年数に比して、朝賀記事が少なく、傾向を云々するだけの根拠も乏しいが、あえて言えば朝賀は減少し、代わって小朝拝になって来つつある様子が伺える。この表の数字を基にして桐壺帝の時代を延喜天暦准拠説に従って解釈しようとすれば、「紅葉賀」巻の「朝拝」は朝賀とすべきか、小朝拝とすべきか、どちらがよいかは決めがたいというほかはない。桐壺帝が王権の権威を朝賀によって演出することに意欲的であったと考えるならば、醍醐天皇に比するよりも嵯峨天皇に准拠すると捉える方がふさわしい。醍醐の朝賀三回、小朝拝二回、廃朝十三回という数字からは、朝賀の衰退が明らかである。朝賀が王権の権威を演出した時代が過ぎ去ろうとしていたということであろう。「紅葉賀」巻の「朝拝」の解釈は、桐壺帝の准拠にかかわっていうと、桐壺帝は嵯峨朝に准拠とすると捉える方がよいということになる。(注6)

## 三　朝賀儀礼――『内裏式』より

ところで、朝賀がどのような儀礼であったのか、『内裏式』(『群書類従』巻第七十九)によって確認しておこう。原文は漢文体であるが、引用は書き下し文に直して述べる。(注7)

まず式場の設営であるが、二日前に所司が内外に告げ、元日の前日、諸職が設営に取りかかる。朝堂院の大極殿に天皇の御座、皇后の御座、褰帳命婦の座、威儀命婦の座などを設ける。侍従は南廂第二の間に立つ。執翳者の座を東西の戸の前に鋪く。少納言の席は南栄、即ち南の軒の間にある。

大極殿の前庭、竜尾道の上には、大極殿中央階段の前、南に十五丈四尺離れたところに銅烏幢を立て、それを中心にして、東に日像幢・朱雀旗・青竜旗、西に月像幢・白虎旗・玄武旗を立てる。昭訓門の南廊第一間の壇の下から西に四丈離れたところに、皇太子の幄、その東に謁者の座、謁者の座から南に一丈ばかり離れたところに

| | 朝賀 | 小朝拝 | 廃朝 | 朝賀記事 | 在位年数 | 在位年 |
|---|---|---|---|---|---|---|
| 宇多 | 一 | | 四 | 五 | 一一 | 八八七~八九七 |
| 醍醐 | 三 | 二 | 一三 | 一八 | 三四 | 八九七~九三〇 |
| 朱雀 | 一 | 二 | 二 | 五 | 一七 | 九三〇~九四六 |
| 村上 | 一 | 一 | 三 | 五 | 二二 | 九四六~九六七 |

(表2)

閤内大臣の幄、その東に外記・史の座を設ける。これらの幄や座は西を向く。左右の近衛の陣のあたりに内記の座を設ける。

次に儀式の出席者の席次や祝賀を奏上する者の位置が定められる。皇太子の版位は大極殿中央階段の前、南十丈のところに置く。その二丈南に奏賀者の版位、奏賀者の版位の二丈東に皇太子謁者の版位、さらにその東南の位置に奏賀・奏瑞者の行立位を置く。また中央階段から南二丈、そこから東に折れて二丈のところに皇太子謁者位。そこから南に三丈下がったところに詔使位。中央階段から南に十二丈、西に折れたところに奏賀者位、その西側に典儀位、その西南に賛者位を置く。中央階段から南十丈の皇太子の版位の西側に火爐を置く。以上が竜尾道上の設営である。

竜尾道の南の広庭には参列者の版位が次のように設けられる。竜尾道の南頭から十七丈のところに宣命の版位、そこから南に四丈、東に折れて二丈五尺のところに太政大臣の版位を置く。太政大臣の版位と対称になる西側に親王の版位を置く。太政大臣の版位の南に左大臣、親王の版位の南に右大臣、左大臣の南に大納言、右大臣の南に非参議一位二位、大納言の南に中納言、少し東に退いて三位参議、非参議二位の南に諸王三位、少し西に退いて諸臣三位・諸王四位、中納言の南に四位参議、諸王三位の南に諸王五位、諸臣四位・五位以下は東西に分かれて参列する。その際位ごとに一丈三尺離れる。また蕃客があれば、治部・玄蕃の客使の版位は左右の五位の版位の間に置く。以上のところを大極殿朝賀版位略図として試みに作成してみた。儀式を視覚的に理解するためであり、御批正を賜わりたい。

次に大儀仗を殿庭の左右と諸門に立てる。門部四人が章徳門と興礼門の東西に就く。典儀一人、賛者二人が光範門から入りそれぞれ決められた位置に就く。左右中将は仗を執って大極殿の東西の階下に陣取る。兵衛は竜尾道を挟んで陣取る。兵衛督は東に、兵衛佐は西に陣取る。中務が内舎人を率いて近仗の南に陣取る。内蔵寮、大

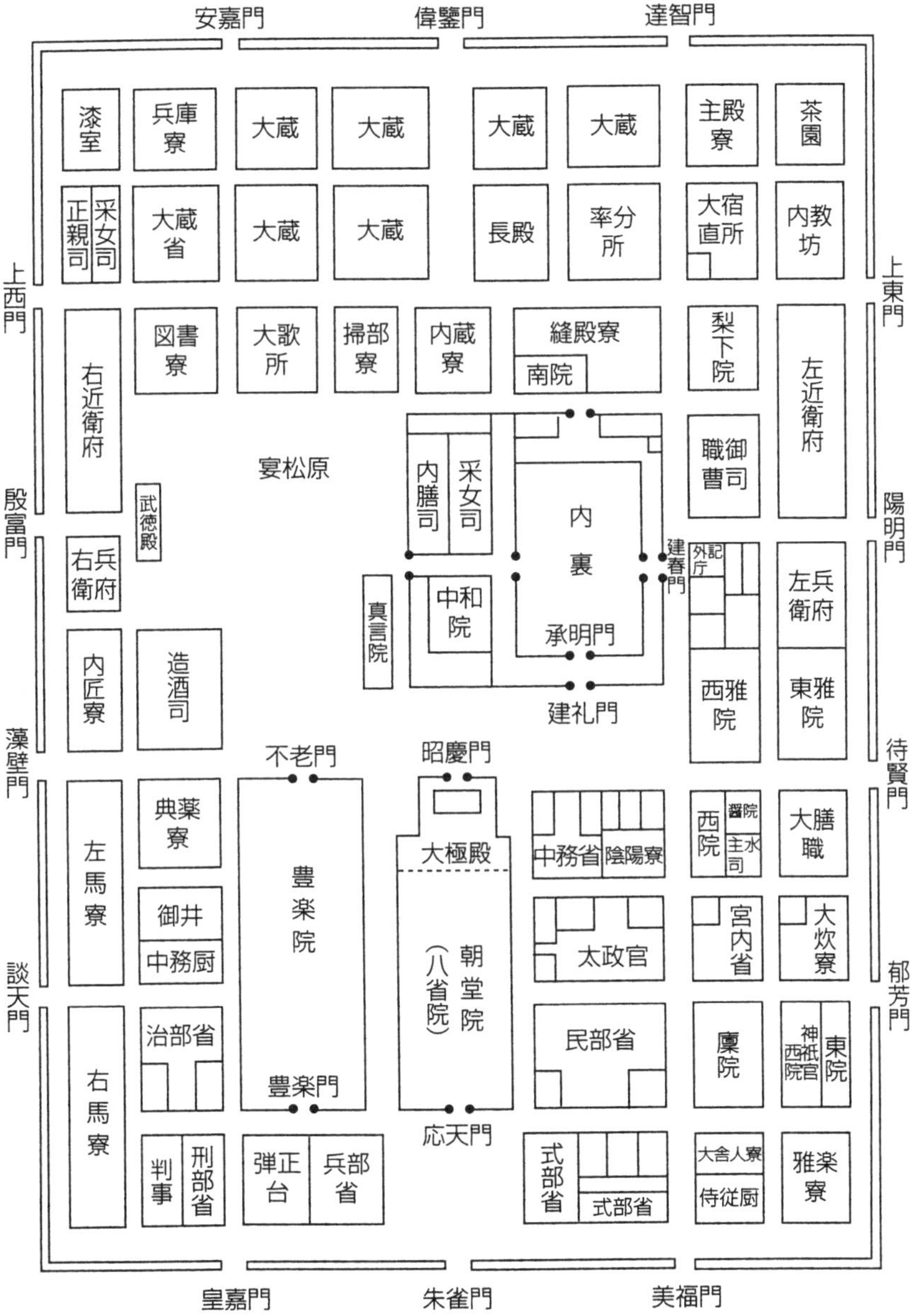
安嘉門
偉鑒門
達智門
漆室
兵庫寮
大蔵
大蔵
大蔵
大蔵
主殿寮
茶園
正親司
采女司
大蔵省
大蔵
大蔵
長殿
率分所
大宿直所
内教坊
上西門
上東門
右近衛府
図書寮
大歌所
掃部寮
内蔵寮
縫殿寮
南院
梨下院
左近衛府
宴松原
内膳司
采女司
職御曹司
殷富門
陽明門
武徳殿
内裏
建春門
外記庁
右兵衛府
中和院
左兵衛府
真言院
承明門
内匠寮
造酒司
西雅院
東雅院
建礼門
藻壁門
待賢門
不老門
昭慶門
典薬寮
豊楽院
大極殿
中務省
陰陽寮
西院
醤院
主水司
大膳職
左馬寮
御井
中務厨
朝堂院
（八省院）
太政官
宮内省
大炊寮
談天門
郁芳門
治部省
民部省
廩院
神祇官
西院
東院
右馬寮
豊楽門
応天門
判事
刑部省
弾正台
兵部省
式部省
式部省
大舎人寮
侍従厨
雅楽寮
皇嘉門
朱雀門
美福門

平安宮大内裏図

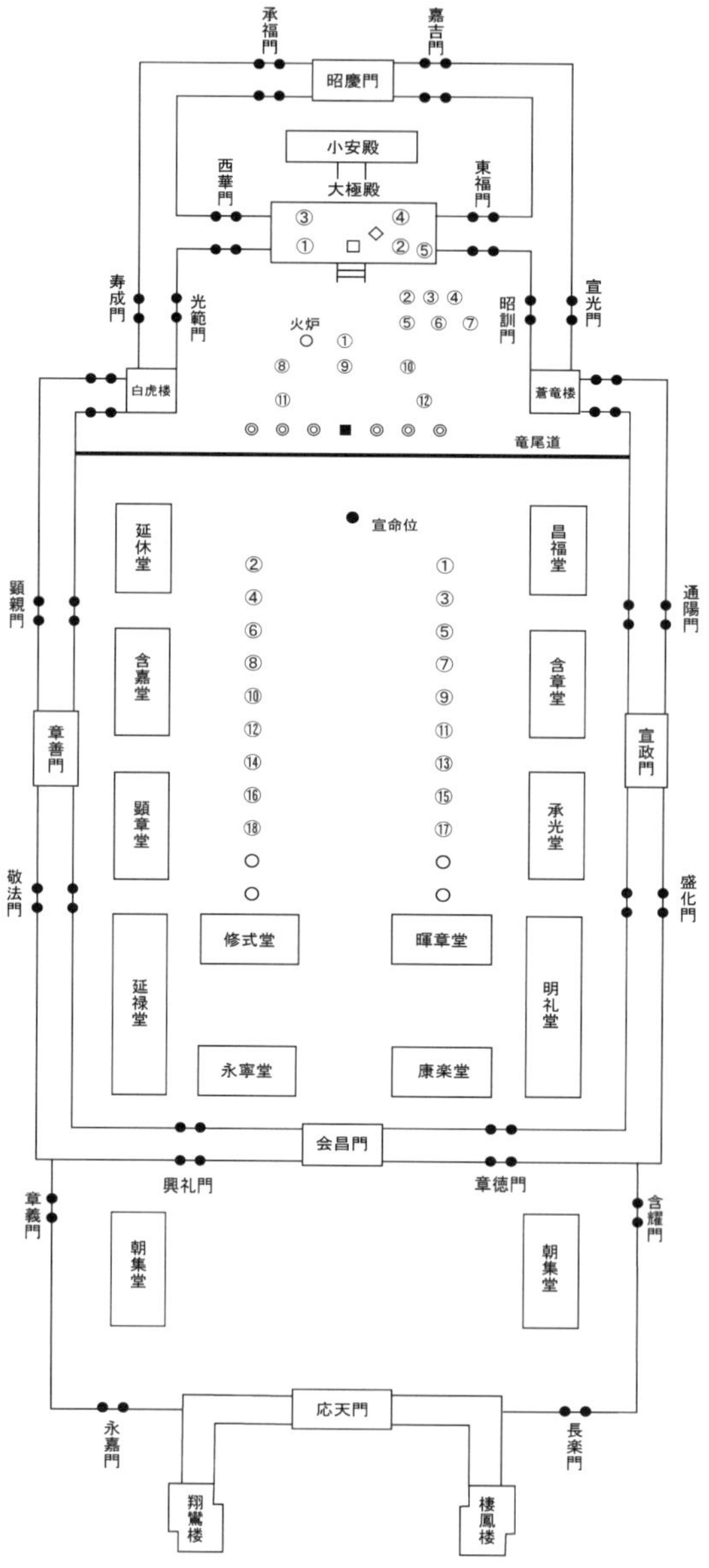


朝堂院大極殿朝賀版位略図

**大極殿・天皇皇后等位置略図**
□天皇　◇皇后
①②褰張命婦　③④威儀命婦　⑤侍従

**竜尾道上の版位・幄・幢旗の配置略図**
①皇太子版位　②皇太子謁者位
③皇太子幄　④謁者座　⑤詔使位
⑥閤内大臣幄　⑦外記・史座　⑧典儀位
⑨奏賀版位　⑩皇太子謁者版位
⑪賛者　⑫奏賀・奏端行立位
■一銅烏幢
◎は左から玄武旗、白虎旗、月像幢、
日像幢、朱雀旗、青龍旗

**竜尾道南庭の参列者の配置略図**
①太政大臣位　②親王位　③左大臣位
④右大臣位　⑤大納言位　⑥非参議一位
⑦中納言位　⑧非参議二位　⑨参議三位
⑩諸王三位　⑪四位参議
⑫諸臣三位・諸王四位　⑬諸臣四位
⑭諸王五位　⑮⑯～諸臣五位以下

舎人寮等がおのおの威儀の物を執って東西に分かれて大極殿の前庭に列ぶ。主殿寮、図書寮がおのおの礼服を着て火爐の東西に列ぶ。卯の三刻（午前七時）の前に、これらの準備はすべて完了させる。

次いで朝賀の儀式の本番になる。卯の四刻（午前七時半）、大臣が昭訓門から入って幄の座に就く。閤内大臣が外弁に鼓を打たせると、諸門の鼓が一斉に応じる。これを合図に章徳門と興礼門が開かれる（それに先だってその他の小門が開かれる）と、大伴・佐伯両氏が門部をおのおの三人率いて両門から入り、会昌門の壇上の胡床に坐る。門部は門の下に坐る。

辰の一刻（午前八時）、天皇が輿に乗り大極殿の後房、小安殿に入る。しばらくして皇后の御輿が同じく小安殿に入る。十八人の女孺が翳を執り、三列になって戸の前の座に就く。褰帳命婦二人、威儀命婦四人が礼服を着て、順次大極殿の座に就く。侍従四人がともに分かれて大極殿南廂第二の間に立つ。次に少納言二人が昭訓門、光範門から分かれて入り、大極殿の氈上に向かい合って立つ。大伴、佐伯両氏は門の壇から降り、北向きに門の下に立つ。門部が会昌門を開くと、それに合わせて諸門が一斉に開く。閤内大臣が召鼓を打たせると、諸門の鼓が皆応じる。

皇太子がはじめて幄下座に就くと、群官が順次参入して版位に就く。親王が顕親門から入り版位に就く。その時東宮謁者が皇太子を引いて幄を出、皇太子の版位まで案内する。天皇は冕服を着て高座に就く。命婦四人が礼服を着て高座の下に立つが、御座が定まると引き返し、皇后の御前に供奉する。皇后が礼服を着て御座に就く。その時に、大極殿の下で鉦を撃つこと三回。十八人の女孺が翳を執り、左右に分かれて進み翳を奉る。命婦二人が御帳をかかげると、本の座にもどる。女孺も本の座に還る。

以下、宸儀初見―高座に天皇が初めて姿を見せる。執仗の者が一斉に警を称し、群官は立って磬折《けいせつ》の礼、即ち立った姿勢でお辞儀をし、着席。次に主殿寮・図書寮の各二人が東西から出て爐の炭をおこし、香を焚く。典儀が「再拝」という。皇太子が再拝し、終わると、謁者が席をたって皇太子のもとに進み、皇太子を中央階段まで導く。皇太子は階段を上り、天皇の高座の前で北に向かって、すなわち天皇に向かって南の軒に跪いて賀を奏上する。これが奏賀の第一段である。

新年の新月の新日に万福を持ち参り来たりて拝し供奉《ぐぶ》すらくと申す。

皇太子は俛伏の礼をして階段を降りると、謁者が進み出て皇太子を元の位まで導き、皇太子はそこで再拝する。天皇は侍従を呼び、侍従は南の軒から進んで高座の前（皇太子が跪いた所）に跪く。勅答の詔は次のようである。

新年の新月の新日に天地《あめつち》とともに万福を平けく永く受け賜はれと宣る。

侍従が勅を奉じて称唯―「おお」と高く言い俛伏の礼をして、大極殿の東階段を下りて、詔使の位置に就く。西の皇太子に向かって宣制する。

天皇《すめらみこと》が詔旨《みことの》らまと宣たまふ大命《おおみこと》を聞き賜へと宣る。

皇太子は称唯し再拝する。侍従が天皇の勅答を読み上げる。

新年の新月の新日に天地と共に万福を平けく永く受け賜はれと宣る。

皇太子は称唯再拝し、舞踏再拝する。侍従は大極殿に還る。典儀が再拝と言い、皇太子が再拝。謁者が皇太子を導いて幄に還る。皇太子が青龍旗の下に至るころに、典儀が再拝といい、賛者が承って伝え、王公百官が再拝する。この天皇と皇太子との間で交わされる奏賀と勅答はまさしく新年の平安と幸福を予祝する言挙げにほかならない。同じことが以下にみるように、臣下と天皇との間でも形式を同じくしておこなわれる。

次に奏賀者、奏瑞者が進み出る。諸仗が一斉に立つ。奏瑞者が行立の位置に就く。しばらくして奏賀者が奏賀の版位に就き、北に向かって立って、すなわち天皇に向かって奏上する。これが第二段の奏賀であり、ここでは親王大臣以下、百姓にいたるまでの臣下、人民の総意として賀が奏上される。

明神《あきつかみ》と大八洲《おおやしま》をしろしめす日本根子《やまとねこ》天皇《すめら》が朝廷《みかど》に仕へまつる親王等《みこたち》、王　等《おほきみたち》、臣　等《まへつきみたち》、百官人等《もものつかさびとたち》、天下の百姓《おほみたから》衆諸《もろもろ》、新年の新月の新日に天地とともに万福を持ち参り来たりて、天皇が朝廷を拝し仕へまつることを、恐こみ恐こみも申したまふと申す。

奏賀者が行立の位置にもどる。群官、客徒等、再拝する。

次いで奏瑞者が奏賀版位に就き、奏上する。瑞のない時は奏詞はない。奏瑞は奏賀の第三段である。その奏詞の形式は次のようである。

治部卿、位・姓名等申さく、某官位・姓名等が申すところの某物、顧野王が符瑞図に曰く云々。孫氏が瑞応図に曰く云々と言へり。此の瑞を瑞書に勘ふるに、某物は上瑞に合へり、某物は中瑞に合へりと申せる事を恐こみ恐こみも奏し給はくと奏す。

「云々」のところにそれぞれ具体的な祥瑞のことが述べられるのである。奏瑞者が元の行立の位置に復す。奏瑞者による祥瑞の奏上は天皇の徳や治世が天の意志にかなっていることの現れとされたものと解してよい。

次いで天皇が奏賀者を呼び、奏賀者が版位に就くと、勅答の詔がある。

供奉の親王等、王等、臣等、百官人等、天下の百姓衆諸、新年の新月の新日に天地と共に万福を平らけく長く受け賜れと宣る。

奏賀者がこの勅を奉り称唯し、行立の位置に戻ると、奏瑞者と倶に退出し、奏賀者は宣命位に留まり、奏瑞者は本の列にもどる。そこで再び宣制がある。この宣制は奏賀者が宣命位で読み上げるものと思われる。

明神と大八洲をしろしめす日本根子天皇が詔旨らまと宣たまふ大命を衆もろ聞こしめせよと宣る。

王公百官が称唯し、再拝する。さらに勅を読み上げる。

供奉の親王等、王等、臣等、百官人等、天下の百姓衆諸、新年の新月の新日に天地とともに万福を平らけく長く受け賜れと勅《のたま》ふ天皇が詔旨を衆諸聞こしめせよと宣る。

王公百官共に称唯再拝し、舞踏再拝する。武官が共に立って旗を振り万歳を唱える。宣命者が宣命位を退り本列にもどると、万歳の斉唱は止む。典儀が再拝と言い、賛者が承り伝えて、群官が再拝して終る。侍従が天皇の前に進み跪いて、儀式が終わった旨を奏上する。高座の帳を垂れて、天皇皇后は後房に帰る。この時大極殿の下では退鼓を打ち、諸門も一斉に応じる。以上が朝賀の儀式の様子である。

このように朝賀は年の始めに天皇をたたえ、天下泰平と万福を祈念する予祝行事であり、王権の権威を天下に誇示する演出であった。源氏物語の「紅葉賀」巻の「朝拝」は桐壺帝の治世の最後を飾る朝賀として、桐壺王権の盛栄をたたえるものであったのである。

大極殿の朝賀の後、天皇は豊楽殿に移り元日の節会になるが、その概略は外任《げにん》の奏、諸司の奏、御暦《ごりやく》の奏、氷様《ひのためし》の奏、腹赤《はらか》の奏などの後、饗宴となり、吉野国栖の歌舞などの芸能があり、最後に出席した群臣への賜禄、群臣の拝舞、天皇退出という形である。(注8) この式次第についても『内裏式』に詳しいが、省略する。

＊　＊　＊

朝賀と比較する意味で、小朝拝についても簡単に見ておく。山中裕氏によれば、小朝拝は初めは朝賀とともに並び行われたが、のちには朝賀のある年には行われず、朝賀と交互に行う場合もあった。(注9) 宇多天皇以前に成立しており、正暦（九九〇〜九九四）以後、朝賀が行われなくなってからは特に盛んになった。儀式は『西宮記一』『北山抄』『江家次第』（いずれも改訂増補故実叢書）などによれば、次のようである。

六位以上の殿上人、王卿が靴を履き、射場殿（校書殿東廂）に立って待機する。貫主の大臣が蔵人頭に命じて拝賀の準備のできたことを奏上させる。天皇が清涼殿の東廂に御倚子を立て着座の後、親王公卿以下が仙華門から東庭に入り、整列して立つ。王卿が一列に並び、次に四位五位が一列、六位が一列に立つ。全員が整列したところで、拝舞し、退出する。雨の日は王卿は仁寿殿の西砌に立ち、侍臣は南廊に立つ。

朝賀が「公の儀」であるのに対して、小朝拝は「私儀」といわれるが、(注10)こうして比べてみると両者の違いは、その規模においても威儀においても歴然たる懸隔があったことがよくわかる。朝賀が描かれなかったのは一条天皇の時代には既に行われなくなっていたので、紫式部に見聞の機会がなかったためかもしれないが、また物語に儀式そのものを描く必要がなかったからであろう。しかし、物語はそうした儀式が行われたことを前提にしているのであり、描かれなかった儀式の確認が桐壺帝の時代の王権の盛栄を読み解く方法になることは押えておきたい。

## 四　男踏歌――理想的な治世の象徴

「初音」巻の冒頭は盛大な朝賀を行うにふさわしい天気晴朗な元旦として語られた。

年たちかへる朝の空のけしき、なごりなく曇らぬうららけさには、数ならぬ垣根の内だに、雪間の草若やかに色づきはじめ、いつしかとけしきだつ霞に木の芽もうちけぶり、おのづから人の心ものびらかに見ゆるかし。
（③一四三頁）

この新春風景について、『岷江入楚』（「初音」）は「師説」として、この段は三つに分けて、「天地人ノ三才」と見るべきであるとの説を紹介し、「朝の空のけしき」云々が「天」、「数ならぬ垣根の内」云々が「地」、「おのづから人の心も」というのが「人」の表現であると注釈した。「天地人ノ三才」とは天地の自然と人間の営みが調和した泰平の世を意味する。この文章は太政大臣光源氏に導かれて冷泉帝の時代が理想的な治世であることを象

徴するものと解釈したのである。(注11)

源氏物語の中でそのような理想的な時代を象徴する行事として語られたのが男踏歌である。男踏歌は正月十四日の行事で、物語の中では「末摘花」「初音」「真木柱」「竹河」の四巻に繰り返し語られた。一つの行事がそのように繰り返し言及されるのも珍しい。その行事の沿革や宮廷行事としての意義について概略を見ておこう。『年中行事秘抄』「仁和五年正月十四日踏歌記」には、次のようにある。

議者多く称す。踏歌は新年の祝詞、累代の遺美なり。歌頌はもって宝祚を延べ、言吹はもって豊年を祈る。豈にただに楽遊を管弦に従いままにし、時節を風景に惜しむのみならんや。宜しく承和の事実に依り、以て毎歳の長規と作すべし。

(『群書類従』第六輯、群書類従完成会。四八三頁)

仁和五年(八八九)は宇多天皇の時代、承和(八三四〜八四八)は仁明天皇の時代であり、宇多が仁明時代の男踏歌を復興したことを述べるものである。男踏歌は「新年の祝詞、累代の遺美」であり、皇位の永続と豊年を祈る行事であったとされる。しかし、円融天皇の永観元年(九八三)に断絶し、その後復興されることはなかった。

この記事からは男踏歌は承和以降断絶していたものを、宇多天皇が仁和五年に復興したということであるから、文徳・清和・陽成・光孝の前期摂関制の時代に行われなくなったということになるが、その成立や変遷は必ずしも明確ではない。宮中における踏歌儀礼は『類聚国史』巻七十二「十六日踏歌」条には、踏歌の行われた例を天武天皇五年(六七六)春正月十六日を初例として、仁和三年(八八七)までの九十四例を載せる。(注12)これは元々は中国唐代の正月十五日、上元の夜の前後三日間行われた踏歌行事が輸入されたものと言われるが、「十六日踏歌」条には「男踏歌」の語はない。

男踏歌はいつどのようにして成立したのか。これについては、荻美津夫氏の説に従いたい。結論だけをまとめると、正月十六日の踏歌節会には延暦年間（七八二～八〇六）までは女踏歌・男踏歌がともに行われていたが、大同年間（八〇六～八一〇）に男踏歌は中絶する。それを仁明朝の承和年間（八三四～八四八）に十六日踏歌節会の中に復活するが、再び文徳・清和・陽成・光孝の時代に中絶する。それを宇多天皇が復興し、十六日の女踏歌とは別に十四日男踏歌として独立させたとするのである。[注13] 平安時代の年中行事では「十六日踏歌」は女踏歌であるが、当初から女踏歌として定着していたのではなく、創始期以来の踏歌は女踏歌・男踏歌がともに行われていたというのが荻氏の説である。先の『類聚国史』「十六日踏歌」条を見ると、清和・陽成・光孝朝では「宮人踏歌如常儀」という記事が十九例、「宮妓踏歌如常」が一例あり、この「宮人」は女性と解釈できるので、この時期の踏歌は女踏歌として定着していたことは間違いない。

ただし、宇多天皇によって復活した男踏歌は、『年中行事秘抄』では「毎歳の長規と作すべし」と言われたが、実際は毎年は行われず、臨時に行われるものであった。[注14] 源氏物語でも「今年、男踏歌あるべければ」（末摘花①三〇三頁）、「今年は男踏歌あり」（初音③一五八頁）というように、男踏歌は臨時の行事であったことが知られる。

男踏歌はこのような沿革のものであったが、その儀式はどのようであったのだろうか。『西宮記』巻二「踏歌事」によれば、次のような準備から始まる。一月八日に踏歌のことを決定し、内蔵寮は酒肴・綿・糸の準備、掃部寮は床子の鋪設、主殿寮は燎火を奉ること、左右衛門府は中院（中和院）と含章堂の清掃、木工寮は七丈の幄を中院に打つこと、穀倉院は饗、修理職は歌頭以下舞人以上の杖、大臣大将や女御等の家司は十四日踏歌の饗の弁備等々のことが命じられる。その他高巾子《こうこじ》や嚢の制作が命じられる。六、七日前には天皇の前で歌頭《かとう》以下嚢《ふくろ》持《もち》以上の人々が選定され、中院で練習をおこない、二日前に中院で試楽がある。[注15] 踏歌の人々は、『花鳥余情』「延喜踏歌図」（二八三頁参照）を参考にすれば、歌頭六人、歌掌二人、舞人二人、楽人九人、熨斗《のしと》一人、嚢持一人、物師などである。

同じく『西宮記』によれば、当日の様子は天皇が清涼殿の東孫廂に御倚子を立てて出御する。王卿が召しにより参上し、内蔵寮が王卿に酒肴を賜う。踏歌の歌人はまず紫宸殿の西で調子を発し、仙華門から入り清涼殿東庭に列立し、踏歌をして三回庭を回り（踏歌周旋三度）、天皇の前に列立する。次に言吹が進み出て天皇に向かって祝詞を奏上し、終わると嚢持を呼び、嚢持は綿を計え、「絹鴨」と「此殿」の曲を奏して着座する。次いで王卿以下、殿を下りて勧盃し、三四巡の後、調子を吹き、「竹河」を唱う。次ぎに前のように列立して歌曲を唱った後、賜禄のことがある。舞人や和琴の者たちが被物を賜り、「我家」の曲を奏し退出し、北廊の戸から所々に向かう。その後踏歌の一団は暁には再び清涼殿に帰参し、酒食を賜い禄を賜って散会するというものである。(注16)

『河海抄』「初音」巻所引の延喜十三年正月十四日の醍醐天皇の『御記』には次のようにある。この日の夜は暮れ方から風雪になり、午後八時ころに晴れた。午後十時踏歌の人が参入する。その時には右近の陣（月華門）の前で管絃が奏せられる。親王公卿は清涼殿の簀子敷に着く。舞人等は竹架の東に列立する。先ず調子を奏し、次ぎに万春楽を奏す。次ぎに「漸進南北惣三度」とあるが、これが「踏歌周旋三度」のことであろう。これを終わって天皇に向かって言吹の詞があり、嚢持が「絹鴨」「此殿」を奏する。次ぎに親王公卿が殿を下り、「行酒三四巡」の後に管絃があり、「竹河」を歌い、歌頭以下に綿を給い、「我家」を歌って清涼殿を退出するのが子一刻、午前零時である。(注17)この踏歌行事の進行は『西宮記』とほぼ同じである。

延喜十三年の踏歌記事から分かることは、清涼殿の踏歌は午後十時に始まり午前零時に終わっていること、『西宮記』では歌われた歌は催馬楽だけであったが、「万春楽」が歌われたこと、清涼殿を出た踏歌の一団は弘徽殿、飛香舎、麗景殿、昭陽舎、東宮などを回り、午前五時過ぎに清涼殿に帰参し、東庭で酒肴を給い、管絃を三四曲奏した後、禄を賜って午前七時に解散していることなどである。

『花鳥余情』巻十三「初音」には「延喜踏歌図」が次のように示されている。(注18)これが清涼殿東庭での踏歌であることは、図に「東階」とあることから分かる。この踏歌で言吹の祝詞がどのようなものか不明であるが、「初音」巻では「寿詞の乱りがはしき、をこめきたる言のものものしく取りなしたる」(③一五九頁)とあり、祝詞は堅苦しい寿詞だけでなく猥雑で滑稽な表現もまじったものであったのであろう。「絹鴨」は詳細はよく分からないが、絹や綿の豊作、金運、布衣の生産を祈る意味の催馬楽であろうと言われる。(注19)「此殿」は立派な邸宅を造ったことを讃える歌、「竹河」は竹河の橋の端にある花園に少女を伴って行きたいという若い男の求愛の歌、「我家」は娘たちが何人もいて結婚の準備もできているので、大君よ婿に来てほしいという婿取りの歌で、どれも明るくめでたい歌詞の催馬楽である。男踏歌の活気あふれる晴れやかな気分を示す歌詞である。念のため掲げる。

　　この殿

この殿は　むべも　むべも　富みけり　三枝の　あはれ　三枝の　はれ　三枝の　三つば四つばの中に　殿づくりせりや　殿づくりせりや

　　竹河

竹河の　橋のつめなるや　橋のつめなるや　花園に　はれ　花園に　我をば放てや　我をば放てや　少女たぐへて

　　我家

我家は　帷帳《とばりちよう》も　垂れたるを　大君来ませ　婿にせむ　御肴に　何よけむ　鮑栄螺《さだを》か　石陰子《かせ》よけむ　鮑栄螺か　石陰子よけむ

(日本古典文学大系『古代歌謡集』岩波書店)

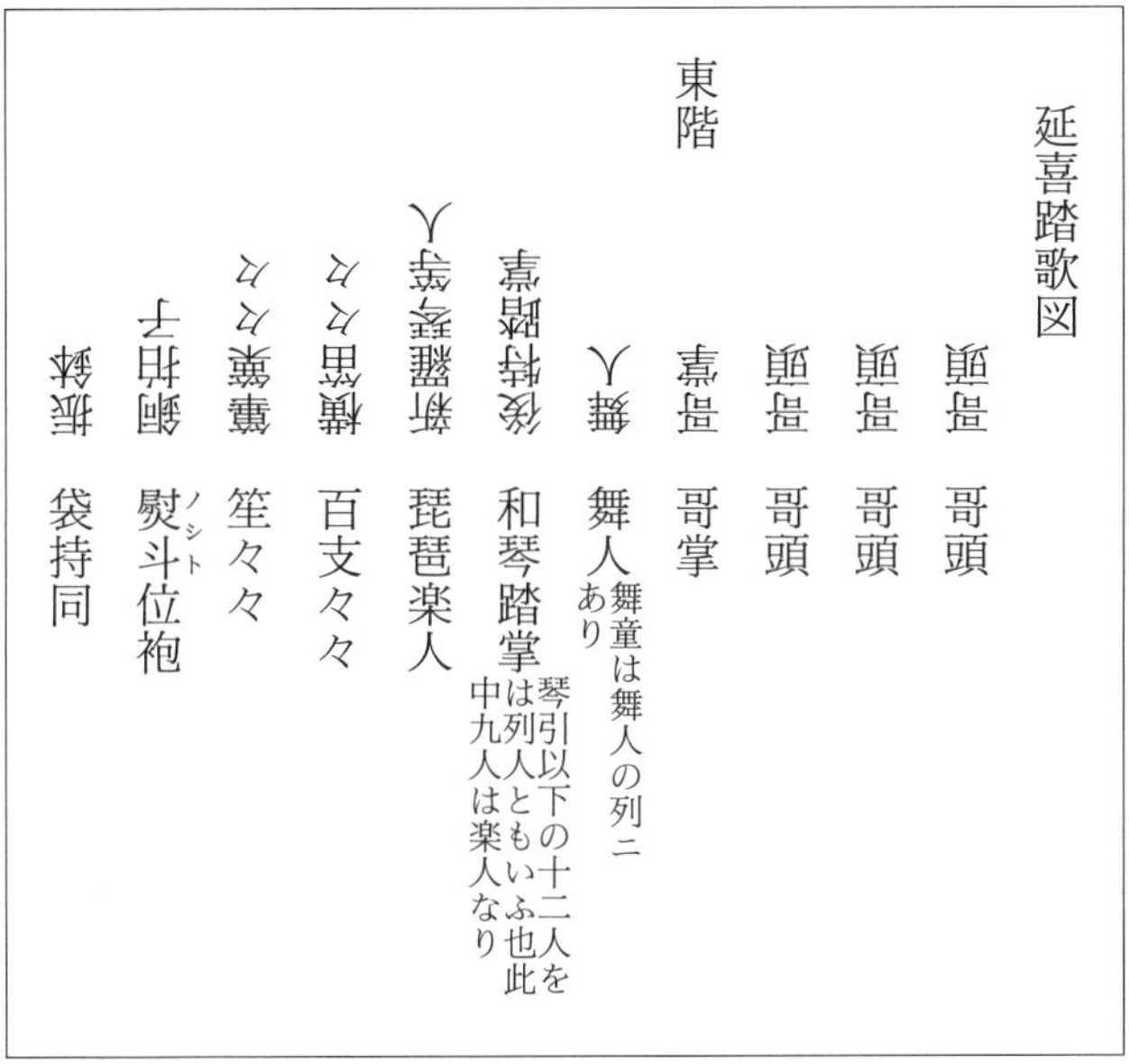


延喜踏歌図（『花鳥余情』巻十三）

このような催馬楽だけでなく、先の醍醐天皇の『御記』には「万春楽」が奏されたとあったが、「初音」巻では光源氏が「万春楽、口づさみにのたまひて」（③一六〇頁）と、口ずさんでいる。「万春楽」の歌詞は『河海抄』巻十「初音」の当該条に引かれるが、『朝野群載』巻二十一の「踏歌章曲」の歌詞を引く。（　）内は『河海抄』の本文である。

萬春樂
我皇延祚億千（仙）齡萬春楽　元正慶序年
光麗萬春楽
延暦休期（佳朝）帝化昌萬春楽　百辟陪筵華
幄内天人感呼
千般作樂紫宸（震）場萬春楽
我皇延祚億仙齡萬春楽　人霑湛露歸依（佳）
徳萬春楽
日暖春天仰載陽萬春楽　願以佳（嘉）辰常樂
事天人感呼

千々億歳奉明王萬春楽
事吹云々新元嘗楽淡海三船撰

これは『年中行事秘抄』が「歌頌はもって宝祚を延ぶ」というのに相応しい漢詩であるが、これが漢音で歌われたことは、『花鳥余情』が「今案、万春楽はすへて八句の詩なり。それを漢音にてうたひて、句ことのあはひに万春楽ととなふるなり」と指摘して以来、今日でもそのように理解されている。(注20)詩の意味は大略次のようである。

我が君の御位が億千年の齢までも続きますように
元日のめでたい年の始めには光りも麗しく
延暦の安らかな御代に帝（桓武天皇）の徳は行きわたり昌んであります
臣下は華やかな宮殿にはべり
天子の御殿ではさまざまな楽が奏でられています

我が君の御位が億千年の齢までも続きますように
人々は我が君のゆたかな恩恵に潤い徳に心を寄せ
日も暖かな春の空に太陽を仰ぎ見るように我が君を仰ぎ見ます
願わくは、このめでたい日に楽をかなでて
千億年の歳月、我が明君にお仕え申します

この詩では「延暦休期（佳朝）」とあるので、桓武天皇の時代のことになるが、「延暦」の年号を変えればどの天皇の時代にもこの詩は転用できる。男踏歌では「万春楽」はそのような形で催馬楽とともに歌われたのであろう。

ところで、清涼殿の踏歌の後、踏歌の一団は清涼殿の外に出て行く。『西宮記』では「退出、自北廊戸向所々」とあるが、この「所々」が宮中の外の院宮や権門の家などを意味するのか、宮中の中の中宮や東宮などの殿舎に限られるのか、説が分かれる。醍醐天皇『御記』では後宮や大内裏の内に限られている。平間充子氏は男踏歌は宮中の中だけの行事で、外に出ることは原則なかったと論じた。唯一の例外として天暦四年の朱雀院の例があるだけだという。(注21)

ところが、源氏物語では男踏歌は朱雀院や冷泉院などの後院、光源氏の六条院を回った様子が語られ、特に「初音」巻は詳細で宮中を出た踏歌の一団は朱雀院から六条院に来て酒食の馳走に与る。その後一団は「竹河」を歌い、猥雑な「寿詞」を披露し、綿を賜って帰ったが、その様子は次のように語られた。

雪やや散りてそぞろ寒きに、竹河うたひてかよれる姿、なつかしき声々の絵にも描きとどめがたからんこそ口惜しけれ。（略）

高巾子の世離れたるさま、寿詞の乱りがはしき、をこめきたる言もことごとしく取りなしたる、なかなか何ばかりのおもしろかるべき拍子も聞こえぬものを、例の綿かづきわたりてまかりぬ。

（初音③一五九～一六〇頁）

ここからは六条院の踏歌も清涼殿における踏歌と同じように演じられたことが分かるが、その様子を紫上をはじめとする夫人たちや、明石姫君や玉鬘などもそろって見物した。平間氏はこのような六条院の踏歌は天暦四年の朱雀院の踏歌を准拠にするものであると言う。六条院踏歌が朱雀院踏歌に准拠するという指摘は、物語における光源氏と六条院の位置づけに関わって重要な意味を持つが、ただ源氏物語では朱雀院や冷泉院の踏歌が繰り返し語られることからすると、大内裏の外に出た踏歌は史実としては原則なかったとまで言えるかどうか、疑問である。「竹河」巻の男踏歌は「夜一夜、所どころかき歩きて」(⑤九七頁) とあって、冷泉院以外の貴顕の邸宅をもあちこち回ったように語られている。

さて男踏歌の源氏物語における意味であるが、まず第一点として、これが桐壺帝、冷泉帝、今上の三代にわたって盛大におこなわれたと語られながら、ただ一人朱雀帝の時代には行われなかったというところに注目する必要がある。朱雀帝の時代は、光源氏が須磨に追いやられて不遇をかこった時代であり、外戚右大臣家が政権を恣にしたということで、物語ではあまりよくない時代という設定になっている。そのことと、朱雀帝の時代に男踏歌が行われなかったこととは深くかかわっていたと見てよい。つまり桐壺帝・冷泉帝・今上の時代は親政の時代であり、朱雀帝の時代は右大臣・弘徽殿大后による典型的な摂関政治の時代であった。男踏歌は親政による理想的な時代を象徴する行事として、物語のなかでは意味づけされていたといえる。皇位の永続と豊年を祈るという男踏歌の意義が物語の中では、そのように位置づけられていたと考えられる。

次に平間説のとおり男踏歌が宮中行事であり、例外として朱雀院踏歌が行われたとすれば、それに準拠した六条院踏歌は光源氏を上皇に位置づけることになる。それは光源氏の王権の問題に関わる。

源氏物語は政治家としての光源氏を語る物語でもあった。冷泉帝の後見として、その時代を後世から聖代と仰ぎ見られるような時代にしたいというのが源氏の願いであった。内大臣、太政大臣として、光源氏はそういう理想的な治世の実現に努めた。宮中行事で「新例」を開くことはその表徴であった。

さるべき節会どもにも、この御時よりと、末の人の言ひ伝ふべき例を添へむと思し、私ざまのかかるはかなき御遊びもめづらしき筋にせさせ給ひて、いみじき盛りの御代なり。（絵合②三九二頁）

しかるべき宮廷行事である節会においても、冷泉帝の時代から始まったと伝えられる「例」を創始しようと源氏は考える。それだけでなく「はかなき御遊び」―ここでは藤壺中宮や冷泉帝の御前での絵合の催しであるが、そういう私的な行事も目新しい趣向で行うというのである。それが「新例」を開くことであり、「聖代」の表徴とされたのである。『河海抄』はここに「天下の明徳皆虞帝より始まる。例は聖代より始まる」と注釈した(注22)が、光源氏は後世にまで言い伝えられるような「例」を創始することで、今の時代を「聖代」たらしめようとしていたのである。光源氏が太政大臣であった冷泉帝の時代に二回の男踏歌が語られたのも、冷泉朝聖代を演出しようとする意図に出るものであったと言ってよいであろう。

## 五　追儺――「紅葉賀」「幻」巻

年末大晦日の行事に追儺がある。これについては源氏物語では「紅葉賀」巻と「幻」巻に二回語られた。「紅葉賀」巻は先にふれた「朝拝」の記事のところで、光源氏が朝拝に出かけようとして紫の上の部屋をのぞくと、紫の上は雛遊びに熱中していて、「儺やらふとて、犬君がこれをこぼちはべりにければ、つくろひはべるぞ」（紅葉賀①三二二頁）と、源氏に話す。雛人形の御殿を、大晦日の晩に遊び相手の犬君が追儺のまねをして壊してしまったので、それを直しているというのである。

「幻」巻の場面は、年が明けたら出家をしようと覚悟を決めた光源氏の様子を語るところである。光源氏の生涯を語り納める最後の一節である。

年暮れぬと思すも心細きに、若宮の「儺やらはんに、音高かるべきこと、何わざをせさせん」と、走り歩き給ふも、をかしき御ありさまを見ざらんことと、よろづに忍びがたし。

もの思ふと過ぐる月日も知らぬ間に年もわが世も今日や尽きぬる

朔日のほどのこと、常よりもことなるべくとおきてさせ給ふ。親王たち、大臣の御引出物、品々の禄どもなど二なう思しまうけてとぞ。（幻④五五〇頁）

前年の八月に紫上を亡くして以来、追憶の涙のうちに一年有余を過ごしてきた光源氏は、その間自分の生涯を反芻し、年が改まったら出家しようと思い定めた。その大晦日の夜の様子を語るのである。若宮は源氏の孫の匂宮で六歳、源氏の悲愁も知らず、鬼を追い払うのに、大きな音を立てるにはどんなことをしたらよいかと言って走り回っている。源氏はそういう孫のかわいい姿もこれが見納めかと思いながら、今年も自分の人生もいよいよ終わってしまうのかと感慨に沈むのである。五十二歳の大晦日の晩であった。そういう気分で元旦の年賀に来る親王や大臣たちへの引出物の準備をさせていた。この「儺やらふ」「儺やらはん」が追儺の行事である。

はじめに追儺の起源について面白い記事が十二世紀成立の『年中行事秘抄』（『群書類従』巻第八十六）にあるので見ておく。引用は書き下し文に改めた。

金谷に云く、陰気将に絶えんとし、陽気始めて来たる。陰陽相ひ激し、化して疾癘の鬼となる。人家のために病を作す。黄帝、方相氏、黄金四目、身に朱衣を著し、手に桙楯を把り、口に儺々の声を作し、以て疫癘の鬼を駈はしむ。
昔、高辛氏の子、十二月晦の夜死す。其の霊、鬼と成り、病疾を致す。人の祖霊の祭物を奪餐し、祖霊を驚かす。これに因って桃弓、葦矢を以て疫鬼を逐ひ、国家を静む。又河辺并に道路に之を散供し解除す。

（『群書類従』第六輯、続群書類従完成会、五五九頁）

「陰陽相ひ激し」というのは、季節の変わり目を言うのであろうが、その時期は陰気と陽気が激突して「疾癘の鬼」となり、人家に病をもたらすので、黄帝が方相氏に鬼を駆逐させたという。あるいは高辛氏の夭折した子の霊が鬼になったともいう。そういう疾鬼を追い払うのが方相氏であり、黄帝に起源をもつという伝承である。黄帝は中国の伝説上の太古の帝王で、暦算、音楽、文字、医薬などを作ったといわれる。高辛氏はその黄帝の曽孫とされる。

その追儺の平安時代における儀式次第は『内裏式』『西宮記』『北山抄』『江家次第』に見られるが、一番古い『内裏式』「十二月大儺式」によると、次のようである。

晦日の夜、諸衛が時刻になると、それぞれ持ち場の諸門に集まる。近衛の儀仗は紫宸殿の階下に陣取る。近衛将曹、各一人が左近衛は儀仗五人、右近衛は四人を率いて、承明門を開く。引き返すと、闈司二人が紫宸殿の西から出て承明門の左右に居る。同じく闈司の二人が各々桃弓と葦矢を持って紫宸殿南階段を昇り、内侍に授ける。内侍は女官に班給する。大舎人が門と叫ぶ(注23)。闈司が版位に就いて、「儺人等を率いて参入す」と奏す。勅があり、「万都理《まつり》の礼」と言う。闈司が伝宣し、中務省が侍従・内舎人・大舎人等を率いて、各々桃弓、葦矢を持って参入する。陰陽寮の陰陽師、斎部が祭具を持ち、方相氏は一人、黄金四つ目の仮面をつけ、玄衣に朱裳とい

追儺図（新訂増補国史大系『政事要略前篇』吉川弘文館）

う姿で、右手に戈、左手に楯を持ち（上図は『内裏式』と異なる）、侲子二十人を従えて紫宸殿の庭に列立する。方相氏は大舎人の長大な者を選ぶ。侲子は紺の布衣に朱の末額を結う。陰陽師は斎部を率いて奠祭をし、呪文を読む。終わると、方相氏が先ず儺声を上げ、戈で楯を撃つ。これを三回繰り返す。群臣がこれに唱和し声を挙げて悪鬼を逐い、各々四門を出た。方相氏は北門を出て、宮城門の外で京職に接引し、鼓を打ち鳴らして悪鬼を追いはらい、郭外に至って終わる。[注24]

この方相氏の移動の経路について見ておくと、『江家次第』では紫宸殿南庭の儀の後、方相氏は明義門、仙華門を通って紫宸殿の北廊の戸を出て、滝口の戸から出るとしている。『雲図抄』によれば、方相氏が侲子を率いて仙華門から清涼殿東庭に入ったところで、侍臣が清涼殿孫廂から葦矢を射るとあり、方相氏は滝口の戸から遂電する（『群書類従』第六輯、三一六頁）。これらによれば、方相氏が内裏の北門を出るまでの経路がより具体的にわかる。滝口の戸を出た方相氏と侲子は玄輝門、朔平門を経て、その後「至宮城門外。京職接引」とあるが、その宮城門はどこか。内裏の北門に近い門は大内裏の北門である偉鑒門、あるいはその東西の達智門か安嘉門

方相氏

疫鬼

である。あるいは内裏の北門を出た後、南の正門、朱雀門に回ったのであろうか。大内裏の鬼やらいも兼ねた儀式性を考えると、宮城門は朱雀門と取る方がよいかと思う。その宮城門の外で、京職に引き継がれる。その後は方相氏の一団は京職とともに、左京の貴族の邸宅を回りながら京極まで練り歩いたのであろうと思われる。「鼓譟而逐。至郭外而止」とあるので、鼓を打ち鳴らし騒ぎ立てながら鬼を追って都城の外にまで行ったのである。

方相氏による追儺が宮中だけのことではなく、京の町にも出たと考えられることは、『蜻蛉日記』中巻天禄二年（九七一）十二月晦日の「鬼やらひ」の記事によっても推測できる。

> 月日はさながら、鬼やらひ来ぬるとあれば、あさまし、あさましと思ひ果つるもいみじきに、人は童、大人ともいはず、「儺やらふ儺やらふ」と騒ぎののしるを、われのみのどかに見聞けば、
> （小学館・新編日本古典文学全集本、二六八頁）

この「鬼やらひ来ぬる」というのは、京職とともにやって来た方相氏と侲子の一団であったのではないかということである。現代語訳では通常、「月日が流れて、追儺の日になったというので（注25）」

というふうに訳されるが、ここは具体的に方相氏の一行が鼓を打ち鳴らし、儺声を挙げながら来たのに合わせて、道綱の母の家でも女房や童たちが「儺やらふ」と言って大騒ぎをすると解釈してよいであろう。道綱の母は一人そうした雰囲気に溶けこめない思いを抱えているのであるが、周囲の者たちは皆大人も子どもも「鬼やらひ」の声に浮き立つのである。

「幻」巻の匂宮の「儺やらはんに、音高かるべきこと、何わざをせさせん」と走り回る様子も、同様にただ追儺の日になったのではしゃいでいるというのではなく、六条院までも方相氏の一行が回ってくるのに合わせて、「鬼やらひ」をしようとはしゃいでいると解してよいであろう。夜の大晦日の京の町を練り歩く方相氏一行の風景は新年を迎える晴れやかな気分に満ちていた。「大儺式」は宮中儀式なので、方相氏による追儺も宮中だけのことだと言われるが、「京職接引。鼓譟而逐。至郭外而止。」というのは、方相氏が京の町にも出たことを意味していると考えてよいであろう。

源氏物語さらに平安文学の解釈には、その時代の具体的な儀式や行事をふまえることが大事なことだと考える。儀式や行事の様子が具体的に書かれることはなくとも、それが実際どのようなものだったのかを確認し、それを本文の解釈に生かすことが必要ではないかと思う。そうすることで本文は生き生きと蘇る。そうした解釈の積み重ねが作品論にも大きく関わってくると思うのである。

【注】

（1）「行事一覧」は、倉林正次「源氏物語の年中行事」（山岸徳平・岡一男監修『源氏物語講座第六巻　作者と時代』有精堂、一九七一年）、山中裕・鈴木一雄編『平安時代の儀礼と歳事』（至文堂、一九九一年）を参考にした。

（2）光源氏のライフサイクルを描く物語の方法については、行事と儀式の面から考察したことがある。拙著『源氏物語その生活と文化』中央公論美術出版、二〇〇四年。第五章参照。

(3) 玉上琢彌『源氏物語研究』角川書店、一九六六年。「源氏物語の構成―描かれたる部分が描かれざる部分によって支えられていること―」。初出は『文学』第二十巻六号、一九五二年六月。

(4) 朝賀の成立、儀式の内容、その「大唐開元礼」との比較について、倉林正次『饗宴の研究(儀礼編)』(桜楓社、一九六五年)に詳しい。本稿では以下に見る通りもっぱら儀式の次第を確認する。

(5) 拙著『源氏物語の準拠と話型』至文堂、一九九九年、第一章「桐壺帝の物語の方法」他。

(6) 浅尾広良『源氏物語の准拠と系譜』翰林書房、二〇〇四年、「嵯峨朝復古の桐壺帝」。

(7) 『群書類従』第六輯、続群書類従完成会、一九八〇年。一八九〜一九二頁。

(8) 注4に同じ。

(9) 山中裕『平安朝の年中行事』塙書房、一九七二年。『平安時代史事典』角川書店、一九九四年。「小朝拝」。

(10) 山中裕『平安朝の年中行事』、九八頁。

(11) 中野幸一編『岷江入楚』源氏物語古註釈叢刊第七巻、「初音」巻、四三四〜四三五頁。翻刻では「天地人ノ三方」とあるが、「三才」が正しい。拙著『源氏物語の準拠と話型』至文堂、一九九九年。第五章「光源氏の儒教的形象」、一四三頁参照。

(12) 新訂増補国史大系『類聚國史』第二、「歳時部」三「十六日踏歌」条。吉川弘文館。

(13) 荻美津夫『古代中世音楽史の研究』吉川弘文館、二〇〇七年。第三節「踏歌節会と踏歌の意義」。

(14) 甲田利雄『年中行事御障子文注解』(続群書類従完成会、一九七六年)には、男踏歌が確実に行われたと考えられるのは、仁和五年、延喜三・十・十三・十七・二十二年、延長元年・七年、承平二・四年、天慶五・七年、天暦四年、康保元年、天元六年であるという。それ以外にも踏歌後宴が行われた年があり、その年には男踏歌が行われたと考えられると言い、寛平元年、六年、延喜二年・五・六・七年、延長二年・三・五・九年、天禄元年を数えることができるという(七六頁)。これによれば男踏歌は宇多・醍醐・朱雀・村上・円融朝にはかなり盛んに行われたということができる。
(15)『西宮記』第一、改訂増補故実叢書、明治図書出版株式会社、一九九三年。五八〜六〇頁。岩橋小彌太『藝能史叢説』(吉川弘文館、一九七五年)「踏歌」では、踏歌の人々は中院、即ち清涼殿の前で習礼するとするが、中院は清涼殿ではなく、中和院が正しい。『大内裏図考証』巻第七「中和院」、同巻第十一之上「清涼殿」によれば、「中院」は清涼殿を指すことはない。清涼殿を「中殿」と呼ぶ例は諸書に見える。『西宮記』巻二「踏歌事」については、山中裕『平安朝の年中行事』塙書房、一九七二年、「男踏歌女踏歌」、一五七〜一六〇頁。小山利彦『源氏物語宮廷行事の展開』桜楓社、一九九一年、「男踏歌考」一二八頁。注13の荻美津夫著、一四八頁参照。
(16)注15『西宮記』に同じ。
(17)玉上琢彌編『紫明抄河海抄』角川書店、一九六八年。四〇〇頁。
(18)伊井春樹編『松永本花鳥餘情』桜楓社、一九七八年、一六八頁。
(19)注15の小山利彦著、一二九頁。
(20)注18に同じ。山田孝雄『源氏物語の音楽』宝文館出版、一九三四年。注15の岩橋著、山中著、小山著、荻著など。後藤昭雄「踏歌章曲考」(仁平道明編『源氏物語と東アジア』新典社、二〇一〇年)が踏歌章曲の本文校訂、注釈、制作年代を論じて有益である。
(21)平間充子「男踏歌に関する基礎的考察」『日本歴史』六二〇号。二〇〇一年一月。
(22)玉上琢彌編『紫明抄河海抄』、三四八頁。
(23)群書類従本『内裏式』では「叫門」とあるが、改訂増補故実叢書本『内裏式』では「叩門」とある。ひとまず「門と叫ぶ」としたが、「門を叩く」とすべきかも知れない。
(24)注9山中裕『平安朝の年中行事』の「追儺」「大儺と追儺」「土牛」は追儺の起源から歴史的変遷を述べる。
(25)新編日本古典文学全集『蜻蛉日記』(小学館)の現代語訳。

# 第七章　「蛍」巻の騎射と打毬

## はじめに

玉鬘十帖の「初音」「胡蝶」「蛍」と続く巻々には年中行事と呼応する六条院の華やかな催しが、光源氏の生活の一環をなすものとして語られる。「蛍」巻の六条院の馬場における騎射もその例である。五月五日大内裏の武徳殿で左近衛府の真手結があり、その後左近衛中将である夕霧が部下を引き連れて六条院の馬場で騎射をする計画を立てていた。当日の朝、源氏は馬場のある夏の町の花散里を訪ねて、催しが大げさになるはずだから、その心づもりをするように言い、その折りに花散里や玉鬘の若い女房や童女たちにも見物させることにした。源氏の予想通り噂を聞きつけて親王たちも集まり、六条院の馬場では公式行事とは変わった派手な趣向の手結が盛大に催された。その様子は次のように語られた。

未の刻に馬場殿に出で給ひて、げに親王たちおはし集ひたり。手結《てつがひ》の公事にはさま変りて、次将《すけ》たちかき連れ参りて、さまことに今めかしく遊び暮らし給ふ。女は何のあやめも知らぬことなれど、舎人どもさへ艶なる装束をつくして、身を投げたる手まどはしなどを見るぞ、をかしかりける。南の町も通してはるばるとあれば、あなたにもかやうの若き人どもは見けり。打毬楽、落蹲など遊びて、勝負の乱声どものののしるも、夜に入りはてて、何ごとも見えずなりはてぬ。舎人どもの禄、品々賜る。いたく更けて、人々皆あかれ給ひぬ。

（蛍③二〇六〜二〇七頁）

未の刻、午後二時ころ光源氏が馬場殿に出ると、すでに見物の親王たちも参集している。「手結の公事にさま変りて」とは、左近衛府の夕霧の部下たちによる騎射の手結であるが、それが公事の手結では将監以下の「官人ばかり射る」のだが、それとは変わって、「今日は上臈のすけたちも射る」のだと『花鳥余情』は注する。(注1)すなわち公事では将監、将曹、府生という近衛府の六位以下の身分の官人たちだけが射るが、六条院では中将夕霧や少将たちも参加した華やかな催しになったというのである。ここまでは騎射の手結であることは間違いない。しかし、次の「舎人ども」の「身を投げたる手まどはし」は「打毬」のことではないかと考えられる。『河海抄』以来現在の注釈書に至るまで、ここの「手まどはし」もすべて「騎射」と取っている。『花鳥余情』だけは「競馬」とするが、「打毬」と解釈するものはない。本稿ではこの「舎人ども」の「艶なる装束」と「身を投げたる手まどはし」は「打毬」と解されることを検討するとともに、「打毬」が語られた意味についても考えてみる。

## 一　打毬の起源と形態

はじめに打毬がどのような競技なのか見ておく。『和名類聚抄』巻四（二十巻本）「雑芸類」には、打毬は「拍毬」とも「萬利宇知」とも言う。「毛丸打者也。劉向別録云打毬昔黄帝所造。本因兵勢而為之」とある。(注2)「毛丸」は打毬の「毬」のことであろう。打毬は黄帝の造るところという「劉向別録」の伝承については、『年中行事抄』

『明文抄』に「十節記」の次のような記事がある。

十節記云。正月十七日結射。傳云。蚩尤與黄帝争天下。蚩尤銅頭鉄身。弓刃不能害其身。爰黄帝仰天誓云。我必王天下殺蚩尤。時玉女自天降。持式――即返閇禹歩。此時蚩尤武身如湯沸顚死也。蚩尤天下怨賊也。故歳首射其霊。以鎮国家。凡村里皆可射結。邪気不起也。的者面目也。毬者首也。因射蹴也。

（『年中行事抄』[注3]）

見られるとおり「射結」の由来譚である。蚩尤と黄帝が天下を争った時、蚩尤は「銅頭鉄身」の怪物で弓刃でその身を害することができなかったので、黄帝が自分は必ず天下の王となって蚩尤を殺すと誓って天に祈ったところ、天から玉女が降って来て、「返閇禹歩」[注4]をすると、蚩尤は湯の沸き立つように倒れて死んだ。蚩尤は天下の「怨賊」であったから、それ以来年の始めにその霊を射て国家の鎮めとした。すべての村里でも「射結」をすると、邪気が起こらない。的は蚩尤の顔で、毬を頭に見立てる。ゆえに射たり蹴ったりする。[注5]しかし、これは「因射蹴也」というように、毬を「射る」とか「蹴る」ということなので、「打毬」や「拍毬」には直結しない。それゆえ『箋注倭名類聚抄』は諸書を引いて、これを「蹴鞠」のことと解し、「打毬」とは区別している。[注6]「因射蹴也」ということからすれば、「射結」「騎射」「蹴鞠」の起源譚とする方がよい。それでは打毬の起源は何かというと、中国唐代の資料に「到了唐代、於是始改蹴鞠為打毬、其制亦略有改変」、「打毬、古之蹴鞠也」（『封氏聞見記』）とあり、[注7]打毬は蹴鞠から変わったということなので、蚩尤伝説に遡ることになる。

日本ではいつころから打毬は行われるようになったのだろうか。競技は騎馬の人数を左右に分けて毬杖《ぎっちょう》で毬を毬門に投げ入れる騎馬打毬と、徒歩《かち》で行う徒《かち》打毬とがあった。『日本書紀』皇極三年（六四四）正月、中大兄皇子の法興寺の槻の樹の下の「打毬」に中臣鎌子が参加して、二人が親密になったという話があるが、ここでは「皮鞋《みくつ》の毱の随《まま》脱け落つる」とあるので、この「打毱」は蹴鞠であろう。(注8)

騎馬打毬のもっとも古い例と思われる、『万葉集』巻六、九四八・九四九歌の左注、「神亀四年正月、数王子また諸臣子等、春日野に集ひて、打毬の楽を作す。」である。これは「馬並めて行かまし里を」と本歌にあるから、春日野で騎馬による打毬の遊びをしたのであろう。(注9)神亀四年は七二七年である。

次に嵯峨天皇弘仁十三年(八二二)正月十六日に豊楽殿において渤海国使が騎馬打毬を披露したことが『類聚国史』(巻百九十四、殊俗部、渤海下)に見える。

御豊楽殿、宴五位已上及蕃客。奏踏歌。渤海国使王文矩等打毬。賜綿二百屯為賭。所司奏楽、蕃客率舞。賜禄有差。

この日は豊楽殿で踏歌儀礼が行われ、それを来日中の渤海国使の一行が見物したのであるが、踏歌の後のおそらく余興として打毬が披露されたのである。「綿二百屯を賜ひて賭と為す」とは、打毬は二組に分れて戦うのでその勝負の賭物を言う。「所司楽を奏し、蕃客率舞す」とは、所司も二組に分れてそれぞれのチームを応援するために楽を奏し、渤海人も二手に分れて応援するチームが得点すると舞を舞ったという様子を述べているものと解される。その時の打毬を詠んだ嵯峨天皇の詩と滋野貞主の奉和詩が『経国集』に載る。やや長いが、小島憲之氏の注釈で全文引用する。(注10)

89　七言早春観打毬一首［使渤海客奏此樂］　太上天皇在祚

芳春烟景早朝晴　　芳春の烟景、早朝晴る
使客乗時出前庭　　使客、時に乗じて前庭に出づ
廻杖飛空疑初月　　廻杖、空に飛びて初月かと疑ふ
奔毬轉地似流星　　奔毬、地に転びて流星に似たり
左擬右承當門競　　左擬右承す当門の競
分行群踏虬雷聲　　分行群踏す虬雷《きふらい》の声
大呼伐鼓催籌急　　大きに呼ばひ鼓を伐ち籌《ちう》を催すこと急なり
觀者猶嫌都易成　　観る者、猶し嫌ふ都《すべ》て成り易きことを

90　七言奉和觀打毬一首　　滋貞主

蕃臣入覲逢初暖　　蕃臣の入覲、初暖に逢ふ
初暖芳時戯打毬　　初暖の芳時、打毬に戯る
綉戸争開鳷鵲館　　綉戸争ひ開く鳷鵲館
紗窓不閉鳳皇樓　　紗窓閉さず鳳皇楼
如鈎月度蓂階側　　鈎月《こうげつ》度るが如し蓂階《めいかい》の側
似點星晴綵騎頭　　点星晴るるに似たり綵騎の頭《かしら》
武事従斯弱見輸　　武事、斯れ従り弱きは輸せらる
輸家妬死數千籌　　輸家妬み死ぬ数千籌

この二首からは打毬の様子やそれを観戦する人々の熱気などが彷彿と想像される。競技は王文矩の一行の披露であり、日本の官人の参加はなかったであろう。正月の穏やかに晴れた一日、豊楽院の広庭（図1）に渤海人が馬に騎乗して集合し、その広庭を縦横に駆け回る騎馬の打毬の迫力は観る者を興奮させずにはおかなかった。

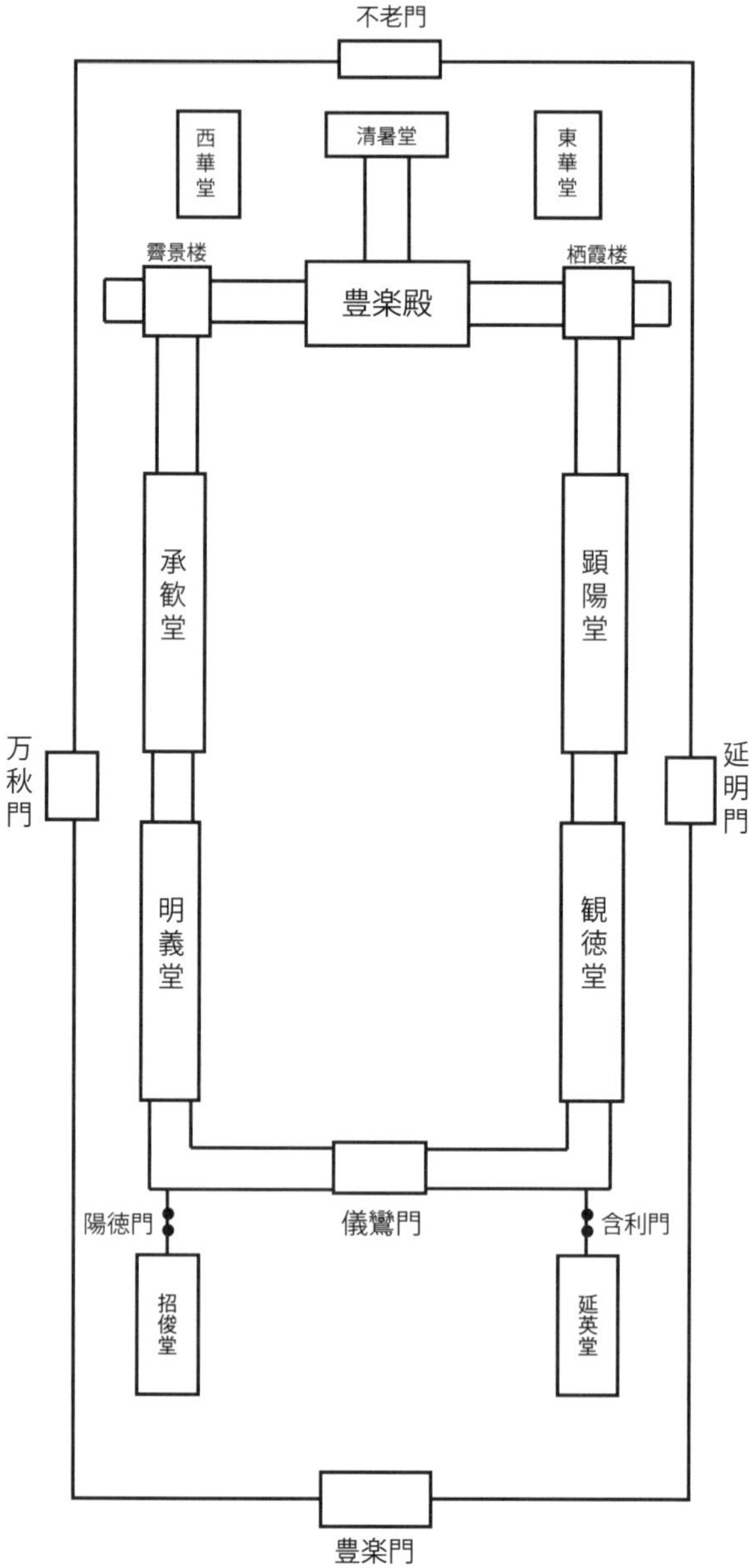


図1　豊楽院略図

嵯峨天皇の詩には毬杖が振り回されると、その杖の形は三日月のように見える、地上にころがる毬は流星のようだと詠まれるが、貞主もそれに和して、「豊楽殿の階段のかたわらを三日月が渡るようだ、美しく飾った騎馬の頭のあたりを飛ぶ毬は星のようだ」と応じる。「点星晴るるに似たり綵騎の頭」という表現が騎馬打毬であることを示す。競技は左に毬を打てば、右が受け止めて、毬門に打ち込もうと競う。観衆は左右に分かれて足を踏み鳴らして熱狂的な応援を繰り広げ、あたかも「虬雷の声」のようにとどろく。審判は大声で叫んで、鼓を打ち鳴らして、得点の籌《かずさし》を差させるが、観衆は勝負がやすやすと決することを嫌う。これは競技の雰囲気をみごとに描出した詩である。貞主の詩では、「綉戸争ひ開く鳷鵲館、紗窓閉さず鳳皇楼」とあるので、女性たちも観戦していたことが分かる。鳷鵲館は前漢の武帝の甘泉苑にあった宮殿、鳳凰楼もまた漢代の宮殿の一つである。図2は平安京で発掘された毬杖の写真である。

　これらは騎馬打毬の例であるが、徒打毬の例として康保二年（九六五）六月七日弘徽殿で競馬の事があり、その後童による打毬が行われたことが見える。

　於弘徽殿有競馬事。細殿坐南第四間立大床子。（中略）次左右馬競争、左勝奏陸王。（中略）左右雑伎小童騎馬、南上、一々馳下。次作物所立毬門。打毬童歩行、進列立。藤原朝臣投毬子。惣十度、右勝。左右楽人随勝奏乱声。（『西宮記』巻三）

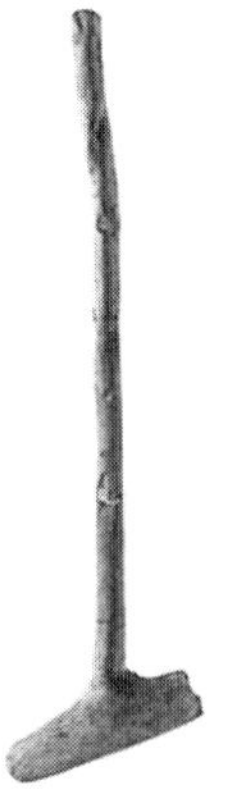

図2　毬杖（財団法人京都市埋蔵文化財研究所蔵、九世紀、平安京右京八条二坊跡出土、全長40cm。『源氏物語　重層する歴史の諸相』竹林舎より）

　この弘徽殿での競馬は飛香舎・凝華舎・襲芳舎の並ぶ殿舎と、弘徽殿・登花殿の並ぶ殿舎との間の通路で行われた。村上天皇が弘徽殿細殿南第四

図3　向達『唐代長安與西域文明』(『源氏物語　重層する歴史の諸相』竹林舎より)

図4　唐代壁画(西安北・富平県発掘、『源氏物語　重層する歴史の諸相』竹林舎より)

の間に大床子を立てて出御し、為平・守平両親王が左右の頭となり、皇太子・公卿が召された盛大な催しであった。その競馬の後に左右の雑伎があり、また小童が騎馬して南を上として馳せる催しがあった。これに続いて童による打毬が同じ場所で行われた。「打毬童歩行、進列立」は騎馬打毬であれば、騎馬で列立するので、「歩行」して列立するのは徒打毬である。

ところで、こうした例を見てきてもよくわからないところがある。騎馬打毬が騎馬の人数を左右に分けて毬杖を持って毬を毬門に投げ入れる競技であることは間違いないが、何人でするのか明らかでない。(注11) 中国の図録では四人で毬を奪い合っている明代の絵と、八世紀唐代の二人で争っている壁画がある(図3、4)。『古今著聞集』巻十一「玄象の撥面の絵様の事」には、朝廷累代の琵琶の名器とされた玄象の撥面には、馬上で打毬の絵があり、『古事談』ではその絵は「打毬の唐人二騎」の絵であったと藤原道長が話したと伝える（注12）。正倉院御物「花卉人物長方氈二床」の図（図5）、打毬図（図6）などは徒打毬である（注13）が、打毬者の人数は一定しない。

## 二　年中行事としての騎馬打毬

打毬は年中行事としては五月端午の節の競馬や騎射をしめくくる行事であったようだ。五月の節の騎射の手結は当初は左右近衛府と左右兵衛府の四府の行事であったが、村上天皇以後左右近衛府のみの行事となった。三日に左近衛府の荒《あら》手結《てつがい》が左近の馬場（一条西洞院）であり、四日に右近衛府の荒手結が右近の馬場（一条大宮）で行われた。荒手結は本番の下稽古であり、射手を左右に分けて左、右の順で騎射を行う。五日が左近衛府の真手結、六日に右近衛府の真手結がともに武徳殿で行われた（注14）。

図5　花卉人物長方氈二床（正倉院、『源氏物語　重層する歴史の諸相』竹林舎より）

『延喜式』（巻四十八）、「同月六日競馬并騎射式」には「近衛兵衛官人率舎人等到来装束。而騎調馬陣列向射場。騎射訖諸衛更亦騎御馬供奉雑戯」とある。すなわち五月六日近衛と兵衛の官人が舎人等を引率して武徳殿に到来し、装束を整え、騎乗し陣列して射場に向かい、騎射をする。騎射が終わるとまた近衛、兵衛の舎人等が騎馬の「雑戯」を供奉したというのである。この記事では近衛と兵衛が騎射を

図6　打毬図（室町時代、東京国立博物館蔵　Image：TNM Image Archives）

しているが、これは村上天皇以前の行事を記録しているのであろう。それはともかく騎射が終わった後には「御馬に騎りて雑戯を供奉す」とあるように、いわば余興的な馬芸が行われたのである。

『西宮記』（巻三）（神道大系本）によってもう少し詳しく見てみよう。五月六日の行事の次第について詳細に記されるが、要点のみを摘記すると、次のようである。天皇武徳殿に行幸。謝座・謝酒。王卿以下着座。天皇に御膳・皇太子王卿に供饌。御監御馬の奏。負馬王卿の献銭・献物。雅楽官人が勝負標や太鼓等を立てる。三献、天皇東廂に出御。皇太子以下参議以上着座。こうした儀式の後に競馬となる。競馬が終わると雅楽寮が音楽を奏す。勝方王卿拝舞。雅楽官人が勝負標を撤去。次左右大将四府奏を奏して騎射となる。四府射手は左右近衛府が五寸の的を六人、六寸の的を四人、左右兵衛府が五寸の的を四人、六寸の的を三人が射る。この騎射が終って次に雑戯。種々雑芸があり将監が一々奏す。これらの行事の最後に打毬が行われた。打毬は雑芸の一つなのか、雑芸とは別の行事なのかはよくわからない。行事の槻模からいえば、余興的ではあっても独立した行事とされていたと考えられる。次のような段取りで進行した。

掃部寮以箒合穴。木工寮官人以丈尺、正立球門。主殿打水。次将置球子。左将監執版位。打毬者四十人、列殿前再拝。雅楽挙幡、奏楽。日暮、入御。王卿列立。還宮間、雅楽、且行奏蘇芳菲・駒形等。（割注略）

掃部寮が箒で穴を合わせるというのは、競馬や騎射、雑技雑芸で荒れた馬場を均すのであろう。次に木工寮の官人が丈尺で計測して球門を立てる。割注には「出自左右近陣後、西面列立、自版位各南北分打。木工在前立。球門柱版、南北各十五丈。両柱各二丈。」とある。木工寮の官人が左右近衛の陣の後ろから出て、武徳殿の正面に向かって整列した後、版位からそれぞれ南北に分かれて十五丈の位置に球門の柱を立てる。(注15)柱の高さは二丈。球門は南北に二つ立てられるのである。こうして馬場が均され球門が立てられると、主殿が水を打って、競技場の準備が整う。

「次将置球子」の割注には、「内匠盛球子廿九、楊筥置机上、候殿南辺。次将執之、昇殿置大臣座前。」とある。内匠寮の作った「球子廿九」とあるが、この「九」は「九條殿記」（後出）によれば「丸」の誤り、毬廿丸を盛った楊筥が庭の机上に置かれ、それを次将が執って武徳殿に昇り大臣の前に置く。

次に「左近衛の将監が版位を執る」。これは球門を立てる時に計測のため庭に置いた版位であろう。割注ではそれを武徳殿南面の東階の壇上に置くとある。

次に「打球者四十人、列殿前再拝」とある。打毬の者四十人が武徳殿の前に整列して天皇に再拝する。その割注は次のようである。

左右近官人以下各十五人、兵衛官人以下各十人、為二番。各牽左右御馬、進自左右近陣後、経球門東辺列。拝了、騎馬共進階下。大臣投球、隋則争打。一番打間、二番牽左右兵衛、陣前球之。二度之後、次番騎馬進。衣冠如唐人。

この割注では左右近衛の官人以下各十五人、兵衛の官人以下各十人というので、合わせて五十人になる。本文の「打毬者四十人」と合わないが、審判その他の雑用係などを含む人数なのであろうか。「二番と為す」というのは、各二試合を行うということであろう。「各左右の御馬を牽き」以下は、左右の打毬者四十人が各自馬を牽いて左右の近衛の陣の後ろ、南北の球門の東辺に整列して拝を行う。拝が終わると、打毬者は騎乗して武徳殿の階下に進んで（「騎馬共階下に進む」）、競技の開始を待つのであろう。「大臣球を投げ、随て則ち争い打つ」というので、大臣が毬を投げ入れると試合が始まる。但し、何人で戦うのか、一対一で戦うのか、二人一組あるいは三人、四人で一組になって戦うのかが、残念ながら分からない。「二度の後、次番の騎馬進む」とあるので、おのおの二番勝負で争ったことは間違いない。その打毬者の衣装が「衣冠唐人の如し」というのに注意しておきたい。

「雅楽挙幡、奏楽」の割注は次のようである。

天暦九年、左近執籌幡者十人、自本陣趍列立（雄埒右方）。執幡未出之間、有勅停打球。装束同打球者、不着魚形、籌幡、左赤右黄。左右籌幡各十人。左傍埒列立馳道南北。従勝挙幡。勝時挙之。雅楽出幄、相分列立埒東馳道南北、見幡挙奏楽。唐在南、狛在北。球子南走、則奏打球楽。北走則奏玉音声。則奏退音声。入球門、則各乱声。

籌《かずさし》の幡は左が赤、右が黄、左右の籌の幡は各十人が持つ。勝に従って幡を挙げる。この籌の幡が左右各十本ということは、「打毬者四十人」は二十人づつ左右に分かれて、二人一組で十番の勝負をしたように考えられる。雅楽の人々は幄舎を出て埒の東側に馳道に添って南北に分かれて列立し、幡の挙がるのを見て楽を奏する。唐楽は南に、狛楽は北に位置する。球が南に走ると打毬楽を奏し、北に走ると玉音声を奏す。球門に入るとおのおの乱声を奏する。

この記事からは左右のチームが南北に分かれて陣取っていると解される。「唐在南、狛在北」とは、楽人が唐楽と狛楽とに分かれ、唐楽は南に、狛楽は北に陣取っていることを示す。「球子南走、則奏打球楽」と球が南に走れば打球楽が奏されるが、これは唐楽である。北に走れば玉音声が奏されるというのは、玉音声が狛楽であるからであろう。雅楽の分類で唐楽は左方、高麗楽は右方であるから、唐楽は左近衛の、狛楽は右近衛の応援をするのであろう。これもチームが南北に陣取ってそれぞれの球門が南北に立てられたことを示している。

日が暮れて天皇が帰る時は、王卿が列立する。武徳殿から内裏に帰る間は、蘇芳菲・駒形等を奏するが、内裏の宜秋門に到着した時に止める。

以上が『西宮記』の騎馬打毬行事の次第であるが、『大日本史料（第一編之八・朱雀天皇）』所収、『九條殿記』にも天慶七年（九四四）五月六日条に、同様の式次第による騎馬打毬の記事がある。当日武徳殿に天皇が出御して競馬十番があり、この日は騎射は中止になったが、「雑芸」があり、その後打毬が行われた。その日は夜に入っての競技となり、その喧噪は尋常ならざるものだった。

此間主殿寮供炬火、先為一番者牽御馬、従毬門東辺、進庭中再拝、共騎馬進階下、其衣冠庶幾大唐躰、于時右大臣投毬子、左右競打、雅楽寮随勝負奏楽、此間狼藉之甚、殆如闘乱、時人云、未聞秉燭之後聞食打毬例、戌時還宮、雅楽寮奏楽如常、経宜秋、承明両門還宮。

競技の数は「内匠寮作毬子廿丸」とあるので、二十番戦われたと思われる。打毬者四十人であれば、二人一組とすれば、各組が二番づつ戦うことになる。夜の競技になったので炬火がともされた中を、一番の者が馬を牽いて毬門の東から庭中に進んで再拝し、騎乗して階下に進んだところで、大臣が毬を投げて競技が始まる。ここでも服装が「其の衣冠、大唐の躰に庶幾《ちか》し」とあるところに注意しておきたい。競技が始まって「雅楽寮随勝負奏楽」というのは『西宮記』と変わらないが、「此の間、狼藉の甚だしきこと殆ど闘乱の如し」とはどのようなことであったのか。競技に興奮した観衆が狼藉に及んだのであろうか。競技者同士が闘乱状態になったのであろうか。打毬が熱狂的な興奮をもたらす競技であったことが想像できる。

さて以上見てきたところが年中行事としての騎馬打毬であるが、しかし、資料で見る限り必ずしも五月六日に行われたとは言いがたい。『日本紀略』には仁明天皇承和元年（八三四）五月五日武徳殿で「馬射」、同六日に同じく武徳殿で「競馳馬」を見るが、打毬のことは八日武徳殿で、「四衛府をして種々の馬芸及び打毬の態を尽くさしむ」とある。

また場所も武徳殿とは限らない。『紀略』天暦三年（九四九）には、朱雀上皇が五月十一日に西院で馬を「競馳」させ、同二十日に朱雀院で競馬と騎射を見、二十一日には二条院で打毬を行わせている。西院、朱雀院、二条院いずれも朱雀上皇の後院である。『紀略』花山天皇寛和二年（九八六）には五月二十六日、天皇が武徳殿に行幸して節会があり、同三十日に天皇が紫宸殿に出御して「打毬之興」があった。この時は番長以上各十人、左右近衛、左右兵衛の官人併せて二十人が二番競技をした。皆狛の冠を著し、騎馬は紫宸殿の南の階の前に立った。

「此事希代之勝事也」と記す。同年六月六日には円融法皇が仁和寺で競馬八番を見、賭射や騎射の後に「打毬二番」を行った(『日本紀略』)。

以上、騎馬打毬は必ずしも五月六日に限ったことではないが、多く五月に行われているのは当月の行事として意識されていたからであろう。そしてこれが天皇主催あるいは上皇主催の行事であったことに注目しておきたい。

## 三　六条院の騎射と打毬

ここで冒頭の「蛍」巻の記事についての検討に入る。五日未の刻(午後二時頃)、源氏が夏の町の馬場殿に出る。親王たちもすでに集まっていて、この時から「手結」が始まる。「手結の公事にはさま変りて、次将たちかき連れ参りて、さまことに今めかしく遊び暮らしたまふ」(③二〇六頁)。冒頭でも触れたが、武徳殿の左近衛府の公事では将監、将曹、府生という近衛府の官人たちだけが騎射をするが(図7)、ここ六条院では中将夕霧や少将という次将たちも参加して、華やかな催しになったのである。それが「さまことに今めかしく」の意味だと『花鳥余情』は指摘した。今日の注釈書もそれに従う。その「遊び暮らし」た競技とは騎射だけでなく、競馬(図8)や雑技・雑芸もあったであろう。

しかし、それがどのような競技であったのかはわからない。その理由は女たちの視点から語られたことに一応は求められる。「女は何のあやめも知らぬことなれど、舎人どもさへ艶なる装束を尽くして、身を投げたる手まどはしなどを見るぞをかしかりける」(同上)。いろいろな競技が行われたに違いないのだが、競技についてはは「何のあやめも知らぬ」という無知な女たちであったために、「舎人ども」の「艶なる装束」とか、「身を投げたる手まどはし」という日に付く動作はおもしろく見物できたが、それ以上の理解はできなかった、あるいはそれ

図7　騎射の図　『古事類苑』武技部七

以外の点には関心が向かなかったということなのであろう。

いったい、この「舎人ども」の「身を投げたる手まどはし」とは何の競技であったのだろうか。通説では騎射と解しているが、果たしてそれでよいのか。これがどのような競技なのか、騎射なのか、競馬なのか、打毬なのかは六条院の位相に関わる問題をはらむ。その点について検討する。

早く明快な解釈を示したのは『花鳥余情』である。『花鳥余情』はこの舎人どもの競技は「競馬」であると断言する。

> これは競馬の事をいふなり。馬場の手結は騎射とて馬にのりてまとをいる事はかりありて、競馬の事はなきを、五月五日の節会、武徳殿にて行はるるには騎射の事はてて、競馬もあるなり。（略）今案、騎射と競馬とに近衛の装束不同、競馬には打懸といふ物を着す。陵王の装束のことし。騎射にはたた褐衣を着す。二やうに装束わけたり。とねりとものえ

んなるさうそくけさうをつくしてとは、競馬の装束の事なり。（略）
六日武徳殿の騎射はてて打毬の事あり。唐人の装束にて馬にのりて毬子をはしらしむるを打毬といふ。その時奏する楽を打毬楽とはいへり。納蘇利も六日の競馬の日雅楽寮これを奏す。かちまけの乱声は必競馬にある事也（注16）。

「馬場の手結」とは三日の左近衛府の馬場の手結である。その時は騎射だけであるが、五月五日は武徳殿で騎射の後に競馬が行われる。六条院でも五日のことなので同様に騎射のあとに競馬が行われたと解したのである。また舎人の「艶なる装束」というのも、公事において騎射と競馬では装束が異なり、騎射は褐衣《かちえ》であるが、競馬では打懸を着用し、陵王の装束のようであるから、六条院の舎人どもの「艶なる装束」も競馬の装束だと解したのである。また打毬の時には打毬楽を奏するが、六日の競馬の日には納蘇利を奏し、勝負の乱声は競馬には必ずあるので、六条院の打毬楽や乱声も競馬のそれであるとした。こうした理由で舎人の競技は競馬と解釈したのである。

図８　競馬の図　承応三年版『源氏物語』蛍巻（『絵本　源氏物語』貴重本刊行会より）

しかし、今日の注釈書はすべて騎射と解する。朝日古典全書、岩波旧大系、小学館全集本、玉上評釈等は「競射」とする。競射は儀式書や辞書類には見当たらない言葉であるが、これらの注釈書では騎射と同意に用いていると思われる。なぜ『花鳥余情』の競馬説が退けられて、騎射説になったのかを説明したものはないが、騎射と競馬の装束についてみると、騎射が衫であり、競馬が打褂であるという違いは明確であって、六条院の馬場で舎人が「艶なる装束をつくして」いたというのは、競馬の装束の方がふさわしいのである。先に見た『西宮記』巻三（裏書）の康保二年六月七日の弘徽殿における競馬記事には、「諸家出馬装束」として「裲襠」=打褂とある。騎射装束は『延喜式』では「衫」であったが、後には褐衣に変わっていて、(注18)「艶なる装束をつくして」という点では騎射説は適切とは言えない。それでは競馬説でよいかというと、六条院の舎人の「艶なる装束」は騎馬打毬の装束と取る方がより相応しいのではないかと思うのである。これも先に見たが、打毬の装束は「衣冠如唐人」（『西宮記』巻三）、「其衣冠庶幾大唐躰」（『九條殿記』）とあった。これは競馬の装束と違っていたことを示しているはずであり、六条院の舎人は「衣」は唐風の裲襠であり、「冠」は図3・4に見るような帽子をかぶっていたのではないかと考える。

そして競馬説に従えない大きな理由は「身を投げたる手まどはし」に関わる点である。実はここの解釈が本稿の中心的なテーマであるが、今日の注釈書では「命がけの秘術をつくしているのを」（朝日古典全書）、「勝つために、一身を投げ棄てた（命がけの）一生懸命な行為（手段）を、如何とも考え分けかねて居る様子など」（岩波旧大系）、「命がけの秘術を尽くしているのを」（玉上評釈）、「我を忘れてうろたえる姿などを」（新潮古典集成）、「懸命の秘術をつくしているのを」（小学館全集・新編全集）、「我を忘れて秘術を尽くす姿などを」（岩波新大系）というふうに訳されている。この中では岩波旧大系はやや意味が取りにくいが、新潮古典集成の「うろたえる」という訳が異色であり、その他は「秘術を尽くす」という訳で一致している。この解釈の始まりは『河海抄』巻十の「身をすてて勝負したる也」(注17)である。この解釈の特徴は、「身を投げたる」を「勝つためには命を捨てて、一所懸命の」（玉上評釈）というふうに比喩表現として理解する点である。「手まどはし」についても、「見る者をして目を惑わせるような、種やしかけのわからないような秘術」（玉上評釈）と、これも比喩的な意味に解している。こうした解釈では競馬の手綱さばきや騎射の弓を射る動作などの具体的な身体動作の読みとりが消されてしまうのだが、それはともかく、秘術を尽くすという点で競馬より騎射の方がふさわしいと判断されたのであろう。それらの点が相俟って競馬説に代わって騎射説が採用された理由であろうと思う。

しかし、この一文はそのような解釈でよいのか、疑問を禁じ得ない。「身を投げたる手まどはし」とは競馬にしろ、騎射にしろ、具体的な身体動作の表現として理解すべきではないかということである。そして具体的な身体動作の表現として解釈すると、「身を投げたる」という表現も、「手まどはし」という表現も競馬や騎射には必ずしも適切ではないように思われる。「身を投げたる」という表現は馬上から身を乗り出した、あるいは身を投げ出した躍動的な姿勢をいうと解される。それは打毬の毬を打つ姿勢にふさわしいと、私は思う。前掲の図3・4に見るとおりである。騎乗して毬杖を持って馬上から身を乗り出して毬を奪い合い、打ち出そうと争う様子は、文字通り「身を投げたる」姿勢である。

ちなみに、源氏物語には「身を投ぐ」という表現は二十二例ある。半数近くは浮舟の投身に関わって使われるが、ここの例に近いのは「若菜上」巻の蹴鞠の場面で、「鞠に身を投ぐる若君達の、花の散るを惜しみもあへぬけしきどもを」（④一四一頁）というところである。これは若君達が蹴鞠に熱中する様子であると解釈されており、それで不都合はないが、しかし、あえていえばこの「身を投ぐる」という表現も単に「熱中する」という意味の比喩ではなく、蹴鞠の競技における身体動作を表現するものであると思われる。単に熱中の比喩とはいいきれまい。

「手まどはし」は『岩波古語辞典』では「物も手につかないほどあわてまどうこと。あわてふためくこと」、『新潮国語辞典』では「あわて迷うこと。まごつくこと」と説明する。競馬の手綱さばきや騎射の弓を射る時に、あわてふためき、まごつくのでは競技になるまい。打毬で毬を打つときの動作と考えれば、これはありうる。あわてふためいて毬を奪い合い、あるいはあわてふためいて毬を打つ。あるいはその時にまごつく。競馬の手綱さばきや騎射の弓を射る手つきよりも、毬杖を振るう時の様子にふさわしいのではなかろうか。「身を投げたる手まどはし」とはそういう打毬の具体的な身体動作の表現として理解すべきではないかと考える。

騎射や競馬は女たちも承知している競技であり、格別もの珍しくもなかったであろうが、打毬は見たことがなくルールも知らず、激しい毬の奪い合いに彼女たちの感興も一段と増したことであろう。「をかしかりける」とはそういう見物の女たちの気分である。「何のあやめも知らぬ」女たちが見た競技は打毬であったと考えたい。

それでは、どうしてここを打毬とする解釈が現れなかったのか。その理由は六条院の催しが五日のこととされていたからであろう。打毬は六日の右近衛府の公事であり、夕霧は左近衛府の中将であったから、五日に六条院で打毬が行われるのは不適当と判断されたからであろう。

『花鳥余情』は「打毬楽、落蹲など遊びて」について、先にも引いたが、「六日武徳殿の騎射はてて、打毬の事あり。唐人の装束にて馬にのりて毬子をはしらしむるを打毬といふ。その時奏する楽を打毬楽といへるなり。納蘇利も六日の競馬の日雅楽寮これを奏す。かちまけの乱声は必競馬にある事也」と注釈する。六条院の五日の競技は競馬であることを繰り返し説くのであるが、この注釈からは打毬は六日の公事だから五日に行われることはないという判断がうかがわれる。

しかし、これは六条院という私邸で行われる場合は公事とは違い、五日であってもかまわなかったのだと思われる。『宇津保物語』「祭の使」巻には五月五日、左大将源正頼邸の馬場で婿の君たちが競馬を行い、次いで左近衛府の官人が騎射を行い、さらにその後に打毬を行った。

幄ども打ちて、上より始めて着き、中少将、馬頭、助着き並み、馬寮の御馬に左近将監よりはじめて這ひ乗りつつ、騎射仕うまつる。騎射果てて、舎人ども駒形つきて舞ひ遊ぶ。あるじのおとど、大いなる毬を舎人どもの中に投げ出だしたまふ。舎人ども毬杖を持ちて遊びて打ち、勝ちては舞ひ遊ぶ。

（小学館・新編全集本①四五二頁）

馬場に幄舎を立て、正頼以下中将、少将、馬頭、馬助と順次着席し、馬寮の馬に将監以下官人が騎乗して騎射を行う。騎射が終わると、舎人が駒形を舞って遊ぶ。その後正頼が大きな毬を投げ入れて舎人どもが打毬をしたというのである。この舎人の打毬も騎馬打毬であろう。「勝ちては舞ひ遊ぶ」というのは打毬楽であろう。但しここでは「大いなる毬」とあるのが気になる。毬の大きさはわからないが、前掲の打毬図で見る限り、決して大きいものではない。それはともかく、ここでは五日に左大将正頼の私邸で舎人による打毬が行われたことに注目したい。六条院において五日に左大将夕霧が舎人どもに行わせたのは騎馬打毬であり、それは正頼の打毬を先蹤にしていたと考えてよいと思う。『宇津保物語』の引用である。

さて六条院の五日の催しは次のように閉じられる。

打毬楽、落蹲など遊びて、勝負の乱声どものののしるも、夜に入りはてて、何ごとも見えずなりはてぬ。舎人どもの禄品々賜る。いたく更けて、人々みなあかれ給ひぬ。

（蛍③二〇六〜二〇七頁）

打毬楽は騎射や競馬でも奏せられた(注19)が、本章では打毬が行われたと解釈するので、この打毬楽、落蹲の遊びは打毬の競技において左方の応援には打毬楽が、右方の応援には落蹲が奏されたと解する。そして得点すると乱声になり、その喧噪は夜まで続いた。この記述は先に引いた『西宮記』の次の一節と照らし合わせてみると、競技の状況がよく理解できる。

雅楽出幄、相分列立埒東馳道南北、見幡挙奏楽。唐在南、狛在北。球子南走、則奏打球楽。北走則奏玉音声。則奏退音声。入球門、則各乱声。（雅楽、幄を出、相分かれて埒の東の馳道の南北に列立し、幡の挙ぐるを見て楽を奏す。唐は南に在り、狛は北に在り。球子南に走れば、則ち打球楽を奏す。北に走れば則ち玉音声を奏す。（略）球門に入れば、則ち各々乱声あり。）

ここからは雅楽寮の楽人が左方の唐楽と右方の狛楽に分かれて応援している様子がよくわかる。六条院でも打毬楽＝左方＝唐楽と、落蹲＝右方＝高麗（狛）楽とに分かれて応援合戦がくり広げられたのである。

## 四　「身を投ぐ」をめぐって

六条院で五月五日に騎馬打毬が行われたことには、どのような意味があるのだろうか。おそらく光源氏の潜在王権の表象として理解してよいと思う。「少女」巻で光源氏は三十三歳の秋の司召に太政大臣に昇進するが、翌年の正月に太政大臣藤原良房の先例に倣って白馬を見た。

良房の大臣と聞こえける、いにしへの例になずらひて、白馬ひき、節会の日々、内裏の儀式をうつして、昔の例よりもこと添へていつかしき御ありさまなり。（少女③七〇頁）

良房に倣ったと言いながら、ここではわざわざ「内裏の儀式をうつして」、さらに「いかめしき御ありさま」

と語られるように、光源氏は良房に勝る絶大な権力を打ち立てたことが端的に示された。「初音」巻の男踏歌が内裏、朱雀院、六条院という順で回って来た（初音③一五八頁）というところにも、光源氏の地位が太政大臣という身分を越えるような位相にあることが暗示されていた。五月五日に騎射や競馬だけでなく打毬まで行ったのは、打毬が元来天皇や上皇の主催になる行事であったのだから、光源氏は意図的に王権の模擬儀礼を実践しているのだと解される。「蛍」巻の六条院における騎射や打毬の行事は、後に准太上天皇になる光源氏の潜在王権を表象するものとして理解できるし、そのように捉えるのがよい。

こうして五月五日の催しが騎馬打毬であったとすれば、それは六条院で催されたさまざまな行事の中でももっとも躍動的な激しい競技であった。「若菜上」巻の桜の下での蹴鞠でも、「鞠に身を投ぐる若君達の花の散るを惜しみもあへぬけしきども」（④一四一頁）と語られたが、同じ「身を投ぐる」動作でも騎馬打毬のそれとは比較にならないし、男踏歌も騎馬の激しさには及びもつかない。「身を投げたる手まどはし」という騎馬打毬の激しく躍動的な身体動作によって六条院は普段とは打って変わった興奮に沸き立ったのである。その興奮は玉鬘をめぐる男たちの恋の情熱を掻き立てるような面があったのではなかろうか。より端的にいえば打毬の興奮は玉鬘に対する恋の興奮の先触れであったのではないかということである。（注20）

源氏物語では「身を投げたる」という動作はもっぱら恋に関わる表現として頻繁に使われた。「身を投ぐ」の用例は浮舟に使われる七例（浮舟・蜻蛉・手習・夢浮橋）がもっとも多く、大君を思って弁尼や薫や女房が詠む歌三首（早蕨）、薫が大君を恋しく思う時の歌二首（総角）、源氏と朧月夜との贈答歌（若菜上）、夕霧が落葉宮を口説く時の言葉（夕霧）、明石の君が源氏を恋しく思う例（明石）など、全部で十九例がある。「蛍」巻に先立つ「胡蝶」巻では、蛍宮が玉鬘への恋を源氏に訴えるのに対して、源氏が蛍宮に気を持たせる返歌を詠む。

（蛍宮）紫のゆゑに心をしめたればふちに身投げん名やはをしけし
（源氏）ふちに身を投げつべしやとこの春は花のあたりを立ちさらで見よ
（胡蝶③一七〇〜一七一頁）

蛍宮が玉鬘に夢中の自分は淵に身を投げたという評判が立っても悔いることはないと訴えると、源氏が淵に身投げができるかどうか、花のあたりを立ち去らずにご覧なさいと応ずる。「身を投ぐ」は恋に夢中になる、命を懸けることの比喩として使われたが、この蛍宮と源氏の贈答歌の「身を投ぐ」は、打毬における「身を投げたる」と響き合っていると考えてよいであろう。蛍宮の恋が激しくなるのに比例して、源氏が玉鬘を放っておけなくなる、そういう物語の展開を導く。

五月五日が過ぎ長雨が続くころ、源氏は玉鬘相手に物語論を述べながら、「まろがやうに実法なる痴者の物語はありや」、「いざ、たぐひなき物語にして、世に伝へさせん」などと言って、身を寄せ髪を撫でたりする。それを語り手は「いとあざれたり」（蛍③二一三頁）とか、「かくしていかなるべき御ありさまならむ」（同上、二一四頁）と批評する。「あざれたり」は源氏の態度が世間に親子だと言ってはいるものの、そういうけじめをなくしたことをいうのであろう。「身を投げ」る騎馬打毬の興奮は六条院を包み込んだが、それは光源氏にも波及し源氏が玉鬘に夢中になる——「身を投ぐ」——物語を導く。それは例のない珍しい恋物語——「たぐひなき物語」を紡ぐことであった。

【注】
（1）源氏物語古注集成『花鳥餘情』巻十四、桜楓社、一七九頁。
（2）馬渕和夫『和名類聚抄古写本声点本本文および索引』風間書房、一九七三年。同書によれば、「打毬」は十巻本にはなく二十巻本で追加されている。

（3）引用は『国書逸文研究』9、一九八二年。「［補遺］十節録」の「年中行事抄」による。同所収「明文抄」も同じ内容である。

（4）「反閇」は「陰陽道の呪法の一。大中小の作法があり、小反閇の作法は笏などを持ち、竜樹菩薩や伏羲・玉女等を勧請し、五臓の気を観じ、天門呪・地戸呪・玉女呪・刀禁呪・四経五横呪を誦し、遁甲の九星に謹請しながら禹歩を行い、反閇呪を唱える」（『平安時代史事典』）。「禹歩」は「足を引きずって歩く。禹は治水のために疲れて、このような歩き方になったという。」「道士の歩き方」（『角川大字源』）。ここは玉女が降臨したので、玉女自身が呪を唱えて「反閇禹歩」の歩みをした。

（5）蚩尤伝説と打毬については、赤羽学氏に中大兄皇子の蘇我氏討滅の計画と関わらせた論がある。①「皇極紀三年正月の「打毱」と蘇我氏の滅亡」『岡山大学法文学部学術紀要』四〇、一九七九年。②「皇極紀三年正月の「打毱」と蘇我氏の滅亡増補」『岡山大学文学部紀要』一、一九八〇年。

（6）古典索引叢刊『箋注倭名類聚抄』巻二、九十五。全国書房、一九四三年。

（7）注5の②。

（8）日本古典文学大系『日本書紀』下、岩波書店。二五四頁、頭注18。

（9）これが騎馬打毬か徒打毬かは確かなことはわからない。蹴鞠説もあるが、そうではあるまい。

（10）本文、書き下しとも、小島憲之『国風暗黒時代の文学下Ⅰ』塙書房、一九九一年。「経国集詩注」89・90。

（11）向達『唐代長安与西域文明』生活読書新知三聯書店、一九五七年。図4は二〇〇五年名古屋万博の中国館に展示された。パンフレットの紹介文には次のようにある。「世界初公開となるこの壁画は、二〇〇四年夏、西安の北に隣接する富平県の村で発掘された。（略）この図は、二つの墓室をつなぐ甬道の壁に飾られていたもの。墓の主は李邕という人物、唐を建国した高祖李淵の曾孫。玄宗皇帝治世下の開元一五年（七二七年）に亡くなった。」これらは氣賀澤保規氏（唐代史）から教示と資料提供を受けた。

(12) 新潮日本古典集成『古今著聞集』下、新潮社、一九八六年。「二条殿教通仰せられけるは、玄象が撥面の絵様は、馬上にて打珠のもの、要目に珠をさして舞ひたる姿なり。良道が撥面は件の絵を模してかかれたるとなん」(三七頁)とある。「打珠」は打毬のこと。『古事談』巻六には、「玄上撥面の絵の事、師時卿記に云く、打毬の唐人二騎なるか。是れ左府の仰せなりと云々」(岩波新大系『古事談続古事談』)とある。

(13) 正倉院御物「花卉人物長方氈二床」。

(14)『古事類苑』武技部七「騎射」の概説。『平安時代史事典』(角川書店)の「騎射」。倉林正次『饗宴の研究(文学編)』「五月五日の節」桜楓社、一九六九年。

(15) 鈴木敬三編『有識故実大辞典』(吉川弘文館、一九九六年)「打毬」には「明治以後再興の毬馬場」の図が示されるが、それは「白方毬門」と「赤方毬門」が同じ場所に並んで立てられている。『西宮記』とはまったく異なる。

(16) 注1に同じ。一八一頁。

(17) 玉上琢彌編『紫明抄河海抄』角川書店、四〇七頁。

(18) 注15『有識故実大辞典』の「騎射装束」参照。

(19) 新潮日本古典集成『源氏物語』四「蛍」七〇頁頭注。源氏物語古註釈叢刊『岷江入楚』廿五「蛍」、五〇九頁。

(20) 打毬の「身を投げたる」が恋を喚起する表現であることについては、久富木原玲氏の教示による。

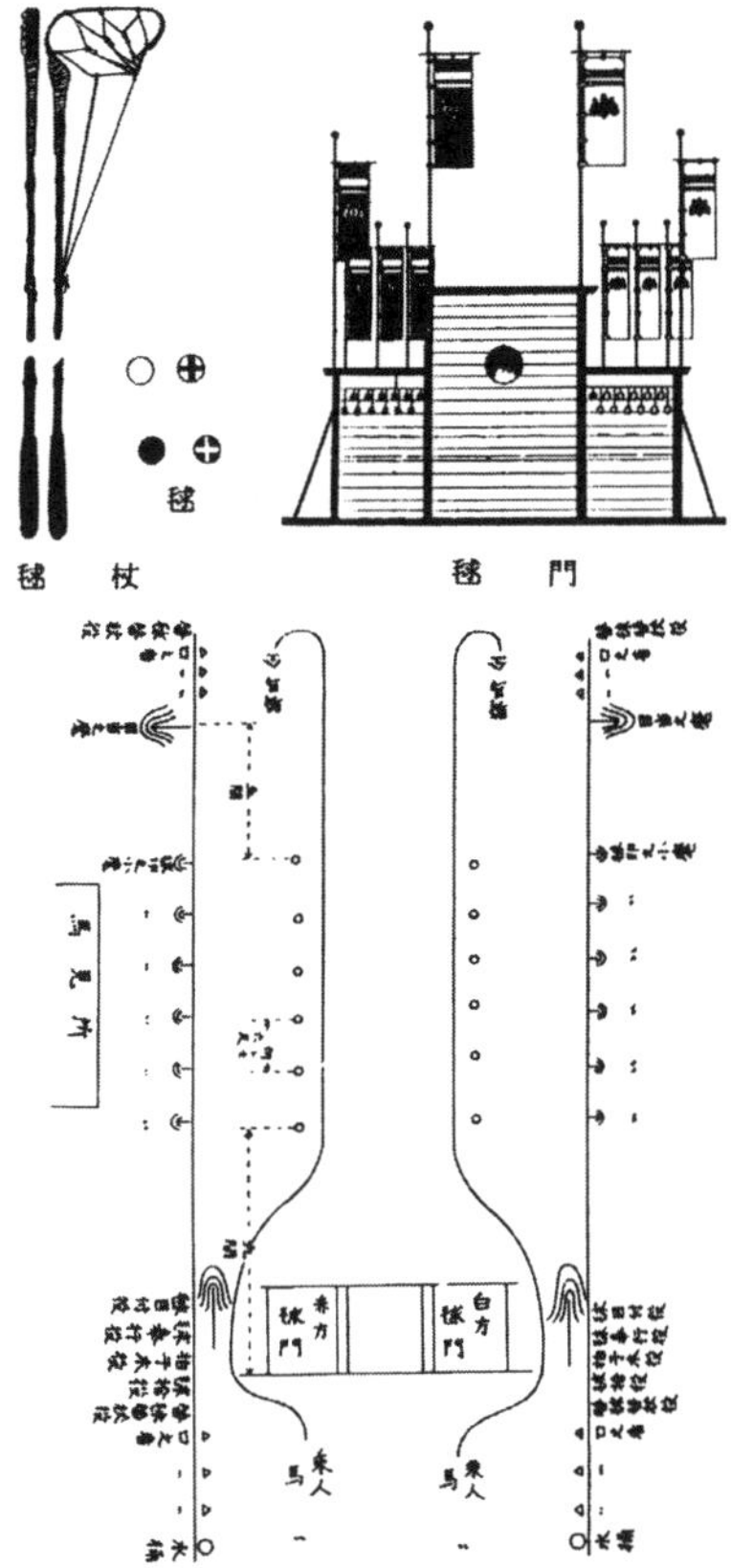


明治以後再興の毬馬場（『打毬法令書』、『有職故実大辞典』吉川弘文館より）

# 第八章　源氏物語の音楽——宮中と貴族の生活の中の音楽——

## はじめに

源氏物語五十四帖のうち音楽に言及することのない巻は、「空蟬」「関屋」「朝顔」「藤袴」「夢浮橋」の五巻だけで、その他の巻には何らかの音楽に関する場面や言及がある。たとえば冒頭の「桐壺」巻を見てみると、桐壺帝の「さるべき御遊び」、夕月夜の「御遊び」、弘徽殿女御の夜更けまで続く「遊び」、光源氏の天空に澄みのぼる「琴笛の音」、藤壺を恋する「琴笛の音」、源氏を婿に迎えた左大臣家の「御遊び」など、六回の音楽記事が見られる。これらは音楽が物語世界と深く関わっていたこと、音楽が宮中や貴族の生活に不可欠なものとして物語世界に位置づけられていたことをよく示している。音楽の種類も舞楽・奏楽・踏歌・神楽・東遊・催馬楽・風俗歌・朗詠・唱歌・民謡と数多く、平安時代の音楽のジャンルをほぼ網羅しており、源氏物語の音楽の多彩なことがよく分かる（表参照）。

このように源氏物語は音楽について多種多彩に語っていたのであるが、その研究史は充実していたとは言いがたい。古くは熊沢蕃山『源氏外伝』の礼楽思想による風化説（注1）があり、山田孝雄『源氏物語之音楽』は物語に描かれた楽器や音楽記事から物語の時代が村上天皇の時代を下らない時代になっていると論じた。(注2) 源氏物語の音楽を総合的に作品論として論じた最初の労作は中川正美『源氏物語と音楽』(注3)であり、近年では上原作和『光源氏物語學藝史』が特に琴に注目した論考である。(注4)

本章では源氏物語において音楽がどのような場面を形成しているか、音楽の描かれるさまざまな場面を展望し

**表　源氏物語の音楽**

| | |
|---|---|
| 舞楽 | 青海波（紅葉賀）、秋風楽（紅葉賀・少女・篝火）、春鶯囀（花宴・少女）、柳花苑（花宴）、胡蝶（胡蝶）、皇麞（胡蝶・若菜上・下）、喜春楽（胡蝶・若菜下）、迦陵頻（胡蝶）、打毬楽（蛍）、落蹲（蛍・若菜上・下）、賀王恩（藤裏葉・若菜上）、陵王（若菜下・御法）、万歳楽（若菜上・下）、太平楽（若菜下） |
| 奏楽 | 保曾呂倶世利（紅葉賀）、仙遊霞（若菜下）、想夫恋（横笛）、酣酔楽（椎本）、海仙楽（総角） |
| 踏歌 | 万春楽（初音・竹河） |
| 神楽 | 神楽歌（若菜下）、東遊（若菜下）、その駒（松風） |
| 催馬楽 | 青柳（胡蝶・若菜上）、葦垣（藤裏葉）、飛鳥井（帚木・須磨）、東屋（紅葉賀）、安名尊（少女・胡蝶）、伊勢の海（明石・宿木）、梅が枝（梅枝・竹河・浮舟）、葛城（若紫・若菜下）、この殿（初音・竹河）、桜人（少女・椎本）、高砂（賢木・梅枝・竹河）、竹河（初音・真木柱・竹河）、貫河（花宴・常夏）、妹と我（横笛）、妹が門（若紫）、河口（藤裏葉）、更衣（少女）、道の口（手習）、山城（紅葉賀）、石川（花宴）、我家（帚木・常夏）、総角（総角）、席田（若菜上） |
| 風俗歌 | 伊予の湯（空蟬） |
| 唱歌 | （少女・藤裏葉・若菜上・若菜下・橋姫・宿木） |
| 民謡 | 船歌（玉鬘）、稲刈り歌（手習） |

整理して、物語の方法として音楽がどのように位置づけられていたのかという点を考えたいと思う。具体的には宮中生活、後院、六条院、貴族の邸宅、郊外の生活に分けて、それぞれの場で音楽がどのように描かれたか、音楽が生活の中でどのような意味を持っていたのかという観点から見て行く。

## 一　宮中生活と音楽

はじめに内裏の紫宸殿、清涼殿、後宮の殿舎においてどのような音楽に関わる行事や暮らしが語られたかを見てみよう。

### 紫宸殿の花の宴——作文・舞楽と御遊

まず「花宴」巻の紫宸殿における桜花の宴を見てみる。光源氏二十歳の春、桐壺帝の治世の最後を飾る華麗な行事である。二月二十日過ぎ、紫宸殿の桜を愛でる宴であるが、藤壺中宮と弘徽殿女御が桐壺帝の左右に着席し、親王、上達部以下の詩文に優れた者たちが探韻を賜って詩を披露するという作文会があり、終わって舞楽となり春鶯囀と柳花苑が演じられた。舞楽の場面だけを引く。

楽どもなどは、さらにもいはず調へさせ給へり。やうやう入り日になるほど、春の鶯囀るといふ舞いとおもしろく見ゆるに、源氏の御紅葉の賀のをり思し出でられて、春宮かざし賜はせて、せちに責めのたまはするに逃れがたくて、立ちてのどかに袖返すところを一をれ気色ばかり舞ひ給へるに、似るべきものなく見ゆ。左大臣、恨めしさも忘れて涙落とし給ふ。「頭中将、いづら。遅し」とあれば、柳花苑といふ舞を、これは今すこし過ぐして、かかることもやと心づかひやしけむ、いとおもしろければ、御衣賜りて、いとめづらしきことに人思へり。上達部みな乱れて舞ひ給へど、夜に入りてはことにけぢめも見えず。（花宴①三五四頁）

この華麗盛大な宴について、『河海抄』は延喜十七年（九一七）三月六日の常寧殿の花の宴と、延長四年（九二六）二月十七日の清涼殿の花の宴を準拠に挙げて、「延長四年例、探韻以下尤も相似たり」と注した。(注5)『花鳥余情』もこれを受けて、この両度の例は「探韻、作文、御遊」の行われた点で、物語はこの両度の花の宴の例に則るとする。(注6)細かなことをいうと、延喜十七年の常寧殿の花の宴では「探韻」があったかどうかはわからない。その点延長四年の例は確かに「探韻、作文、御遊の事」があり、準拠とするにふさわしい。但しこの両度とも舞楽はない。

『河海抄』所引の延長四年二月の儀式の次第をもう少し具体的に見ると、当日天皇が清涼殿に出御し、親王、文人の探韻がある。探韻の間に天皇が酒肴を賜い、楽所の管絃の者四、五人を召して音声を奏させる。その後講師が探韻による詩を読み上げ、終わると管絃を演奏し、「吟詠」が続けられる。その後親王、上達部の管絃の遊びになるが、『大日本史料』所収『河海抄』の当日条には醍醐天皇がみずから和琴を弾いたとある。この日の儀式は当日の午後四時ころに始まり、講師が詩を披露するのが夜中の十二時過ぎであり、その後に御遊となり午前四時ころに終わっている。

物語の花の宴では音楽については、「楽どもなどは、さらにもいはず調へさせ給へり」とあり、春鶯囀が舞われ、源氏も春宮の求めに応じて春鶯囀の一節を舞い、次いで頭中将が柳花苑の舞を入念に舞い、さらに上達部の乱舞まで行われた。これは延喜十七年三月の常寧殿の花の宴、延長四年二月の清涼殿の花の宴よりも、盛大なものとして語っているのであろう。物語では宴席も終始紫宸殿であったとしているようで、史実がともに清涼殿を宴席としたのと異なる。物語は両度の史実の花の宴の例に拠りながら、いっそう華麗で格式の高い行事に仕立てたと考えられる。

ところで、作文の後の管絃の遊びについて、『花鳥余情』は「御遊」という言葉を使っている。「御遊」がどのようなものであったかについては、豊永聡美氏は次のように言う。

御遊とは管絃に堪能な堂上貴族（時には天皇や皇族も加わる）が奏者となり、管絃や謡物を演奏する楽会であるが、朝廷の重要な儀式の遊宴に付随して行われるなど政治的色彩を持つところに特色があると言えよう。（中略）そして四季折々に催される様々な御会で管絃に堪能な王卿貴族が楽器の腕前を披露するようになる中で、最も格式の高い管絃会として御遊が成立していったのである。（注7）御遊とは宮廷儀式や行事の遊宴の際に催される楽会であり、天皇をはじめとする管絃に堪能な王卿貴族（時には地下楽人も加わる）が主な奏者となり、管絃並びに催馬楽や朗詠などの謡物の演奏が行われた。その成立時期については仁明朝とするものから醍醐朝とするものまで諸説あり定かではないが、王朝国家体制が確立していく過程で、御遊もその位置付けを高めていったと思われる。（注8）

荻美津夫氏の説明も引く。

御遊はさまざまな儀式の饗宴のさいに行われた。今それを示すと、朝覲行幸・算賀・御産・御元服・御著袴・御会始・臨時行幸などである。御遊とは一般的には、雅楽の管絃と催馬楽などの歌物を奏したのであり、『御遊抄』に「有歌管御遊」とあり、「舞四番、無御遊」などとあるように、殿上人による舞楽は含まれなかったものと推察される。（注9）

要するに御遊は朝廷あるいは宮中の重要な儀式に付随して行われた楽会で、天皇が臨席し、公卿殿上人による管絃や謡物を演奏する会であった。桐壺帝主催の紫宸殿の花の宴における管絃と舞楽は御遊の典型と言ってよい。特にこの時は光源氏や頭中将の舞が御遊にひときわ光彩を添えるものになった。もっとも右の荻氏によれば『御遊抄』では御遊には殿上人による舞楽は含まれなかったということであるから、それによればこの花の宴の例は異例ということになるが、『御遊抄』が十五世紀の成立であることからすれば、源氏物語の時代とは御遊の形が変わっていたとも考えられる。源氏物語では御遊に舞楽を伴う場合が多いのである。

### 清涼殿の楽の音――試楽・御遊・男踏歌など

光源氏十八歳の冬十月、桐壺帝は朱雀院に一院の賀のために行幸する。この賀もまた桐壺帝主催の晴儀であるが、それに先だって桐壺帝はこの賀の花形となる光源氏の青海波の舞を女御更衣たちが見たがっており、とりわけ藤壺が見られないのを残念に思って清涼殿で試楽を催した。源氏の舞は次のように語られた。

源氏の中将は青海波をぞ舞ひ給ひける。片手には大殿の頭中将、容貌用意人にはことなるを、立ち並びては、なほ花のかたはらの深山木なり。入り方の日影さやかにさしたるに、楽の声まさり、もののおもしろきほどに、同じ舞の足踏み面もち、世に見えぬさまなり。詠などし給へるは、これや仏の迦陵頻伽の声ならむと聞こゆ。（紅葉賀①三一一頁）

青海波は唐楽で二人で舞う舞楽。この時は源氏と頭中将が舞ったが、頭中将は源氏に圧倒されて、「花のかたはらの深山木」のようであったと、源氏の舞のすばらしさが絶賛される。舞の作法は池田亀鑑編『源氏物語事典』の「青海波」によれば、次のようである。四十人の垣代が庭上に舞い出て一つの輪を作り、輪がとけると、中から輪台の舞人二人が舞い出る。終わって再び輪を二つ作り、輪の中で装束を着けて、輪がとけると、青海波の舞人二人が舞い出る。舞の途中で輪台、青海波ともに詠がなされる。青海波の詠は小野篁作の漢詩で舞人は四度にわたって詠ずる。四十人の垣代の演奏と楽屋の楽人の演奏が交互にある舞楽である。楽器は笙、篳篥、横笛であるが、垣代の楽器には琵琶が加わるという。(注10)ここからも青海波の華やかさが窺われるが、これが決して広いとはいえない清涼殿東庭において、四十人の垣代のほかに楽屋が設けられて演じられたことを思うと、この試楽の盛り上がりの熱気のようなものを想像することができる。

清涼殿の試楽については源氏物語には他に例はない。参考までに触れると、枕草子「なほめでたきこと」(一三五段)には、三月の石清水の臨時の祭の試楽の様子が描かれる。まず清涼殿の東庭に掃部司の者が畳を敷き、祭の勅使、舞人、陪従(舞人に従う楽人)、公卿、殿上人の席が設けられる。そこに蔵人所の者が食膳を運び、公卿殿上人の勧盃などがある。これが賜饌の儀であるが、終わって公卿殿上人が席を立つと、「とりばみ」が残肴を目がけて押し寄せる。その中を掃部司が畳を取り払い清掃して砂子をならす。この後試楽が始まり、和琴、笏拍子、斉唱者、高麗笛、篳篥の楽人の演奏とともに東遊が演じられる。(注11)この記事では試楽に先立つ賜饌の儀で「とりばみ」の乱入があるというのがおもしろいが、清涼殿の試楽には必ず賜饌と「とりばみ」があったわけではなかろう。源氏物語はそうした乱雑さをあえて排除する傾向があるが、清涼殿試楽の一例としてそういうこともあったということは承知しておきたい。

次に清涼殿の御遊の例を見ておく。「絵合」巻、光源氏は三十一歳で冷泉帝の後見として内大臣になっている。冷泉帝の後宮では権中納言(旧頭中将)の娘の弘徽殿女御と、源氏の養女の斎宮女御(秋好中宮)が帝の寵愛を競っていた。そういう二人が帝の御前で絵合を行い、結果は光源氏の須磨流謫の時の絵によって斎宮女御方が勝つのであるが、絵合が終わった後、御遊となる。

二十日あまりの月さし出でて、こなたはまださやかならねど、おほかたの空をかしきほどなるに、書司の御琴召し出でて、和琴、権中納言賜り給ふ。（略）親王、箏の御琴、大臣、琴《きん》、琵琶は少将命婦仕うまつる。上人の中にすぐれたるを召して、拍子たまはす。いみじうおもしろし。明けはつるままに、花の色も人の御容貌もほのかに見えて、鳥のさへづるほど、心地ゆき、めでたき朝ぼらけなり。

（絵合②三九〇頁）

三月二十日過ぎの月の出る時分に、後宮の楽器などを管理する書司の和琴・箏・琴《きん》・琵琶を取り寄せ、権中納言、蛍宮、光源氏、少将命婦の四人がそれぞれの楽器を担当し、殿上人の拍子によって、夜を徹しての管絃の遊びが行われた。「いみじうおもしろし」と言い、「心地ゆき、めでたき朝ぼらけなり」と言うように、興趣にあふれた、なごやかな満ち足りた管弦の遊びの一夜であったのである。場所は清涼殿の西面の朝餉と台盤所である。

ところで、この絵合の物語が「天徳四年内裏歌合」をモデルにしていることはよく知られている。新潮日本古典集成『源氏物語』二の付録には、「天徳四年内裏歌合」に関する村上天皇の「御記」「殿上日記」「仮名日記」が載せられているので、それらと比較すると、実は物語の絵合に引き続く御遊の場面もまた、この「内裏歌合」に準拠していたことが分かる。「内裏歌合」では歌合終了後に、公卿殿上人たちによって箏・笙・琵琶・琴・和琴が演奏された。その興趣に富んだ一夜について、「殿上日記」には次のように記された。

侍臣等密かに語りて云く、万機の暇景有るごとに、数しば仙欄の御遊を命ず。然して猶歓楽の至り、未だ今夜のごときあらざる者なり。群臣快酔し、雑興禁じ難し。

村上天皇は政治の暇を見つけては御遊を催したが、それは臣下にとって楽しみの極みであったというのである。これは絵合の「心地ゆき、めでたき朝ぼらけ」を迎えたというのと変わらない。

清涼殿における天皇のより私的な管弦の遊びについては、次のような例がある。桐壺帝が亡き更衣を追憶する有名な場面である。

野分だちて、にはかに肌寒き夕暮れのほど、常よりも思し出づること多くて、靫負命婦といふを遣はす。夕月夜のをかしきほどに出だし立てさせ給ひて、やがてながめおはします。かうやうのをりは、御遊びなどせさせ給ひしに、心ことなる物の音を掻き鳴らし、はかなく聞こえ出づる言の葉も、人よりはことなりしけはひ容貌の、面影につと添ひて思さるるにも、闇の現にはなほ劣りけり。（桐壺①二六頁）

野分の吹き始めた肌寒い夕暮れに、帝は普段よりも更衣のことを思い出すことがあれこれと多くて、靫負命婦を更衣の里に使わしたというのだが、その思い出すことの一つは、夕月夜の美しい時分には更衣を召して管絃の遊びをしたことであった。そういう時更衣は格別風情のある音色を掻き鳴らしたというのである。

清涼殿は試楽や御遊だけでなく、帝が妃と語らう私的な管弦の遊びが催されたことを、源氏物語はさまざまに語っていたのである。

**後宮における音楽**

後宮の殿舎においても妃たちが思い思いに音楽を楽しみ、あるいは音楽に心を慰めていたことは想像に難くないが、弘徽殿における弘徽殿女御の管弦の遊びはそれとは少し趣を異にするものであった。桐壺帝が更衣を亡くした悲しみに暮れていた時、弘徽殿女御は桐壺帝の悲嘆に楯突くかのような管弦の遊びをあえて行った。

風の音、虫の音につけて、もののみ悲しう思さるるに、弘徽殿には久しく上の御局にも参う上り給はず、月のおもしろきに、夜更くるまで遊びをぞし給ふなる。いとすさまじうものしと聞こし召す。（桐壺①三五頁）

帝を不快に思わせるような管弦の遊びとは決して風流とはいえない遊びである。弘徽殿女御は帝が亡き更衣を偲ぶばかりで、召しがないことに抗議をしていたのであろう。

後宮における管絃は妃だけでなく女房が奏でることもあった。光源氏十九歳の夏のこと、温明殿の辺りをぶらぶらしていた時、老女房の源典侍の琵琶の音が聞こえてきた。源典侍は帝の催す男たちの御遊に召されても、勝る者がないほどの琵琶の名手であった。彼女は年に似合わず源氏を恋していて、琵琶を弾き催馬楽を歌っていたのである。

温明殿のわたりをたたずみ歩き給へば、この内侍、琵琶をいとをかしう弾きゐたり。御前などにても、男方の御遊びにまじりなどして、ことにまさる人なき上手なれば、もの恨めしうおぼえけるをりから、いとあはれに聞こゆ。「瓜作りになりやしなまし」と、声はいとをかしうてうたふぞ、少し心づきなき。鄂州にありけむ昔の人もかくやをかしかりけむと耳とまり給ふ。弾きやみて、いといたう思ひ乱れたるけはひなり。君、東屋を忍びやかにうたひて寄り給へるに、「押し開いて来ませ」とうち添へたるも、例に違ひたる心地ぞする。（紅葉賀①三三九頁）

「瓜作りになりやしなまし」は催馬楽「山城」の一句で、歌意は山城の瓜作りが私を欲しいというが、どうしよう、結婚しようかという歌。源典侍はつれない源氏を諦めて瓜作りの妻になろうかと歌っていたのである。源氏は年に不似合いと気に入らないが、琵琶の音色は白居易の「夜聞歌者（夜歌ふ者を聞く）」（『白氏文集』巻十）詩を想起させるような哀切な愁いがあり、源氏の心に沁みた。源氏が催馬楽「東屋」の一節、「東屋の、真屋のあまりのその雨そそき、我立ち濡れぬ殿戸開かせ」を小声で歌いながら近寄ると、典侍は「おし開いて来ませ」と、これも「東屋」の一句で応じる。老女房の若い光源氏への不似合いな恋の一場面であるが、琵琶と催馬楽の掛け合いによって源典侍の愁いが巧みに語られた。琵琶と催馬楽によって老女房の恋のもの悲しい滑稽さを軽快に描いた印象的な場面であると言える。

## 二　後院における音楽――朱雀院・冷泉院・六条院

源氏物語の中では後院（上皇御所）としてはもっぱら朱雀院が取り上げられる。「竹河」巻では男踏歌が「冷泉院に参る」という例があり、これは御所の冷泉院であるが、その他は冷泉院その人を指し、御所を指す例はない。六条院は光源氏が「藤裏葉」巻で准太上天皇になるので、それ以降の六条院は後院に準じるものとして扱う。

朱雀院における音楽の場面として、「紅葉賀」巻の桐壺帝の朱雀院行幸、「少女」巻の冷泉帝の朱雀院行幸がある。「紅葉賀」巻の朱雀院行幸は前節で触れた清涼殿の試楽の後に行われた桐壺帝の行幸であり、物語の中では後世からその盛儀を繰り返し回顧された記念碑的な行幸であった。光源氏が准太上天皇になった時、冷泉帝と朱雀院が六条院に行幸するが、その時「朱雀院の紅葉の賀、例の古ごと思し出でらる」（藤裏葉③四六〇頁）とあり、二条院における紫上主催の光源氏四十賀の祝宴でも、「いにしへの朱雀院の行幸に、青海波のいみじかりし夕べ思ひ出で給ふ人々は」（若菜上④九五頁）とあるのが、その例である。

「紅葉賀」巻の朱雀院行幸の音楽場面は次のように語られた。

例の楽の船ども漕ぎめぐりて、唐土、高麗と尽くしたる舞ども、くさ多かり。楽の声、鼓の音世を響かす。（中略）木高き紅葉の蔭に、四十人の垣代いひ知らず吹きたてたる物の音どもにあひたる松風、まことに深山おろしと聞こえて吹きまよひ、色々に散りかふ木の葉の中より、青海波のかかやき出でたるさま、いと恐ろしきまで見ゆ。かざしの紅葉いたう散りすきて、顔のにほひにけおされたる心地すれば、御前なる菊を折りて左大将さしかへ給ふ。（下略）

（紅葉賀①三一四頁）

この場面では「楽の船」が出て唐楽と高麗楽のさまざまな舞楽が演奏されたことが注目すべき点である。『河海抄』と『花鳥余情』はこの場面の準拠として、延喜十六年（九一六）三月七日の醍醐天皇が父宇多上皇の五十賀のために朱雀院に行幸した例を挙げる。確かに帝が父上皇の賀のために朱雀院に行幸する例としてはふさわしいのだが、音楽場面として見ると、この時の行幸には「楽の船」の記録は見られない。

天皇の行幸に「楽の船」が出る例は、『栄花物語』では一条天皇が母詮子の四十賀のために土御門邸に行幸した例（巻七「とりべ野」、長保三年〈一〇〇一〉十月）、三条天皇が中宮妍子の出産した禎子内親王の五十日の祝いのために土御門邸に行幸した例（巻十一「つぼみ花」、長和二年〈一〇一三〉九月）、後一条天皇が道長の法成寺金堂供養に行幸した例（巻十七「おむがく」、治安二年〈一〇二二〉七月）などがある。これらの例からすれば「楽の船」や「船楽」は道長の時代に盛んになったと言えそうである。（注12）源氏物語はそれを取り入れたと見てよいかと思う。四十人の垣代や光源氏の青海波の舞については、前節に触れたところなので省略する。

「少女」巻の冷泉帝の朱雀院行幸は朝覲行幸と考えてよい。朝覲行幸は天皇が上皇や皇太后に行幸する儀礼である。この機会に併せて前年大学に入学した夕霧の学業を見る式部省の省試が行われた。この行幸においても「楽の船ども漕ぎまひて、調子ども奏する」（少女③七二頁）とあり、「楽の船」が出ているのが注目される。舞楽は春鶯囀が舞われた。また夕霧の省試は「放島の試み」という試験で、受験生を一人一人別の舟に乗せて、与えられた題で漢詩を作る試験であった。

舞楽の済んだ後、御遊になるが、その様子は次のように語られた。

楽所遠くておぼつかなければ、御前に御琴ども召す。兵部卿宮琵琶、内大臣和琴、箏の御琴、院の御前に参りて、琴は例の太政大臣賜り給ふ。さるいみじき上手のすぐれたる御手づかひどもの尽くし給へる音はたとへん方なし。唱歌の殿上人あまたさぶらふ。安名尊遊びて、次に桜人。月おぼろにさし出でてをかしきほどに、中島のわたりに、ここかしこ篝火どもともして、大御遊びはやみぬ。（少女①七三頁）

この御遊では蛍兵部卿が琵琶、内大臣（旧頭中将）が和琴、朱雀院が箏、光源氏が琴《きん》の琴《こと》を演奏した。唱歌の殿上人は催馬楽の「安名尊」や「桜人」を歌った。

このような省試の行われた朱雀院行幸の例として、康保二年（九六五）十月二十三日の村上天皇の朱雀院行幸があり、貴顕による御遊の行われた行幸としては、天暦二年（九四八）三月九日の村上天皇の朱雀院行幸がある。これらは『河海抄』が指摘している。特に天暦二年の例では、物語の「楽所遠くておぼつかなければ」という表現が、「是間楽所漸遠、絃音不分明」という一文と似ているほか、演奏者と楽器が敦実親王和琴、重明親王琴、源高明琵琶、兼明箏、唱歌の者数人とあり、この点でも類似を認めてよいと思われる。ただしこの時には「楽の船」は出ていない。

冷泉院では男踏歌が行われた。物語の中で男踏歌は全部で四回語られる（「末摘花」「初音」「真木柱」「竹河」巻）が、そのうちの一つが冷泉院の例である。男踏歌については本書の六章でふれたが、正月十四日の行事で清涼殿に天皇が出御し、その東庭で舞人、歌人など約二十人の踏歌の一団が新年の祝詞を奏上する。清涼殿の儀式が終わると、踏歌の一行は宮中を出て朱雀院や冷泉院などの後院や貴顕の家を回って行く先々で踏歌を行い、明け方宮中に帰る。物語では華やかな正月行事として語られ、光源氏三十六歳の正月の六条院では夫人たちが踏歌を見物し、源氏はその後「私の後宴すべし」（初音③一六〇頁）と言って、夫人たちと女楽を行った。

冷泉院における男踏歌は光源氏の没後九年も経った時のことであるが、その時十六歳の薫が歌頭を立派に勤めたことを喜びながら、冷泉院は光源氏が踏歌の朝に女楽を行ったことを回顧しつつ、源氏の時代には女性たちも優れた管絃の名手であったと述懐した。そして冷泉院は源氏の催した踏歌の朝の女楽に倣って、御息所、薫とともに箏、琵琶、和琴の合奏をした。冷泉院による光源氏時代の踏歌の回想は、光源氏の時代が後世から憧憬される文化的な規範になっていたことを意味する。それは光源氏の意図したところであり、内大臣時代に冷泉帝の御前で絵合を行った時、源氏は節会でも自分の時代に始まったと後世の人が言い伝えるような例を加えようと考えて、私的な遊びにも目新しい趣向を凝らしたと語られた。絵合も女楽も光源氏の後世を意識した企図であったのである。

そのような光源氏の六条院における舞楽と御遊の例を見てみよう。源氏が准太上天皇になるのは三十九歳の秋であるが、その直後の冬十月に冷泉帝と朱雀院がそろって六条院に行幸した。この六条院行幸に際して源氏は歓待の限りを尽くすべく準備した。午前十時頃に冷泉帝と朱雀院が到着すると、六条院の馬場で馬を走らせてご覧に入れる。午後二時過ぎ東南の町の寝殿に移る途中の渡殿では池に舟を浮かべて鵜飼を見せ、寝殿においては池の魚と北野で狩した鳥を調理して御膳に供した。そして日の暮れるころに楽所を召して舞楽があり、夜になって書司の宇陀の法師など累代の琴を召して、冷泉帝、朱雀院、光源氏たちがみずから演奏する御遊になった。

これについても『河海抄』は康保二年十月二十三日の村上天皇の朱雀院行幸を準拠として挙げた。『日本紀略』の当日条によれば、村上天皇はこの日朱雀院の馬場で馬を走らせて見ており、この点は六条院馬場の儀式に類似する。その後の鵜飼や調理についても『河海抄』は村上天皇『御記』を挙げるが、省略する。

さて音楽場面は次のようである。

暮れかかるほどに、楽所の人召す。わざとの大楽にはあらず。なまめかしきほどに、殿上の童べ舞仕うまつる。朱雀院の紅葉の賀、例の古事思し出でらる。賀皇恩といふものを奏するほどに、太政大臣の御男の十ばかりなる、せちにおもしろう舞ふ。内裏の帝、御衣脱ぎて賜ふ。太政大臣降りて舞踏し給ふ。（下略）

日の暮るるもいと惜しげなり。楽所などおどろおどろしくはせず、上の御遊びはじまりて、書司の御琴ども召す。物の興せちなるほどに、御前にみな御琴どもまゐれり。宇陀の法師の変らぬ声も、朱雀院はいとめづらしくあはれに聞こしめす。（中略）（夕霧が）笛仕うまつり給ふ、いとおもしろし。唱歌の殿上人、御階にさぶらふ中に弁少将の声すぐれたり。

（藤裏葉③四六〇〜四六二頁）

ここでは舞楽は夕方から始まるが、「わざとの大楽にはあらず」というので、大規模な舞楽ではなかった。夜にはいると御遊になるが、この御遊の特色は「御前にみな御琴どもまゐれり」とあるように、冷泉帝、朱雀院、光源氏がみずから演奏したこと、ここに招かれた親王、太政大臣、上達部たちの楽会であったということであろう。この顔ぶれは文字通り物語の中でも最高貴顕の楽会であった。ただここでは誰がどんな楽器を担当したかは語られない。宇陀の法師という和琴の名器を示すことで、その他の楽器も書司の累代の名器であったことを推測させるが、先の「少女」巻の御遊とは異なってそれぞれの楽器の担当者については触れない。御遊の描写に変化を持たせる工夫であろうか。

六条院の音楽場面としては、この他に光源氏の四十賀がある。原文の引用は省略するが、玉鬘が祝う時には、楽人は召さず、太政大臣（旧頭中将）が和琴、柏木も和琴、蛍兵部卿が宜陽殿の琴、光源氏も蛍宮から譲られて琴を奏する。唱歌の人々が譜を歌い催馬楽「青柳」が演奏された（若菜上④五九頁）。

夕霧の催す四十賀は冷泉帝の発議になるものであり、玉鬘主催の時より格式が高く、出席者は太政大臣以下親王五人、左右の大臣、大納言二人、中納言三人、宰相五人、殿上人は「内裏、春宮、院、残る少なし」（同上、九九頁）というように、帝の発議になるだけに錚々たる貴顕が参集した。万歳楽や賀王恩などの舞楽が舞われたとあるから、この時は楽人が召されたのであろう。舞楽に続いて御遊になり、蛍宮が琵琶、源氏が琴、太政大臣が和琴を奏した。名前を挙げて語られないが、出席者の中で音楽に堪能な者は得意な楽器を受け持ったと考えてよい。

六条院ではなく、二条院で紫上が主催した光源氏四十賀は玉鬘主催より盛大であり、夕霧主催に匹敵する規模である。二条院は准太上天皇光源氏の後院の一つと考えられるが、ところが、それについてわざわざ紫上が「わが御私の殿と思す二条の院」（同上、九三頁）と言っており、紫上の私邸とされているように見える。二条院は元来光源氏が母更衣から伝領した邸宅であるが、須磨に下る時に紫上に管理を委ねていた。紫上は二条院は光源氏から譲られたものと考えていたということであろう。そうであれば後院とは言えないことになるが、ここでは光源氏四十賀の音楽場面として取り上げる。その二条院における賀の出席者の顔ぶれは太政大臣を除けば夕霧主催の時とほとんど変わりない規模であった。演出の盛大さは庭に舞台を設けて楽人を召し、万歳楽、皇麞、落蹲が舞われ、楽人が帰った後に御遊になるが、その時の琵琶、琴、箏などは朱雀院や冷泉帝から春宮が伝領した楽器

「若葉下」承応三年版『源氏物語』（『絵本　源氏物語』貴重本刊行会より）

であったのだが、それが提供された。由緒ある伝来の楽器を演奏することで桐壺院の在世の当時に思いを馳せるのである。

これら光源氏四十賀の音楽場面はどれも盛大華麗な催しであるが、しかし、舞楽の有無や準備された楽器の由緒などは主催者の立場による明らかな差異化が示されている。こうした一見区別しがたいような差異化が源氏物語では重要な意味をもっていることに注意しなければならない。ただ御遊になると比較的内輪の催しになり、担当する楽器も光源氏は琴、蛍宮は琴と琵琶、太政大臣と柏木は和琴というように固定化が見られる。

もう一つ六条院の音楽で逸することのできない催しは、女三の宮、紫上、明石女御、明石の君による女楽である。光源氏四十七歳の正月、この年朱雀院の五十賀を祝おうと源氏は前年から女三の宮に琴を教授し、朱雀院の賀にはその成果を披露するつもりでいた。その前に内輪の音楽会を行うことにした。その時の楽器と担当は明石の君が琵琶、紫上が和琴、明石女御が箏、女三の宮が琴を奏し、夕霧の息子たちが笙や横笛を吹いた（図）。これもそれぞれ得意の楽器を演奏するのであり、光源氏はその出来栄えに満足したが、この女楽については源氏と夕霧の音楽談義が続く。

この女楽の場面を通して『河海抄』は『史記』『白虎通』『文選』『漢書』『礼記』等の礼楽思想の言説を引いて注とする。それらの注は総じて「礼記曰く楽は天地の和、又曰く風を移し俗を易ふれば天下皆寧し」(注13)というような音楽の政教主義的社会的効用の論に帰着すると言える。源氏物語において音楽は遊興の具として、あるいは悲傷を払うものとして描かれるだけでなく、天地自然の調和や社会の安寧をもたらすものとして、儒教的礼楽思想によって意義づけされていたことにも注意を払っておきたい。『河海抄』の注はそのように読むことを指示しているのである。熊沢蕃山『源氏外伝』もそのことを論評していたのであった。

## 三　貴族の邸宅における音楽

宮中や後院における音楽場面をみてきたが、次に貴族の邸宅における音楽をいくつか見てみる。「帚木」巻「雨夜の品定」の左馬頭の体験談で語られるのは、音楽が若い男女の恋を盛り上げる話である。十月初冬のころ、宮中からの帰途、左馬頭の車に同行した友人が女の家に立ち寄る。男は笛を吹き催馬楽「飛鳥井」を歌い、それに女が和琴で合奏する。実はこの女は左馬頭が前から通っていた女であったが、その二人の笛と和琴の合奏の様子を、左馬頭は次のように語った。

懐なりける笛取り出でて吹き鳴らし、影もよしなどつづしり歌ふほどに、よく鳴る和琴を調べととのへたりける、うるはしく掻き合はせたりしほど、けしうはあらずかし。律の調べは女のものやはらかに掻き鳴らして、簾の内より聞こえたるも、いまめきたる物の声なれば、清く澄める月に、をりつきなからず。

（帚木①七八頁）

「影もよし」は催馬楽「飛鳥井」の「飛鳥井に宿りはすべし、や、おけ、蔭もよし、みもひも寒し、みまくさもよし」という歌詞の一節で、「宿りはすべし」という別の一句を含意し、男は今晩泊まりたいと訴える。そういう男の笛と催馬楽に対して、女が「うるはしく掻き合はせたりし」というのは、女の積極的な姿勢である。「律の調べ」は律旋音階で、「中国伝来の正楽の調子である呂に対して、わが国固有の俗楽的音階。感傷的で、洋楽の短調に近い（注14）」とされる。「飛鳥井」は律の歌である。さらに女は「箏の琴を盤渉調に調べて、いまめかしく掻い弾きたる爪音、かどなきにはあらねど」（同上、七九頁）と、和琴から箏に変えると「盤渉調」という同じ律旋音階ではなやかに現代風に弾いた。このカップルに音楽は不可欠な手段であることが示される。

邸内に響く楽の音は恋の合奏だけではない。左大臣家では桐壺帝の朱雀院行幸が近いころ、子息たちが大篳篥や尺八や太鼓まで持ち出して舞楽の練習に余念なかった。

おのおの舞ども習ひ給ふを、そのころの事にて過ぎゆく。物の音ども、常よりも耳かしがましくて、方々いどみつつ、例の御遊びならず、大篳篥、尺八の笛などの大声を吹き上げつつ、太鼓をさへ高欄のもとにまろばし寄せて、手づから打ち鳴らし、遊びおはさうず。（末摘花①二八七頁）

源氏は二条院で引き取ったばかりの幼い紫上に熱心に箏の琴を教えると、紫上は教えられるままに可愛らしく弾く。

御琴とり寄せて弾かせたてまつり給ふ。「箏の琴は中の細緒のたへがたきこそところせけれ」とて、平調におしくだして調べ給ふ。掻き合はせばかり弾きて、さしやり給へれば、え怨じはてずいとうつくしう弾き給ふ。小さき御ほどに、さしやりてゆし給ふ御手つきいとうつくしければ、らうたしと思して、笛吹き鳴らしつつ教へ給ふ。（紅葉賀①三三二頁）

八宮は母を亡くした姫君たちに宇治の隠棲の地で琵琶や箏の琴を教えたが、薫は彼女たちの合奏を立ち聞きして心を奪われた。

（大君の）琵琶の声の響きなりけり。黄鐘調に調べて、世の常の掻き合はせなれど、所からにや耳馴れぬ心地して、掻きかへす撥の音も、ものきよげにおもしろし。箏の琴、あはれになまめいたる声して、絶え絶え聞こゆ。（橋姫⑤一三七頁）

源氏物語の中で楽の音の響かない場所はないのであるが、その音色は人々の境遇や状況によってさまざまに変わってくる。光源氏三十六歳の太政大臣の時代の六条院の音楽は神仙の理想郷を彷彿とさせるような楽会になる。春三月下旬、新築成った六条院の東南の町の池に、源氏は龍頭鷁首の船を浮かべて「船の楽」を催した。雅楽寮の人を召し、親王や上達部も数多く参集し、昼間は女房たちを乗せた船が池を漕ぎめぐり、日暮れのころから皇麞他の舞楽が舞われ、夜になると楽人を召して上達部や親王たちが皆それぞれ得意の弦楽器や管楽器を演奏し、催馬楽「安名尊」を歌い、夜通し舞や演奏や催馬楽を歌って過ごした。それは女房の次の歌に示されるような神仙の蓬莱境にほかならなかった。

亀の上の山もたづねじ船のうちに老いせぬ名をばここに残さむ（胡蝶③一六七頁）

「亀の上の山」は蓬萊山。わざわざ蓬萊山を訪ねるにも及ばない。この船の中で不老の名を残しましょうというのである。『白氏文集』巻三、「海漫々」は不死の薬を求める始皇帝や漢の武帝のために、方士が不死の薬を求めて蓬萊島に航海に出たが、薬を探し得ずに皆船中で老いてしまったと、神仙を求める迷信を誡めた詩である。「船のうちに老いせぬ名」とはこれを踏まえて、六条院を老いることのない神仙の世界に見立てたのである。そこは船楽や舞楽や管弦の響きが絶えることがない。六条院の音楽は通常の貴族の家で奏でられる音楽とは異次元にあるものとして位置付けられているのである。物語は音楽を通して光源氏の体現する文化の水準を貴族文化の規範的な高みにあるものとして位置付けているのだと言ってよいであろう。

## 四　郊外の生活と音楽

### 北山の遊宴

都の外に出ても光源氏の行く先々では音楽の響きは絶えることがない。源氏十八歳の晩春、瘧病の治療に北山に出かけたが、病が治り下山する時には、迎えに来た頭中将たちと管弦の遊びになる。

岩隠れの苔の上に並みゐて、土器まゐる。落ち来る水のさまなど、ゆゑある滝のもとなり。頭中将、懐なりける笛とり出でて吹きすましたり。弁の君、扇はかなううち鳴らして、「豊浦の寺の西なるや」とうたふ。（中略）例の篳篥吹く随身、笙の笛持たせたるすき者などあり。僧都、琴をみづから持てまゐりて、「これ、ただ御手ひとつあそばして、同じうは山の鳥もおどろかしはべらむ」とせちに聞こえ給へば、「乱り心地いとたへがたきものを」と聞こえ給へど、けにくからず搔き鳴らして皆立ち給ひぬ。

（若紫①二二三頁）

思いがけない北山での管弦の遊びであるが、頭中将が笛、弟の弁の君が催馬楽「葛城」を歌い、随身が篳篥や笙を吹き、光源氏は琴を弾く。治療目的の旅が晩春の北山での風流な遊覧に一変した趣である。気心の知れた君臣や友人たちの郊外への遊覧は『伊勢物語』八十二段「惟喬親王の交野の桜狩り」、八十七段「布引の滝」の物語があるが、この北山の段はそれらを想起させる。『伊勢物語』では酒を飲み和歌を詠むだけで音楽はないが、北山の遊覧は音楽によって一段と華やかで優美な雰囲気を醸し出す。

### 須磨明石の琴

須磨明石への流謫は光源氏にとって生涯で最大の艱難であったが、そういう境遇になった時、音楽はむしろ心を癒す手段になった。音楽というより、琴《きん》(七絃琴)が心の支えになった。光源氏にとって琴は格別な意味を持つ楽器であったのである。須磨に下る時に源氏が持参したものは、儒仏道の漢籍、『白氏文集』、琴などであったが、琴に関わる場面を見てみる。

光源氏が須磨に下るのは二十六歳、三月下旬であるが、秋風の吹くようになったころ、夜中に一人目をさまして風や波の音を聞きながら、涙に暮れた。

御前にいと人少なにて、うち休みわたれるに、ひとり目をさまして、枕をそばだてて四方の嵐を聞き給ふに、波ただここもとに立ち来る心地して、涙落つともおぼえぬに枕浮くばかりになりにけり。琴《きん》を少し掻き鳴らし給へるが、我ながらいとすごう聞こゆれば、弾きさし給ひて、

恋ひわびてなく音にまがふ浦波は思ふかたより風や吹くらん

(須磨②一九九頁)

「枕をそばだてて」は『白氏文集』巻十六「香鑪峰下に新に山居を卜し、草堂初めて成り、東壁に題す」の一句、「遺愛寺の鐘は枕を欹てて聴き、香鑪峰の雪は簾を撥げて看る」という有名な箇所を引く。香鑪峰下の山居は白居易の隠棲の住まいとして、この詩でも「心泰らかに身寧きは是れ帰する処」と詠まれていた。しかし、光源氏にとって須磨が「心泰らかに身寧き」地でありえたはずはない。源氏は須磨において『白氏文集』に親しんだが、白居易の境地とはかけ離れた自分の境遇を悲しくつらく思ったに違いない。夜中に一人目覚めて弾く琴《きん》は「我ながらいとすごう聞こゆれば」というような悲傷の音色であった。

そのころ大宰府から上京する大弐の船に、源氏の琴の声が風に乗って聞こえ、それを聞いた人々は五節の君をはじめ皆涙にくれた。冬になり雪の降り荒れるころ、源氏は琴を弾き、供人が歌を歌い、横笛を吹いて夜を過ごしたが、源氏の琴に供人たちは笛も歌もやめて涙を拭った。須磨の暮らしは琴の悲傷の音色とともに過ぎたのである。

いったい琴《きん》はどのような楽器なのか。嵇康《けいこう》（嵇叔夜）「琴賦」の一節を引く。

性絜靜《けつせい》にして以て端理にして、至徳の和平を含む。誠に以て心志を感盪《とう》し、幽情を發洩《はっせつ》す可し。是の故に戚《うれ》ひを懐く者之を聞けば、憯懍《さんりん》慘悽として、愀愴として心を傷めざるは莫し。哀しみを含みて懊咿《おうい》し、自ら禁ずる能はず。其の康樂なる者之を聞けば、則ち欨愉懽釋《くゆかんせき》し、抃舞踊溢《べんぶよういつ》す。留連爛漫として、嗢噱《おつきやく》して日を終ふ。若し和平なる者之を聴けば、則ち怡《い》養悦悆《よ》し、淑穆《ぼく》玄眞なり。恬虚《てんきょ》として古を樂しみ、事を棄て身を遺《わす》る。（注15）

大意は、琴の本性は清潔で端正で高徳の心の穏やかさを備えている。心志を動かして隠れた思いを発散させる楽器である。それゆえ悲しみを懐く者が聞けば、悲痛に沈み、怨みの声を漏らして止めることができない。楽しみに満ちた者が聞けば、喜びに溢れ、手を打って踊り、楽しみ笑いながら日を終える。心の穏やかな者が聞けば、和らぎ楽しみ、穏やかに深い徳を守って静かに古を楽しみ、世事もわが身も忘れるというのである。

難解な文章であるが、要は琴は清潔で端正で高徳で和平の音色を備えた楽器であり、演奏者の隠れた心を発散させ、その心を聞き手にはっきりと了解させることができるというのであろう。すなわち源氏の琴は彼の「幽情の發洩」であり、それが「いとすごう聞こ」えたというのは、源氏の思っていた以上に、彼の自覚を越えた悲傷の思いが琴の音にはっきりと現れたのである。それは供人にも五節にもよく伝わったのである。「戚ひを懐く者之を聞けば、憯懍惨悽として、愀愴として心を傷めざるは莫し。哀しみを含みて懊咿し、自ら禁ずる能はず」という状況が周囲に起こったのである。琴はそのような力を持つ楽器であったということである。

年が明けて三月上巳の日に光源氏は海岸に出て祓えをした。その時突然暴風雨が荒れ狂い二週間も続いた。嵐がおさまった早朝に、明石の入道が源氏を迎えに来て、源氏は明石に移住する。四月になりのどかな月の美しい晩、源氏は久しぶりに琴を取り出し、その夜は広陵散の曲を技の限りを尽くして弾いた。

> 久しう手ふれ給はぬ琴を袋より取り出で給ひて、はかなく掻き鳴らし給へる御さまを、見たてまつる人もやすからず、あはれに悲しう思ひあへり。広陵といふ手をあるかぎり弾き澄まし給へるに、かの岡辺の家も、松の響き波の音にあひて、心ばせある若人は身にしみて思ふべかめり。（明石②二四〇頁）

この引用文では広陵という曲名が示され、源氏が技の限りを尽くして弾いたと語られるが、源氏のこれまでの弾琴には見られない異例な表現である。これまでは「けにくからず掻き鳴らして」（若紫）、「琴を少し掻き鳴らし」（須磨）というのが通常の弾き方であった。ここでも初めは「はかなく掻き鳴らし」ていたのであるが、興が乗ったのであろうか、「広陵といふ手をあるかぎり弾き澄まし」た。なぜ広陵散にそのように集中したか。

広陵散の弾琴について、上原作和氏は光源氏の「叛逆の志」を読む。根拠はこの曲が竹林の七賢の一人、嵆康の秘曲であり、嵆康が讒によって刑死の際にも伝授を拒否したこと、広陵散は「聶政《じょうせい》韓王を刺せる曲」で、その主題は「父の仇討ちのために国王を刺殺すること」であったとして、これらの理由から広陵散の弾琴には「叛逆の志」があったとする。(注16) しかし、嵆康や聶政伝から「叛逆の志」を読み取れるのかどうか、少なくとも一義的にそのように解釈することには疑問なしとしない。むしろ嵆康にしろ聶政にしろ王に対する「叛逆」よりも「恨み」が大きかったのではないか。「恨み」は憤怒に転じて「叛逆」にもなるが、尽きることのない悲哀にもなる。源氏の琴が人々の涙を誘ったのは「恨み」が深い悲哀に転じていたからであろうと思う。

## 桂の院の大御遊びと住吉参詣

明石から帰京した光源氏は冷泉帝の後見として内大臣になり、権勢家としての地位を高めていく。源氏三十一歳、大堰に明石の君母子が移住し、源氏も近くの嵯峨野に御堂を造営し、また桂の院を造る。その年の秋、源氏は明石の君を訪ねると、帰途桂の院に寄り、駆けつけた人々を饗応し、月の出る時分から盛大な管絃の遊びになる。琵琶、和琴に笛の名手の合奏で夜が更けるころに、殿上人が四、五人連れだって訪問した。冷泉帝が宮中での御遊に源氏の不参を質して手紙を持たせたのであった。殿上人にとって桂の院の遊びは宮中の御遊より心にしみたという。

住吉参詣は「澪標」巻と「若菜下」巻と二回語られる。「澪標」巻は源氏二十九歳の秋、内大臣になった源氏は須磨の嵐の最中に住吉神に祈った願ほどきのために参詣する。「楽人十列など装束をととのへ容貌を選びたり」（②三〇二頁）とあって、この楽人たちが東遊を奉納するのであるが、その様子は語られない。この時は参詣する光源氏の一行の衣装の華やかさが強調されるばかりであった。

「若菜下」巻は源氏四十六歳で明石女御の第一皇子が春宮に立ち、明石入道の大願成就もそう遠くはないと光源氏も確信するに至った時期。明石尼君、明石の君、明石女御に紫上まで伴っての参詣であった。東遊の舞人や陪従も選りすぐりの者を選抜した。

ことごとしき高麗、唐土の楽よりも、東遊の耳馴れたるは、なつかしくおもしろく、波風の声に響きあひてさる木高き松風に吹きたてたる笛の音も、外にて聞く調べには変りて身にしみ、琴にうち合はせたる拍子も、鼓を離れてととのへたる方、おどろおどろしからぬもなまめかしくすごうおもしろく、所がらはまして聞こえけり。

（若菜下④一七一頁）

高麗楽は高麗笛、篳篥、太鼓、鉦鼓などの楽器による舞楽、唐楽は横笛、篳篥、笙、箏、琵琶、鉦鼓、羯鼓を用いる舞楽であるが、東遊は和琴、高麗笛、笙、篳篥、拍子によって伴奏し、打楽器は用いない。神楽も和琴、神楽笛、篳篥を用い、打楽器はない。(注17)この一文には打楽器を使用せず、笛類と和琴と拍子による演奏の雰囲気が高麗楽や唐楽との違いとして的確に語られる。この参詣では東遊と神楽の奉納で一夜を明かした。(注18)

源氏物語の音楽の種類の多さ、場面の多様さ、奏でられる楽の音の多彩さ、舞楽の意義などについて概略を見てきたが、物語のそれぞれの場面において音楽の果たした役割の複雑さが改めて確認できたと思う。

【注】

（1）熊沢蕃山『源氏外傳』（國文註釋全書第十三巻、一九〇七年所収。すみや書房、一九六九年再版）の成立は一六七三年（重松信弘説）。風化説とは次のような言説である。「都て此の物語は風化を本として書けり。中にも音楽の道を委しく記せり。糸竹の遊は君子の業也。故に管絃の遊をしらざれば上臈の風俗絶えて凡情にながるる物なり。」「風を移し俗を易ふるは楽よりよきはなしといへり。此の物語に於いて音楽の道取り分け心を止めて書き置くるは此の故なり。」

（2）山田孝雄『源氏物語之音楽』宝文館、一九三四年。一九六九年復刻限定版。

（3）中川正美『源氏物語と音楽』和泉書院、一九九一年。二〇〇七年再版。利沢麻美「源氏物語における方法としての音楽」（『国語と国文学』七〇巻一号、一九九三年一月）、同「紫の上の和琴」（『国語と国文学』七一巻二号、一九九四年二月）も中川氏と同様の観点からの論である。

（4）上原作和『光源氏物語　學藝史』翰林書房、二〇〇六年。同『光源氏物語の思想的変貌』有精堂、一九九四年。観点は違うが、「君子左琴」の伝来については早く目加田さくを『物語作家圏の研究』武蔵野書院、一九六四年、第七章第二節の研究がある。拙著『源氏物語その生活と文化』中央公論美術出版、二〇〇四年第四章参照。

（5）玉上琢彌編『紫明抄河海抄』角川書店、一九六八年。

（6）伊井春樹編『松永本花鳥餘情』桜楓社、一九七八年。

（7）豊永聡美『中世の天皇と音楽』吉川弘文館、二〇〇六年、二〇頁。

（8）豊永聡美「王朝社会における王卿貴族の楽統」堀淳一編『王朝文学と音楽』（竹林舎、二〇〇九年）所収、五九頁。

（9）荻美津夫『古代中世音楽史の研究』吉川弘文館、二〇〇七年、四四頁。

（10）池田亀鑑編『源氏物語事典』東京堂、一九六〇年。水谷百合子執筆の「青海波」の項。説明は『仁智要録』に引く「長秋卿笛譜」による。

（11）新潮日本古典集成『枕草子』上、新潮社、一九七七年。第一三五段頭注参照。

（12）『大日本史料』延喜十七年三月十六日条所収「御遊抄」には、醍醐天皇が宇多上皇の六条院に行幸した折り、

「龍頭鷁首、楽人唱歌者乗也」とあり、この時は「楽の船」が出たことが分かる。
（13）注5『紫明抄河海抄』、巻十三「若菜下」、四八五頁。
（14）新潮日本古典集成『源氏物語』一、新潮社、一九七六年。六九頁。
（15）引用は新釈漢文大系・高橋忠彦『文選（賦篇）』下、明治書院、二〇〇一年。大意は同書による。三二〇頁。
（16）注4『光源氏物語　學藝史』二六九〜二七〇頁。『光源氏物語の思想的変貌』一七九〜一九〇頁。川島絹江『『源氏物語』の源泉と継承』（笠間書院、二〇〇九年）は、広陵散の弾琴は、朱雀帝が桐壺院の遺言を守らなかったことに対して、光源氏が桐壺院の無念を晴らすことを志し、強い意志をもって成し遂げることに主眼があったという。同書三一二頁。
（17）注10『源氏物語事典』による。
（18）東遊と神楽については、小山利彦『源氏物語と皇権の風景』大修館書店、二〇一〇年。

# 第九章　源氏物語の政治と経済

## ——桐壺帝・朱雀帝・冷泉帝の治世と光源氏の経済——

### はじめに

本章では源氏物語における政治と経済の問題について検討する。それらは物語の時代背景として理解しておかねばならない問題であると同時に、特に政治の問題は桐壺巻の冒頭から物語の主題的な位置を占めているように、物語全体の主題や構造にかかわる問題として把握する必要がある。桐壺帝が桐壺更衣を寵愛したことは、そのまま桐壺帝の政治のありかたと不可分であった。そもそも帝という存在じたいが政治的存在であった。源氏物語は帝をそうした存在として描いている。帝の物語は王権という政治世界の物語にほかならない。源氏物語における政治とはそのような意味で主題的な意味をになったのであり、単に物語世界の背景として理解しておけばよいというような問題ではなかった。

一方、経済はその点では物語の背景として理解しておくので事足りるであろう。国守や国司の問題は地方統治と国家財政にかかわるが、そうした点に物語が立ち入ることはまずない。光源氏の栄華を支えた背景として、人事権や経済力を押さえておくことは必要であるが、源氏をはじめ権門貴族の経済の問題がそれじたいで主題的な意味をもつことはない。

しかし、光源氏や権門貴族の栄華、あるいは没落する貴族の物語は経済問題と密接に絡み合っている。たとえば、物語の中には家司、侍（所）、政所、別当、北の政所、御倉町、荘園（荘、御荘）、券、庄の人（者）、牧、御封等々の言葉が出てくるが、それらは光源氏をはじめとする権門貴族の家政や経済基盤を理解する上で欠かせない。源氏物語はそうした権門の経済的な背景をきちんと押さえていたのである。その点は正確に理解しておかなければならない。

物語における政治や経済の問題は物語内部の問題として、物語の主題や構造や特色にかかわる問題として処理しなければならないが、そのためにはその時代の制度や史実、歴史的な状況を参照しなければ正確な理解はおぼつかない。当たり前のことだが、源氏物語の政治や経済の問題は、源氏物語が書かれた時代の政治や経済のありかたを無視して論じることはできない。本章では歴史学の成果に学びながら、源氏物語における政治と経済について、以下に若干の検討をする。

## 一　帝の政治

源氏物語には先帝、一院のほかに桐壺帝、朱雀帝、冷泉帝、今上と四代の帝が語られる。先帝、一院の時代がどのような時代であったのか、どのような政治が行われたのかは分からない。それだけでなく先帝と一院との系譜関係が不明であり、そこには皇位継承に関わる深い問題が想像される(注1)が、残念ながら推測の域を出ない。とはいえ、桐壺帝以下のそれぞれの帝の政治の在り方はかなりはっきりと描き分けられている。それぞれの帝の時代の政治の在り方とその特色をまず見わたしておこう。

## 1 桐壺帝

### (1) 治政の時期区分

はじめに桐壺帝の政治について四期に分けて、それぞれの時期の特色を確かめてみる。

第一期はいうまでもなく物語の冒頭の時期である。周知のように桐壺帝の桐壺更衣寵愛に対して廷臣たちから非難の声が挙がったというところから物語は始まる。それは「唐土にもかかる事の起こりにこそ、世も乱れあしかりけれ」(桐壺①一七頁)とか、「楊貴妃の例も引き出でつべくなりゆくに」(同上、一八頁)というように、『白氏文集』「長恨歌」を引用し、玄宗皇帝の楊貴妃寵愛が安禄山の乱(七五五―七六三年)の原因になったという唐代の例を引き合いにするような過大な非難であった。そうした非難の根底には第一皇子を擁する右大臣・弘徽殿女御方の勢力の伸張があったからにほかならない。この時期の桐壺帝はそうした宮廷貴族層のさまざまな抵抗や非難にさらされていたのである。それは桐壺帝の権威や権力の脆弱性であった。これが第一期の桐壺帝の治世を特色づける点である。具体的に見てみよう。

光君が誕生したとき、帝は光君を立坊させたいと願いながら、それを表明することはできなかった。むしろ帝の心中を察した弘徽殿女御の「諫言」に対して煙たく思いながら、それを退けることはできないと思う。「この御方の御諫めをのみぞなほわづらはしう心苦しう思ひきこえさせたまひける」(同上、一九頁)というのであった。この「諫言」は第一皇子の立坊が道理であることを説いたものと考えられる。弘徽殿は帝を牽制し釘を差したのである。

桐壺更衣を亡くして桐壺帝が悲嘆に暮れた時、弘徽殿女御があてつけがましく夜が更けるまで管弦の遊びをするのに対しても、帝は不愉快に思いながらもじっと耐えるしかない。そういう弘徽殿については、「いと押し立ちかどかどしきところものしたまふ御方にて、事にもあらず思し消ちてもてなしたまふなるべし」(同上、三六頁）と、語り手は批評する。気が強くて角のある性格だから、帝の悲嘆を何ほどのことでもないと無視するのだろうというのである。そのような弘徽殿女御に、この時期の桐壺帝はひたすら耐えていた、あるいは見て見ぬ振りをしてやり過ごそうとしていたように見える。桐壺帝には気弱な面が付いて回っている。光君四歳の春、第一皇子が立坊し、弘徽殿女御方が安堵するまでの間、桐壺帝は右大臣・弘徽殿方との厳しい軋轢に耐え続けた。これを第一期とする。

第一皇子の立坊の時期を転機にして、桐壺帝と弘徽殿方との対立は緩和される。これが第二期である。それから五六年、藤壺女御の入内する時まで、両者の関係は比較的安定していた。帝は光君の才能に目を見張りながらも、相人の観相によって彼を臣下に下し源氏にした。これは弘徽殿方をさらに安心させる決定であったに違いない。

ところが、光源氏十歳前後の頃、藤壺女御が入内した時から、状況はまた大きく変化する。これが第三期である。桐壺更衣にそっくりの藤壺は先帝の皇后腹の内親王であったから、桐壺帝の寵愛は他のどの妃にも優るが、誰もそれを非難できない。後宮は藤壺を中心に序列が再編されたのである。加えて、十二歳になった光源氏は元服と同時に左大臣の一人娘、葵上を副伏として結婚した。葵上の母は実は桐壺帝の妹の三宮であったから、桐壺帝と左大臣は光源氏を介して二重、三重の絆で連携を強めたことになる。光源氏の美貌とすべてに秀抜な超人的な能力に対する帝の寵遇と世間の好感は抜群であったから、第一皇子を擁する右大臣・弘徽殿の勢力は左大臣の威勢に圧倒される。こうして左大臣を忠実な配下とした桐壺帝はこれから退位までの九年間、親政による文化隆盛の時代を開花させた。「紅葉賀」「花宴」の両巻がその証であることは清水好子氏の論述したとおりである。（注2）

最後の第四期は朱雀帝に譲位し、亡くなるまでの二三年である。この間の桐壺院については、藤壺中宮とともに上皇御所で「をりふしに従ひては、御遊びなどを好ましう世の響くばかりせさせたまひつつ、今の御ありさましもめでたし」（葵②一七頁）というように、盛大に管弦の遊びを催していた。だが、それは上皇桐壺院の単なる風流ではなかった。「世の響くばかり」というのは依然として宮廷貴族を引きつける強い力を持っていたのである。桐壺院御所は内裏に対して政治的影響力を保持していたと考えてよいのである。それが崩後の評に、「御位を去らせたまふといふばかりにこそあれ、世の政をしづめさせたまへることも、わが御代の同じことにておはしまいつるを」（賢木②九八頁）と語られるところであり、これは桐壺院が院政的な力を温存させていたことを意味すると解してよい。

桐壺帝の時代区分はおおよそ以上のように分けられると思う。その在位は光源氏の誕生の時からで二十一年になり、上皇としては二三年であるが、天皇としての長期にわたる在位期間は決して平坦ではなかった。この間の桐壺帝の政治とはどのようなものであったのか、もう一度点検しておこう。

## (2) 桐壺帝の親政——嵯峨・仁明・宇多・醍醐朝との対比を通して

桐壺帝は『河海抄』の延喜天暦準拠説によって、醍醐天皇に準拠するとされた。桐壺巻には桐壺帝をはっきりと醍醐に比定できる記述があるほか、「紅葉賀」巻の桐壺帝の朱雀院行幸が醍醐天皇の延喜十六年の二度にわたる朱雀院行幸に準拠すること、「花宴」巻の南殿の桜花の宴が延喜天暦期の常寧殿や清涼殿、南殿の花の宴に準拠することが指摘され、桐壺帝の醍醐準拠説は一応承認されるのである。(注3)

しかし、桐壺帝の物語はそれだけでなく、さらに複雑な構造であることも明らかになった。その一つが桐壺帝と宇多天皇との類似である。注目したい点は、桐壺帝の即位が二十歳前後の青年期であり、即位したときには天皇として目指すべき政治の理想を抱いていたと考えられる点である。第一期の桐壺更衣をめぐる宮廷貴族層との厳しい対立は、桐壺帝の志向する政治が貴族たちとのあいだで軋轢を生じていたということが何よりも大きな原因であったと考えられる。桐壺更衣の寵愛はそれだけであれば、貴族たちが「楊貴妃の例」を持ち出して非難するほどのことではない。更衣には後見もいなかったのだから、更衣の外戚が権勢を振るう心配は皆無であったからである。通常であれば、帝の一時の狂熱として見過ごすことができたはずである。そういかなかったのは青年天皇桐壺帝の目指す政治が貴族層と対立する契機をはらんでいたからだと考えるべきである。親政である。

そのような状況を理解する上で参考になるのが、宇多天皇と時の関白太政大臣藤原基経との対立である。宇多の即位は二十一歳であるが、即位して直後の「阿衡の紛議」による基経との対立は基経の死去するまで三年半におよぶ。その対立の原因について、所功氏は「宇多天皇が即位早々橘広相らの〝意見〟を徴召して親政への意欲を示されたために、基経は〝阿衡〟の勅答を逆用して関白みづからの威信確立に努めた[注4]」のだという。すなわち、宇多の出発を揺るがした「阿衡の紛議」の背景には、橘広相や藤原高藤など、宇多の側近や近親の勢力の伸張に対する基経の警戒心が強く働いたという。宇多の母は仲野親王女班子女王、外祖父仲野親王は二十年前に亡くなっていたから、皇統腹で外戚が不在の宇多にとっては降って湧いたような即位であったに違いないが、即位に際しては親政への強い抱負を抱いていたことは間違いない。文徳・清和・陽成と三代続いた外戚による摂関政治に対して、宇多は親政を標榜したのである。桐壺帝の場合、先帝や一院の時代が摂関政治であったかどうかは不明であるが、桐壺帝にも外戚は不在であった。桐壺帝には宇多天皇に見られるような明確な側近や近親の登庸という証拠はないが、にもかかわらず、桐壺帝の初期における貴族層との対立の厳しさは根幹には宇多の場合に類似する状況があったと理解すべきだろうと思う。桐壺帝の親政への強い志向が貴族層との対立を導いていたと考えられる。

この第一期の危機を乗り越えた時から、桐壺帝の治世は安定し、「紅葉賀」巻の朱雀院行幸、「花宴」巻の紫宸殿の桜花の宴の盛儀に象徴されるような親政の実を挙げるに至る。それらはまさしく親政による文化隆盛を象徴する出来事であったが、それら行事について浅尾広良氏はその盛儀が「嵯峨朝復古」を企図する盛儀であることを論じた。氏は次のように言う。嵯峨天皇は「文章者経国之大業、不朽之盛事」（『凌雲集』序）という理念の下に、詩作を通じて君臣和楽の連帯を高める政策を推進したが、桐壺帝はそれに倣ったというのである。「嵯峨天皇が文人賦詩を通して理念としての文章経国を目指し、観念的な連帯を強めたのと同じように、桐壺帝は古楽の復元による算賀によって上皇との絆を深め、文人賦詩による花宴を行うことで、宮廷内のより強い連帯を図ったと言えよう。（注5）」

桐壺帝の時代が言われるような性格を持つことは認めてよいと思うが、それだけでなく仁明朝に重ねられていることも押さえておく必要がある。「花宴」巻の桜花の宴の盛儀を評して、左大臣は「明王の御代、四代をなむ見はべりぬれど、このたびのやうに、文ども警策に、舞、楽、物の音ども整ほりて、齢延ぶることなむはべらざりつる」（①三六二頁）と述べた。これは桐壺朝を聖代と見なすものであるが、左大臣は続けて、「翁もほとほと舞ひ出でぬべき心地なむしはべりし」（同）と語った。百十三歳の伶人、尾張浜主は仁明天皇に召されて長寿楽を舞い、「翁とてわびやはをらむ草も木も栄ゆる時に出でて舞ひてむ」という歌を披露して、天皇を賞嘆させたという故事を踏まえる。浜主が仁明朝を「栄ゆる時」と賞賛したのに倣って、左大臣は桐壺朝を仁明朝になぞらえたのである。その仁明朝は宮廷行事や故実、先例などの広範囲にわたって宮廷文化を振興し、「承和の旧風」「承和の故事」といわれて、後世から規範とされた時代であった。（注6）これは桐壺朝聖代観の表明にほかならない。桐壺帝の政治を特色づけるものは親政であり、その精華によって後々桐壺帝の時代は規範的な時代として回顧されることになるのである。

第四期の退位後の桐壺院について院政的な側面が見られることは上に述べたが、ここも宇多との比較で見ておく。宇多上皇については、「醍醐天皇の治世には、宇多法皇の院旨が重きをなした」と言われ、両者の関係については宇多の権威の優越を説く論が多い。（注7）この点は桐壺院の「世の政をしづめさせたまへることも、わが御代の同じこと」（前掲）というのに似ている。

しかし、そうした宇多の権威に終始醍醐が従っていた訳ではなかったことは道真左遷事件に見るとおりである。『寛平御遺誡』で宇多は醍醐天皇に対して菅原道真が「鴻儒」としていかに信頼に値する廷臣であったかを縷々述べた後に、醍醐の立坊と即位はそのつど道真と二人だけで決めたことであると言い、「惣てこれを言へば、菅原朝臣は朕が忠臣のみに非ず、新君の功臣ならむや。人の功は忘るべからず(注8)」と力説した。だが、この遺誡は守られず、道真は左遷された。似たようなことが桐壺院にもある。病の重くなった桐壺院は朱雀帝に対して、光源氏は必ず世の中を治めていける相のある人であり、それゆえ朝廷の「御後見」（賢木②九五、九六頁）として重用するようにと切々と遺言したが、桐壺院の崩後それは反古にされ、光源氏は須磨に退去を余儀なくされた。院政的でありつつ、遺言を裏切られるという点で、桐壺院と宇多上皇とは似ている。桐壺院の王権の物語は見てきたような何人もの天皇の履歴と重なるが、一貫する性格は親政の姿勢である。

## 2　朱雀帝と摂関政治——母后の大権代行をめぐって

朱雀帝は桐壺帝の譲位によって二十四歳で即位した。ためしに桓武から一条まで一七代の天皇の即位年齢を調べてみると、最高齢が光孝の五十五歳、次いで桓武の四十五歳、もっとも幼いのが一条の七歳、その上が朱雀の八歳であり、単純平均では二十二歳となるが、その両端を除いても平均は二十歳であり、物語の朱雀帝の即位年齢は比較的平均値に近い。その年齢に達していれば、当然それなりの政治への意志や意欲があったと考えられる。桐壺院の遺言を聞いたのは二十六歳であるが、遺言の有無とは別に天皇としての抱負があったと思われる。だが、朱雀帝は自分の意志を政治に反映させることをなしえなかった。

帝は院の御遺言たがへずあはれに思したれど、若うおはしますうちにも、御心なよびたる方に過ぎて、強きところおはしまさぬなるべし、母后、祖父大臣とりどりにしたまふことはえ背かせ給はず、世の政、御心にかなはぬやうなり。

（賢木②一〇四頁）

桐壺院が亡くなって半年ほど経ったころの記事である。春の除目では光源氏と左大臣、彼らと縁故のある者たちは露骨に冷遇されたが、そこに右大臣や弘徽殿皇太后の意志が反映していたことは明らかである。朱雀帝はそれを知りながらなす術がなかった。「御心なよびたる方に過ぎて」という優しすぎる性格であったからだとされる。しかし、「世の政、御心にかなはぬやうなり」というように、やはり不本意に思っていたのである。

そういう朱雀帝の時代は典型的な摂関政治の時代であった。光源氏と左大臣を政敵として失脚させる画策は右大臣、弘徽殿皇太后父娘の共通の目標であったと見られるが、どちらかといえば弘徽殿の意志の方が強く働いたように見える。左右大臣の仲は元々よそよそしかったが、それだけでなく弘徽殿は左大臣が葵上の東宮朱雀への入内を断って、光源氏と結婚させたことを今もって根に持っていた。朧月夜と光源氏の密会が発覚した時も、右大臣は娘の気持ちを考えて穏便な扱いを考えたが、弘徽殿は妹を傷つけても光源氏の失脚のために利用することをためらわなかった。そういう弘徽殿の強い意志が光源氏の須磨退去、左大臣の辞任、朧月夜の出仕停止等々の事態をもたらしたのである。弘徽殿皇太后がそこまで権限を振るえたのはなぜか。彼女がかつて桐壺帝にも諫言したほどの気性の強い性格だったということもその要因であるが、それだけではない。

この点についても、浅尾広良氏は朱雀帝が「若うおはします」と語られるところから、右大臣は関白や内覧としてではなく、摂政として王権を代行したと考えられる言い、弘徽殿についても嵯峨皇后橘嘉智子、淳和皇后正子内親王、醍醐中宮藤原穏子、村上皇后藤原安子、円融女御藤原詮子などの母后や皇后の聴政を例として、皇太

后弘徽殿もまた母后の立場で王権を代行したと言う。(注9)

しかし、朱雀帝の二十四歳という年齢を考えると、右大臣が摂政として王権を「代行」したとは考えにくい。成人後の天皇に摂政が置かれた例はあるが、清和、陽成の場合は幼帝として即位した時からの延長線上のことであり、朱雀帝の場合の参考にはしにくい。右大臣は摂政ではなく関白に就いたと考えるべきであろう。弘徽殿の場合も同様に「代行」とまで言えるかどうかは疑問である。弘徽殿が桐壺帝時代の体制を一新しようとして、光源氏を須磨退去に追い込み、左大臣を辞任に追い込んだとしても、しかし、それが朱雀帝の王権を「代行」したとは言いにくいと思う。確かに朱雀帝は母后の専権に明確に異議を唱えられず、不満を抱きながらも追認したように見えるが、源氏にしろ左大臣にしろ、彼らがはっきりと左遷や罷免ないし更迭されたわけではなく、退去や引退が自発的な行動であったとされているところに、弘徽殿の王権代行の限界が示されていると考えられる。

摂関政治がミウチ関係を優先した独特の政治体制であったことは定説化しているが、元木泰雄氏は次のようにその特色を述べる。まず天皇に対する親権が強力で、父院と母后が大きな発言力を有したこと、「母后は天皇大権を代行・補佐し、政治的危機に際して天皇と摂関を始めとする臣下との対立を仲介・緩和する等、天皇を保護し政治を安定させる役割を果たしていたこと」、外祖父は母后の父として、母后の天皇に対する親権を包摂し、天皇の養育・保護者として父権に準ずる権威を有し、母后を通して天皇に政治的影響を与える立場にあったこと等々である。(注10)しかし、母后の天皇大権の代行というような行動は父院や強力な外戚が不在の時に限られ、過大な評価は慎むべきだという。

こうした分析に照らしても、父桐壺院が亡くなり、母弘徽殿と外祖父右大臣が朱雀帝を後見した体制は外戚が強大な権力をもった、典型的な摂関体制であった。父桐壺院の在世中は父院の意向がもっとも強く働いたことが見て取れたが、桐壺院崩後は母弘徽殿の意志が朱雀帝を拘束したのである。しかし、にもかかわらず、弘徽殿の大権代行には限界があったと考えられる。物語はそのあたりの天皇大権の代行をめぐる微妙な状況を慎重に描いていたと見られる。光源氏の須磨退去と左大臣の辞任という問題の核心には、弘徽殿大后の強権の発動を朱雀帝が制約するという状況があったと考えられる。弘徽殿の大権の代行は可能な場合もむろんあったが、光源氏の左遷というような重大問題では朱雀帝に同意させることはできなかったと考えられる。

光源氏の須磨退去について、その大権代行の問題を考えてみる。今日通説では源氏の須磨退去は、除名処分になったが、さらに謀反の嫌疑で流罪に処せられそうな情勢になったので、それを避けるために自発的に退去したと理解されている。これに対して、むしゃこうじ・みのる氏は、法制史から見ると除名処分はありえないと言う。源氏の実際の処分は謀反の嫌疑による左遷で、除名ではなく、正三位の本位はそのままで、本官の近衛大将を免ぜられて、京外に追放されたか、太宰権帥か西国の権守に左遷されて須磨にとどまることを許されたとする。(注11)

こうした光源氏の罪名や処罰の問題はいうまでもなく天皇大権の発動である。ここではその処罰や罪名が明確でないという問題があるが、明確でないという問題はそれとして、処罰の決定には弘徽殿の大権代行の限界があったと考えられるのである。源氏がみずから「位なき人は」(須磨②一七三頁)というところからは、除名となって無位無官の身となったと解されるが、須磨に下って三年後に帰京を許されていることからすると、除名の場合の再叙の規定と合わないのである。「名例律」21「除法条」によれば、除名は「六載の後、叙すること聴せ」とあり、「免官は三載の後に、先位に二等降して叙せよ」(注12)とある。除名であれば六年後の再叙であるが、免官であれば三年後の再叙であり、特除名も三年後の再叙とされるから、除法条によれば、源氏は免官あるいは特除名の処分を受けたことになる。

ところが、朱雀帝が源氏召還の話をしたとき、弘徽殿大后は次のように三年も経たないうちに召還することは軽率だと言って反対した。

「世のもどき軽々しきやうなるべし。罪に怖ぢて都を去りし人を、三年をだに過ぐさず赦されむことは、世の人もいかが言ひ伝へはべらん」など、后かたく諫め給ふに、思し憚るほどに月日重なりて、御なやみどもさまざまに重りまさらせ給ふ。（明石②二五二頁）

ここでも弘徽殿は帝に「諫言」しているのだが、これは昔桐壺帝に「諫言」したのとは意味が違う。母后の立場で帝の大権を左右する重みを持っていた。朱雀帝が「思し憚るほどに月日重なりて」というようにである。それはともかく、この弘徽殿の「三年をだに過ぐさず赦されむこと」という言い分は「獄令」17「六載条」によると考えられる。

凡そ流移の人は配所に至りて、六載の以後、仕ふること聴せ。即ち本犯流すべからざらむ、而るを特に配流せむは、三載の以後、仕ふること聴せ。(注13)

弘徽殿としては源氏は謀反という本犯の罪で配流にしたかったのである。だから赦しても六年後ということにしたかったのである。しかし、謀反の罪による配流の宣旨を出すことはできなかったので、「特配流」の三年後という条項を持ち出したのである。弘徽殿の言うところは、同じ三年の召還ということであっても、免官あるいは特除名の除法条による召還とは意味が違うのである。(注14)

実際に光源氏がどのような罪名で処罰されたのか明確にしがたいが、弘徽殿大后と朱雀帝との間で罪名や処分を巡って対立があったと考えてよい。弘徽殿は謀反の本犯で配流に処すことを主張したのに対して、朱雀帝は免官で済ませようとしたのであろう。免官も位階、勲等を剝奪する点では除名と変わらない。源氏の「位なき人は」という発言からして、免官に処せられたのであろう。その後さらに謀反の罪を問われそうになったというのは弘徽殿大后が巻き返しを計ったのであろう。そういう中で光源氏は、須磨退去を決断したということではなかろうか。弘徽殿の「罪に怖ぢて都を去りし人」という言葉や、源氏じしんの「せめて知らず顔にあり経ても、これよりまさることもやと思しなりぬ」（須磨②一六一頁）という判断に照らして、そのように考えられる。弘徽殿と朱雀帝とのあいだで厳しい駆け引きが行われたのだと想像される。

そうした大権の発動を巡って、弘徽殿大后と朱雀帝との間には意見の対立があり、最後は朱雀帝が裁定したのである。源氏召還の宣旨は、「つひに后の御諫めをも背きて、赦され給ふべき定め出で来ぬ」（明石②二六二頁）というように、朱雀帝は母后の意向に背いて決断した。弘徽殿の母后としての大権代行も朱雀帝の意志に勝ることはできなかった。朱雀帝は右大臣・弘徽殿大后の言いなりになっていたのではないということである。(注15) 朱雀帝の政治の問題は親権によって帝の大権を代行できた摂関政治の微妙な権力の状況を巧みに映し出しているように思われる。

同様のことは東宮冷泉の廃太子の策謀についても言えるように思う。弘徽殿大后の策謀は「橋姫」巻と「須磨」巻の記事を合わせて見るとよくわかる。

1　源氏の大殿の御弟、八の宮とぞ聞こえしを、冷泉院の春宮におはしまし時、朱雀院の大后の横さまに思しかまへて、この宮を世の中に立ち継ぎ給ふべく、わが御時、もてかしづきたてまつり給ひける騒ぎに、あいなく、あなたざまの御仲らひにさし放たれ給ひにければ、（下略）　　（橋姫⑤一二五頁）

2　「今まで御子たちのなきこそさうざうしけれ。春宮を院ののたまはせしさまに思へど、よからぬことども出で来めれば心苦しう」など、世を御心のほかにまつりごちなし給ふ人のあるに、（下略）　（須磨②一九八頁）

1は弘徽殿が東宮冷泉を廃して、代わって八の宮を東宮に立てることを画策したというのであるが、これが事実であったことを示すのが、2の朱雀帝が朧月夜に対して語った言葉である。朱雀帝は桐壺院の遺言どおりに東宮冷泉の地位を守りたいと思うが、「よからぬことども」が起こりそうで東宮には気の毒なことだと話した。この「よからぬことども」が廃太子の策謀を意味していたのであった。それが不首尾に終わったのは弘徽殿の強攻策に貴族たちの同意が得られなかったからであろうが、それと同時に朱雀帝が桐壺院の遺言を盾にして母后の独断専行に歯止めをかけたからだと考えられる。そういう帝の意志が有形無形に作用していたと考えてよいであろう。こうした朱雀帝の物語は母后の大権代行がどこまで許されるのかという摂関政治の微妙な権力状況を映し出していたのである。

## 3　冷泉帝

朱雀帝が在位九年で譲位し、冷泉帝が十一歳で元服と同時に即位すると、致仕左大臣が摂政太政大臣に就任して年少の帝の政治を代行することになった。朱雀帝としては冷泉帝の即位に合わせて、光源氏に摂政を委ねるつもりで、そのための源氏召還であったが、源氏はそうした繁忙な職務には堪えられないと言って、致仕左大臣に譲った。それから三年後、冷泉帝十四歳の年に摂政太政大臣が薨去すると、その後は摂政関白は置かれなかった。こうして冷泉帝の時代は桐壺帝に次いで親政の時代となる。譲位は二十八歳、在位年数は十八年になる。その治世の特色はどこにあったであろうか。宮中行事や儀式、主要な出来事を冷泉帝の年立によって整理してみると次のようになる。

十一歳　二月、東宮冷泉元服、朱雀帝譲位、冷泉帝即位、承香殿腹皇子立坊。光源氏内大臣。致仕左大臣、摂政太政大臣。宰相中将（頭中将）、権中納言。夏、藤壺中宮、太上天皇に準じて封戸を受ける。八月権中納言の姫君入内（弘徽殿女御）。（澪標）

十三歳　春、前斎宮入内（梅壺女御）。三月、弘徽殿女御と梅壺女御、藤壺中宮の御前で絵合。両者、冷泉帝の御前で再度絵合、引き続き宴と管弦の遊び。（絵合）

秋、源氏の桂の院の管弦の遊びに冷泉帝より歌あり。（松風）

十四歳　三月藤壺中宮崩御。秋の司召、源氏太政大臣を辞退、従一位・牛車聴許。権中納言（頭中将）、大納言右大将。（薄雲）

十五歳　四月、賀茂祭。夕霧、大学入学、寮試に合格。秋、梅壺女御立后（秋好中宮）。源氏、太政大臣。大納言（頭中将）、内大臣。十一月新嘗祭に源氏、五節の舞姫を奉仕。五節、辛崎の祓え、難波の祓え。（少女）

十六歳　正月、源氏二条院で白馬節会を擬する。二月冷泉帝、朱雀院行幸。式部省試、船楽、宴、管弦の遊び。秋の司召、夕霧侍従。（少女）

十八歳　正月十四日、男踏歌。（初音）

三月六条院で雅楽寮の人を召して船楽。秋好中宮、季御読経。（胡蝶）

五月五日、左近衛府の騎射、六条院の馬場で騎射・打毬、舞楽。（蛍）

十二月、冷泉帝大原野行幸。（行幸）

二十歳　正月、男踏歌。玉鬘尚侍として参内。（真木柱）

二十一歳　二月、東宮元服。麗景殿女御入内。（梅枝）
四月、賀茂祭、明石姫君入内。秋、源氏准太上天皇。内大臣、太政大臣。夕霧、中納言。十月、冷泉帝と朱雀院、六条院に行幸。（藤裏葉）
二十二歳　十二月、勅命により夕霧、光源氏の四十賀を主催。（若菜上）
二十三歳　三月、明石女御第一皇子出産、七夜の帝の産養。（若菜上）
二十八歳　冷泉帝譲位。（若菜下）

これらを通して冷泉帝の治世の特色と見られる点は、年中行事として男踏歌と賀茂祭についてそれぞれ二回語られられていること、五月五日の左近衛府の騎射、十一月の五節の行事、秋の司召が源氏、内大臣（頭中将）、夕霧の昇進に関わって繰り返し語られること、朱雀院行幸、六条院行幸、大原野行幸と行幸が三回語られたこと、夕霧の大学入学関係の諸行事、清涼殿における御前の絵合などである。こうした行事が盛大に行われ、朝廷の人事が大過なく公平に行われたことが冷泉帝の治世が泰平の世であったことを証するのである。

男踏歌は「末摘花」「初音」「真木柱」「竹河」巻と全部で四回語られ、これが正月の晴れがましい盛儀であったことがそのつど強調された。男踏歌は『河海抄』（巻三、巻十）によれば聖武天皇の天平元年（七二九）に始まり、円融天皇天元六年（九八三）の例をもって絶えたが、その間も文徳、清和、陽成、光孝の四代は中絶していたのを、宇多天皇が「承和の旧風」を尋ねて再興したという。男踏歌の意義は「新年の祝詞、累代の遺美なり。歌頌以て宝祚を延べ、言吹以て豊年を祈る」（『年中行事秘抄』）というものである。（注16）「初音」「真木柱」両巻の男踏歌の記事はともに大変詳細な記述であり、宮中を出て院宮をめぐり夜明けに宮中に帰るまでの賑やかな盛儀の様子が新年を寿ぐにふさわしい行事として語られたのである。

それは「初音」巻冒頭の次のような天下泰平の元旦の記事と照応して、冷泉帝の治世を象徴していたといえる。

年たちかへる朝の空のけしき、なごりなく曇らぬうららけさはには、数ならぬ垣根の内だに、雪間の草若やかに色づきはじめ、いつしかとけしきだつ霞に木の芽もうちけぶり、おのづから人の心ものびらかにぞ見ゆるかし。

（初音③一四三頁）

この文章について『岷江入楚』は「空のけしき」、「垣根の内」、「人の心」が「天地人の三才」を示して、泰平の世を謳歌する表現であると論じた。

これは元日立春なり。此程までは冬の空の嵐にさへ雪けに閉たる空もけふにあけては引かへたる一天なり。凡時節の反逆は七難の一なり。然るを当時仁沢世に蓋ひ黎民撫育の聖徳もあまねき故に、陰陽も爕理し、時候も相整て、秋は秋の如く冬は冬の如く春は春の如く、時節のけちめも分明に一天泰平の春也。(注17)

冷泉帝の「仁沢」や「聖徳」によって天地自然が調和し、季節が順調にめぐり、泰平の世が将来しているというのである。男踏歌はそうした時代を寿ぐのである。五月五日の左近衛府の騎射、六条院の打毬（本書第七章参照）、十一月の五節の行事などが盛大に営まれたことにも同様の意味があったのである。

もう一点、行幸についても簡単に触れる。最初の朱雀院行幸は冷泉帝十六歳の年、即位後六年目である。二月二十日過ぎ、桜のほころび始めた頃、式部省試や船楽、朱雀院をはじめ光源氏や内大臣以下の出席者による管弦の遊びが夜更けまで催された。これがどのような意味の行幸なのかについては、冷泉帝が朱雀院の猶子とされたことから朝覲行幸に準じると解する説と、猶子に実体はないので宴遊を目的とした行幸と取る説とがある。小学館新編全集本は朝覲行幸と解するが、玉上評釈は朝覲ではないとし、新潮古典集成と岩波新大系は特に注記はない。朱雀院が「昔の花の宴のほど思し出でて」（少女③七二頁）いるところに着目すれば、桐壺帝の治世の最後を飾った南殿の桜花の宴に比べられている点で、朝覲と解さなくてもよいことになる。清水好子氏は朱雀院行幸の史実を検討して、朱雀村上両天皇の時代の朱雀院行幸には算賀の行幸はなく、朝覲または上皇、母后訪問のほかはしばしば単に御遊のための行幸が行われたという。(注18) 冷泉帝を村上天皇に比定する延喜天暦準拠説をあてはめれば、ここの朱雀院行幸は朝覲ではないとしてよいことになる。今はひとまずそのように考えておく。

物語の文脈としては、この朱雀院行幸は冷泉帝の時代が桐壺帝の時代を再現する聖代の到来であることを讃えるのである。蛍宮が「いにしへを吹き伝へたる笛竹にさへづる鳥の音さへ変らぬ」（同上、七三頁）と詠んだように、桐壺帝聖代が変らぬかたちで今実現しているということである。朱雀院時代の摂関政治との違いが確認されるのである。

次の「行幸」巻の十二月の大原野行幸は野の行幸であるが、仁明、光孝、醍醐の野の行幸の例の中で、これは延長六年十二月五日の醍醐天皇の大原野行幸についての『李部王記』の記事に一致する箇所が多く、これが準拠と考えられている。(注19)

「藤裏葉」巻の十月二十日過ぎの六条院行幸は、村上天皇の康保二年十月二十三日の朱雀院行幸を準拠とすると『河海抄』が指摘したが、『花鳥余情』はこれを承認して、「かさねてしるすに及す」と断定した。とはいえ村上天皇の朱雀院行幸は馬を楽しむことが目的であったようだが、物語では朱雀院と冷泉帝―上皇と今上が光源氏が准太上天皇になったことを祝うためにそろって行幸するのであり、行幸の目的は大いに違う。がそれはそれとして、儀式の進行などは確かに類似点が多い。その儀式の中で源氏や内大臣は桐壺帝の朱雀院行幸を思い出していた。「朱雀院の紅葉の賀、例の古事思し出でらる」、「青海波のをりを思し出づ」（藤裏葉③四六〇頁）というのである。光源氏の准太上天皇を祝う冷泉帝の心中には、ひそかに朝覲行幸の思いがあったであろう。父光源氏に孝養を尽くすことは冷泉帝の念願であったからである。一方、桐壺帝の紅葉の賀を思う源氏には、一年早く四十の賀を祝われているような気分があったかもしれない。ともあれ、これも冷泉帝の治世を桐壺帝の治世に重ねるものである。冷泉帝の治世を聖代とする物語の方法であった。

このほか「絵合」巻の冷泉帝の御前における絵合が村上天皇の「天徳四年内裏歌合」に模倣することは定説である。冷泉帝の治世は延喜天暦準拠説の有力な根拠となるものであり、そういう方法で聖代の物語は紡がれたと考えてよい。

もう一人の帝、今上帝については省略する。今上の即位は二十歳であり、外戚の鬚黒が関白についたか否かはっきりしないが、第三部のはじめの時点、今上三十五歳の時には鬚黒はすでに亡くなっており（竹河巻冒頭）、親政であった。物語は桐壺帝以来親政を基本とする設定になっているといえよう。

＊　　＊　　＊

ところで、冷泉帝聖代を支え導いたのはいうまでもなく光源氏である。その光源氏の政治がどのようなものであったか、また源氏物語の政治については多くの卓論があり、拙稿でもたとえば光源氏の太政大臣について、それが「職員令」の太政大臣の理念に則って造形されていることを論じた。(注20)しかし、官職、政務等を含めて歴史学の成果を媒介にして新たに検討すべき問題は多々あるが、今はこれも省略に従う。

## 二　光源氏の経済と家政

権門貴族の経済や家政に関わる言葉として、源氏物語の中には家司、下家司、侍所、政所、北の政所、別当、御倉町、納殿、御荘、御牧、御封、券、つかさかうぶり（官爵）等々の言葉が出てくる。

三位以上の貴族の経済の概略については、給与収入として位田・位封・季禄・職分田・職封・職分資人が次のように定められていた。(注21)

| 位階 | 位田 | 位封 | 官職 | 職分田 | 職封 | 資人 |
|---|---|---|---|---|---|---|
| 正一位 | 八〇町 | 三〇〇戸 | 太政大臣 | 四〇町 | 三〇〇〇戸 | 三〇〇人 |
| 従一位 | 七四町 | 二六〇戸 | 左右大臣 | 三〇町 | 二〇〇〇戸 | 二〇〇人 |
| 正二位 | 六〇町 | 二〇〇戸 | 大納言 | 二〇町 | 八〇〇戸 | 一〇〇人 |
| 従二位 | 五四町 | 一七〇戸 | 中納言 | | 二〇〇戸 | 三〇人 |
| 正三位 | 四〇町 | 一三〇戸 | | | | |
| 従三位 | 三四町 | 一〇〇戸 | | | | |

この他に季禄として絁、綿、布、鍬が年二回支給された。これらがどの程度の年間収入になるか、竹内理三氏は左右大臣の職分田、位田、職封、位封の収入の合計を計算すると、現在の米高にして五〜六千石に相当するとした。(注22)これを前提に村井康彦氏は昭和四十二年度の米価、一升一九七円で換算すると、一億一千八百万円になるが、季禄や時服料などの俸禄を加えると二億円近くになったとする。(注23)阿部猛氏は平成三年（一九九一）当時で換算すると、左右大臣の年俸は四億円ぐらいの見当であろうという。(注24)これが給与収入ということになるが、そのほか除目における年官年爵（つかさかうぶり）の権利や荘園からの収入があった。

光源氏が准太上天皇になった時には、「御封加はり、年官、年爵などみな添ひたまふ。（略）院司どもなどなり」（藤裏葉③四五四頁）とある。『河海抄』はここに「太上天皇封戸二千戸、勅旨田千町。院司別当（公卿）四人、判官代、殿上人、蔵人四人（割注略）、諸国允一人、爵一、諸国掾一人、目一人、一分三人」と注する。「御封加はり」はこれまでの太政大臣の職分田、職封などの給与分に太上天皇の御封二千戸と勅旨田千町が加えられたと解される。そうであるとすると、光源氏の田戸は、一、一二〇町、封戸五、三〇〇戸となり、飛躍的に増加する。「年官年爵」も太政大臣の時の分にさらに「爵一」の年爵、「諸国允、諸国掾、目、一分」の年官が付加されたのである。その上に院司として別当以下が任命されたのである。

太政大臣光源氏には家政機関の職員として、「家令一人、扶一人、大従一人、少従一人、大書吏一人、少書吏一人」（家令職員令）が朝廷から支給されていたが、ここに院司が加わったのであろう。これら令制家司のほかに光源氏の家政に関わる令外の家司が数多くいた。渡辺直彦氏は藤原実資に仕えた家司、家人は百人ほどになるという。（注25）実数はともかく光源氏の家政も同様に多くの家司によって運営されたと考えてよい。そしてそうした多くの家司との間に経済的な奉仕に対する見返りとして官職の推挙などの計らいをする相互的な関係を結んでいたと見てよい。惟光や良清などは中でも源氏の最も信頼した受領家司であったといえる。光源氏の経済はそうした家司や家人との関係でも強力な基盤を形成していたと考えられる。

【注】

（1）拙著『源氏物語の準拠と話型』至文堂、一九九九年。第一章「桐壺帝の物語の方法」。

（2）清水好子『源氏物語論』塙書房、一九六六年。

（3）注1、注2に同じ。

(4) 所功「〝寛平の治〟の再検討」『皇學館大學紀要』五、一九六七年。宇多天皇と桐壺帝との関わりに触れるものとして、袴田光康「男踏歌と宇多天皇」『明治大学大学院文学研究論集』九、一九九七年。
(5) 浅尾広良『源氏物語の准拠と系譜』翰林書房、二〇〇四年。「嵯峨朝復古の桐壺帝」。
(6) 後藤昭雄「承和への憧憬」『文学論叢』一六、一九八二年。
(7) 目崎徳衛『貴族社会と古典文化』吉川弘文館、一九九五年、「宇多上皇の院政と国政」。河内祥輔『古代政治史における天皇制の論理』吉川弘文館、一九八六年、「宇多「院政」論」。
(8) 日本思想大系『古代政治社会思想』岩波書店、一九七九年。
(9) 注5に同じ。「朱雀帝御代の権力構造」。
(10) 元木泰雄『院政期政治史研究』思文閣出版、一九九六年、「三条天皇と藤原道長」。倉本一宏『摂関政治と王朝貴族』吉川弘文館、二〇〇〇年、「摂関期の政権構造」。
(11) むしゃこうじ・みのる「法制史からみた光源氏の須磨行」『国語と国文学』三七巻一号、一九六〇年一月。
(12) 日本思想大系『律令』岩波書店、一九七六年。三一頁。
(13) 注12に同じ。四五九頁。
(14) 拙稿「光源氏の須磨退去の罪は何か」神戸大学文学部国語国文学会『国文論叢』三四号、二〇〇四年。
(15) 鈴木日出男『源氏物語虚構論』(東京大学出版会、二〇〇三年)第六章「朱雀帝と光源氏」には次のようにある。「朱雀帝は右大臣一統に操作されざるをえない外貌を見せつつも、それを潔しとしない内面をかかえこんでいる。」「源氏は朱雀帝の存在を、その背後の右大臣一族とは截然と区別して考えていることになる。」この指摘はその通りであろう。「この帝王は桐壺聖代の理想性を標榜しながら源氏と共感しあっている。」とまで言えるかどうか疑問である。しかし、朱雀院は朧月夜が自分の皇子を産んでくれなかったことが残念だと繰り返し話したように、右大臣家の血筋の皇統を伝えたかったという思いが見て取れるからである。朱雀院には右大臣家の血筋への親近があったと思われる。

(16) 本書第六章「男踏歌」。注4の袴田論文。
(17) 國文註釋全書『岷江入楚』中、「初音」。
(18) 清水好子『源氏物語論』(塙書房、一九六六年) 第四章三「朱雀院行幸の史実 (2)」。準拠の指摘は『岷江入楚』巻廿一「乙女」が便利である。
(19) 野の行幸の例については『河海抄』『花鳥余情』『岷江入楚』に指摘がある。小学館新編全集本『源氏物語』3、「漢籍・史書・仏典引用一覧」。
(20) 田坂憲二『源氏物語の人物と構想』和泉書院、一九九三年。注1に同じ。
(21)『古事類苑』「封禄部」
(22) 竹内理三『律令制と貴族政権』II、御茶の水書房、一九五八年。「貴族政治とその背景」二節「藤原政権の経済的基盤」。
(23) 村井康彦『平安貴族の世界』徳間書房、一九六八年。
(24) 阿部猛「光源氏の経済」『源氏物語講座5時代と習俗』勉誠社、一九九一年。
(25) 家司・家人については、渡辺直彦『日本古代官位制度の基礎的研究』吉川弘文館、一九七二年。藤木邦彦『平安王朝の政治と制度』吉川弘文館、一九九一年。黒板伸夫『平安王朝の宮廷社会』吉川弘文館、一九九五年。告井幸男『摂関期貴族社会の研究』塙書房、二〇〇五年。

# 第十章　平安文学作品に現れた宮内省の職と諸寮

## ――大膳職・木工寮・大炊寮・主殿寮・典薬寮・掃部寮――

### はじめに

平安文学に現れる職・諸寮のうち、宮内省に属する大膳職・木工寮・大炊寮・主殿寮・典薬寮・掃部寮を取り上げる。宮内省は皇室に関する庶務を扱う官司であり、職掌が広い。令制ではその被官は職一、寮四、司一三に及ぶが、『延喜式』当時では中務省や大蔵省などの被官の下級官司と重複した職能を持つ官司との併合整理などを含めて、職一、寮五、司五の十一部局に縮小された。(注1)この五つの寮の中で文学作品にその名が現れるものとしては典薬寮関係が目立ち、次いで主殿寮で、木工寮・大炊寮・掃部寮は用例も数例にとどまる。文学作品に現れる役所の中で概してこれらは地味な役所ではあるが、とはいえ、そのような役所やその役所の人物像が文学作品にどのように描かれているかということは、その時代のそれぞれの役所に対する受け止め方を知る上で役に立つし、また具体的な官職という観点から作品を見ることで、作品の理解にも新しい地平が開かれるであろう。

以下の大膳職と五寮の職掌や定員等の説明については、日本思想大系『律令』（岩波書店）、虎尾俊也『延喜式』（吉川弘文館）、角田文衛監修『平安時代史事典』（角川書店）、阿部猛編『日本古代官職事典』（同成社）を参考にした。また作品本文の引用は、『竹取物語』『続古事談』は岩波新大系、『枕草子』『大鏡』『古今著聞集』は岩波旧大系、『栄花物語』『うつほ物語』『源氏物語』『狭衣物語』は小学館新編全集、『伊勢物語』『大和物語』『落窪物語』は小学館旧全集を使用し、必要に応じて括弧内に頁数を記した。但し表記を改めた場合がある。

## 一　大膳職

大膳職の読み方は「だいぜんしき」、和訓は「おおかしわでのつかさ」(『和名類聚抄』)。朝廷の饗宴や神事、仏事などの饗膳、供物の調進、親王以下官人の月料などを掌る。天皇の食膳を担当するのは内膳司である。大膳職の職員は大夫・亮・大進・少進・大属・少属各一人、主醤・主菓餅各二人、膳部一六〇人、使部三〇人、直丁二人、駈使丁八〇人から成る。大夫は正五位上、亮は従五位、以下順に位は低くなり少属が従八位上、主醤と主菓餅は正七位相当の官である。膳部以下には位はない。

大夫の職掌については、「職員令」には「掌らむこと、諸国の調の雑物のこと、及び庶の膳羞《ぜんしゅ》造らむこと、醢《ししびしほ》、葅《にらぎ》、醤《ひしほ》、豉《くき》、未醤《みそ》、肴、菓《くだもの》、雑の餅、食料《じきれう》のこと、膳部《かしはで》を率て以て其の事に供せむこと」とある。

大膳職の庁舎は大内裏の東側で、待賢門を入ってすぐ南側に位置した。『栄花物語』巻三十一「殿上の花見」には、後一条天皇の馨子内親王が三才で袴着の後、斎院に卜定されて四歳の四月、賀茂川で御禊を済ませると、大膳職を初斎院として移る。それ以前に、幼い内親王であっても斎院に卜定されると、親元を離れて臣下の家に移住する。後一条天皇も母の中宮威子も心配で、ひっきりなしに使者を使わしたので、殿上人や上達部も馨子内親王のもとに参上してから宮中に参内したが、天皇は彼らに内親王がどんな様子であったかと尋ねない時はなかったという。「四月には、御禊の日やがて大膳に入らせ給ふ。内裏近くて女房など参り通ふ。侍など具して、露けき道をわけ参るもをかし。(中略)内裏(後一条)よりはおぼつかなきことをのみ思し召す」(③二一七頁)。幼い馨子内親王の初斎院は長元五年（一〇三二）四月であるが、天皇は相変わらず心配していたのである。中宮威子も同年八月下旬初斎院に行啓した。

大膳職が初斎院に供される記事が、『栄花物語』巻四十「紫野」にもある。白河上皇の令子内親王が斎院に卜定され、大膳職を初斎院とした。「(令子は）かくて六月つごもり方に居させ給ひぬ。人の家におはします。またの年の御禊にぞ、大膳職に渡らせ給ふ。御禊のありさまなど、いとめでたし」（③五二七頁）。令子内親王は十二歳の寛治三年（一〇八九）六月に卜定されて後、臣下の家に移住し、翌寛治四年四月に大膳職に移居したのである。大膳職は宮内省とともに初斎院に使われることが多かった。

『大和物語』百十一段、「大膳大夫公平のむすめども、県の井戸といふ所に住みけり。」と始まる話は、公平の三女が夫の源信明が通って来なくなった時に、「この世にはかくてもやみぬ別れ路の淵瀬を誰に問ひて渡らむ」と、歌を贈る。あなたと別れた私は三途の川を渡る時に、誰に淵瀬を尋ねて渡ったらよいのでしょうという。女は三途の川を渡るときは最初に契った男に手を引かれて渡るという俗信を基にしている。

## 二　木工寮

木工寮の読み方は「もくりょう」。土木建築を担当する官司である。職員は頭・助・大允各一人、少允二人、大属・少属各一人、工部二〇人、使部二〇人、直丁二人である。位階は頭が従五位上、助は正六位下、一番低い少属は従八位下である。工部以下には位はない。

『本朝文粋』巻六「奏状中、申官爵」には、「従四位行木工頭小野朝臣道風。誠惶誠恐謹言」という、菅原文時が小野道風のために代作した奏状文がある。内容は道風の「夙夜の勤公」を汲み、書家としての名声が唐国にも及んでいることを評価して、山城守に任じて欲しい、そうでなければ木工頭と近江介を兼任させて欲しいというものである。

『枕草子』二四五段には、「すけただは木工の允にてぞ蔵人にはなりたる。いみじくあらあらしくうたてあれば、殿上人、女房、「あらはこそ」とつけたるを、歌に作りて、「さうなしの主、尾張人の種にぞありける」と歌ふは、尾張の兼時がむすめの腹なりけり。」という話がある。すけただは木工允で蔵人になった人だが、ひどく粗暴で嫌われていたので、殿上人や女房は「あらはこそ」とあだ名を付け、歌に作って、「さうなしの主云々」と歌った。これを一条天皇が笛で吹いたので、清少納言がもっと高く吹いてくださいと言うと、天皇は気づかれては困ると言っていたが、ある時、すけただがいない時に、思いっきりお吹きになったという話である。木工の允と「いみじくあらあらしく」というのは、官職のイメージと重なる。

## 三　大炊寮

大炊寮の読み方は「おおいりょう」「おおいのつかさ」。職掌は「諸国の舂米。雑穀の分給、諸司の食料の事」(「職員令」)とあり、諸国から徴収する米粟大豆などの雑穀を収納し、それらを諸司に分給するのを職掌とする。神事などの供米を供し、親王以下の月料米を供するのも管掌する。大炊寮の場所は大内裏の東南の郁芳門を入ったところにある。その中にある供御院《くごいん》は天皇・皇后・東宮などに供する米を舂いて、供御を調理する内膳司に毎日供給した。職員構成は頭・助・允・大属・少属各一人のほか、大炊部六〇人、使部二〇人、直丁二人、駈使丁三〇人が置かれた(「職員令」)。頭は『官職秘抄』では四位・五位の諸大夫の中で功労のあった者、あるいは諸道の博士の中から任じられたとするが、『職原抄』は五位の諸大夫から任じたとする。頭・助・允・大属・少属の位は頭従五位下、助従六位上、允従七位上、大属従八位下、少属大初位上であり、この官位相当は以下の主殿寮・典薬寮・掃部寮においても同様である。

大炊寮についての数少ない用例の中で、『竹取物語』には次のような話がある。かぐや姫から、「燕の子安貝」を取ってくるように言われた中納言・石上麻呂足が、「大炊寮の飯炊く屋の棟に、つくのあなごとに、燕は巣をくひ侍る」と従者から聞き、さらに「かの寮の官人、倉津麻呂と申す翁」から「燕の子安貝」の取り方を教わり、みずから籠に乗って引き上げさせて取ろうとして失敗するという話である。子安貝を取ったと喜んで、籠を降ろさせるときに、綱が切れて転落し、「八島の鼎」の上に落ちて、それが元で絶命する。

この記事から大炊寮の「飯炊く屋」には「八島の鼎」があったことが分かる。「八島の鼎」については『日本書紀』天智十年是歳条に「大炊に八つの鼎有りて鳴る」とあり、『文徳実録』斉衡二年（八五五）十二月条に「大炊寮の大八嶋の竈神」に従五位下を授けるという記事があり、『延喜式』巻三十五「大炊寮」には「竈神八座」の春冬の祭の料が定められている。これらが同一のものを指しているとすれば、「八島の鼎」は「八つの鼎」であり、それは「竈神八座」として祀られていたと考えられる。それ自体が御神体であり、「竈神八座」とされていたのであろう。石上麻呂足はその鼎に転落したのだが、ということは鼎の上の屋根裏の「つくのあなごと」に燕の巣があったということになろう。「つく」は束柱と考えられているが、未詳。またこの「子安貝」の話では、「倉津麻呂と申す翁」がいかにも大炊寮に長年勤務して、大炊寮の「飯炊く屋」の燕の生態まで詳しく知悉している老人として語られるところがおもしろい。石上麻呂足の頼もしい相談相手になる脇役となっている。燕の巣は大内裏や内裏の他の殿舎にもあったであろうから、大炊寮がなぜ選ばれたのかは説明しにくいが、屋根裏の梁に造られた燕の巣を取るために籠で引き上げさせ、綱が切れて鼎の上に転落するという話のおもしろさのためには、大炊寮でなければならなかったのであろう。大蔵では鼎の話にはならない。他の殿舎でも同様であるとすれば、大炊寮は物語にとって必然的に選ばれたものであったということになる。

他に大炊寮関連の記事として、『大鏡』巻六の東三条院詮子の四十賀に関連して、「裏書」の「東三条院御賀事」には、長保三年（一〇〇一）十月三日、右近馬場において検非違使が大炊寮の米二百石の賑給を行ったという記事がある（四一〇頁）。また『栄花物語』巻二十六「楚王のゆめ」には、道長の娘、東宮（敦良親王）妃尚侍嬉子が皇子出産後亡くなるが、その荼毘のために、「今の信濃守保資・大炊頭為職・備後前司公則など」が奉仕したと記す（②五二四頁）。為職は正五位下・菅原為職で保資とともに道長の家司であった。（注2）

## 四　主殿寮

主殿寮の読み方は、「しゅでんりょう」「とのもりょう」「とのもりのつかさ」「とのもりづかさ」「とのもづかさ」など、いく通りもある。職掌は殿舎および行幸の際の諸施設の維持管理を担当した。具体的には「供御の輿《よ》輦《れん》、蓋笠《かいりふ》、繖扇《さんせん》、帷帳《ゆいちやう》、湯沐のこと、殿庭洒掃《でんぢやうさいさう》せむこと、及び燈燭、松柴、炭燎の事」（「職員令」）とされる。すなわち天皇の行幸の際の乗り物、「蓋笠」はきぬがさ、「繖扇」はかさ扇などの管理である。「湯沐」というのは主殿寮には御湯舎があり、湯を沸かす釜殿があった。この湯が清涼殿の御湯殿に運ばれ、天皇の湯沐に使われた。「殿庭洒掃」以下は宮廷内の掃除、室内の灯火、庭火のことを扱ったことをいう。職員構成は頭・助・允・大属・少属各一人のほか、殿部四〇人、使部二〇人、直丁二人、駈使丁八〇人である（「職員令」）。主殿寮の場所は大内裏東北、達智門の南東にあった。

「御湯舎」に関しては、『三代実録』巻二十七、貞観十七年（八七五）十月十二日条には、「麋鹿一つ主殿寮の御湯舎に入る。人有りて捕獲し、北野に放つ。その舎太政官候廳の東に在り」という珍しい記事があるが、これによれば御湯舎は「太政官候廳の東」というので、主殿寮の場所とは違う所にあったことになる。その「主殿寮釜殿自倒」（『日本後紀』巻二十一、弘仁二年六月二十五日）ということがあった。

時代は下るが、『続古事談』巻一には主殿寮焼亡の記事がある。「後冷泉院御時、主殿寮焼ける時、あまくだりたる油漏器焼けにけり。」「大嘗会御火をけ、元三の御くすりあたたむるたたら」という「世の始まりのもの」が皆焼失したとある（巻一・六〇七頁）。これは『扶桑略記』治暦二年（一〇六六）十二月二十七日条に、「午剋、主殿寮幷近辺小屋百余家焼亡」とある時のことである。

物語では『伊勢物語』六十五段に、「在原なりける男」が帝の母のいとこの女に恋するという話があるが、そこに主殿司が早朝宮中の清掃に従う者として登場する。女を恋する男は周囲の人目にお構いなく女に付きまとい、宮中でも女の部屋を訪ねて離れようとしなかった。女が困り果てて里に帰ると、男はかえって好都合とばかり、女の家を訪ねて来る。そして朝になると、男は宮中に帰り、殿上に昇っていた。そういう宮中に帰った朝方の男の行動を、主殿司が見ていた—「つとめて主殿司の見るに、沓は取りて、奥に投げ入れてのぼりぬ。」この主殿司は朝方、「殿庭洒掃」を担当する者であろう。彼の目に男の行動は奇異なものと映ったのであろう。

『枕草子』では主殿寮の官人たちの活躍が庭の清掃だけでなく目立つ。七十七段「まいて臨時の祭の調楽など」では、「主殿寮の官人、長き松を高くともして、頸は引き入れていけば、先はさしつけつばかりなるに」という。これは賀茂臨時の祭の調楽の折りに、主殿寮の官人が長い松明を高く掲げて、頸は引き込めて行くというのだが、楽人を先導する様子であろうか。一四二段「なほめでたきこと、臨時のまつりばかりの事」では、石清水臨時の祭の試楽が清涼殿の東庭で行われ、饗宴の後、残り物をとりばみという下衆たちが奪っていく話だが、掃部司が饗宴のための畳を片づけると、それを遅しと待ちかまえていた、「主殿の官人、手ごとに箒とりて、砂子ならす」。これは文字通り「殿庭洒掃」である。八十七段「職の御曹司におはします頃」では、十二月中旬、大雪が降り、中宮定子が雪山を作らせようとしていたところに、主殿寮の「官人」が清掃に来たので、彼らに大きな雪山を作らせた。最初は「三四人まゐりつる主殿寮の者ども、二十人ばかりになりにけり。」

『狭衣物語』巻三の賀茂神社の相嘗祭の御神楽の場面では、夜が更けていき、雪が降り始め木枯らしが荒々しく吹くなか、主殿寮の者が庭火を焚いている様子が次のように語られた。「……木枯荒々しう吹きたるに、庭の火いたう迷ひて、吹きかけらるるを、払ひわびつつ、煙の中より苦みばかり出でたる主殿寮の者の顔ども、いとをかしく見やられたまふにも」(②一九〇頁)というのだが、庭の篝火の煙にむせて苦しそうに主殿寮の者が顔を出す、それを狭衣大将はおもしろいと見やりながら、自分の恋の思いに沈潜する。

主殿寮の官人の服装に関して、『古今著聞集』巻十九、六六二話には次のような話がある。藤原定家の話であるが、「大炊御門のおもての唐門より、なへなへとある衣冠の人まいりけり。主殿の官人が朝ぎよめに参るにやと見はべれば」というのだが、この「なへなへとある衣冠」の服装が主殿寮の官人が朝の清掃に来たのかと見えたというのである。その人は実は「冷泉中将定家朝臣」であった。こうした用例に主殿寮の官人の活動ぶりが具体的に理解できる。

ちなみに、『枕草子』四七段「主殿司こそなほをかしきものはあれ」「主殿司の顔愛敬づきたらん、一人持たりて、装束時に従ひ、裳唐衣などいまめかしくてありかせばや」というのは、後宮十二司の「殿司」の女官のことである。

## 五　典薬寮

典薬寮の読み方は「てんやくりょう」「くすりのつかさ」。職員構成は頭・助・允・大属・少属各一人以下、医師一〇人・医博士一人・医生四〇人、針師五人・針博士一人・針生二〇人、その他案摩師・咒禁師・薬園師各二人、使部二〇人、直丁二人などから成る。薬戸・乳戸が付属した。典薬寮の頭の職掌は「諸の薬物のこと、疾病療さむこと、及び薬園の事」(「職員令」)とされるが、典薬寮は「医疾令」に規定された医学教育、官人の医療に当たった役所である。寛平八年(八九六)に中務省の内薬司が典薬寮に併合され、内薬司所属の侍医四人、女医博士一人、薬生一〇人が典薬寮の定員の中に入った。

「医疾令」には医療に携わる職員の任用や、医学生の教育と試験、薬園の運営等について定められているが、それによれば医生・針生は入学に当たっては「束脩の礼」を行うこと、毎月一回定期試験を受けること、九年在学して学業が成らない場合は退学となること、女医の養成については、官有賤民の女性で、十五歳以上で「性識慧了」の者を選んで、「安胎産難、及び創腫、傷折、針灸の法」を教育したとある。典薬寮は豊楽殿の西、左馬寮の東にあった。

典薬寮の人物として物語で忘れがたいのは『落窪物語』の典薬助であろう。六十ばかりの好色な老人であるが、医師である。継母は落窪姫を裁縫に酷使しているが、落窪姫のもとに少将が通って来て二人が親密にしているところを垣間見て仰天する。継母は継子姫の幸福は許せない。落窪姫を不幸にするための奸計をめぐらし、叔父の典薬助に姫を犯させようと計画する。落窪姫は侍女のあこぎから典薬助が継母の指図で姫に会おうとしていることを知らされ、呆然として悲嘆に暮れ泣き臥す。継母は様子を見に来て、姫が胸の痛みを訴えると、「典薬のぬし、医師なり。かいさぐらせたまへ」（巻二・一八二頁）と言い、典薬助は喜んで「（自分は）医師なり。御病もふとやめたてまつりてむ」（同）と言って抱きかかえる。この窮地をあこぎが機転を利かせて救う。次の夜、典薬助が来た時には、あこぎが落窪姫と協力して戸を固めておいたので、典薬助は戸を開けようと冬の寒い夜に長時間手こずっているうちに下痢をして、この時も不首尾に終わる。このあたりは糞尿譚の滑稽話がテンポよく語られて、この作品の読み物としての面白さが遺憾なく示されているところである。下痢の話は『源氏物語』の「空蟬」巻で光源氏が空蟬に忍ぶものの、逢えずに夜中に帰る時に、空蟬の老女房が下痢のために起き出して来て、見とがめるという場面に利用される。この継母の走狗となって落窪姫を犯そうとして失敗する典薬助の挿話は、好色な老人の失敗談であるとともに好色な医師の失敗談でもあり、また好色そのものが笑いの対象にされていると言えよう。老人―好色―医師の三者の組み合わせが典薬助の笑いの核心であり、この典薬助の挿話は文学史的には出色であると言える。

典薬寮は何と言っても医師の世界であり、それがどのように描かれたのか、他の作品に見てみよう。『今昔物語集』巻二十四には典薬頭や医師の話が五話ある。第七話「典薬寮に行きて病を治せる女の語」は、典薬頭の一家の医師が全員集まって典薬寮の庁の屋で宴会をしているところに、「顔は青鈍なる練衣に水を裹みたるやうにて、一身ゆふゆふと腫れたる者」が訪ねてくる。この女は医師一人一人に診てもらうと診断が異なり、どれに従うのがよいか分からなくなるが、全員が揃っているところで診てもらうと正確な診断がされるでしょうと言って、診断を頼む。典薬頭が「寸白（条虫）」の病と診断し、別の腕の良い医師に命じて「寸白」を抜き出したところ、庁の柱に「七尋八尋ばかり巻く」ほどの長さになった。それをすべて取り出したとたん、女はすっかり快復したという話である。典薬頭の一家の医師が優秀な医師たちであったことを語る。

同巻第八話「女、医師の家に行きて瘡を治して逃げたる語」も、同様に典薬頭で世間の信望の厚い「やむことなき医師」の話であるが、これは診察も治療も優れていたというだけでなく、好色な下心の失敗を語る笑い話になっている。年三十ばかりの眉目秀麗で髪は長く、香りのよい薫物をたきしめた衣を着た女が、女童を連れて車で医師の家を訪ねて来る。女は顔を隠し名乗りもせずに、恥を忍んで来たので、治して欲しいと泣きながら訴えた。典薬頭が症状を聞いて診察すると、女の病は陰部の疾患であった。典薬頭は自分の名声にかけても治そうと、昼夜を分かたず治療し、七日ばかりすると快癒した。典薬頭は三四年前に老妻に先立たれた身であったので、病の治った女を四五日は留めて置いて首尾を遂げようと思っていたところ、女はその日の夕暮れに姿を消してしまった。典薬頭は女を思い出すと、「恋しくて悲しきこと限りなし。忌まずして本意をこそ遂ぐべかりけれ、何しにつくろひて忌みつらむ」と後悔し、べそをかいて泣いたので、弟子の医師どもは密かに大笑いをし、噂を聞いた世間の人も笑ったので、典薬頭は躍起になって陳弁したという話である。

同巻第九話「蛇に嫁ぎし女を医師治せる語」は、河内国の蛇と交わった女を医師が助ける話、同第十話「震旦の僧、長秀、この朝に来たりて医師に仕はれたる語」は、天暦の頃、震旦から来朝し京に召された長秀が五条西洞院の桂の宮で、桂の木から「桂心」という薬を調合したが、それは唐の「桂心」よりよく効く薬であった。長秀は「桂心はこの国にも有りけるものを、見知る医師のなかりければ、事極めて口惜しきことなり」と残念がったという話である。同第十一話「忠明、竜に値ひし者を治せる語」は、典薬頭の丹波忠明が竜に遭って寝込んだ男を快復させたという話。これらの話からは総じていえば、「医師の力、薬の験、不思議なり」(第九話)という評語が当てはまるように思う。医師は世間からありがたがられていたのである。また典薬頭は医師として優れた者が任じられていたと解せられる。

『うつほ物語』「国譲」中巻、女一宮がつわりを煩うところでは、夫の仲忠が心配して、何かと医師に相談する。女一宮が「削り氷」(③二〇四頁)を食べたがっていると聞いて、典薬頭に相談すると、典薬頭は体調を壊すから食べない方がよいと忠告する。ここでも典薬頭に対する信頼は厚いように見受けられる。

『栄花物語』巻七「とりべ野」の東三条女院詮子の病悩の記事では、道長が心配して医師に診てもらうように勧めるが、詮子は聞き入れないので、道長が医師に病状を話すと、医師は「寸白におはしますなり」と診断し、その治療をしたので悪化するふうにも見受けられなかった(①三四六頁)。これも医師の診断を信頼していることを示す。同巻八「はつはな」では、花山院の病が篤くなり、「あはれに限りと見ゆる御心地を、医師など頼み少なく聞こえさす」(①三八八頁)—その見立ての通り、その後間もなく花山院は崩御する。

これらはすべて典薬寮の医師の話であるが、『土佐日記』には紀貫之が上京する時、十二月二十九日大湊に宿泊した日、「医師」が正月用の「屠蘇、白散、酒加へて持て来たる」とあるが、その医師は土佐国の医師である。

右に見た『今昔』巻二十四第九話も河内国の医師であり、ともに典薬寮の医師ではない。この国の医師についての諸規定は「医疾令」「職員令」「選叙令」「考課令」にある。典薬寮の医師も国の医師もこれら「令」の諸規定によって管理されていたのだが、実態としては和気氏と丹波氏が世襲的に典薬寮の上層部を占有するようになっていた。

最後に比喩的な用例として、『源氏物語』の例に触れる。「若菜上」巻で明石尼君が孫の明石女御の側近くにいるのを見た明石の君が、「医師などやうのさまして」(④一〇六頁)とたしなめるところがある。また「宿木」巻で薫は中君の側近くに伺いたいと言うとき、「医師などのつらにても御簾の内にはさぶらふまじくやは」(⑤四四四頁)と言う。医師は身分は低いが職務上貴人の側近くにいられる。そうした医師の立場を比喩的に、前者は馴れ馴れしいとたしなめ、後者は医師のように近くに行きたいと訴えるのである。

## 六　掃部寮

掃部寮の読み方は「かもんりょう」。弘仁十一年(八二〇)、大蔵省被官の掃部司(そうぶし・かにもりのつかさ・かもんのつかさ)と宮内省被官の内掃部司(ないそうぶし・うちのかにもりのつかさ)の二司を統合してできた。宮中諸行事の鋪設や清掃を掌る。職員は頭・助・允・大属・少属各一人、史生四人、掃部四〇人、使部二〇人、直丁二人、駈使丁八〇人が置かれた。掃部寮の成立については、橋本義則「掃部寮の成立」が詳しい(注3)。それによれば掃部寮の成立にはいくつかの異例な点があった。一つは掃部司と内掃部司との関係からいえば、通常は格上の大司の掃部司が格下の小司である内掃部司を併合するはずであるが、そうならなかったこと、次に両司を統合したものが司ではなく寮とされたこと、さらに新しい掃部寮は官司としては格上の掃部司の所管省たる大蔵省ではなく、格下の内掃部司の所管省である宮内省の被官とされたことであるという。こうした背景には嵯峨朝における儀式の整備に伴う「鋪設」の一元化の必要性があったとされる。

掃部寮の用例は少ない。『大和物語』百一段は、藤原季縄と源公忠との交友と季縄の死を語るが、「近江の守公忠の君、掃部の助にて蔵人なりけるころなりけり」とある。公忠は延喜十三年（九一三）四月に掃部助、同十八年三月蔵人になった。兼務の時期は従って同十八年三月以降（同二十一年三月には修理権亮になる）のことであるが、季縄が亡くなるのが同十九年三月。百一段は少将季縄の死に立ち会えなかった公忠の悲嘆を語る。

＊　＊　＊

以上、宮内省の被官の職と五つの寮が文学作品にどのように現れるか、その概略を見てきた。詳細な検討ではないが、それでも文学に現れる各寮の様相が具体的に確認できた点があるであろう。平安貴族文学に描かれる社会構造はこういう下級官職の様相の確認を通して理解を深めて行かねばなるまいと考える。

【注】

（1）虎尾俊也『延喜式』吉川弘文館、一九六九年。
（2）『小右記』寛仁二年十月二十二日条。日本古典文学大系『栄花物語』下（岩波書店）、二二五頁、頭注28。
（3）橋本義則「掃部寮の成立」『文化財論叢』II、同朋舎出版、一九九五年。

**参考文献**


橋本義彦『平安貴族社会の研究』吉川弘文館、一九七六年。
新村拓『古代医療官人制の研究』法政大学出版局、一九八三年。

# III

# 東アジア文化圏における文学の伝流

# 第十一章　平安文学における『本事詩』の受容について

——徐徳言条・崔護条を例として——

## 一　『本事詩』について

本章では平安文学に『本事詩』が受容されたと思われる問題について検討する。『本事詩』は唐末、僖宗・光啓二年（八八六）に成立したと序文にある。孟棨の編になる詩話集であるが、『本事詩』編纂の目的は序文に次のようにある。

詩者情動於中、而形於言。故怨思悲愁、常多感慨。抒懐佳作、諷刺雅言。著於群書、雖盈厨溢閣、其間觸事興詠、尤所鍾情、不有發揮、孰明厥義。因采爲本事詩。凡七題、猶四始也。情感・事感・高逸・怨憤・徴異・徴咎・嘲戯、各以其類聚之。亦有獨掇其要、不全篇者。咸爲小序、以引之、貽諸好事。其有出諸異傳怪録、疑非是實者、則略之。拙俗鄙俚、亦所不取。聞見非博、事多闕漏。訪於通識、期復續。時之光啓二年十一月、大駕在褒中、前尚書司勲郎中賜紫金魚袋孟啓序。（注1）

（詩は情、中に動き、言に形はる。故に怨思悲愁、常に感慨多し。懐を抒し佳作し、諷刺雅言す。群書に著し、厨に盈ち、閣に溢ると雖も、其の間の事に触れて興詠じ、尤も情を鍾むる所も、発揮すること有らずは、孰か厥の義を明らかにせむ。因って采りて本事詩と為す。凡そ七題、猶四始のごときなり。情感・事感・高逸・怨憤・徴異・徴咎・嘲戯、各其の類を以て之を聚む。亦独り其の要を掇ること有り、篇を全くせざる者なり。咸小序を為り、以て之を引き、諸の好事を貽す。其れ諸の異伝怪録に出づる有り。是れ実に非ざるを疑はば、則ち之を略す。拙俗鄙俚、亦取らざる所なり。聞見博きに非ず、事闕漏多し。通識に訪ひて復た続を期せん。(下略)

「詩は情、中に動き、言に形はる。」は、『毛詩』序の「詩者志之所之也。在心爲志、發言爲詩。情動於中而形於言。(注2)」(詩は志の之く所なり。心に在るを志と為し、言に発するを詩と為す。情中に動いて言に形はる)」という中国における伝統的な詩論に則るものである。心中に動く「情」とは「怨思悲愁」であり、その「懐」を抒したものが佳作となり諷刺となり正しい言葉ともなる。それらは群書となって溢れているが、その詩の詠まれた事情がわからなければ、詩の意義は明らかにならない。『本事詩』は詩の真意を明らかにするために編んだというのである。全体は七題に分類するが、それは『詩経』の四始―風・大雅・小雅・頌に似ていると言い、話は要点をまとめて好いことを貽し、異伝・怪録の事実の疑わしいものや鄙俗なものは採用しないという。これが序文の概要である。

全編は四十一話から成り、序文にあるとおり、「情感」「事感」「高逸」「怨憤」「徴異」「徴咎」「嘲戯」の七題に分類する。短編小説集といった趣であり、詩が作られた事情や経緯、あるいはその詩にまつわるエピソードを語る。各話は史実あるいは事実を基にしながら、史実や事実とは異なる観点から語っており、物語的な構成になっていると言える。

『日本国見在書目録』(八九一年)には『本事詩』の名は見えないので、平安時代初期に日本に伝来したのかどうか、伝来したとすればいつかはわからない。だが、『本事詩』に由来すると考えられる平安鎌倉時代の物語や話がいくつか見られるので、十世紀初には将来されていたと推定される。

『本事詩』の研究については、内山知也氏の「孟棨と「本事詩」について」が成立、作者、内容にわたってもっともまとまりのよい研究であり、「本事詩校勘記」を付して、諸本による本文の異同を確認できるようになっており、有益である。(注3)

内山氏「本事詩校勘記」によれば、現在日本に所蔵されているものは、内閣文庫に江戸鈔本「唐百家小説摘本」、明陶珽編「説郛續編本」、陶宗儀輯「五朝小説本」の三点、静嘉堂文庫に明鍾人傑・張遂辰撰「唐宋叢書本」、加藤淵編「王香園近世叢書本」の二点、宮内庁書陵部に明程胤兆校「天都閣蔵書本」一点がある。これらは室町から江戸時代にかけての将来であろうが、将来された後は鈔本が作られ、加藤淵編の刊本が嘉永元年(一八四八)に出る。

作者孟棨の伝記は不明であるが、内山氏によれば孟棨は身分卑しい出身であり、五十代半ばで科挙に合格し、『本事詩』を編んだのは六十代初めであろうと言う。長らく不遇であった孟棨を抜擢したのは、時の宰相崔沆であり、科挙合格も礼部侍郎として科挙を司った崔沆の力によると言われる。その崔沆が黄巣の乱(八七五~八八四年)で殺害されると、孟棨も官を辞したが、その最終官歴が『本事詩』序文にある「前尚書司勲郎中賜紫金魚袋」であった。唐朝が滅亡に向かう時代であり、『本事詩』各話も八世紀後半以後の動乱期の話が半数を占める。

## 二　平安文学の『本事詩』受容についての概観

平安文学に対する『本事詩』の影響については、江戸時代の儒者、斎藤拙堂『拙堂文話』が『伊勢物語』は『本事詩』や『章台楊柳伝』によると説いた。(注4)これを受けるのかどうかはわからないが、山岸徳平は『本事詩』は寛平年間(八八九~八九八年)には既に我が国人の眼に触れていたことは否定しえないとして、『伊勢物語』は業平の集を中心としつつ、「韓詩外伝や本事詩、特に本事詩の如きものを粉本として、暗示を得、一篇の創作をなしたものである」と繰り返し論じた。(注5) 同様のことは目加田さくを氏や福井貞助氏なども論じたが、特に目加田氏は『鶯鶯伝』では作者元稹が、『遊仙窟』でも作者張文成が作品の男主人公であると当時から言われてきたことを挙げて、『伊勢物語』の業平、『平中物語』の貞文の関係に近似する点、「詩人が自作の詩をもととして、自己を主人公とした詩物語を作ることの先蹤」と考えるべきであると言う。(注6)

これらは歌物語の成立を中国文学の詩話の視点から捉えようとしたのである。歌物語の成立について、この方向で考えるとすると、唐代詩話や詩を含む唐代伝奇を広く対象にして考察することは不可欠であると思う。

しかし、『本事詩』と『伊勢物語』との関係については、山岸説の言う『本事詩』崔護条の詩（「去年の今日此の門の中云々」三〇七頁参照）の『伊勢物語』四段の業平の和歌（「月やあらぬ春や昔の春ならぬ云々」の歌）への影響は、業平の和歌の方が『本事詩』成立時より早く詠まれたものであることから、『伊勢物語』が『本事詩』を受容したとは言えないと、新間一美氏が論じた。(注7) 業平歌が崔護の詩を利用したということは考えられないが、『伊勢物語』は『本事詩』の詩話の形式を襲うものであるというのが山岸説であり、『伊勢物語』の方法や成立時期に関わって考えると、『本事詩』を一概に除外できまいと思う。

『伊勢物語』が唐代伝奇の影響下にあることは、初段と『遊仙窟』、六十五段の「狩の使」段と『鶯鶯伝』との関係から明らかであると思われ、(注8)『伊勢物語』の成立には広く唐代詩話や唐代伝奇を射程に入れて考察するべきであろうと思う。それは歌物語を理解する上で不可欠な視点であると思う。

さて『伊勢物語』と『本事詩』との影響関係はそれとして、『大和物語』百四十八段「蘆刈」譚は『本事詩』「情感」第一の徐徳言の話を基にしていると考えてよいであろう。(注9)『大和物語』の「蘆刈」譚と同様の話は『拾遺抄』巻十、五三〇番歌、『拾遺和歌集』巻九、五四〇番歌、『今昔物語集』巻三十第五話「身貧しき男に去られし妻、摂津守の妻となれる語」、『唐物語』第十話「徳言割り持ちたる鏡によりて妻の陳氏と再会する語」、『神道集』巻七「摂州葦刈明神事」、謡曲「芦刈」などに取り上げられる。

『拾遺抄』が九九七年頃、『拾遺和歌集』は一〇〇六年頃、『今昔物語集』は十二世紀前半、『唐物語』は十二世紀後半の成立、『神道集』は十四世紀半ば、謡曲「蘆刈」は世阿弥以前に成立の古い曲かともされるが、世阿弥作とすればその生存期間（一三六三〜一四四三）ということになる。(注10)さまざまなバリエーションの「蘆刈」譚が広く流布したことが、これらの諸書の例からよくわかる。以下『大和物語』の「蘆刈」譚と『本事詩』徐徳言条とを比較してみる。

## 三　『大和物語』「蘆刈」譚の粗筋と研究史

『大和物語』百四十八段「蘆刈」譚の粗筋は次のようである。

摂津の国の難波に住む男女がいた。二人は賎しい身分ではなかったが、零落して暮らし向きが悪くなり、男は妻に再会を約束して別れることにした。男は女に、京に出て宮仕えをするように言い、互いに少し暮らし向きがよくなったら再会しようと話した。女は京に出て身分の高い人のもとに仕えた。女は暮らしが安定したので、難波の男に便りをしたが、返事がない。女の仕える男は妻が亡くなると、女に求婚したので、女は結婚した。しかし、女は難波の男が忘れられず、ある時難波に祓えに行くと言って、難波を訪ねたが、男の消息は分からなかった。諦めて帰ろうとした時、蘆を売る男が女の車の前を通り過ぎた。その男の顔が昔の男に似ていたので、女は従者に蘆を買わせて、近づいて男を見ると、昔の男であった。男も車の女を見ると、顔も声も昔の妻であると分かった。男は自分が落ちぶれたのを恥じて逃げて隠れた。女は従者に男を捜させると、男は次の歌を詠んで女に贈った。

君なくてあしかりけりと思ふにもいとど難波の浦ぞすみ憂き

女はこれを見て悲しくて、声を挙げて泣いた。女は自分の着物に次の歌を付けて男に贈り、京に帰った。

あしからじとてこそ人の別れけめなにか難波の浦もすみ憂き

その後、この二人がどうなったのかは分からない。

『大和物語』「蘆刈」譚の成立については、従来の注釈書や研究史では、「君なくてあしかりけりと思ふにもいとど難波の浦ぞ住みうき」の歌語りを基にしたもの、あるいは口承説話として流布していた「産神問答」や「炭焼長者」を原拠にするものと捉えていた。『歌語り・歌物語事典』は『大和物語』と『拾遺抄』『拾遺集』との関わり、民俗学・民話学の「産神問答」など口承説話と「蘆刈」譚との関わりについて触れるが、『本事詩』との関わりについては、その「関連をあげる説もみえる」と言及するだけであり、(注11)こうした理解がいわば通説的な捉え方であったと言ってよい。「産神問答」との関わりについては、拙稿「「蘆刈」譚と「徐徳言」条と「産神問答」」でも検討したことがある。(注12)

しかし、『伊勢物語』に『遊仙窟』や『鶯鶯伝』などの唐代伝奇が深く関わっていることが繰り返し論究されてきたように、歌物語には唐代伝奇に依拠する独自な方法による章段や構成が存したと考えてよいであろう。

それでは「蘆刈」譚は『本事詩』を原拠にするのか。この点について、新間一美氏は『本事詩』の成立は八八六年、日本への伝来が明確でないが、『両京新記』は七二二年成立、日本への伝来は『入唐新求聖教目録』(八四七年)や『日本国見在書目録』(八九一年)にその書名が確認されることから、『大和物語』「蘆刈」譚は『両京新記』の徐徳言説話に基づくと考えるべきであるとし、『本事詩』徐徳言条は『両京新記』に取材した可能性があ

ると論じた。(注13)

## 四　『本事詩』と『両京新記』の徐徳言の物語の比較

ここで『本事詩』と『両京新記』の徐徳言の物語を比較してみたい。両者の比較は新間氏の行っているところであり、重複する点があるが、私なりの確認を行いたい。『本事詩』の本文は内山知也氏「本事詩校勘記」により、『両京新記』は辛徳勇輯校『両京新記輯校　大業雑記輯校』による。(注14)はじめに『本事詩』の粗筋をまとめてから、『両京新記』との違いを確認する。

徐徳言は陳の皇太子の舎人であったが、その妻は陳の最後の王、叔宝の妹で楽昌公主であった。「才色冠絶」の女性であった。陳の政治が乱れて、結婚を続けられないと考えた徐徳言は、妻に再会を約束して、一旦別れようと話した。君の才能と美貌があれば、国が滅んでも必ず「権豪の家」に入れるだろう。そうなっても私の気持ちは変わらないからきっと再会できようと言う。そして鏡を半分に割って分けて持ち、「他日必ず正月望日を以て都市に売れ。我當に在らば、即ち是の日を以て之を訪はむ」と約束して別れた。陳が滅ぶと、公主は越公楊素の家に入り、ことさら厚く寵愛された。徳言は「流離辛苦」してやっとのことで京に至り、正月望日に市を訪ねると、半鏡が高値で売られていた。人々はこれを笑った。売り手は妻の下男であった。徳言は下男を住まいに連れて行き、食事を与え、事情を話して、半鏡を合わせると合った。下男に詩を託した。

鏡與人倶去　　鏡と人と倶に去り
鏡歸人不歸　　鏡は帰れども人は帰らず
無復嫦娥影　　復た嫦娥の影なく

空留明月輝　　空しく明月の輝きを留む

（鏡と妻はともに去り、鏡は帰ったが、妻は帰らない。鏡に愛する妻は映らず、むなしく月光をとどめるだけだ）

詩を見た公主は泣いて食事も取らなかった。楊素は事情を知ると、徳言を招いて妻を返してやった。この話を聞いて感嘆しない者はいなかった。楊素は公主に詩を作らせた。

今日何遷次　　今日何の遷次ぞ

新官對舊官　　新官、旧官に対す

笑啼倶不敢　　笑啼倶に敢えてせず

方驗作人難　　方に人と作るの難きを験す

（今日は何の任官の日か。新任の役人が旧い役人と向かい合う。笑うことも泣くこともできず、人であることの難しさを思う）

徐徳言と公主は江南に帰って生涯幸せに暮らした。

これに対して、『両京新記』の徐徳言の話は長安の都の延康坊西南隅にある西明寺の由来譚として語られる。西明寺は元は隋の尚書令、越国公楊素の宅であったが、子が誅せられて邸宅は官に没収され、その後は次々人手に渡り、ついに官市の寺となった。

初め楊素は隋朝の用事をして奢僭を尽くし財産を蓄えた。楊素に「美姫」がいたが、それが徐徳言の妻、楽昌公主である。公主は陳主叔寶の妹で「才色冠代」、徳言との夫婦仲は「情義甚厚」の相思相愛の仲であった。陳が隋のために滅亡の危機に瀕した時、徳言は鏡を半分に割って分けて言う。国が滅び家が滅びようとしている今二人が一緒に暮らしてゆくことはできない。あなたの「才色」があれば必ず「帝王貴人の家」に入ることができよう。「子若し貴人の家に入り、幸いに此の鏡を将《も》たらば、正月望日、市中に之を貨らしめよ。若し存せば、当に之を冀志し生死を知るべきのみ。」と。陳が滅んだとき、公主は隋軍に捕らえられるが、隋の文帝は公主を楊素に賜った。楊素は公主を深く寵愛し別院を造って公主の願い通りにさせた。公主は望日、宦官に鏡を市に持って行かせ、わざと高値を付けさせた。徳言は言われるままの値で買い取り、宦官を家に連れて帰り、泣きながら事情を話して鏡を合わせると合った。徳言は妻に詩を贈る。詩を見た公主は悲しみ泣いて食事も取らなかったので、楊素が怪しんで理由を尋ねると、公主はくわしく事情を話した。楊素は同情し心を痛めて容を改めて徳言を召し、公主を返してやり、衣類などを与えた。楊素は別れに際して、公主に詩を作らせた。人々は陳の公主の「流落」を哀れみ、楊素を「寛恵」であると称えた。

なお徐徳言の詩は『本事詩』と『両京新記』とでは、「婦」→「姮」、「留」→「餘」の二字の異同があるが、公主の詩には両者異同はない。

さて『本事詩』と『両京新記』とを比べてみると、『両京新記』では楊素の話のなかに、徐徳言の話が組み込まれている構造であるが、概して『両京新記』の方が記述が丁寧であり、徐徳言夫妻と楊素との関係がきちんと理解できる記述になっている。特に公主が楊素に引き取られた事情は『本事詩』ではいっさい分からないが、『両京新記』では「陳滅するに及び、其の妻果たして隋軍の為に没せらる」というのであり、虜囚の身となった陳の公主を文帝が楊素に賜ったのである。戦乱に翻弄された公主の悲運が具体的に理解できる。『両京新記』の記述は史実に基づくことを示していると思われる。

また公主が徳言の詩を見て悲しみ涙を流して飲食もできなくなったのを、楊素が訳を問うところも、『本事詩』は「素知之、蒼然改容、即召徳言、還其妻」と記述されるだけであるが、『両京新記』では「素怪其惨悴而問其故、具以事告。素憯然為之改容、使召徳言、還其妻（素其の惨悴を怪しみ、而して其の故を問ひ、具に以て事を告ぐ。

素惛然として之が為に容を改め、徳言を召さしめ、其の妻を還す)」というように丁寧な記述になっている。『両京新記』は楊素の「寛恵」を主題とした構成がしっかりできていると言ってよい。

つまり『両京新記』では楊素が公主を引き取ることになった理由から、公主の気の毒な事情を知って徳言に返すまでの話が、楊素を主人公として首尾一貫した構成になっていると言える。これに対して『本事詩』では「其妻果入越公楊素之家」とあるだけで、楊素が公主を引き取る理由は不明であり、楊素はたまたま前夫と別れた気の毒な公主を寵愛することになった新しい男という程度の役割である。公主を徳言に還すことについては、『本事詩』にも「聞く者感歎せざるなし」と、楊素に対する世人の評判が記されるが、楊素が主人公として位置づけられているわけではない。

さらに『両京新記』の末尾は、「時人哀陳氏之流落、而以素為寛恵焉」とあって、楊素の行為を「寛恵」と称賛するかたちで結ばれたが、『本事詩』では「遂與徳言歸江南、竟以終老」というように、徐徳言夫妻のハッピーエンドを語るかたちで結ばれる。この両作品における楊素の位置づけは対照的であり、『本事詩』は徐徳言夫妻の数奇な運命を語るところに主題を求めたと言えよう。代わって楊素は主人公から脇役に役割を落とされたのである。

徐徳言の零落の記述も両作品の違いの一つである。『本事詩』では「徳言流離辛苦、僅能至京」と、徐徳言の零落が語られるのに対して、『両京新記』には徳言零落の記事はない。鏡を買うところでも、『両京新記』では「徳言随價便酬」と売り手の宦官の言い値で買うが、『本事詩』では徳言が鏡を買う記述はなく、売り手の下男を直ちに自分の住まいに連れて行った(「徳言直引至其居」)とあるだけである。『両京新記』の徐徳言には「流離辛苦」の面影はない。この『本事詩』と『両京新記』との違いを、『大和物語』「蘆刈」譚に比べてみると、「蘆刈」譚は『本事詩』に近いと言える。特に「蘆刈」譚は男の零落が重要な要素であり、『本事詩』との強い類似点といえる。

## 五　『本事詩』徐徳言条と「蘆刈」譚との比較

新間一美氏は『両京新記』『本事詩』『大和物語』「蘆刈」譚の三者の関係について、『両京新記』を基にして『本事詩』徐徳言条と「蘆刈」譚はそれぞれ別々に成立したとして、『本事詩』と「蘆刈」譚の影響関係はないと論じた。(注15)

しかし、右に見たように『本事詩』は楊素を脇役化して、徐徳言夫婦の運命を主題化する構造の物語になっているが、「蘆刈」譚ではさらに楊素に相当する男の役割は一層希薄化して、蘆刈夫婦の運命物語として首尾を完結する形になっている。このことは『両京新記』を基にして『本事詩』と「蘆刈」譚はそれぞれ独自に作られたと考えるよりも、『両京新記』に取材して『本事詩』が作られ、『本事詩』を受けて「蘆刈」譚が成立したと考える方がよいのではないかということである。楊素の役割の変化、希薄化はそのようなことを想像させる。『本事詩』徐徳言条と「蘆刈」譚との比較の上に、『両京新記』との違いを再度確認しておく。

『本事詩』と「蘆刈」譚との基本的な共通点は次の点であろう。

（1）相思相愛の夫婦がやむをえない事情で、他日の再会を約束して別れる。

（2）男は流離し、女は高家に仕えて主人の寵愛を得る。

（3）約束どおり再会する。

異なる点は、『本事詩』では徐徳言と公主は楊素の計らいで生涯を共にすることになったが、「蘆刈」では男と女はそのまま別れて終わる。以下、人物や場面設定、表現上の類似点、異同などを見てみる。

①まず主人公の設定については、『本事詩』では陳の皇太子の舎人と国王の娘であり、名前も身分も明らかであるのに対して、「蘆刈」では「女も男も、いと下種にはあらざりけれど」と、賤しい身分ではなかったと語られるが、どの程度の身分なのかは分からない。身分的には『本事詩』の主人公たちの方がはるかに高いが、ここでは身分ある男女である点を共通点とする。

②女主人公については、『本事詩』の公主が「才色冠絶」であるのに対して、「蘆刈」の女は「いと清げに顔かたちもなりにけり」と、容姿端麗であったと語られるが、「才」については明確な言及はない。とはいえ陳氏が漢詩を読むのに対して、「蘆刈」の女も歌を詠む点を共通項と認める。

③別れる理由は、『本事詩』では戦乱のため陳国が滅亡するという国難のなかで結婚生活が続けられなくなったのであるが、「蘆刈」では貧しい暮らしが堪えがたくなったという経済的な困窮である。これは二人の愛情のもつれや心変わりが理由ではなく、国難とか経済とかの外的な理由で別れなければならなかったという点で共通する。

④別れに臨んで、『本事詩』では鏡を割って半鏡を形見として分け持つが、「蘆刈」にはそのような形見の品はない。これは大きな違いであるが、堅い再会の約束は両者に共通する。

⑤別れた後、公主は権力者楊素の寵愛を受け、「蘆刈」の女も高家の主人に愛される。ところが、それぞれの女がどういう経緯で楊素や高家に迎えられたのかはいっさい不明である。『両京新記』はこの点を明確に記述していた。

⑥一方、徐徳言は「流離辛苦」し、「蘆刈」の男の没落はそれにもまして悲惨な状態であり、これは女の幸運と裏腹の男の不運として、『本事詩』と「蘆刈」の共通点である。『両京新記』には徐徳言の零落は語られない。

⑦再会の状況は大きく異なる。『本事詩』では徐徳言が約束どおり上京して、半鏡を売る者を探し出して、公主に詩を贈るが、「蘆刈」では女が難波に男を捜しに行き、再会した後で、男が歌を贈る。再会は約束通り果たされたという点は共通する。公主が楊素に求められて詩を詠むのに対して、「蘆刈」の女も歌を詠む。それぞれ状況は異なるが、はじめに男が女に詩や歌を贈り、女がその後に詩や歌を詠むという形は共通する。

⑧もっとも大きな違いは、『本事詩』では公主の新しい夫である楊素が事情を聞いて、徳言と公主を再会させ、二人は故郷の江南に帰って生涯幸せに暮らしたというハッピーエンドで締めくくられるのに対して、「蘆刈」では一旦再会しながら、男がわが身の零落を恥じて身を隠し、女はそのまま帰京するという哀話に終わるところである。

⑨しかし、にもかかわらず二人の男が詠んだ詩と歌には共通する思いがある。徐徳言の詩には妻の所在を知ったものの、再婚した妻は再び自分のもとには帰ってはこないという悲哀の思いが如実であろう。「蘆刈」の男の「君なくてあしかりけりと思ふにもいとど難波の浦ぞすみ憂き」は、裕福になった妻と、落ちぶれた自分が再び一緒に暮らすことはないという思いであろう。『本事詩』において楊素が公主を返すという行動に出なければ、徐徳言は「蘆刈」の男に似た境遇を生きることになったのではなかろうか。「蘆刈」の男は徐徳言にありえたもう一つの人生を生かされたというふうに考えることができる。

①〜⑨のうち、⑤と⑥以外は『両京新記』とも共通するが、この⑤と⑥に併せて楊素の位置づけの問題を総合すると、「蘆刈」譚は『本事詩』を基にして作られたと考えてよいと思うのである。

## 六　徐徳言・「蘆刈」譚から『今昔物語集』・謡曲まで

徐徳言の物語は『本事詩』と『両京新記』とでは物語の意味づけに大きな違いがあった。『両京新記』では「時人陳氏の流落を哀れび、而して素を以て寛恵と為す。」と結ばれたように、越公楊素を主人公として、彼の「寛恵」の物語の中に、徐徳言・陳氏の流離の物語が包み込まれる形であった。『本事詩』では楊素は主人公の位置から脇役に後退して、戦乱の時代に翻弄された公主と徐徳言の運命の変転に主眼が置かれる物語になった。後の『太平廣記』巻第三、第百六十六では『本事詩』をそのまま再録しながら、「楊素」を題目として「気義」という項目に分類された。「気義」とは義理や道義を重んじる気だて、気性というくらいの意味であろう。徐徳言の物語は彼らの運命の変転に力点を置くか、楊素の「寛恵」や「気義」の物語として捉えるか、視点を変えることで意味づけががらりと変わるのである。

その点「蘆刈」は不運な男女の運命の物語として語ったと言えよう。『今昔物語集』巻三十第五話では、貧困の中で別れた男女が女は「摂津守の妻」になり、男は落ちぶれて難波で葦を刈って暮らす境遇になる。これは『大和物語』「蘆刈」譚と同型であるが、『今昔』ではそのように零落する男について、それは「報」であると繰り返し語られた。最後には「然れば皆、前の世の報にて有る事を知らずして、愚かに身を恨むる也。」と結論する。(注16)

『唐物語』第十話では、男と別れた女は親王に寵愛される身の上になるが、前の男を忘れ得ず半鏡を市に出していたところ、男が女を捜し当てる。女から事情を聞いた親王は悲しみ同情して、女を元の男に返してやる。これは徐徳言の物語の忠実な翻案であるが、その締めくくりは、「いやしからぬありさまを振り捨てて、昔の契りを忘れざりけん人よりも、親王の御なさけはなをたぐひあらじやは。」と結ばれる。(注17)この親王の「御なさけ」への称賛が『両京新記』の結びに符合することは、新間一美氏の言及するところであるが、この男については零落の話がない点でも、本話は『両京新記』に依拠したと考えてよい。

『神道集』巻七「摂州葦刈明神事」は、相思相愛の夫婦が貧窮に耐えかねて別れるが、男は葦刈に没落し、女は裕福な人の妻となる。女が輿に乗って浜辺を通りかかった時、男が二束の葦を背負って休んでいたので、女は小袖を贈ったところ、男は妻からの贈り物と分かると、「君ナラテアシ刈リケリト思フヨリイトトナニワノ跡ソスミウキ」と詠んで、海に飛び込んだ。女も後を追って入水した。その後この二人は海神の通力を得て葦刈明神に生まれ変わった。男の本地は文殊菩薩、女の本地は如意輪観音である。(注18) 縁起として語られたという点では、本話は『両京新記』の西明寺の由来譚と同様の扱いになる。女の新しい夫が二人のために何か計らってやるわけではく、男が海に飛び込むまでは『大和物語』の形に近い。

謡曲「芦刈」では、別れ別れになった男女が、男は難波で蘆刈に没落し、女は都に出てさる方に仕えて豊かになったので、昔の男を探しに難波に下り、再会できて、二人めでたく京に上るという筋書きである。(注19) この再会は和歌の功徳によるものというのが結末である。二人でめでたく上京するというのは『本事詩』に近い。

徐徳言の物語は中国で成立したが、それが日本に伝わった時、これを受容した状況に従って変形され、その意味づけも変化した。『両京新記』と『本事詩』でもすでに違いが見られたが、日本では『大和物語』以下、作品ごとにストーリーから意味づけまで多様な変奏を呈したのである。元来中国でその意味づけが少なくとも二通りあったように、徐徳言の物語は意味づけを変換しやすい構造であったといえよう。物語の流伝や受容において、話型的な構造は強固に残るものの、意味づけは変容しやすいということであろう。

## 七　「帚木」巻「葎の門」の物語と『本事詩』崔護条

「葎の門」の物語とは、葎の茂るような荒れた家に意外な美女を見出す話であり、物語の典型的な話型である。

『源氏物語』では光源氏が五条の陋屋で夕顔を見出す話（夕顔巻）、同じく源氏が北山の僧坊で若紫を見出す話（若紫巻）、荒廃した常陸宮邸で末摘花と出会う話（末摘花巻）、宇治の八宮邸で薫が大君・中君を見出す話（橋姫巻）などが、その話型に属する。『伊勢物語』初段、『うつほ物語』「俊蔭」巻の俊蔭女と兼雅の出会いの話、『大和物語』百七十三段、良岑宗貞と五条の女の出会いなどが、その先蹤である。

「帚木」巻の「葎の門」の物語は、「雨夜の品定」の場面で左馬頭が中流の女の魅力を語るところで、次のように語られた。

さて世にありと人に知られず、さびしくあばれたらむ葎の門に、思ひの外にらうたげならむ人の閉ぢられたらむこそ限りなくめづらしくはおぼえめ。いかで、はたかかりけむと、思ふより違へることなむあやしく心とまるわざなる。父の年老い、ものむつかしげに太りすぎ、兄弟の顔にくげに、思ひやりことなることなき閨の内に、いといたく思ひあがり、はかなくし出でたることわざも、ゆゑなからず見えたらむ、片かどにても、いかが思ひの外にをかしからざらむ。（帚木①六〇頁）

さびしく荒れた葎の茂る家に、思いの外にかわいい感じの娘がひっそりと暮らしているのを見つけた時は、この上なく珍しく思われて心惹かれるものです。どうしてこんな所にと、意外な分心がひかれるものです。父親は年老い太りすぎ、兄弟は醜い顔をしているので、格別なことはあるまいと思われる家の深窓で、娘はたいそう気位を高くもって、ちょっとした才芸でもたしなみがあるふうに見える場合、予想外に魅力的に思われるものです。

これが左馬頭の話であるが、この話の要素は、①「葎の門」、②父は年老いている、③兄弟は醜い、④娘は気位が高い、⑤娘は趣味や教養があるというところである。こうした要素が『本事詩』崔護条によく似ていると思われるのである。

崔護の物語は次のようである。春三月の清明の日、進士に落第した崔護は一人で都の南に散歩に出かけた。花木の生い茂る人気のない家に立ち寄り、渇きをいやそうと水を求めたところ、娘が現れる。娘は杯水を持って来ると、崔護を腰掛けの台に坐らせ、自分は桃の木の枝にもたれて立たずみ、崔護を見つめる姿は美しかった。崔護が話しかけても娘は返事をしなかったが、崔護に一目ぼれしたふうであった。崔護も心ひかれて振り返りつつ別れたが、その後は訪ねることもなかった。翌年の清明の日、崔護はふと去年のことを思い出して再びその家に立ち寄るが、門が閉まっていたので、門扉に次の詩を書きつけた。

去年今日此門中　　去年の今日此の門の中
人面桃花相映紅　　人面桃花相映じて紅なり
人面祇今何處去　　人面はただ今いずこにか去る
桃花依舊笑春風　　桃花は旧に依りて春風に笑む

数日後再び訪ねると、家から泣き声が聞こえるので、門をたたくと、老父が出てきて、君は崔護かと問い、娘が死んだのは君の責任だと崔護を責めた。事情を聞くと、老父は次のように話した。娘は書を知り君子との結婚を願っていて、昨年の春以来崔護に心を奪われたようであったが、先日門扉の詩を見て病いに臥し食事をとることもなくなり死んだという。驚いた崔護は老父の許しを得て、床の娘を抱いて自分の股を枕にして娘の頭を載せて哭して祈ると、しばらくして娘は目を開き半日たつと生き返った。二人は結婚した。

原文は次のようである。

崔舉其首、枕其股、哭而祝曰、「某在斯、某在斯。」須臾開目、半日復活矣。父大喜、遂以女歸之。

この物語を「葎の門」の物語と比べてみると、次の点が共通点として挙げられよう。

| 「葎の門」 | 「崔護」条 |
| --- | --- |
| (1)「さびしくあばれたらむ葎の門」 | 「一畝之宮、而花木叢萃、寂若無人」 |
| (2)「父の年老い」 | 「老父」 |
| (3)「いといたく思ひあがりはかなくし出でたることわざも、ゆゑなからず見えたらむ」 | 「吾女笄年知書、未適人」「此女所以不嫁者、将求君子以託吾身」 |

崔護の物語における花木の茂るだけの寂しい邸のイメージ、老父の設定、娘が「書を知り、君子との結婚を願っていた」という点は、「葎の門」における荒れた邸、老父の設定と、娘が気位が高く趣味や教養があるように見えるという点と、大変よく似ている。『伊勢物語』初段や『うつほ物語』の俊蔭女の物語には「老父」は出てこない。『大和物語』百七十三段では「親」は出てくるが、「老父」とはない。『伊勢物語』初段の女は「いとなまめいたる」とあるが、歌は詠んでいない。『うつほ物語』の俊蔭女と『大和物語』百七十三段の五条の女は歌を詠んだり琴を弾いたりするが、「いといたく思ひあがり」というふうには語られない。「帚木」巻の「葎の門」の話は『伊勢物語』『大和物語』『うつほ物語』などを先蹤とした「葎の門」の物語のバリエーションと考えるこ

とは可能であるが、崔護条との類似点の多さからすれば、これを原拠とした可能性が大きいと言えよう。

このような筋立てに関わることではないが、一旦死んだ者が生き返るという部分で似ているのが『伊勢物語』四十段と五十九段である。四十段は若い男が召使いの女に思いを寄せたが、親が反対して女を追い出した。男は女を引き止めることができないのを嘆き悲しんで息が絶えてしまった。親は驚いて願を立てて祈ったところ、まる一日経った翌日の夜分に生き返ったという話である。「今日の入りあひばかりに絶え入りて、またの日の戌の時ばかりになむ、からうじて生きいでたりける」というのである。

五十九段は都の生活に絶望した男が東山に隠遁して暮らそうと思ううちに、病気になり死んでしまったが、顔に水を注いでいると生き返ったという話。ここでは男がなぜ絶望したのかという理由は語られない。それどころか、男は生き返った時、「わが上に露ぞ置くなる天の川とわたる舟のかいのしづくか」と歌を詠むので、結末は笑話になってしまう。とはいえ、五十九段の「男、京をいかが思ひけむ、東山に住まむと思ひ入りて」と語られるところは、七段「京にありわびて東に行きけるに」、八段「京や住み憂かりけむ、東のかたに行きて住み所求むとて」、九段「その男、身をやうなきものに思ひなして、京にはあらじ、東の方に住むべき国もとめにとて行きけり」等々の表現とよく似ている。これらと関わらせて解釈すれば、男の絶望は二条后への恋に破れたためであると解釈することができる。恋に破れ絶望のあげく、男は病になり死んだのである。そうして一度死んだ者が生き返るという点で崔護を恋した女の話と類同的である。ここに『本事詩』受容を認めるかどうかは、一概に決めかねることではあるが、上に見てきたような『大和物語』や『源氏物語』を含めて考えれば、こういう一風変わった素材（死んだ者が生き返る）は四十段や五十九段のような短小な話の創作には利用しやすかったのではなかろうか。

【注】

（1）『本事詩』の本文は内山知也『隋唐小説研究』（木耳社、一九七七年）所収、「本事詩校勘記」に依り、李学頴標點『本事詩　續本事詩　本事詩』（上海古籍出版社、一九九一年）を参看して私に校訂した。
（2）『毛詩』序の引用は、新釈漢文大系『文選（文章篇）中』明治書院、一九九八年。
（3）内山知也『隋唐小説研究』木耳社、一九七七年。
（4）『拙堂文話』の指摘については、新間一美『平安朝文学と漢詩文』（和泉書院、二〇〇三年）「大和物語蘆刈説話の原拠について」による。
（5）『山岸徳平著作集』Ⅲ・Ⅴ（有精堂、一九七二年）、「韓詩外伝及び本事詩と伊勢物語」「翻訳・翻案文学としての説話文学」。
（6）目加田さくを『物語作家圏の研究』武蔵野書院、一九六四年、第八章第一節第一項「詩及び唐代伝奇」。福井貞助『伊勢物語生成論』有精堂、一九六五年、「本事詩と伊勢物語」。
（7）新間一美「大和物語蘆刈説話の原拠について」（『甲南大学紀要』文学編八〇、一九九一年三月）。同氏『平安朝文学と漢詩文』（和泉書院、二〇〇三年）所収。
（8）渡辺秀夫「伊勢物語と漢詩文」『一冊の講座伊勢物語』有精堂、一九八三年所収。最近の論では『和漢比較文学』四四号（二〇一〇年二月）のシンポジウム「唐代伝奇と平安朝物語」の特集があり、『遊仙窟』『鶯鶯伝』『長恨歌伝』等々の唐代伝奇を平安文学がいかに受容したか、そして独自な恋愛文学に作り替えたか、さまざまな観点から論じている。
（9）拙稿「『大和物語』「蘆刈」譚論」『源氏物語の準拠と話型』至文堂、一九九九年所収。
（10）日本古典文学大系『謡曲集』上（岩波書店）の解説ならびに「芦刈」解題。
（11）雨海博洋他編『歌語り・歌物語事典』（勉誠社、一九九七年）、「「葦刈り」関係章段」。
（12）拙稿「大和物語「蘆刈」段と本事詩「徐徳言」条」『源氏物語の準拠と話型』至文堂、一九九九年所収。

(13) 注7に同じ。
(14) 長安史蹟叢刊・辛徳勇輯校『両京新記輯校　大業雑記輯校』三秦出版社、二〇〇六年。
(15) 注7に同じ。
(16) 日本古典文学大系『今昔物語集』五、岩波書店、一九六四年。原文のカタカナ表記を平仮名に直した。
(17) 小林保治『唐物語』講談社学術文庫、二〇〇三年。
(18) 神道大系文学編一『神道集』神道大系編纂会、一九八八年。
(19) 日本古典文学大系『謡曲集』上、岩波書店、一九六〇年。

# 第十二章　仏教説話の日韓比較
## ——道成寺・源信の母・役小角を中心に——

### はじめに

本章では日本の道成寺説話、源信の母、役小角説話について、韓国の『三国遺事』所収の類似の説話との比較を試みる。その類似点や共通性を通して核となる構造を確かめるとともに、その相違点を確認してそれぞれの説話の位置づけにも触れる。説話はそれぞれ独自の構造を持っており、従って同じ類型の説話は共通した構造を持つ。それは地域や時代を超える。右の四つの説話について同じ類型の韓国の説話との比較をし、基になった仏典からの展開を考えてみたい。しかし、一方では同じ類型だからといっても日本と韓国とでは意味づけが変わってくるところが説話のおもしろい点である。日韓間の文化の伝播や交流について考察する一助になるものと思う。(注1)

### 一　道成寺説話と「心火繞塔」と「術婆伽」

道成寺説話はここでは『大日本国法華経験記』巻下、百二十九話の「紀伊国牟婁郡悪女」を素材とする。有名な話であるが、論述上必要なので粗筋をまとめる。

熊野参詣の途上、老若二人の沙門が牟婁郡の路辺の家に宿を借りたが、その家の寡婦が若い僧を見そめて情交を迫り、断る僧に対して、「女大きに恨怨みて、通夜僧を抱きて、擾乱し戯咲せり」(注2)。若い僧は熊野参詣の後に女の情に従うと約束して、その場をしのいだが、帰途に約束を守らなかったので、女は五尋の毒蛇となって僧を追い、道成寺の鐘の内に隠れた僧を蛇毒の炎で焼き殺した。それから数日後、道成寺の老僧の夢に大蛇が現れて、自分は悪女のためにその夫となって苦しんでいる僧である、自分たち二匹の蛇の苦しみを抜いてほしい、そのために法華経「如来寿量品」を書写して供養してほしいと告げた。老僧が言われたとおりの法会を行ったところ、その夜老僧の夢に僧と女が現れて、僧は兜率天に生まれ、女は忉利天に生まれたと告げたというストーリーである。

この説話で注目したい点は以下の点である。

①女が「年若く、其の形端正」な僧に恋をし、「見始めし時より交り臥さむの志あり」というように激しい情炎を燃やす。

②僧は熊野参詣後に逢うことを約束する。

③僧が約束を違えたので、女は毒蛇となって僧を追う。

④毒蛇は僧の隠れた「大きなる鐘を囲み巻きて(囲巻大鐘)」、「蛇毒」で大鐘を焼く(「炎火熾燃」)。僧は「皆悉焼尽」する。

⑤その後、僧と女は法華経の供養を受けて、「邪道」を離れ「善趣」に赴いた。

これに似た話が「志鬼心火焼塔」あるいは「心火繞塔」という説話である。『三国遺事』巻第四「義解第五・二恵同塵」には善徳王が霊廟寺に駕幸した時、「志鬼心火出焼其塔」という一文の記事がある。(注3)『遺事』ではこれ以上の説明は何もなく、「心火」が塔を焼くということが何を意味するのかわかりにくい記事であるが、『大東韻府群玉』巻二十（十五合）所収、「心火繞塔」の項には次のような説話が見える。これは新羅時代の散佚説話集『殊異傳』によるものである。(注4)

志鬼新羅活里驛人。慕善徳王之美麗。憂愁涕泣形容憔悴。王幸寺行香。聞而召之。志鬼歸寺塔下待駕幸。忽然睡酣。王脱臂環置胸還宮。後乃睡覺。志鬼悶絶良久。心火出繞其塔。卽變爲火鬼。王命術士作呪詞曰。志鬼心中火。燒身變火神。流移滄海外。不見不相親。時俗帖此詞於門壁以鎭火災。（殊異傳）（句点は私に付した）

話の粗筋は、志鬼という駅人が善徳女王の美麗を恋い慕い、「憂愁涕泣」のあまりに「憔悴」した。女王がこのことを聞いて寺塔の下で会う約束をし、志鬼は寺塔の下で女王の駕幸を待っていたが、急に「睡酣」してしまった。女王は志鬼が眠っていたので臂環を志鬼の胸に置いて宮殿に帰った。眠りから覚めて女王の来たことを知った志鬼は「悶絶」し、しばらくすると「心火」が燃え出て寺塔を繞り、火鬼となった。女王は術士に命じて「呪詞」を作り「火神」に祀った。「呪詞」は「志鬼の心中の火は身を焼き火神となった。滄海の外に流移せよ。見たくない親しくしたくない」というものである。当時この呪詞を門壁に貼っておくと火災を鎮めると信じられたという。

引用の原文はそのままでは筋書きに分かりにくい点がある。たとえば「王幸寺行香。聞而召之。志鬼歸寺塔下待駕幸」というところ。その点については、印権煥氏が『大智度論』巻十四所収の「術婆伽」説話との比較を通して志鬼説話が術婆伽説話に基づくことを明らかにし、筋書きを補っている。(注5)

両者を比べてみると、これが「術婆伽」説話の焼き直しであることは明らかである。「術婆伽」の粗筋は次のようである。

漁師の術婆伽は道を歩いている時、遠くから高楼の上にいる王女を見て心を奪われ、月日が経つと共に飲食もできなくなった。母がその訳を尋ねると、術婆伽は「自分は王女を見て以来、忘れることができない（我見王女、心不能忘）」と答える。母は「汝は小人」であり、「王女は尊貴」であるから諦めるように諭すが、術婆伽は「意の如くならずは活くること能はず」という。母は王宮の中に入り常に王女に魚鳥の肉を贈ったので、王女が不審に思って何か願いがあるのかと問うと、母は子が王女を敬慕のあまりに病になり命も旦夕にせまっているので、「愍念」を垂れてほしいと訴える。王女は至月十五日に「天祠」の中の「天像」の後で待つようにと約束する。母は帰ると術婆伽に話し、術婆伽はその日言われたとおりに「天像」の後で待った。王女は父王に「自分には不吉があるので天祠に詣って吉福を祈りたい」と偽って「天祠」を訪ねた。従者たちは門に止めて、一人で「天祠」に入っていった。ところが、「天神」がこれは不都合なことで、「此の小人をして王女を毀辱せしむべからず（不可令此小人毀辱王女）」と思惟して、術婆伽を眠らせた。王女が近づいても術婆伽は目覚めることがなかったので、王女は瓔珞を遺して帰った。目が覚めた術婆伽は瓔珞を見、衆人に尋ねて、王女の来たことを知ると、「自分の心からの願いを遂げられなかったことを憂い恨み懊悩して、婬火が体内から発して焼け死んだ（情願不遂、憂恨懊悩。婬火内発、自燒而死）」というのである。（注6）

志鬼と術婆伽の話の共通点は、①駅人や漁師という身分の賤しい男が女王や王女に恋慕し、②女王や王女が男の恋慕を聞いて憐れみ、寺塔あるいは天祠で会う約束をするが、③女王や王女が訪ねた時には、男は眠っていたので、彼女たちは臂環や瓔珞を遺して帰る。④男は目覚めて女王や王女の来たことを知り、「悶絶」し、あるいは「憂恨懊悩」のあげく、「心火」を発し、あるいは「婬火内発」して死んだという点である。

これを道成寺説話と比べると、恋する主人公の男女が逆転していること、特に道成寺では恋する女が毒蛇に変

「毒蛇になった悪女」『道成寺縁起』続日本の絵巻24　中央公論社

身する点が大きく異なる。しかし、道成寺における①女が男を激しく恋し、②男が逢う約束をするが、③約束が守られなかったために女は毒蛇となって男の後を追い、④男を焼き殺すという展開の基本的な話の要素―恋・約束・焼尽―は志鬼・術婆伽とも共通する点である。特に注目すべきは三者がいずれも「炎火熾燃」「見僧皆悉焼尽」（道成寺）、「心火出繞其塔。即變爲火鬼」（志鬼）、「婬火内発、自焼而死」（術婆伽）というのであって、この「炎火」「心火」「婬火」こそが筋書きの違いを越えて、これらの説話の最も重要なモチーフになっているものと考えられる。その原因は「情願不遂、憂恨懊悩」にあり、それが極限に達した結果が「炎火」「心火」「婬火」を導いたのである。叶わなかった恋の思いは「火」となって自らを滅ぼすのである。

これらの点からいえば、道成寺説話は『大智度論』「術婆伽」系の展開に位置づけられるはずであり、とりわけ道成寺の毒蛇の「囲巻大鐘」、「炎火熾燃」という表現は、志鬼の「心火出繞其塔」と著しく類似する。「心火」が塔を「繞」るという表現は、毒蛇が「大鐘」を「囲み巻く」イメージに転化してもおかしくあるまい。「繞」と「囲巻」という表現、ならびに「其塔」を焼くのと「大鐘」を焼くのとの類似は、道成寺説話が志鬼説話に近接するものとして注目すべき点であろう。

これら説話の意味づけは道成寺では悪縁によって蛇になった男女が『法華経』「如来寿量品」の供養を受けることで、女は忉利天、男は兜率天に生まれることができたという『法華経』の功徳を賛嘆することになるが、志鬼説話では火災を鎮める火除けの呪詞の由来譚になる。術婆伽では王女の行動に対して「以是證知、女人之心不擇貴賤、唯欲是従」と結ばれるが、これは「障善業道」の根本である世俗の女人への警戒を説く仏教的主題に収斂するものである。(注7) 三つの説話はそれぞれ固有の意味づけをされているが、それは語り手や編者の意図による違いである。そうした各説話の位置づけの相違とは別に、三つの説話には共通する構造が存することは認められるであろう。それは叶えられなかった恋の情念は火となって身を焼き尽くすということである。恋の「思ひ」は「炎火」「心火」「婬火」であり、それは身を滅ぼす「火」である。恋はそのようなものとして認識されイメージされたのである。和歌において「恋」の「ひ」に「火」を掛ける懸詞には、そのような「炎火」「心火」「婬火」のイメージが取り込まれていたと考えてよいのではなかろうか。

## 二　道成寺の「悪女」と「義湘伝」の善妙

ところで、道成寺の「悪女」が「毒蛇」に変身したことは志鬼や術波伽の説話には見られない、まったく異なる点である。この変身譚は何によっているのであろうか。この点に関しては『宋高僧伝』の「唐新羅国義湘伝」

「善妙龍」『華厳宗祖師絵伝』続日本の絵巻8　中央公論社

における、義湘に恋した善妙が龍となって義湘に従い助けたという説話との関係を考えないわけにはいかない。善妙龍については「義湘絵」にみごとな絵がある。(注8)「義湘伝」の粗筋は次のようである。

義湘は元暁とともに渡唐するが、遭難して雨を避けるために道ばたの土龕の間に避難した。朝になって見ると古い墓の骸骨の傍らに居た。翌日も甚雨のために逗留して墓穴の入り口で夜を明かしたが、その夜には鬼物が現れて怪異をなした。この時元暁は、「三界唯心萬法唯識、心外無法胡用別求」と悟って、入唐をやめて帰国した。義湘は一人で死んでも入唐すると誓って、登州に至った。そこの信士の家に逗留するうちに、その家の少女善妙が義湘に好意を寄せるが、義湘の心は石のようで動じることがなかった。善妙は道心をおこして義湘に帰依し、大乗を習学し、檀越となって義湘を支援する。義湘はその後長安の終南山で智儼三蔵に師事して華厳経を綜習する。帰国するとき、善妙の家に寄り礼を述べ、船を待っていたところ、善妙は義湘のために法服や什器を篋笥に満たして準備していた。義湘の乗る舟は岸壁から遠かったので、善妙はまじない(呪)をして、「自分は真心から法師を供養する。願わくはこの衣篋が跳

んで舟に入るように」と言い終わって、篋を海中に投げると、疾風が吹いてはるか彼方の船に篋を運んだ。善妙はまた「願わくはこの身は大龍となり、舳艫を扶翼し、国に至りて法を伝えん」と誓うと、袂を払って海に身を投げた。果たして龍の姿になって航海を助けて船底を泳いでいった。義湘が帰国した後も、善妙龍は常につき随い、義湘が百済で華厳教を興そうとした時、虚空に大神変を現出して巨大な石となって伽藍の頂を覆い、布教を助けた。

これが義湘と善妙との話である。道成寺説話と比べてみると、義湘と道成寺の若い僧との共通点はともに志操堅固である点である。一方、女の方は善妙もはじめは「巧媚誨之」と語られ、道成寺の「悪女」の「見始めし時より、交り臥さむの志あり」というのに近い。しかし、善妙は義湘の心を理解すると、すぐに「道心」を起こしたのに対して、道成寺の「悪女」は僧を恨んで「毒蛇」に変身した。善妙は「道心」を起こすと、義湘に帰依して檀越となり、帰国する義湘に随うために龍になった。これは一見大きな違いであるが、しかし、その恋慕の激しさが変身をもたらすというのは共通している。「毒蛇」と「龍」はこの両説話におけるほど善悪の価値観が固定しているわけではない。この「悪女」と善妙は裏返しの関係で重なる。

すなわち、善妙龍のように「龍」は常に護法的な善良な異類であったわけではない。『三国遺事』において「龍」はしばしば「毒龍」でもある。「神呪第六・恵通降龍」では、「毒龍」が唐の公主に祟ったり、新羅で甚だしい害をなす話がある。「塔像第四・魚山佛影」では、首露王の時代に玉池に棲む「毒龍」が五穀を実らせなかったなどの話を記す。「龍」が両義的であることが明らかであるが、それらの「龍」が仏の教えに遇うことで護法的存在に転化することが「魚山佛影」ではいくつも示される。善妙龍と道成寺の「悪女」の毒蛇とは元来両義的な「龍」の一面を示しているものとして理解できる。「毒蛇」も昇華すれば善妙龍になるのである。

このように女が蛇や龍に変身する道成寺や善妙の説話は、『法華経』巻五「提婆達多品」の龍女成仏説話のバリエーションと考えてよい。「提婆達多品」では龍女は「変成男子」として成仏した[注9]ので、龍から人間へ、女から男への変身である。これは人間の女が蛇や龍に変身する道成寺や善妙とは逆であるが、彼女たちの変身はそれが成仏のためのプロセスであったと考えることができる。道成寺の「悪女」はむろんのこと、善妙龍も「龍」のままでは成仏できなかったはずであり、道成寺の「悪女」が『法華経』「如来寿量品」の書写をしてもらうことで忉利天に生まれたように、これらは龍女成仏説話の展開として理解すべきであると思う。

まとめてみると、道成寺説話は（1）女の恋の情炎の物語と、（2）毒蛇への変身譚という二つの要素を柱とする。（1）については志鬼や術婆伽に共通する。男女が逆転しているが、恋の「炎火」「心火」「婬火」を共通のモチーフとする説話であった。
（2）については、「悪女」の毒蛇への変身譚は女の恋の情念の激しさを語るものとしては、善妙の護法龍への変身譚と共通する構造である。この毒蛇になった「悪女」も護法龍となった善妙も、ともに「龍女」であり、『法華経』の龍女成仏説話のコンテクストに位置づけることができる。志鬼説話が『大智度論』の術婆伽説話の焼き直しであり、善妙龍が『法華経』の龍女の翻案であることが間違いないとすれば、それらと大きな共通点を持つ道成寺説話もそれらの受容のなかで生成されたと考えられよう。

## 三　源信僧都の母と『三国遺事』巻五・真定法師の母

『今昔物語集』巻十五、「源信僧都母尼、往生語第三十九」（岩波大系本）と、『三国遺事』巻第五「孝善第九」の「真定師孝善雙美」とを比較してみたい。

前者は次のような話である。源信は比叡山で学問をして立派な学生になり、太皇太后昌子内親王の法華八講に召されて、献上品を下賜された。それを喜び母にはじめての物なので見せたいと贈ったところ、母から次のように手紙できびしくたしなめられる。

此の様の御八講に参りなどして行き給ふは、法師に成し聞えし本意には非ず。其には 微妙く思はるらめど、嫗の心には違ひにたり。嫗の思ひし事は、（中略）元服をもせしめずして、比叡の山に上せければ、学問して身の才吉く有りて、多武の峰の聖人の様に貴くて、嫗の後世をも救ひ給へと思ひしなり。其れに、此く名僧にて花やかに行き給はむは、本意に違ふ事なり。我、年老いぬ。生きたらむ程に聖人にして御せむを心安く見置きて死なばやとこそ思ひしか、と書きたり。（カタカナ表記を平仮名に改めた）

高貴な人の法会に呼ばれて名の通った僧―「名僧」になることは、法師にした私の本意ではない。元服もさせずに比叡山に登らせたのはしっかり学問を身につけて、多武の峰の増賀聖人のようになって私の後世を救ってもらいたいのだ。私は年を取ったが、生きている間に高徳の僧になった姿を見て死にたいと書いてあった。

源信はこの手紙に心を打たれ、「然れば仰せに随ひて山籠りを始めて、聖人に成りぬ。今は値はむと仰せられむ時に参るべき。然らざらむ限りは山を出づべかず」と返事をして、それ以来母に会うことなく山にこもって九年がたった。母は連絡しないかぎり来てはならないと言っていたが、ある時源信は無性に母が恋しく心細く思われて下山したところ、途中で母の手紙を持った使いに会う。手紙にはすぐに来るようにとあった。臨終の母が使いを寄こしたのである。源信は母に会い念仏を勧めてその最期を看取った。

源信は母の死を次のように考えた。「「我を聖の道に勧め入れ給へる志に依りて、此く終りは貴くて失せ給ふなり。然れば祖は子のため、子は祖のために限りなかりける善知識かな」と云ひてぞ、僧都、涙を流して横川には返りたりける。」

『三国遺事』「真定師孝善雙美」は次のような話である。真定は兵卒の身で貧しかったので、結婚もせずに母を養っていたが、義湘法師の話を聞いて心を引かれて、母に親孝行を尽くした後には義湘法師のもとで出家したいと話した。その時母は仏法には遇いがたく、人生はあっという間に過ぎる、孝行を終わってからでは遅い、自分が死ぬ前に義湘法師のもとに行き、仏道を聞きなさい、ためらうことはない、と話した。しかし、真定は母を棄てて出家することはとても堪えられないと言う。すると母は、私のために出家ができないというのは、私を地獄に堕とすことだ、十分な食事で養ってくれたとしても孝行とはいえない、私は他人の家の門で衣食を受けても寿命は全うできる、私に孝行しようと思うならば、そのようなことを言ってはいけない、と諭した。以下に、母の言葉を引く。

母曰、佛法難遇。人生大速。乃曰畢孝。不亦晩乎。曷若趂予不死。以聞道聞。慎勿因循。速斯可矣。
母曰、噫為我防出家。令我便堕泥黎也。雖生養以三牢七鼎。豈可為孝。予其衣食於人　之門。亦可守其天年。必欲孝我。莫作爾言。

こう言って母はためらう真定を送り出した。真定は義湘の弟子になった。三年が経ったとき、真定は母の訃報を聞くと、結跏趺坐して七日間の禅定にはいった。その後母は夢に現れて天に生まれたことを告げた。

ともに子に仏道をきびしく修めることを教えた母の物語である。真定の話は「孝善」とあるように真定の「孝」が強調されている点が源信とはやや異なるが、母を喜ばせようとする源信の孝心も強い。母を中心に見ると、ともに仏道に深く帰依していた。源信の母は尼であり、真定の母は尼ではないが、貧しくとも僧が寄進を求めると、家に一つしかない鼎を寄進するような人であった。何よりも二人は子に道を示す強い意志をもった母であるところがよく似ている。影響関係を考える必要はあるまいが、子を導き、子に生き方の指標を示す母の物語として、これは一つの典型である。

## 四　役小角

役小角の説話は多種多様である。本書第十三章の中将姫に関わる当麻寺の伽藍は建立の六十一年後に役行者の「練行の砌」に移建され、金堂の丈六の弥勒の体内には孔雀明王が安置されていたが、孔雀明王は役行者の多年の本尊である。また役行者の「祈願力」によって百済から四天王象が飛来して、金堂にまつられた等々の話が『古今著聞集』巻二「釈教」にある。役小角の「祈願力」とは験力にほかならない。

『日本霊異記』上巻（岩波大系本）、第二十八は役の優婆塞（役行者小角）が「孔雀王の呪法を修持し、異しき験力を得て現に仙と作りて天に飛ぶ縁」という話である。小角は五色の雲に乗って沖虚の外に飛び、仙宮の客人と交わることを願って孔雀の呪法を修習し、奇異の験術を体得した。その結果鬼神を自在に駈使することができるようになり、鬼神に命じて金峰山と葛城山との間に橋を架けさせようとした。鬼神がこれを嫌って葛城の一言主の神が役の優婆塞は天皇に謀反を企てていると讒言して、捉えられ、伊豆の嶋に流された。しかし、伊豆にあっても、「身海上に浮かびて走ること、陸を履むが如し。體万丈に踞り、飛ぶこと翥《はふ》る鳳の如く、昼は皇命に随ひて嶋に居て行ひ、夜は駿河の富士の嶺に往きて修す」（岩波大系本）というのである。小角が伊豆に流されたのは文武天皇三年（六九九）とされる。

『続日本紀』文武天皇三年（六九九）五月二十四日条にも、「世相伝云、小角能役㆓使鬼神㆒、汲㆑水採㆑薪。若不㆑用㆑命、即以㆑呪縛之」とある。

この役行者の呪法によく似た呪法を駆使した者の話が、『三国遺事』巻第一、「紀異第一・桃花女鼻荆郎」にある。鼻荆郎は新羅第二十五代の真智王（在位五七六～五七九年）の幽霊が桃花女に生ませた子であったが、生まれる時に「天地振動」の奇異があり、十五歳になった時には毎夜宮城を逃れて飛んで遠遊し、「鬼衆を率いて遊び」、鬼衆が寺の暁の鐘を聞いて散ずると鼻荆郎も帰った。真平王（在位五七九～六三二年）がこの話を聞いて質すと、そのとおりというので、王は鼻荆郎に、「鬼衆を使役して神元寺の北の渠に橋を作れ」と命じると、鼻荆郎は「其の徒をして石を錬し、大橋を一夜に成す」。また王の求めにより吉達という鬼衆を推薦したが、ある日吉達が狐に変じて遁走すると、鼻荆郎は即座に鬼衆に捉えさせて吉達を殺した。このことから郷俗では鼻荆郎を歌った詞を貼って鬼を避けた。

両者の共通点はともに空中を自在に飛行する能力を持っていたこと、橋を架けさせたこと、鬼神を思いのままに使役したこと、ともに王命には随順したことなど、大変よく似ている。[注10]

配流から三年目の大宝元年（七〇一）、小角は罪を許されるが、そのまま「仙と作りて天に飛び」、後に新羅に渡ったという伝承がある。『三宝絵』（岩波新大系）中巻「役行者」では、渡唐した道昭法師が新羅の虎の招請を受けて、新羅の山寺で法華経を講じた時、そこに日本語を話す人がいて、それが役行者であったという。ところが、『元亨釈書』巻十五「方応」では、小角は虎になっている。虎になった小角は日本の神の「曲謟」に堪えられずに遁去して「異類」になったのだと話したというのである。(注11)

小角が新羅に渡ったという話は小角説話の来歴を示すものではなかろうか。小角が配流に遇った文武天皇の時代は鼻荊郎の真平王の時代の百年ほど後である。役小角のさまざまな験力を語る説話の形成には鼻荊郎説話が関与したことを認めてよいであろう。鼻荊郎の呪法説話が役小角の呪法説話に再生したということである。

これらの説話は仏典や韓国説話の影響下にあるというだけでなく、古代東アジアにおける文化の伝流とそれぞれの地域における固有の文化形成の問題として考察する必要のあることを示していると思うが、その問題は今後の課題としたい。

**【注】**

（1）本章は「心火・祈り・呪法のイメージ—古代説話の日韓比較—」（『國文學』学燈社、二〇〇三年一月）を基にしている。旧稿では紙幅の都合で十分に論じられなかった点を補充するとともに、中将姫説話については本書第十三章に回し、新しく源信の母の説話を追加した。

（2）日本思想大系『往生傳　法華経験記』岩波書店、一九七四年。二一七～二一九頁。

（3）村上四男撰『三國遺事考証』下之二、塙書房、一九九五年。七五頁。「二恵同塵」は恵宿、恵空の二僧の奇跡を語る説話である。ある時、恵空は草で縄をない、霊廟寺の金堂や経楼を縄で囲んで結んだ。三日後善徳女王が寺に来た時、志鬼の心火によって塔が焼けた（「果三日。善徳王駕幸入寺。志鬼心火出焼其塔。」）が、恵空が縄で囲んだ所は焼けなかったという。『三國史記』「新羅本紀」第五には、善徳王四年（六三五）に霊廟寺が完成した記事があるが、善徳王駕幸や火災の記事はない。霊廟寺火災の記事は「新羅本紀」第六、文武王二年（六六二）、六年、八年の三回見える。

（4）『大東韻府群玉』は朝鮮時代の権文海（一五三四〜一五九一年）の編になる一種の百科事典。全二十巻、二十冊。内容は地理、国名、姓氏、人名、孝子、烈女、守令、山名、木名、花名、動物名の十一の綱目に分類されて、檀君から編纂時までの事が網羅される。特に史実や文学、説話などの貴重な資料が収録されている（ソウル大学校東亜文化研究所編『國語國文學事典』新丘文化社、一九八九年）。東京の東洋文庫には全巻揃いの版本が三セットある。大阪市立図書館、都立日比谷図書館にもある。引用は影印本『大東韻府群玉全』（韓国、正陽社、一九五〇年）六二八頁。朝鮮文献の散逸資料が見られるものとして有益である。

（5）印権煥『韓國佛教文學研究』高麗大学校出版部、一九九九年、「〈心火繞塔〉説話의佛典根源과土着的意味」。初出は『國語國文學』四十一号、一九六八年。本論の初出時には、黄浿江『新羅佛教説話研究』ソウル・一志社、一九八六年所収、「志鬼説話小考」によったが、後に印権煥氏の論文が先であることを知った。

（6）『大智度論』巻第十四の第二十四、引用は『大正新修大蔵経』第二十五巻「釈経論部上」による。一六六頁。

（7）『大智度論』では術婆伽説話の前後において、「女人慳妬瞋諂妖穢闘諍貪嫉」であるから「不可親近」と説き、女人は「常随慾、不随功徳」と説かれる。

（8）「義湘伝」は「宋高僧伝」巻第四「唐新羅國義湘傳」（『大正新修大蔵経』巻五十、史伝部二）による。「義湘絵」は「義湘伝」の正確な絵画化であると小松茂美氏は言う。『華厳宗祖師絵伝（華厳縁起）』（中央公論社、一九九〇年）解説。

（9）岩波文庫『法華経』中、二二二〜二二四頁。

（10）役小角と鼻荊郎との類似については、伊藤好英氏の教示による。

（11）『元亨釈書』のその部分を引く。「古記曰。道昭師在レ唐時、五百群虎共来作礼。一虎人語曰、新羅山中衆虎之所レ伏也。願師赴レ山導二我暴獰一。昭黙受レ請。乃至レ彼講二法華一。群虎側聴。其中有二和語者一。進曰、我是日本國役小

角也。昭愕然問曰、何在レ此。対曰、本國神曲諂。是以我遁去化二異類一耳。(下略)」。

# 第十三章　中将姫説話と『観無量寿経』の韋提希夫人
## ――『大唐西域記』『三国遺事』の説話と関わらせて――

中将姫説話は鎌倉時代に当麻寺の当麻曼荼羅の縁起として成立するが、以後説話として、また絵解き、絵巻、奈良絵本として、さらに迎講という仏教民俗としてというようにさまざまな形で流布し、江戸時代には浄瑠璃や歌舞伎としても繰り返し上演された。(注1)本章では中将姫説話の形成とその構造について、『観無量寿経』の韋提希夫人や『大唐西域記』巻十、「清辨故事」との関わりに注目して検討してみたい。

### 一　当麻曼荼羅織成譚――中将姫説話の端緒

中将姫と見做すことのできる人物の文献上の初見は『伊呂波字類抄』（十一世紀末）であるようだ。「当麻寺、名禅林寺、在大和国、横帯大納言女子建立」とあり、この「横帯大納言」の「横帯」は「横佩」と考えられるので、その「女子」は後に中将姫とされる女子と同一人と思われる。

次いで建久三年（一一九二）成立の『建久御巡礼記』には、当麻寺の建立が「橘豊日天皇之皇子、麻呂子親王御願」に成るとした上で、その「極楽変相」の縁起について二説あることを記す。

有縁起云、麻呂子親王并同夫人、善心凝一、信心無二、請吉土於此処、立精舎於其中、金堂者、弥勒三尊満月之光明旁彰、西堂者、極楽九品宝樹之変相織成、爰夫人常願云、我如何移浄土於斯砌、集衆生於斯庭、可為往生之縁者、然間、去天平宝字七年六月廿三日夜、有化人、以蓮糸織変相、化人与夫人、夜中暗顕畢、不知移一仏土於斯土歟、又不知送九品基於斯庭歟、未曽有之心深不思議之念入骨云々、此縁起時代年号、尤不合歟、

彼寺僧申サク、織リ仏ノ事無慥日記、但ダ此ノ曼荼羅ノ下ノ縁、不壊之時キ、天平宝字七年ト云フ年号、慥ニ被織付タリキ、其ノ比カヨコハギノ大納言ト云フ人有ケリ、彼御娘朝夕極楽ヲ願テ、曼荼羅ヲウツサバヤト願ヲ起サレケリ、年来乍思過間ニ、一ノ化人来テ、一夜ノ間織リテ、行方ヲ不知ト申、此大納言御娘一生ガ間、向《ヒテ》二此ノ仏ニ一、タユマズ行ヒテ、極楽ニ生ニケリト申シ伝タリ、此ノ仏ノ上ノ軸ニハ、フシナキ竹ノ一丈余ナルヲモチヰル、

一説は、麻呂子親王とその夫人は「善心凝一、信心無二」であったので、当麻の地を「吉土」として精舎を建てて、金堂には「弥勒三尊」を祀り、西堂には「極楽九品宝樹之変相」を織成したものがあったが、夫人は常にこの砌に浄土を移し、衆生をこの庭に集めて往生の縁としたいと願っていた。天平宝字七年六月二十三日の夜、「化人」が現れて蓮糸で「極楽九品宝樹之変相」を織り、夫人に与えた。その時には夜中の闇も明るくなったというのである。

しかし、この「天平宝字七年（七六三）」は麻呂子親王の時代とは合わないと疑問を呈する。麻呂子親王は橘豊日天皇（用明）の皇子で、聖徳太子（五七四～六二二）の弟なので当然の疑問である。

他の一説は、曼荼羅成立の年代が天平宝字七年であることは、その年号が破損以前の曼荼羅の下の縁に慥に織

り付けられていたから間違いないとしながら、それが織られた由来はヨコハギノ大納言の娘が極楽往生を願って曼荼羅を写したいと長年願っていたところ、一人の化人が来て、一夜のうちに曼荼羅を織り上げて去った。娘は一生の間その曼荼羅の仏に向かってたゆむことなく勤行をして極楽に往生したというのである。

両説ともに「化人」が曼荼羅を織ったとする点、その時期が天平宝字七年であったというのは共通している。ヨコハギノ大納言は『尊卑分脈』には右大臣藤原豊成を、「横佩大臣」と号したとあり、『公卿補任』には天平宝字九年（七六五）に六十二歳で薨じたとある。(注2) これによれば曼荼羅織成の不思議があったのは、豊成の最晩年のことであったことになり、曼荼羅成立の時代と人物との矛盾は一応解消されている。これ以後当麻曼荼羅の縁起はこの親子の物語として展開する。

そして『上宮太子拾遺記』（鎌倉時代末期）第三「当麻寺建立事」になると、次のように蓮糸曼荼羅の縁起としてほぼ完成した語りに発展する。

大炊天皇御字。天平宝字七年癸卯。大納言横佩卿息女。年来朝夕営西方業。書写称讃浄土経一千巻。同年六月十五日。出家発願云。我不奉見生身弥陀如来者。不可出寺内。一食長済祈念徹骨。称名不退也。至第六日酉時。一尼来云。不如。課人汝懃求西方故。我来顕浄土変相。欲令見汝。可儲蓮茎百駄。云々仍申下宣旨。於近国以忍海連為召使。三箇日間。九十駄蓮茎集之取糸。掘新井入此糸。其色自然五色染了。同廿三日酉一剋。又一女来云。糸既調哉。尼答曰。既調。女云。然嵩二把。油二升給之可織。云々自戌終至寅初三時之程。一丈五尺曼陀羅一鋪織調。以無節竹為軸。持来授尼。申暇教去。禅尼即問云。汝是誰人乎。女答云。我是如来左脇弟子也。

重説偈云。往昔迦葉説法所。今来法喜（中略）作仏事。卿懇西方故我来。一入是場永離苦。即放光明。指西入雲。于時禅尼悲喜相半。余気如対。倩思惟事之因縁。随喜涙如雨下。泣拝曼荼羅。宛如臨浄刹。徒爾以後。旦暮対此曼荼羅。称名之行不怠。依之暦十余年。光仁天皇御宇。宝亀六年乙卯。三月十四日午剋。瑞雲聳二上之嶽。音楽奏禅林之梢。終遂往生之素懐畢。吾朝無双之勝事。当寺奇特珍事也。云々

ここでも大炊天皇（淳仁）の天平宝字七年六月廿三日のこととして、横佩卿の息女の願いに応じて曼荼羅一鋪が織られたとされるが、そのプロセスが具体的になっているのが大きな特色である。横佩卿の息女は長年「西方の業を営み」、称賛浄土教一千巻を書写し、同年六月十五日に出家を願って、「我生身の弥陀如来を見奉らずは、寺内を出づべからず」と不退転の祈りをしていたところ、六日目の酉の時に、一人の尼が来て、「汝が懃ろに西方往生を求めるので、私が浄土変相を顕して、見せてやろう。蓮茎百駄を準備せよ」と告げた。娘が忍海連に命じて三日間に九十駄の蓮茎を集めて糸を取り、新しい井戸を掘って染めると五色に染まる。こうして糸が調えられた六月二十三日の酉の一剋に、一人の女が来て糸が調ったかと聞き、尼が調ったと答えると、女は「二把」の糸と、油二升を用意させて、「戌終」、午後九時から「寅初」午前三時までの約六時間の間に一丈五尺の曼陀羅を織り上げて去った。横佩卿息女（禅尼）が尋ねると、この女は「弥陀如来の左脇の弟子」と答えた。「女」は観音菩薩であったのである。「尼」が誰かは語られないが、阿弥陀如来であったということであろうか。『建久御巡礼記』では「化人」は一人と考えられるが、ここでは「化尼」と「化女」の二人になり、これが後の定形になる。

次いで「重ねて偈を説きて云く」以下では、「一たび是の場に入れば永く苦を離れん」という偈を守って曼荼羅を拝すれば、あたかも浄刹に臨むようであったと言い、以後禅尼（横佩卿息女）は朝夕曼荼羅に対して称名の行を怠らず、十余年後の宝亀六年（七七五）三月十四日、瑞雲が二上山に聳え、音楽が当麻寺に響く中を往生し

たという。この往生譚もまた後の定形となるものである。

ところで『建久御巡礼記』と『上宮太子拾遺記』との双方の記事を併せ持つものに、『諸寺縁起集』(護国寺本)がある。これは鎌倉中期以降の成立とされるので、(注3)鎌倉最初期の『建久御巡礼記』と鎌倉末期の『上宮太子拾遺記』との間に位置することになる。

『諸寺縁起集』と『建久御巡礼記』との共通点を見てみると、『諸寺縁起集』の「極楽反曼陀羅織日記」は、『建久御巡礼記』の「有縁起云」として「麻呂子親王并同夫人」の精舎建立と蓮糸の変相の話を挙げ、「又云、彼寺僧云」として「ヨコハキノ大納言」の娘と曼荼羅の話を記すが、これらは記事と文章がほぼ一致する。違いは『諸寺縁起集』で「ヨコハキノ大納言」に「尹統」という人名が傍書されることである。

『諸寺縁起集』と『上宮太子拾遺記』とを比べてみると、『諸寺縁起集』では「極楽変相曼荼羅事」として、「大坎天皇御宇」における「伏突大納言卿息女」の「我不奉拝生身弥陀者、不可出寺内」という祈りに感応して、「一人尼」が来て「極楽変相曼荼羅一鋪」を織り、「偈」を説いて去り、「本願姫君」はそれから十余年後に往生したとする。ここでは語句に若干の違いがあることの外は、『上宮太子拾遺記』の方が記事がやや詳しいというくらいで、両者の内容は同じである。比較的目立つ違いは姫君のもとに来た「尼」が『諸寺縁起集』では一人であることと、大納言の名前が「伏突」となっていることだが、その脇には「横佩」と傍書される。

これら三書の成立時期がいわれるとおりだとすると、『諸寺縁起集』(護国寺本)は『建久御巡礼記』と『上宮太子拾遺記』との両方の記事を併せ持つ点で、中将姫説話の転換点に位置したといえようか。実際『諸寺縁起集』(護国寺本)の「極楽変相曼荼羅事」のところには、細字で行間に書き加えられた文があるが、それは『上宮太子拾遺記』からの加筆と考えられるので、これに先立って『諸寺縁起集』が成立していたと見做してよいと思う。

これに加えて『諸寺縁起集』（護国寺本）の特色をいえば、「横佩の御墓」の場所や、「古老相伝云」として、曼荼羅の軸に用いる節のない竹を「比登与竹」というのは一夜のうちに生えたからだとか、蓮糸を洗って五色に染めた井戸は「染野井」、「染井」といい、寺の北の野中にあるなど、伝承に事実性を与える書き方をしている点である。これらは『建久御巡礼記』や『上宮太子拾遺記』が曼荼羅織成の年月日を記載して、それを事実譚とした行き方をさらに強化、強調するものである。ちなみに「染井」については、その場所が天智天皇の時に毎夜光明を放つ所があるので、天皇が驚いてそこを調べさせると、仏の石像が現われたとか、その石で弥勒三尊を造ったという伝承のある場所である。『和州当麻寺極楽曼陀羅縁起』（額安寺本）、『当麻寺流記』（宮内庁書陵部本）、光明寺本『当麻寺曼荼羅縁起』にも同様の記事がある。

## 二　横佩大納言と娘——中将姫の呼称の成立

右に見てきたところでは、まだ中将姫の呼称もなく、後には豊成と固定する父の呼称も「横佩大納言」「伏突大納言」、あるいは「尹統」という名前を傍書されるなど、一定していない。そういう中で、しかし、彼らの人物像は徐々に成長したようだ。建長五年（一二五三）書写の奥書を有する仁和寺本『大和国当麻寺縁起』（『奈良国立文化財研究所年報』一九五九年）では、次のように記される。

> 大炊天皇御宇（中略）、有一臣下、世号横佩大納言尹統朝臣、賢知世之神才也、在鍾愛女、被養倚窓中、長于羅帳之下、其性清索不染紅塵、軽人間栄耀、志偏通弥陀陀《ママ》願海、事林下幽閑、深□安義之煙霞、自書写称讃浄土教一千巻、

横佩大納言は名前は尹統であるが、[注4]「賢知世之神才也」というのはここで新しく付加されたところであり、以後そのまま受け継がれる。その「鍾愛の女」が深窓に大事に育てられ、人柄は「清索」で世間の栄耀を軽んじ、ひたすら阿弥陀の誓願に通じたいと志し、静かな暮らしを願って称讃浄土教一千巻を書写したというのも、浄土信仰に生きる女の家庭環境や人物像を明確にするものである。これらは人物像の物語的な成長といってよい。以下、この娘（「本願禅尼」）の願いに応じて「西方極楽世界之教主」である「尼」と、その「左脇弟子観音」である「女人」が来て曼荼羅を織り上げ、「尼」は「偈」を説いて去り、娘は宿願のとおりに紫雲と音楽の中を聖衆に迎えられて往生したと結ばれる。その記述は上記のどの諸本に比べても詳細なものになっていて、独自な本文の成長を窺わせる。『古今著聞集』（一二五四年）巻二「当麻寺と当麻曼陀羅の事」は仁和寺本をやや簡略にしたという体裁である。

特に人物像の成長という点では、『私聚百因縁集』（一二五七年）巻七「当麻曼陀羅事」において大きく飛躍する。やや長いが引用する。

于時有侍臣。云横佩右大臣尹統。朝賢智世儲一人姫君給。父母鍾愛不斜。長帳下。形勝人。情超世爾ケレハ、奉始父母、家党大事トソ償尊奉リ。朝夕柔和頂手ヲカサシ、夜昼瞻二花顔一奉ル。長給ナハ定踏二万女頂一給。若召二選当今仙洞後庭一、皇后桝房立后時家大幸ナリ。親面目トテ春花ニハ厭レ風、峯桜軒端梅秋草ニハ痛レ露。宮城野萩、嵯峨野女郎花、珍敬床上ニハ覆二懐抱袖一。仰崇衾下ニハ勧二乳養甘露一、寵長奉ル。宿植徳本形、副レ日艶々タリ。衆人愛敬体、追レ時済々タリ。如此漸重二月日一、気介鶏寄。遊雛比程成給ケリ。其形勝世聞給シカハ、少シテ内侍被召ケリ。聖武天皇皇女孝謙天王時内侍ナリ。中将内侍ナリ。

ここでは横佩大納言が右大臣尹統となっている外は、彼が「朝の賢知」であり、姫君の「鍾愛」が並々でないことなどは変らない。その姫君の名前の由来が孝謙天皇の内侍になったので、中将内侍と呼ばれるとされる点が注目される。だが、なぜ「中将」なのかは分からない。ともあれ中将の名称が登場したことは画期的である。また見られるとおりに彼女の養育の様子がこれだけ詳述される例はこれまでになかった。右の仁和寺本の記述をさらに前進させたものといってよい。「春花ニハ厭風」以下の対句的な美文も大きな特色であるし、内侍として宮仕えしたというのも、これが初見である。しかし、その宮仕えには心進まず、「偏に西方の往生を望み、深く弥陀の願海に帰し、朝夕称名を事として」、十三歳より称讃浄土教一千巻を書写するなど菩提心が深く、両親や乳母、侍女の諫めもついに力及ばず、天平宝字七年六月に出家して当麻寺に参籠した。以下曼荼羅織成の縁起となる。

ちなみに称讃浄土教一千巻の書写は『私聚百因縁集』の他に『上宮太子拾遺記』、護国寺本『諸寺縁起集』、仁和寺本『大和国当麻寺縁起』、『和州当麻寺極楽曼陀羅縁起』(額安寺本、一二六二年)、『当麻寺流記』(宮内庁書陵部)などに見えるが、『建久御巡礼記』、『元亨釈書』(一三二二年)巻二十八には見られない。ついでにいえば『元亨釈書』は、横佩大納言を「僕射藤拱佩」といい、中将姫の結婚拒否をはっきりと「不納聘礼」と記し、出家後は一貫して「新尼」と呼称するなど、他書には見られない用語があって独自である。

さて仁和寺本『大和国当麻寺縁起』『私聚百因縁集』において、横佩大納言と娘の人物像が詳しく語られるようになった様子を見たが、しかし、これらの諸書での展開はそれ以上には進まなかった。というより、以上のような展開が鎌倉期を通じての中将姫説話の流れであった。そこでは基本的に当麻曼荼羅縁起としての枠内にきちんと収まっていたといってよい。説話的な展開は室町期に入って急変する。

## 三　中将姫説話の成長——申し子譚と継子譚の付加

酉誉『當麻曼陀羅疏』（一四三六年）巻七「縁起」七は、中将姫説話のひとつの完成形を示していると思われる。以下その筋書きを整理してみる。

本書は説教の場で講説されたものという体裁になっており、まず初日の話として次のように語られる。横佩大納言はこれまで官職や名前など流動的であったが、ここで「横佩右大臣豊成」となり、以後これに固定する。豊成の人物像は「朝廷の賢人、当代の博覧なり。三綱五常の礼儀、鏡を懸け、四荒八極の政道、玉を磨く。鳳闕夙夜の勤め怠ること無く、司君琴枝の栄へ忽ちに得て、万人の首を歩みたり（注5）」というように、その賢人たるいわれが明らかにされる。

その豊成夫婦には子がなかったので、彼らは長谷寺に参籠して男女子を祈願したところ、たちどころに「類無き相貌」の姫君を得、その三年後には男子をも得たが、姫君七歳の時に母が亡くなる。母は遺言して、子供が十二歳になるまで「佗人に見せ給ふな」というが、まもな豊成は左大臣諸房の息女と再婚する。はじめは継母も子供を慈しんだ。しかし、「女人の習ひ、諂曲の心多く、嫉妬の思ひ深きにや、無き人の子と思ふ故にや」、継母は子供たちを憎むようになり、京中の「武き不用の者」を呼び寄せて、二人の子供を葛城山の地獄谷に棄てさせる。山中にさすらうこと八九日になった頃、「山神護法」の助けか、誰も何も言わないのに事件が宮中に聞こえて、帝が勅使を出して救出し二人を宮中に召す。これ以後姫君は僧について称讃浄土経を習い、一千巻を書写して母の菩提を祈ったので、帝も感嘆して姫君は十三歳の時中将内侍になり、弟は少将になった。将来は姫は后の位にもなり、弟は羽林槐門に昇るだろうと噂されたので、父大臣の喜びは一入ではなかった。

第二日の話は次のようである。姉弟の官位が進んだことを知って嫉妬と嗔恚に駆られた継母は、前回の失敗は生かして棄てたからだと考えて、今回は人跡絶えた深山で姫を殺害することを計画する。まず死生を顧みない兵に、姫が「大臣殿の御色」で「大臣殿の御煩ひ」になっていると詐って、仰山に綾羅錦繍の引出物を与えて味方にする。次いで姫君には母の墓参りと偽って紀州在田郡鶬山に誘拐する。二日目の暮れ方に鶬山の岩陰で兵は姫君を殺害しようとする。この時姫君が父と母と自分のために称讃浄土経を読誦する姿を見て、兵は心を改めて姫君を助け、柴の庵を作って菓や苅り穂を拾い薪を取り、熊野参りや吉野詣での者に物乞いをして、姫君の衣食を調達した。さらに兵は妻をも都から呼び寄せ、夫婦で姫を養ったが、姫君十四歳の春に兵は急逝する。

その頃豊成は部下の侍の勧めで急に鶬山に狩りに出かけて、偶然姫と再会する。姫君は都に帰ると入内し、帝の厚い寵愛を受けた。十五歳の時のことである。だが、姫十六歳の時、弟が急死する。ここに「有為無常の理」を観じた姫君は、夏には「后に立ち給ふべし」との世評を振りきって、当麻寺に行き閑居する。「無常の殺鬼は王位にも助けを置かず、炎魔の使者は皇后にも情けを置かず。今日十善万乗の位に登ると云ふとも、明日は無間阿鼻の底に沈む事は疑ひ無し。此度厭はずは何をか期と為すべからん」というのが、その決意である。そこで称讃浄土教一千巻を書写し、十七歳の六月十五日に出家し法女と名乗った。

以下蓮糸曼荼羅織成のことは、右に見てきたところと変るところはない。中将法女の「生身の阿弥陀如来」を見たいという願いに応じて、禅尼が来訪し、百駄の蓮が帝の勅命で集められ、禅尼が蓮茎から糸を紡いで染色し、化女が来て曼荼羅に織り顕し、無節の竹を軸にして懸け、禅尼は中将法女に曼荼羅が観無量寿経に依るものであること、自分は阿弥陀如来で、化女は観音であることを明かして去る。そして光仁天皇宝亀六年（七七五）三月十四日本願禅尼（中将法女）は往生する。この曼荼羅織成譚の部分は仁和寺本『大和国当麻寺縁起』『私聚百因縁集』の本文に近い。

さて西誉『當麻曼陀羅疏』が上に見てきた諸書と大きく異なる点は、中将姫が長谷観音の申し子であり、継母によって二度までも山奥深くに棄てられ殺されようとしたという迫害に遇うものの、最後は救われるという部分にあろう。これは典型的な申し子譚であり、かつ継子譚の話型である。姫が帝の寵愛を受けるとか、出家して往生を遂げたというのも申し子や継子姫の苦難の後の繁栄、あるいは神として祀られるという話型にぴたりと合致する。曼荼羅織成譚を切り離して、これだけで独立した物語になりえているといってもよい。これが室町期における中将姫説話の最大の特色であった。曼荼羅織成譚を付随的なものにしかねない、主客転倒に向いそうな傾向を示していたと言えよう。むろんここではそれが中将姫の浄土信仰や出家の動機になるものとして位置づけられていたのではあるが。

## 四　中将姫説話と韋提希夫人との類似性

酉誉『當麻曼陀羅疏』巻七が縁起でありながら、縁起の域を越えて申し子譚、継子譚としての発展を示していた様子を見たが、そうした傾向は奈良絵本『中将姫』、お伽草子『中将姫本地』において一層物語的性格を強めた。ここでいう物語的性格とは本来の縁起には関わりのない部分が肥大化する傾向を指す。たとえば酉誉『疏』においても、長谷観音に子を祈るとか、中将姫の他に男子が生れたとか、中将姫が葛城山とひばり山とに二回棄てられたとか、継母の悪辣な計画の詳述など、要するに継子譚の話型に属する部分は縁起とは本来無関係であったといってよいと思う。鎌倉時代の諸縁起にはそうした部分はなかった。たとえば古態を示すといわれる光明寺本『當麻曼荼羅縁起』は継子譚や申し子譚の話型を排除しているが、当麻寺本『当麻寺縁起』、慰斗家本『当麻寺縁起』は申し子譚であり、弟が生まれ、二回棄てられるというように酉誉『疏』と共通する構造である。そうした申し子譚、特に継子譚の部分が室町時代を通じて中将姫説話のもう一つの核心として定着するのであり、その様子を以下に概略見てみる。

西誉『當麻曼陀羅疏』の中将姫の一生を整理してみる。次のような一代記の構成になる。
姫君誕生　豊成夫妻、長谷観音に祈り誕生、天平十九年（七四七）。
姫君三歳　弟誕生。
　七歳　母の死と遺言。豊成、継母を迎える。
九歳　姉弟一緒に葛城山の地獄谷に棄てられるが、十日ほどで救出される。
十三歳　姫君は中将内侍、弟は少将になる。
　姫君、継母の偽計によって再びひばり山に棄てられる。
十四歳　姫君の世話をしてきた武士が死ぬ。
十五歳　豊成ひばり山で姫と再会。中将姫入内。
十六歳　弟の少将死ぬ。中将姫、立后の話がでるが、当麻寺を訪ねる。
十七歳　当麻寺で出家。蓮糸曼荼羅織成のこと。
二十九歳　聖衆来迎して往生する。宝亀六年（七七五）。

奈良絵本『中将姫』もまたほとんど同様の一代記の構成である。
大臣豊成は一人娘の中将を鍾愛。
　三歳　母の死と遺言。
　七歳　豊成、継母を迎える。
十三歳　継母の讒言によってひばり山に棄てられる。
十四歳　姫君の世話をしてきた武士が死ぬ。

十五歳春　豊成がひばり山に狩りに来て姫と再会。豊成、継母と離婚。

十六歳　姫君入内、立后の評定あるが、出家を決意し、当麻寺を訪ねる。

二十一歳　当麻寺にて出家。蓮糸曼荼羅織成のこと。

三十四歳　聖衆来迎あって往生する。

『室町時代物語集』四、『室町時代物語大成』九所収の中将姫説話は、この奈良絵本『中将姫』以下四本あるが、どれもほとんど同じ構成である。但し申し子譚は四本中一本のみであり、どの本でも中将姫は豊成の一人娘で、弟はいない。これと西誉『疏』とを比べると、物語的構成としては奈良絵本系の方が整然としているといえようか。西誉『疏』の姫君の弟の設定は、中将姫が肉親との縁が薄いことを強調するためであろうが、なくて差し支えのない設定である。また二回にわたって深山に棄てられるのも煩瑣である。そういう部分をも含んで中将姫が当麻寺を訪ねるまでの継子譚的部分は、どの本でも全体の六割強の分量に及ぶ。中将姫説話における継子譚的構造の強大さが知られよう。そうした中将姫の継子としての苦難の大きさを、彼女の浄土欣求の動機であり根拠としたのである。継子譚をそのように意味づけた点は中将姫説話の独自さであったといえよう。

この中将姫の継子としての苦難を浄土欣求の動機とした物語の構造は、『観無量寿経』の韋提希夫人が息子の阿闍世によって幽閉された話に比定できると思われる。『観無量寿経』「禁父縁」「禁母縁」「厭苦縁」「欣浄縁」の話を要約すると、次のようである。王舎城において太子阿闍世が父王・頻婆娑羅を幽閉して殺そうとするが、韋提希夫人は身に蜜を塗り、瓔珞に漿を盛って王に食べさせて助けた。そのことを知った阿闍世は怒って母韋提希を殺そうとする。臣下が阿闍世を諫めたので韋提希は助かるが、幽閉されて悲嘆に暮れ、「愁憂憔悴」して、耆闍崛山の仏に向かって慰問してほしいと、「悲泣雨涙」して祈る。仏が韋提希夫人の前に現れると、次のように祈った。（図1）

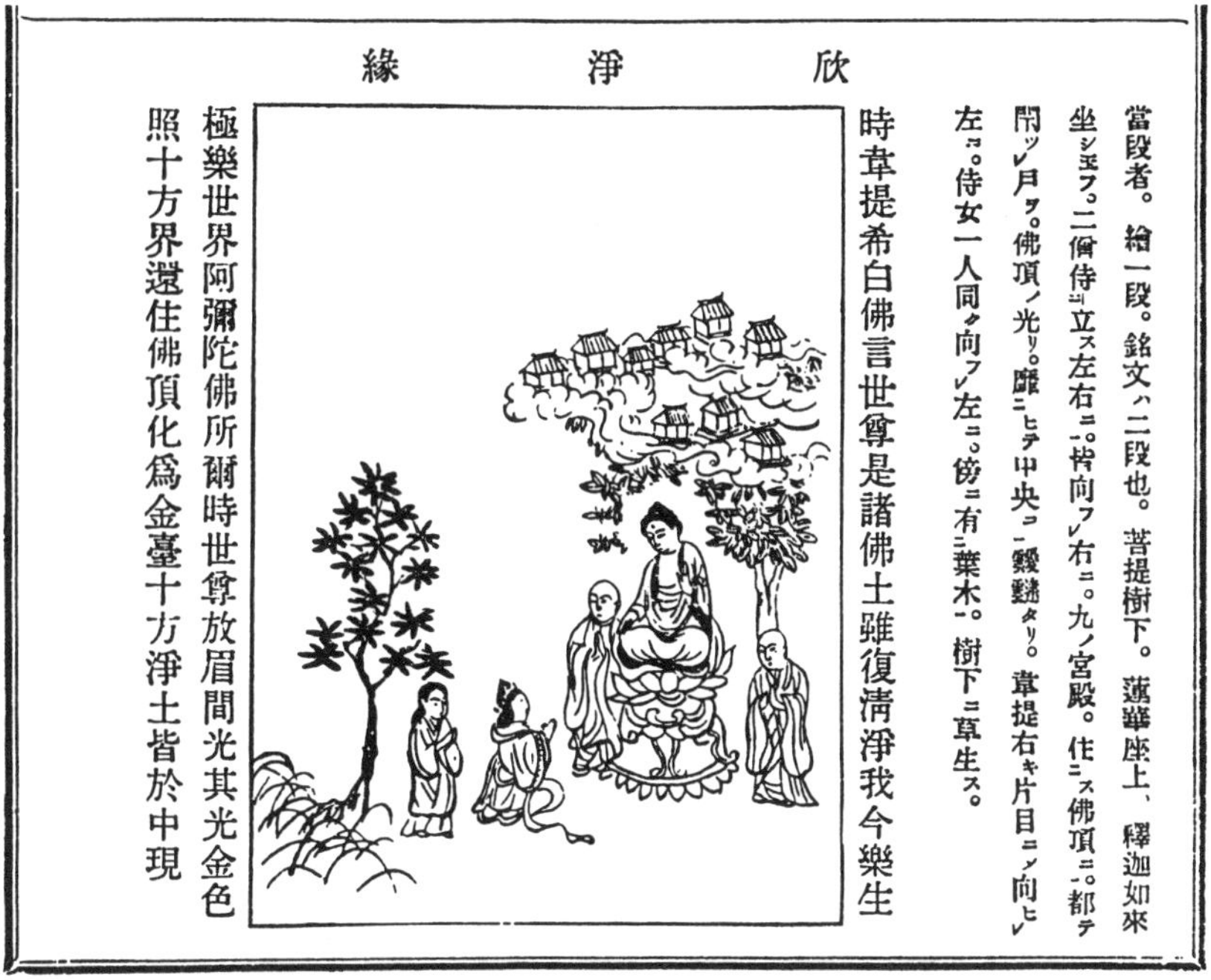
欣　浄　縁
當段者。給一段。銘文ハ二段也。菩提樹下。蓮華座上、釋迦如來
坐シヲフ。二個侍ニ立ス左右ニ。皆向フレ右ニ。九ノ宮殿。作ニス佛頂ニ。都テ
閉ツレ月ヲ。佛頂ノ光リ。離ニヒテ中央ヲ一靉靆タリ。韋提右キ片目ニメ向ヒレ
左ニ。侍女一人同ク向フレ左ニ。傍ニ有ニ葉木一。樹下ニ草生ス。
時韋提希白佛言世尊是諸佛土雖復淸淨我今樂生
極樂世界阿彌陀佛所爾時世尊放眉間光其光金色
照十方界還住佛頂化爲金臺十方淨土皆於中現

図1　『當麻曼荼羅科節』上巻（大日本仏教全書巻六十三）

ただ願わくは世尊よ、わがために広く憂悩なき処を説きたまえ。われ、まさに往生すべし。閻浮提の濁悪の世を楽わざればなり。この濁悪処には、地獄・餓鬼・畜生の盈満し、不善の聚多し。願わくは、われ、未来に悪声を聞かず、悪人を見ざらんことを。今世尊に向いて、五体投地し、哀れみを求めて懺悔す。ただ、願わくは、仏日よ、われを教えて清浄業処を観ぜしめたまえ。（注6）

この息子によって殺されようとした韋提希夫人の「愁憂」「悲泣」「憂悩」は中将姫の継子譚の部分の物語に見合っていると思われる。彼女たちの苦難が浄土を希求する根拠にされるのである。

次ぎに曼荼羅織成譚の部分については、西誉『疏』巻八の次の記事がその物語の構造を説き明かしている。

又願主は是女人なり。化尼化女来て之を織り顕す。能ふ所、共に女人の形を以て出現すること、此等の変相実に由る所有るか。在世の韋提希夫人は能く請の機と為して、安楽世界に生ずる観門を請ふ。仏即ち請に赴きて此の十三定善を授く。終に夫人第七観の初めに五障の雲晴れて三身の月を拝す。

『観無量寿経』では仏が韋提希夫人の祈願に応じて夫人の前に現われ、「十方諸仏の浄妙の国土」(注7)を眼前に現して見せてくれ、さらに極楽浄土を観相する方法を説くが、ここで願主中将姫の前に化尼化女が現われ、極楽の曼茶羅を織り顕したのは、まさしくその仏の現した「浄妙の国土」や極楽浄土に相当するのであり、中将姫はいうまでもなく韋提希夫人に比定される。『疏』の記事はそのように理解すべきことを明確に示している。中将姫説話における曼茶羅織成譚は韋提希の祈願を根拠とすることは間違いあるまい。

両者の話型的対応を示せば、次のようになろう。

| | 中将姫 | 韋提希夫人 |
|---|---|---|
| ① | 継子の苦難 | わが子に苦しめられる |
| ② | 「生身の阿弥陀仏」を見たいと願う | 「清浄業処」「西方極楽世界」を見たいと願う |
| ③ | 化尼化女（阿弥陀・観音）が極楽曼茶羅を織成する | 釈尊が「十方諸仏の浄妙の国土」を見せ、阿弥陀の極楽世界を観想する方法を教える |
| ④ | 聖聚来迎により往生を遂げる | 極楽世界の相を見て廓然と大悟し無生忍を得る |

ここでもう一つ付け加えておきたいのは、韋提希夫人が「生身の阿弥陀仏」を見たいと言い、韋提希夫人が「清浄業処を観ぜしめたまえ」「極楽世界の阿弥陀仏の処に生まれんことを楽う」と言うが、こういう話の類例として『大唐西域記』巻十「清辯故事」の話を挙げておく。(注8) 清弁は慈氏菩薩(弥勒菩薩)の成仏を見たいと思っていた。慈氏が成仏しないならば、自分の疑いは誰が解決できようかと、観自在菩薩の像の前で随心陀羅尼を誦し、粒を絶ち水を飲むだけで三年を経た時、観自在菩薩が妙色身を現し、清弁に汝は何を志しているのかと問う。清弁が慈氏を見たいと待っていると答えると、菩薩は馱那羯磔迦国の城南の山巌の執金剛神の所に行き、執金剛陀羅尼を一心に誦持すれば願いが叶うだろうと教える。清弁が祈って三年後、執金剛神が現れ、どのような願いがあってこのように勤励するのかと問う。清弁が生きている間に慈氏を見たいと思い、観自在菩薩に教えられて来たと答えると、執金剛神は秘方を授けてくれる。そこでまた三年を経た時、芥子を呪して石巌の壁を撃つと洞が開いて、慈氏を見ることができた。「大願斯遂」というのである。

以上結論的にいえば、当麻曼荼羅の織成譚の縁起はまず韋提希夫人の浄土を観たいという『観無量寿経』「厭苦縁」「欣浄縁」の故事を下敷きとして成立したのであり、鎌倉時代の諸縁起はその当初の形をよく留めていたといえよう。ところが、そうした奇跡を招来した中将姫の浄土信仰の動機や根拠は何であったのかという点を説明する段階になって、継子譚が導入されたのである。それも実は韋提希夫人が息子に殺されようとした「憂悩」の体験に見合う話として位置付けられたものであった。物語の構造としてみれば、中将姫の継子譚の部分は韋提希の苦悩の物語の読み換えであったと言いうるのである。それが室町時代における中将姫説話の新しい展開であった。

## 五　『三国遺事』巻五・郁面婢と韓国月精寺の夫人座像

中将姫説話に似ている韓国の説話として『三国遺事』巻第五、「感通第七・郁面婢念仏西昇」を見てみたい。郁面の話は次のようである。

景徳王（七四二―七六五年）の代に康州の善良な人々が西方浄土にあこがれて弥陀寺を創った。貴族の貴珎の家に仕える郁面という婢がいた。主人の供をして寺に行くと、郁面は中庭で寺僧にならって念仏した。主人が婢にふさわしくないと思って、二碩の穀物を与えて一晩中舂かせようとすると、郁面は一更（二時間）のうちに舂き終わって、寺に行き念仏した。郁面は朝夕念仏を怠らなかった。ある時、天から唱う声がして、郁面を寺の堂に入れて念仏させよと言うのを寺の衆が聞き、郁面を堂に入れた。郁面が精進していると、まもなく天の楽が西方から聞こえてきた。郁面は立ち上がると、屋根を突き抜けて西の郊外へと去った。郁面は骸を捐て真身を現して、蓮台に坐し大光明を放ってゆっくりと現世から遠ざかっていった。天の楽の声は空中にとどまっていた。その堂には郁面の突き抜けた屋根の穴が今もある。

この話は郁面が聖聚の来迎を受けて西方の極楽浄土に往生したということであろう。

時有天唱於空。郁面娘入堂念佛。寺衆聞之。勸婢入堂。随倒精進。未幾天樂従西来。婢湧透屋樑而出。西行至郊外。捐骸変現真身。坐蓮臺放大光明。緩緩而逝。樂聲不徹空中。其堂至今有透穴處云。

これは聖衆来迎による極楽往生を語るものではなかろうか。（注9）「捐骸変現真身」について、『三國遺事考証』では「下女の身は観音（真身）の姿に変わり」と訳している。

「真身」については、『三国遺事』「塔像第四」「台山五万真身」に次のような話がある。新羅の慈蔵法師が中国の五台山の「文殊真身」を見たいと願って、入唐して太和池のほとりで祈りを捧げた時に、夢の中で大聖から「四句偈」を授かったが、意味が分からず呆然としていると、翌朝一人の僧が現れて「偈」の意味を教えてくれた。それが真の文殊であることを太和池の龍が教えてくれた。また新羅の五台山の真如院には毎朝夜明けには文殊が現れ、三十六種の形相に姿を変えた。(注10)同じく『三国遺事』「感通第七」「真身受供」には、新羅の景徳王が望徳寺の落成法要を行った時、風采の卑しい僧が来て斎を所望した。実は卑しい僧は「真身釈迦」であった。文殊や釈迦、観音は姿を変えて現れるが、それが後になって「真身」とわかるという話が多い。そうであればここの郁面も観音が郁面に変身していたということになる。『三國遺事考証』はそのように解する。

しかし、「未だ幾ばくならず天の楽西より来たり、婢透きたる屋の樑より湧がりて出づ」と言い、「蓮台に坐し大光明を放ち、緩緩として逝く」というのは、郁面を聖衆が来迎する構図と理解する方がよいのではなかろうか。「坐蓮台」とあるように、ここは往生する郁面が蓮台に座った姿で聖衆に迎えられて極楽に往生する様子を語るものと考えられる。『観無量寿経』「散善義」の「九品往生」を語るところには、「上品上生」の行者は「金剛の台」に乗り、「上品中生」は「紫金の台」に乗り、「上品下生」は「金の蓮華」に坐す。「中品上生」は「蓮華の台」に坐し、「中品中生」は「七宝の蓮華」に坐し、「中品下生」は「宝蓮華」に乗る。そのような乗り物に乗って、聖衆の来迎を受けて極楽に往生するのである。「下品」の者には聖衆の来迎はない。この区別に従えば、郁面が「蓮台に坐す」のは「中品上生」に相当するが、「大光明を放つ」というのは「行者の身は紫磨金色となる」という「上品中生」に相当すると思われる。郁面の往生の位はこのあたりということになる。

「有天唱於空」、「天楽従西来」、「楽声不徹空中」、「坐蓮台」等の表現は聖聚来迎と極楽往生の表象である。『大日本国法華経験記』、『日本往生極楽記』、『拾遺往生伝』などを見れば、これに類似する表現は枚挙に暇がない。

『拾遺往生伝』巻上、二十五話の沙門仁慶の例を挙げる。

時に傍の人夢見らく、大宮大路に、奇雲垂れて、音楽天に聞こえ、薫香地にはびこる。夢の中に人の云はく、これ仁慶上人、往生極楽の儀なりといへり。この言いまだ訖はらざるに仁慶威儀を調へて、香炉をささげ、紫蓮台に坐して、西を指して去りぬとみたり。(注11)

写真1　月精寺石仏

「大宮大路に、奇雲垂れて」、天から音楽が聞こえ、地上には薫香がかおる中を、仁慶は「香炉をささげ、紫蓮台に坐して」、西方に向かう。まさしく典型的な聖聚来迎による極楽往生の図である。仁慶は観音の姿に変わったわけではない。郁面もこれと同様であったと考えられる。これが景徳王の時代の阿弥陀信仰、浄土信仰であった。

韓国におけるこうした阿弥陀信仰の彫像と思われる、非常に印象的な石像の夫人座像がある。一つは江原道の五台山月精寺の像であり、もう一つは江陵の神福寺址のそれである。月精寺の夫人像は八角九層の仏舎利塔に向かって右膝をつき、左膝を立てて、両手を胸の前で合わせて祈る姿である(写真1)。仏舎利塔の後方には寂光殿がある。これは図1の韋提希夫人の祈りの図と大変よく似ている。月精寺は七世紀の新羅の高僧慈蔵の創建とされるが、仏舎利塔はその様式から高麗初期(十世紀半)とされる。夫人座像についてはいつのものか、どのような石仏か明らかでなく、菩薩坐像と呼び、仏塔に対して供養を表現する姿であるとされる。

神福寺址の石像も写真2のように同様の姿で、こちらは三層の石塔に向って祈る。彫刻技法の上から神福寺址

写真２　神福寺跡石仏

の像が月精寺の像より古いとされる。(注12)この三層石塔が仏舎利塔か否か分からないが、配置の形は神福寺址も月精寺と同じであり、三層石塔は仏舎利塔と考えてよいであろう。

そうであるとすれば、これら夫人が仏舎利塔に向かって祈る形は韋提希夫人の祈りの彫刻と見なしうる。韋提希説話では仏が韋提希夫人に対して、「十方諸仏の浄妙の国土」を見せ、さらに阿弥陀の極楽浄土を観想する方法を説法した。仏舎利塔は仏を象徴し、月精寺の仏舎利塔の前方の寂光殿は、仏の現前させた「十方諸仏の浄妙の国土」、さらには阿弥陀の極楽浄土を象徴する。神福寺址の場合も当然三層石塔の前方には仏殿があったはずだから、まったく同じ構造である。

月精寺と神福寺址の夫人座像と舎利塔は『観経』の韋提希説話を媒介すると、その構造を統一的に把握できるのであり、この印象的な二つの夫人座像は韓国における韋提希説話の流布する中で造られたものと考えられる。それは日本の中将姫に相当する韓国の韋提希夫人である。それらは浄土教の浸透と流布の記念碑であった。

【注】

（1）中将姫説話に関しては談義や勧進唱導との関わりから宮崎円遵「中将姫説話の成立」（宮崎円遵著作集七『仏教文化史の研究』思文閣出版、一九九〇年）、五来重「当麻寺縁起と中将姫説話」（『文学』一九七七年十二月）、徳田和夫「享禄本『当麻寺縁起』絵巻と「中将姫の本地」」（『お伽草子研究』三弥井書店、一九八八年）、関山和夫「中将姫伝説と当麻曼荼羅」（『一冊の講座絵解き』有精堂、一九八五年）など。中将姫説話の展開については、阿部泰郎・岩城隆利「説話と文芸」（元興寺文化財研究所『日本浄土曼荼羅の研究』中央公論美術出版、一九八七年）、鳥居フミ子「中将姫説話の近世演劇化」（東京女子大学『日本文学』六七、一九八七年三月）など。多方面にわたる諸資料の収集として当麻町史編集委員会『当麻町史』（当麻町教育委員会、一九七六年）、元興寺文化財研究所『中将姫説話の調査研究報告書』（一九八三年）がある。本稿に引用の『建久御巡礼記』『上宮太子拾遺記』『諸寺縁起集』（護国寺本）『大和国当麻寺縁起』（仁和寺本）は、『当麻町史』によった。

（2）藤原豊成については『日本古代人名辞典』（吉川弘文館、一九七三年）が、その経歴と生涯を手際よくまとめる。仏道に信心篤かったらしい様子が窺える。

（3）『国史大辞典』（吉川弘文館）の当該項目。他の書物の成立時期についても同書による場合が多い。

（4）豊成と尹統の名前については、西誉『當麻曼陀羅疏』巻八は、尹統は初めの名前で、豊成は後の名前ではないかという。初めというのは若い時分というくらいの意味で、後というのは壮年期以降くらいの意味であるようだ。

（5）西誉『當麻曼陀羅疏』の引用は『浄土宗全書』第十三巻（山喜房佛書林、一九七一年）により、漢文体を書き下し文に改めた。

（6）『観無量寿経』の引用はすべて中村元他訳註、岩波文庫『浄土三部経』下、一九六四年による。「禁父縁」「禁母縁」などの題は、柏原祐義『浄土三部経講義』改訂新版（平楽寺書店、一九八〇年）による。

（7）「十方諸仏の浄妙の国土」は次のような世界である。注6の『観無量寿経』による。
「爾の時世尊、眉間の光を放ちたもうに、其の光金色にして、遍く十方無量の世界を照らし、還りて仏の頂に住して化して金台と為る。須弥山の如し。十方諸仏の浄妙の国土、皆中に於て現る。或は国土有り、七宝をもって合成せり。復国土有り、純ら是蓮華なり。復国土有り、自在天宮の如し。復国土有り、玻瓈鏡の如し。十方の国土、皆中に於て現る。是の如き等の無量の諸仏の国土有り。厳顕にして観つべし。韋提希をして見せしめたもう。」

（8）『大正新修大蔵経』第五十一巻所収。季羨林他校注『大唐西域記校注』（中華書局出版、一九八五年）、巻第十、「清辯故事」を参照した。この説話については、松本文三郎「観音の語義と古代印度、支那におけるその信仰について」で、五百年代前後の印度人の観音信仰を徴するものとして取り上げている。速水侑編『観音信仰』雄山閣出版、一九八八年所収。一一頁。

（9）村上四男撰『三國遺事考証』下之三、塙書房、一九九五年。五一頁。

（10）村上四男撰『三國遺事考証』下之一、塙書房、一九九四年。「塔像第四　台山五万真身」には、新羅の五台山は観音、地蔵、大勢至、大阿羅漢、文殊の聖地であるが、ここにはこれらの菩薩が真身を現したという。

（11）日本思想大系『往生伝法華験記』岩波書店、一九七四年。三一三頁。

（12）韓國佛教研究院『韓國の古刹（13）月精寺』ソウル・一志社、一九八八年。七〇～七一頁。

**付記――資料紹介**

「元禄十五年壬午歳五月良辰　書林古川三郎兵衛梓行」の奥書を有する『當麻曼陀羅縁起』上下（明治大学図書館蔵）の目次を掲出する。本書は上の西誉『疏』と奈良絵本・お伽草子系との両者の性格を併せ持つように見える。以下に見るように詳細な目次を冒頭に付して、全体の粗筋がよく辿れるようになっている。頁数は上巻二十七丁、下巻二十三丁、ともに各十二葉の挿し絵がある。

「當麻曼陀羅縁起目録巻上」（平仮名は適宜漢字に改めた）

第一　曼陀羅おこる年代並中将姫の父母氏位の事

第二　右大臣豊成世継の子なきゆへ長谷の観世音に祈りて其しるしある事

第三　姫三歳の春御母逝去の時遺言しなしなの事

第四　母上姫にむかひ色々遺言並勢義正子が由来の事

第五　御母終に死の道にいたり給ふ並北邙無常相の事

第六　姫七歳の時父大臣殿に後の母を迎へませと勧め給ふ事

第七　息女姫の勧めによりて御台所を迎へさせ給ふ事

第八　齢九歳の時より称讃浄土経を毎日六巻つつ読み母の回向を弔ひ十三歳の秋の末中将の内侍に進み給ふ事

第九　継母は嫉妬さかんなれは姫中将の官位に進み給ふをもそねみ大臣殿へあしさまに告け知らせる事

第十　継母はよりより中将姫を追ひ失はん試みの事

第十一　中将姫を御輿に召させて紀伊国鶬山の奥にて害せんとする事

第十二　中将姫は最後の暇をかふて称讃浄土経を読み高声に念仏して臨終をまちゐ給ふ事

「當麻曼陀羅縁起目録巻下」

第一　武士《もののふ》はいとあはれに思ひ御命を害せす深山に庵をむすひ宮仕へ奉る事

第二　武士昔の友に逢ふて故郷の妻を呼び夫婦ともにはこくみ奉る事

第三　かの武士病死する、中将姫同しく妻嘆き悲しむ事

第四　翌年の春父大臣殿猟に出給ひ深山にて中将姫に逢ひ都に帰り給ふ事

第五　十六歳のころ后の位にそなはるへき宣旨あり然共中将姫は無常の殺鬼をおそれ唯閑居の思ひ深き事

第六　当麻寺にいたり庵をむすひ十七歳にて髪を落し法如と号する事

第七　法如比丘尼正身の弥陀を拝み奉らんと願ひまた化生比丘尼来て法如の願をかなへ給ふ事
第八　天皇叡感ましまして百駄の蓮茎をくたされ詔の詞の事
第九　糸懸の桜並ニ染寺といふ事
第十　また化来の女人一丈五尺の大曼陀羅を織出す事
第十一　前の化来比丘尼曼陀羅を中将法如にわたし給ひ又四句を偈を示し給ふ事
第十二　化生の比丘尼並ニ化来の女人は弥陀および観音なる事
　　　また二上か嶽にて弥陀如来四言四句の詞を示し給ふ事
第十三　中将法如往生の年月並ニ聖衆来迎奇瑞の事

# 第十四章　「二河白道」の文化

## ――『観無量寿経』に淵源する文学と仏教民俗――

### はじめに

前章で中将姫説話が『観無量寿経』（以下『観経』と略称）の韋提希説話の翻案であり、中将姫の極楽往生は同じ『観経』の「散善義」に説かれた聖衆来迎に基づくと考えられることを論じたが、その中将姫の極楽往生を演出する奈良・当麻寺の迎講には善導の「二河白道」説が取り込まれていたと見られる。本章では「二河白道」説が源氏物語以下の古典文学にも影響して中世近世の作品に主題化されていたことを見るとともに、迎講の成立と展開をたどってみたい。

「二河白道」説とは中国唐代の浄土教の大成者、善導（六一三～六八一年）の『観無量寿仏経疏』巻四「正宗分散善義廻向発願心釈」に説かれた比喩説である。源信の創始とされる迎講は『往生要集』大文第二「聖衆来迎楽」を演出するものであったが、その典拠は『観経』「散善義」の聖衆来迎にあった。『観経』を基にして「二河白道」説が生まれ、それが源氏物語以下の古典文学に取り込まれるとともに、迎講という仏教民俗に展開した、その過程を検証してみる。

## 一 「二河白道」説について

はじめに「二河白道」について見ておく。『観経』「散善義」において浄土に往生を願う者は「三種の心」を起こさなければならないとして、「一には至誠心、二には深心、三には廻向発願心」であるとする。(注1) 善導の『観無量寿仏経疏』「正宗分散善義廻向発願心釈」は、その「廻向発願心」を説明するための比喩として「二河白道」を説いたのである。引用は少々長いものになるが、以下の論述に欠かせないので全文を掲げる。

又一切の往生人等に白す。今更に行者の為に一の譬喩を説きて信心を守護し、以て外邪異見の難を防がん。何者か是なる、譬へば人ありて西に向かつて百千の里を行かんと欲するが如き、忽然として中路に二河あるを見る。一は是れ火の河にして南に在り、二は是れ水の河にして北に在り。二河各闊さ百歩、各深くして底なく、南北辺なし。正しく水火の中間に一の白道あり、闊さ四五寸許りなるべく、此の道は東岸より西岸に至るまで亦長さ百歩なり。其の水の波浪交過ぎて道を湿し、其の火焔亦来たりて道を焼き、水火相交りて常に休息することなし。此の人既に空曠の迥かなる處に至るに更に人物なし。多く群賊悪獣あり。此の人の単独なるを見て競ひ来て殺さんと欲す。

此の人、死を怖れて直に走りて西に向ふに、忽然として此の大河を見る。即ち自ら念言すらく、此の河は南北に辺畔を見ず、中間に一の白道を見るも極めて是れ狭小なり。二岸相去ること近しと雖も、何に由りてか行く可き。今日定めて死せんこと疑はじ。正に到り廻らんと欲すれば、群賊悪獣漸漸に来り逼む。正に南北に避け走らんと欲すれば、悪獣毒虫競ひ来りて我に向ふ。正に西に向つて道を尋ねて去らんと欲すれば、復た恐らくは此の水火の二河に堕せんと。当時の惶怖復た言ふべからず。即ち自ら思念すらく、我れ今廻るも亦死せん、住まるも亦死せん、去るも亦死せん。一種として死を免れずば、我れ寧ろ此の道を尋ねて前に向つて去らん。既に此の道あり、必ず応に度るべしと。

この念を作す時、東岸に忽ち人の勧むる声を聞く、仁者但だ決定して此の道を尋ねて行け、必ず死の難なけん、若し住まらば即ち死せんと。又西岸の上りに人ありて喚びて言はく、汝一心正念にして直に来れ、我れ能く汝を護らん、衆べて水火の難に堕せんことを畏れざれと。此の人既に此に遣り彼に喚ぶを聞き、即ち自ら心身を正当にし、決定して道を尋ねて、直に進みて疑怯退の心を生ぜず。或は行くこと一分二分するに、東岸の群賊等喚びて言はく、仁者廻り来れ、此の道嶮悪にして過ぐることを得ず、必ず死せんこと疑はず。我等衆べて悪心をもて相向ふことなしと。此の人喚ぶ声を聞くと雖も亦廻顧せず、一心に直に進みて道を念じて行くに、須臾にして即ち西岸に到りて永く諸難を離れ、善友相見えて慶楽已むことなし。

此れは是れ喩なり。次に喩を合せば、東岸と言ふは即ち此の娑婆の火宅に喩ふるなり。西岸と言ふは即ち極楽の宝国に喩ふるなり。群賊悪獣詐り親むと言ふは、即ち衆生の六根六識六塵五陰四大に喩ふるなり。人なき空迥の沢と言ふは、即ち常に悪友に随ひ、真の善知識に値はざるに喩ふるなり。水火の二河と言ふは、即ち衆生の貪愛は水の如く、瞋憎は火の如くなるに喩ふるなり。中間の白道四五寸と言ふは、即ち衆生の貪瞋煩悩の中に能く清浄なる願往生心を生ずるに喩ふるなり。乃ち貪瞋強きに由るが故に即ち喩ふるに水火の如くとし、善心微なるが故に喩ふるに白道の如しとす。又水波常に道を湿すとは、即ち愛心常に起りて能く善心を染汚するに喩ふるなり。又火焔常に道を焼くとは、即ち瞋嫌の心能く功徳の法財を焼くに喩ふるなり。人の道の上りに行きて直に西に向ふと言ふは、即ち諸の行業を廻して直に西方に向ふに喩ふるなり。東岸に人の声の勧め遣るを聞きて、道を尋ねて直に西に進むと言ふは、即ち釈迦已に滅して後、人見ざるも、由ほ教法の尋ぬべきものあるに喩ふ。即ち之を喩ふるに声の如しとするなり。或は行くこと一分二分するに群賊等喚び廻すと言ふは、即ち別解別行悪見の人等の妄りに見解を説きて迭に相惑乱し、及び自ら罪を造りて退失するに喩ふるなり。西岸の上りに人ありて喚ぶと言ふは、即ち弥陀の願意に喩ふるなり。須臾に西岸に到りて善友相見えて喜ぶと言ふは、即ち衆生久しく生死に沈み、曠劫に輪廻し、迷倒自纏して解脱するに由なく、仰いで釈迦発遣して西方に指向せしむることを蒙り、又弥陀悲心の招喚に藉り、今二尊の意に信順して水火の二河を顧みず、念念遣ることなく、彼の願力の道に乗じ、捨命已後彼の国に生まるることを得て、仏と相見えて慶喜何ぞ極まらんやといふに喩ふるなり。

又一切衆生、行住坐臥、三業を修むる所、昼夜時節を問うことなく、常に此の解を作し、常に此の想を作す。故に廻向発願心と名づく。(注2)

これが「二河白道」の全文である。この比喩の解釈については宗派や教学によって諸説があるようだが、ここでは極楽に往生するための信仰のありかたを説いたものとして常識的に理解しておく。簡単にいえば、いかなる障害に遭っても願往生の一念を持って前進することが大事だという説法であろう。「仁者但だ決定して此の道を尋ねて行け、必ず死の難なけん」という東岸の人―釈迦の言葉（教法）に従い、「汝一心正念にして直に来れ、我れ能く汝を護らん」という西岸の人―阿弥陀仏の誓い（願意）を信じて、ひたすら「白道」を進むことが極楽往生への道であるということである。「一心に直に進みて道を念じて行くに、須臾にして即ち西岸に到りて永く諸難を離れ、善友相見えて慶楽已むことなし」という結果を得ることになるのである。そういう信仰のありかたを、これはみごとに視覚的絵画的に表現した比喩説であった。

この比喩説の要点を図式的に整理してみると、東西南北が対称的に構成されているのが大きな特色である。東西の対称は、東岸が「娑婆の火宅」であり、西岸が「極楽の宝国」として示される。東岸の「娑婆の火宅」はさらに具体的に群賊悪獣毒虫などが旅人を脅かす恐ろしい世界とされる。次に南北の対称は、南に「火の河」、北に「水の河」が流れ、「火の河」は衆生の「瞋憎」を、「水の河」は衆生の「貪愛」を象徴する。これら東岸の「娑婆の火宅」と水火の「二河」は併せて衆生の「六根六識六塵五陰四大」、すなわち「貪瞋煩悩」の喩えであるという。その「二河」に、細い「白道」が東岸から西岸に伸びている。「白道」は煩悩の中に生ずる清浄な「願往生心」の象徴である。その「願往生心」を励まして行者を極楽へ救ってくれるのが、東岸の声―釈迦の「教法」と、西岸の声―阿弥陀の「願意」であるというのである。

## 二　「二河白道図」

これを絵画化したものが「二河白道図」である。「二河白道」は法然（一一三三〜一二一二年）が『選択本願念仏集』に引用して広く流布するようになったと言われ、「二河白道図」の制作は鎌倉時代に始まるというのが通説である。「二河白道図」の代表的なものは京都粟生光明寺、鳥取万福寺、京都清涼寺、京都知恩院、京都金戒光明寺、奈良薬師寺、兵庫香雪美術館、神奈川清浄光寺のものが比較的古いとされる。

その基本的な構図は三段構成から成るが、上段（西）に極楽浄土、下段（東）に娑婆世界、中央（南北）に「火の河」と「水の河」が描かれ、二つの「河」の接点に「白道」が娑婆から極楽へ向って真直ぐに伸びるというものである。（写真）

特に香雪美術館のものは、「火の河」には武士が捕えた者に弓を射掛ける姿を描き、「水の河」には直衣姿の公家と思しき者が女性と対座しながら女の舞を見ている姿を描いて、二河が「瞋憎」と「貪愛」の河であることを明示する説明的な画面になっている。そして概ねどの画面でも旅人（行者）は「白道」の間際で佇むか、あるいは「白道」に一歩踏み出そうとするか、やっと数歩を踏み出したばかりという構図である。娑婆の側にはその旅人を送る釈迦が発遣仏・遣送仏として描かれ、浄土側には阿弥陀が招喚仏・迎接仏として描かれる。行者に「白道」を渡ることを勧める東岸の声と西岸の声を仏の姿に描いたのである。

### 三 「二河白道」と浮舟物語

「二河白道」が古典文学に直接関わる例は多くはないが、その中で源氏物語の浮舟の物語には「二河白道」と、その原型である『涅槃経』の草筏で河を渡る比喩説とが利用されていることを中哲裕氏が論じている。(注3) 源氏物語

「二河白道図」香雪美術館蔵
(『図説日本の仏教・浄土教』新潮社より)

に「二河白道」の語は現れないし、浮舟を出家させた横川僧都のモデルとされる源信の著作にも「二河白道」は触れられないので、明証があるわけではないが、浮舟物語の表現や構造は中氏の分析のとおり、「二河白道」や『大般涅槃経』の草筏の比喩説に依拠するところがあったと考えてよいと思う。(注4)

通説では「二河白道」は法然が『選択本願念仏集』に引用して以降流布するようになったと言われるが、(注5)しかし、源信が『往生要集』に善導の著作を何箇所も引用していることや、『述懐鈔』には源信は「善導ノ釈義ヲ指南トシテ、往生要集を撰セラル」(注6)といわれるように、源信が「二河白道」を知らなかったとすることの方が考えにくい。紫式部が源信教団と関わりがあったことも確かであり、源氏物語に「二河白道」が取り込まれた可能性は高いと考えられる。

たとえば、浮舟が自殺未遂のあげく尼君たちに救われて、小野の庵で一緒に暮らすようになった時、老いた尼たちが宵寝に大きな鼾をかくのを恐ろしく思って、「今宵この人々にや食はれなん」と思い、「一つ橋あやふがりて帰り来たりけむ者のやうに、わびしくおぼゆ」(手習⑥三二九頁)という場面がある。この「一つ橋」は今日の注釈書でも典拠未詳とされるところであるが、中氏はこれを「白道」と解したのである。「二河白道」では行者は「白道」を渡って西岸に行くが、死のうとして死ねずに現世に戻った浮舟は、「白道」を渡ろうとして渡りきれなかった場合の行者に自分を見立てたのである。「この人々に食はれなむ」というのは、夜中に寝ぼけて目を覚ました母尼が浮舟を見て、「あやし。これは誰ぞ」と唸るような声を出して見つめる場面で、もう一度「ただ今食ひてむとするとぞおぼゆる」(同上、三三〇頁)と繰り返される。老醜の尼たちは「二河白道」の東岸の群賊悪獣に見立てられているのだと言えよう。

それだけでなく、出家した浮舟を現世に引き戻そうとした妹尼や薫に似る中将などもまた、「二河白道」説の「白道」を渡って行く行者を呼び戻そうとする群賊になぞらえられていたと見られる。「或は行くこと一分二分するに群賊等喚び廻すと言ふは、即ち別解別行悪見の人等の妄りに見解を説きて迭に相惑乱し、及び自ら罪を造りて退失するに喩ふるなり」というところに当て嵌めることができる。浮舟は死のうとして死ねなかったように、出家によっても「白道」を渡ることを許されていないのである。彼女を現世に閉じ込めようとする「二河」の力から解放されないのであった。

そのような浮舟物語の終末は「二河白道」の救済論に対して疑問符を付している、あるいはその前で凝然と佇み判断を留保した形であると見られる。それは源氏物語における「二河白道」の救済思想との格闘であり、天台浄土教思想に対する根源的な問い掛けであったのではないかと思う。

## 四　「二河白道」と謡曲『舟橋』ほか

『舟橋』は四番目物の夢幻能で、前場、後場の二段構成になるが、粗筋は次のようである。熊野から松島や平泉を見物しようと旅に出た山伏が上野国、佐野の渡しに着いた時、舟橋を作っている男女に出会う。男女は前世の罪業の報いで憂き世に生まれたが、後世は成仏できるように、仏法に帰依する機縁として舟橋を作るのだと語る。そして山伏に橋を作る寄付を求め、男は舟橋にちなむ物語を山伏に語る。それは昔ここに住んでいた若者が人目を忍んで女のもとに通っていたが、女の親が二人の結婚に反対し、若者の通う舟橋の板を取り放した。若者はそれを知らずに出かけて、ある夜川に落ちて死んだが、女も若者が来ないのを心配して迎えに出て、同じように川に落ちて死んだ。若者は妄執の虜となり、恋しさのあまりに邪淫の思いに身を焼き、奈落に落ちて成仏できずにいるというのである。そこまで語った時、男はこの話が実は自分たち男女の身の上であったといい、山伏に回向を頼んで消える（前場）。

山伏はこの物語を聞いて二人のために仏法僧の三宝の加護を祈ってやる。その法力によって女は成仏するが、男はいまだ川橋の人柱となって苦患に沈んでいるという。そこで山伏は改めて男に邪淫の業深き執心を振り捨てるようにと懺悔を勧める。その懺悔を通してやがて男も救われる（後場）。

この男女の悲劇の筋立ては、『万葉集』巻十四、三四二〇番歌「上毛野佐野の舟橋取り放し親はさくれど吾はさかるがへ（上野の佐野の舟橋を取り離すように、親は私たちを遠ざけるが、私たちは離れはしない）」（岩波大系本）の歌を主たる素材としているとされる。おそらくこの万葉歌には謡曲『舟橋』の男女の悲劇と同様の伝承が付随していたのであろう。『舟橋』はその男女が叶わなかった恋ゆえに、死後奈落に落ちて「執心の鬼」、「邪淫の悪鬼」となって苦患に沈んでいるという亡者の悲劇に仕立て直したのである。この男の亡者の邪淫の思いに身を焼くというところは、第十二章で触れた『大智度論』の術婆伽説話の投影を考えてよいであろう。その亡者の霊を山伏の回向によって救済するというのが一曲の主題である。

そしてここで注目したい点は、次のように亡者がみずからの成仏のために「二河」の「白道」を心に念じていたという点である。

シテ・ツレ　「法による、道ぞと作る舟橋は、後の世かくる頼みかな。

シテ・ツレ　「心に掛けば、とても身の、生死の海を渡るべき、舟橋を作らばや。二河の流れはありながら、咎は十の道多し、まことの橋を渡さばや、

シテ・ツレ　「苦しみ多き三瀬川に、浮かむ便りの舟橋を、渡して賜ばせ給へとよ。

地　「舟橋の、法に行き来の、道作り給へ、山伏。（注7）

「瞋憎」と「貪愛」の「二河」の流れの中にも浄土へ至る「白道」があるように、「十の咎」、即ち十悪の罪を

犯していても、成仏するための「まことの橋」を渡したいというのである。「生死の海を渡るべき、舟橋を作らばや」、「舟橋は後の世かくる頼み」、「三瀬川に浮かむ便りの舟橋」というように、「舟橋」は苦患に沈む彼らの「願往生心」の象徴であり、救いの「白道」であった。

これを「二河白道」と対比してみると、次のような対応が見られる。

| 『舟橋』 | 「二河白道」 |
| --- | --- |
| 亡者 | 行者 |
| 亡者の「妄執」 | 衆生の「貪瞋煩悩」 |
| 舟橋——願成仏 | 白道——願往生心 |
| 山伏の法力 | 東岸に人（釈迦）が白道を渡るように勧める |
| 真如法身の浮かめる身となる | 西岸（極楽浄土）に到り慶楽已むことなし |

すなわち『舟橋』の亡者は「貪瞋煩悩」の衆生の姿そのままであるが、「二河白道」の行者も同様の衆生の一人であったのであり、そういう衆生の「貪瞋煩悩」の中にも「清浄なる願往生心」が生ずるように、『舟橋』の亡者も成仏への願いを込めて、「舟橋」を作っていた。それは山伏が「橋興立の志返す返すも優しうこそ候へ」といったように、往生のための善行を積むことであった。亡者の成仏への願いと善行に応えるべく、山伏は回向をしてやる。それは「二河白道」で行者が「白道」を渡ろうと決心した時、東岸に人（釈迦）の声がして「此の道を尋ねて行け」と告げたのに見合う。亡者は山伏の回向によって「真如法身の浮かめる身」となるが、同様に「白道」を渡った行者も「西岸に到りて、永く諸難を離れ、善友相見て慶楽已むことなし」というのであった。

こうした対応は『舟橋』と「二河白道」との構造の共通性と理解してよい。『舟橋』は「二河白道」の現世に生きる者の極楽往生の主題を、亡者の成仏、追善供養のテーマへと変換したのである。

ちなみに「舟橋」という名前の意味は、彼岸へ渡る方法として本章注（4）に示したような『大般涅槃経』巻二十三の筏―舟で渡る方法と、「白道」―橋を渡る方法と、二つの方法があるが、その二つを重ねた命名であると考えられる。

「二河白道」を亡者成仏の主題に変換することは、土佐浄瑠璃『一心二河白道』にも見られる。桜姫は横恋慕した僧が生霊となって祟ったのを征伐してくれたよし長と結婚したが、姫は殺された僧が六道に輪廻して、その罪が姫に報いるという薬師如来の告げを聞いて、菩提心を起こして両親と夫に置き手紙をして、ひそかに家を出て京都に向った。だが既に妊娠していて京に着くや、とある家で出産してそのまま亡くなる。死んだ姫が地獄に落ちた時、横恋慕した僧が獣になっていて、姫を見つけて襲い掛かる。姫は逃げる途中で「二河白道」の前に来て進退極まり途方にくれていると、観音が現れて弥陀の名号を唱えて「白道」を渡りなさいというので、その通りにしたところ極楽に到ったという物語である。これを元にしたのが鶴屋南北の『桜姫東文章』であり、そこでは僧清玄の愛欲や執念がクローズアップされ、畜生道に落ちた清玄は蛇身と変じて冥界をさ迷う桜姫を追いまわすが、最後は桜姫は観音の教えの通りに「二河白道」を渡って極楽に救われる。

浮舟物語では「二河白道」は浮舟の救済に関わる思想として浮上していたのだが、謡曲『舟橋』では亡者の救済のための追善供養の意味を持ってくる。本来「二河白道」説は現世に生きる者のための極楽往生の教えであったはずであり、浮舟においてはそのような形で浮舟の救済が問われていたのだが、『舟橋』においては亡者成仏のテーマに変換され、追善供養に転換したのである。これは「二河白道」説の大きな変化にほかならないが、これは迎講においても見られるところであった。

## 五　源信による迎講の創始

迎講は源信（九四二〜一〇一七年）によって始められたとされるが、その成立説話は迎講が現在の形になるまでにはいくつかの段階があったことを示している。源顕兼『古事談』（一二一五年頃）第三「僧行」には、次のような記事がある。

迎講ハ、恵心僧都ノ始メ給フ事也。三寸ノ小仏ヲ脇息ノ上ニ立テ、脇息ノ足ニ緒ヲ付ケテ、引キ寄セ引キ寄セシテ、涕泣シ給ヒケリ。寛印供奉、ソレヲ見テ智発シテ、丹後ノ迎講ヲバ始メテ行フト云々。（注8）

小仏を脇息の上に立てて引き寄せ、それを聖衆来迎に見立てているのだが、これは現在の迎講の形態にはほど遠い。別の伝承では源信は「脇息ノ上ニテ、箸ヲヲリテ、佛ノ来迎トテヒキヨセヒキヨセシテ、案ジ始メ給ヒタリト云ヒ侍リ」（『沙石集』巻第十）（注9）というように、小仏が箸になっている。また別のものでは、「恵心ノ僧都ハ専ラ西方ノ行者ニテアリシニ、常ニ弥陀ノ来迎ノ相ヲ願ヒ給フテ、住房ニヲイテ初ハ枕ヲ二十五西方ニ立テ置キ、念仏ノ声々ニ随ヒテ、次第ニ曳キ寄セ給ヒシカ」、あるいは「栗ヲ二十五、両辺ニナラベ置キ引キ寄セ給フトナン」（『成相寺舊記』）というように、枕や栗を仏菩薩に見立てるようなことをも試みた。（注10）なぜ栗が使われたかというと、栗が西木と書くから西方からの来迎に相応しいと思われたからだという。これらの説話がすべて事実を伝えるとは思えないが、源信が小仏や箸や枕や栗を引きながら、聖衆来迎を幻想していたことはありうることであったと思われる。

源信が迎講を創始したという説話の成立には、源信が『往生要集』において次のような往生の奇瑞を説いていたという根拠があったからである。同書、大文第二「聖衆来迎楽」の章の、「善行の人」の臨終の時の奇瑞は次のように語られた。

弥陀如来、本願を以ての故に、もろもろの菩薩、百千の比丘衆とともに、大光明を放ち、皓然として目前に在します。時に大悲観世音、百福荘厳の手を伸べ、宝蓮の台を擎げて行者の前に至りたまひ、大勢至菩薩は無量の聖衆とともに、同時に讃嘆して手を授け、引接したまふ。この時、行者、目のあたり自らこれを見て心中に歓喜し、身心安楽なること禅定に入るが如し。(注11)

この記事は『観経』「散善義」の九品往生の説法と比べてみると、「上品上生」から「中品中生」までの阿弥陀仏以下の聖衆来迎による往生の相を最大公約数的にまとめたものであると言ってよい。もっと限定すれば、「上品」の往生の相を要約したものと言えよう。そうした往生への信仰を現実化する方法として、源信はさまざまな工夫を試みていたのであり、前記の説話はそうした経緯を語るものになっている。

その試みが次第に儀式的な形を整えていったことが、『成相寺舊記』の次の文から知られる。

其後、此軌則次第ニ重ク成行、僧徒二十五人ニ菩薩ノ衣ヲ荘厳サセ、寺前ノ庭ニ座像ノ弥陀ヲ居ヘ奉リ、住房ノ内ニモ同座像ノ弥陀ヲ置キ奉テ、其ノ前ニ高座ヲ荘リ、僧都ハ是ニ座シ給フテ、庭ノ仏像ニ五色ノ縄ヲ付ケ、僧都ハ念仏ノ声ニ随テ前ヘ曳キ寄セ給フ、二十五ノ聖衆ハ仏像ノ両辺ニ立分レテ、音楽ヲ成シ、向来リ給。(注12)

「其後、此軌則次第ニ重ク成行」とは、先に枕や栗を引き寄せたとあったが、その後の新しい試みとして行ったということである。源信は住房の内の高座に坐って寺前の庭の阿弥陀仏の座像に縄を付けて引き寄せ、それに僧徒二十五人が菩薩の衣装をまとって随って来るというのである。ここまで来れば迎講は基本的な形を整えたと言ってよい。比叡山横川の花台院でこうした迎講が創始されたと見て間違いあるまい。鎮源『大日本国法華験記』巻下、第八十三「楞厳院源信僧都」には、次のようにある。

> 弥陀迎接の相を構へて、極楽荘厳の儀を顕せり。世に迎講と云ふ。その場に集まる者は、緇素老少より、放蕩邪見の輩に至るまで、皆不覚の涙を流して、往生の業を結び、五体地に投げて菩提の因を種ゑたり。[注13]

これを手本として源信の弟子の寛印が丹後国で迎講を始めた（『今昔物語集』巻十五第二十三話）とされるが、その時期は明らかではない。『中右記』天元元年（九七八）九月四日条には、「今日前律師永観於東山行迎講。都人皆以行向結縁」とあり、源信三十七歳の時のことである。これについては『拾遺往生伝』巻下、永観条に、「中山の吉田寺において、迎接の講を修せり。その菩薩の装束廿具、羅穀錦綺を裁ちて、丹青朱紫を施せり。これ乃ち、四方に馳せ求めて、年ごとに営み設けたるものなり」[注14]とあり、菩薩の装束に着飾った僧徒が二十五菩薩の迎接を演じたと解される。しかも毎年催したというのでり、迎講は早くから定着したと考えられる。藤原道長も「六波羅蜜寺、雲林院の菩提講などの折節の迎講などにも思しいそがせ給ふ」（『栄花物語』巻十五「うたがひ」）とあり、この巻の記事は寛仁三年（一〇一九）のことである。[注15]源信の没年は寛仁元年（一〇一七）であるが、道長も参席するというように、そのころには迎講は貴族社会に広まっていたのである。

ちなみに『吾妻鏡』寛喜元年（一二二九）二月二十一日条には三浦海岸で海上の迎講が行われた記事があるが、

これが大規模で盛大な海上の迎講であったことは、『北条九代記』巻六「三浦義村経営弥陀来迎粧」の詳述するところである。(注16)これもまた源信『往生要集』大文第五「対治懈怠」に「仏の奇妙の功徳」の例として「四十八の本願」を説く、その一節を根拠にして行われたのであった。(注17)

## 六　迎講と「二河白道」

源信の時代の迎講は、橋を渡したり、極楽と娑婆とを阿弥陀と釈迦とによって対置するというような「二河白道」構造にはなっていなかったと見られる。「二河白道」説では東に釈迦が遣送仏として、西に阿弥陀が迎接仏として対置していた。ところが、源信は住房の内の高座に坐って庭の阿弥陀仏に縄を付けて引き寄せたが、その時住房の内にも阿弥陀仏を置いていたというのは、極楽と娑婆を対置する形にはなっていなかったことを示している。当麻寺の迎講にしても、享禄本『当麻寺縁起』下巻の迎講の絵には、橋もなく、娑婆の側に釈迦らしいものの姿も見えない。これが十六世紀前半の成立とすると、その時期の当麻寺の迎講にはまだ橋や釈迦はなかったのかも知れない。

ところが、奈良の円成寺の迎講では池に東西に長橋が渡され、池の東側には娑婆屋が作られて、西から聖衆が来迎する様子を演じたというのである。円成寺の迎講は十二世紀末に摂州四天王寺から菩薩面などを譲り受けて始められたとされる。『円成寺縁起』はその様子を次のように語る。

其の日にあたりて、長橋を上院の池上に架し、東西にわたし、橋の東の隅に娑婆屋をかまへ、橋の西より本師・弥陀・観音・勢至、もろもろの聖衆悉く相従ふ。幡蓋の影、雲のごとくにして林梢にたれ、糸竹の響き、雷のごとくにして山谷に聞こゆ。鳥声もをのづから和して、雅音耳に添ひえたり。この勝縁にあづかる

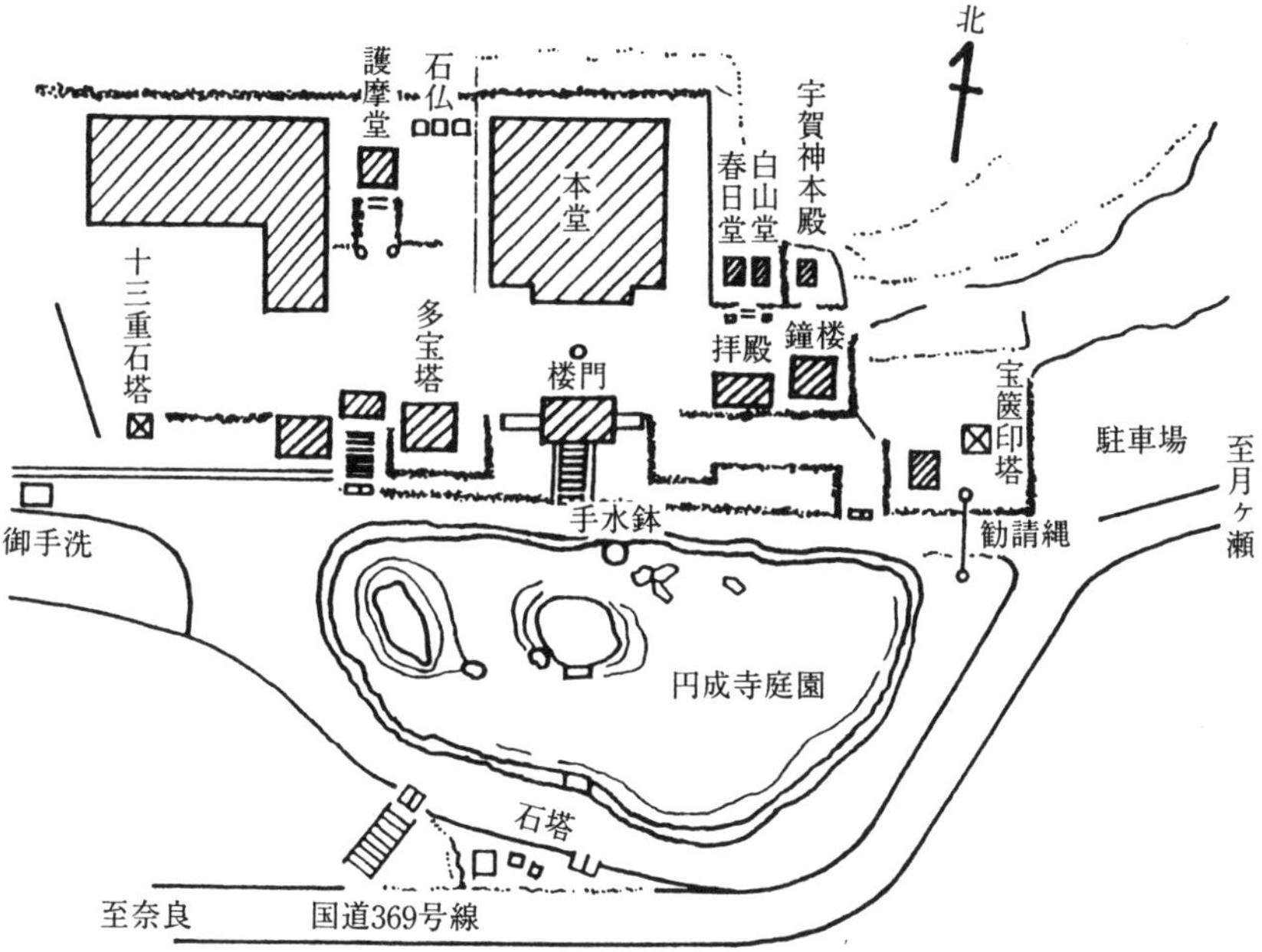


円成寺境内略図（円成寺パンフレットより）

人は往生見仏を当来に待たず、目前に安養の勝境を拝す。[注18]

円成寺の現在の池は図に見るように東西に長い浄土庭園であり、その池に東西に長橋を渡して聖衆来迎の舞台としたという形式は大変めずらしい。このような形は『観経』の聖衆来迎からは出てこない。池に橋を渡したことといい、橋の東に娑婆屋を設けたことといい、これは明らかに「二河白道」を意識した作りであると言えよう。（図参照）

円成寺の迎講は十二世紀末に始まり、十七世紀には行なわれなくなったというが、当初から橋を池上に渡すようにしていたとすれば、これは迎講における「二河白道」との習合の時期を示すものである。今日の当麻寺の迎講は曼荼羅堂と娑婆堂を対置して、その間に橋を渡し、観音、勢至以下が娑婆堂に中将姫を迎接するという形を演じる。しかも娑婆堂には釈迦が安置さ

当麻寺迎講

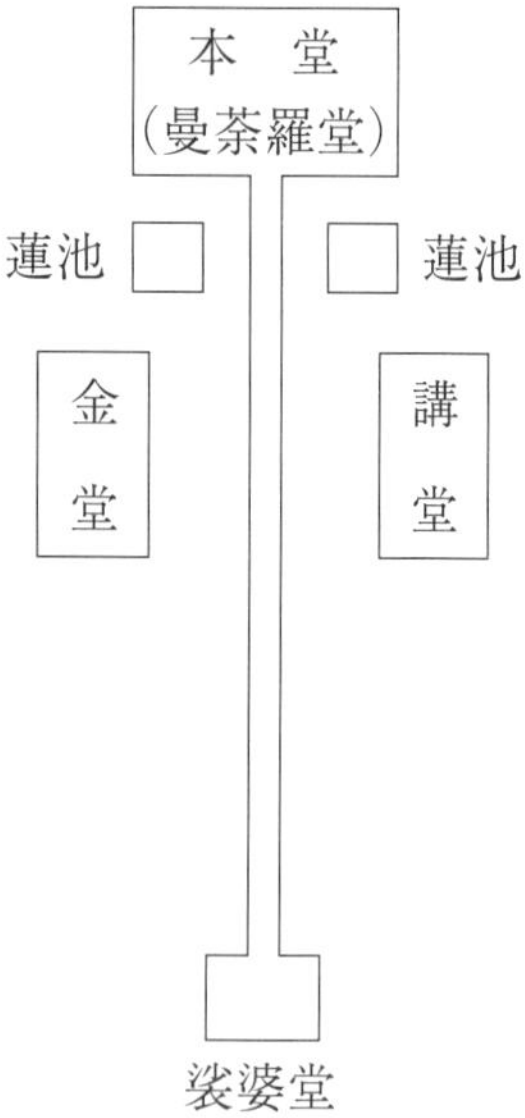


当麻寺伽藍配置略図

れる。曼荼羅堂には国宝の当麻曼荼羅がある。ここには「二河白道」の構造が存することが明確である。

## 七　迎講の追善儀礼化

ところで、第十三章の韋提希説話にせよ、中将姫説話にせよ、また「二河白道」説の行者にしても、彼らは現世に生きる者として極楽往生を願い、一心不乱の勤行や信心によって願いを叶えることができたのであった。韋提希夫人は釈尊から極楽を観想する方法を教わり、中将姫は阿弥陀仏と観音が織ってくれた極楽の曼荼羅に向かって祈りを怠らず、「二河白道」の行者は娑婆の釈迦の教えに従い、阿弥陀の誓願を信じていずれも極楽に往生できたのであった。源信の創始した迎講は元来聖衆来迎の様子を実演して見せることで、人々に極楽往生を感得させようとするものであった。それらは現世に生きる者を対象にして、善男善女に極楽往生を確信させようとする教説であった。死者を対象にした、亡者の成仏を祈る教説ではなかった。

その迎講が「亡者追善の宗教儀式に脱皮することに

なった」ことを、伊藤真徹氏は指摘した。(注19) それは迎講の新しい展開を示すものであるに違いない。『述懐鈔』には、次のような迎講の追善供養化の例が見られる。

1　大原西林院の承円僧正ハ、梨本ノ門主ナリ。自身ノ往生ノ為ニ迎接ノ儀式ヲ大原ノ奥、西林院ニ移シテ之ヲ行フ。我門跡ヲ受ケン人ハ、必ズ此ノ迎講ヲ相続シテ行フ可キ由ヲ命ジ置カレキ。之ニ依リ彼ノ門跡ノ沙汰トシテ今ニ円寂ノ日ヲ迎ヘ、十月十六日ニ是ヲ行ハル。大原ノ迎講ト云ヘル是也。

2　相伝或ハ親ニヲクレ、或ハ夫ニヲクレテ諸共ニ歎キケル時、諸ノ精霊夢ノ中ニ告テ云ク、我ニ逢ント思ハバ、丹後ノ国府ノ迎講ニ往詣スベシ。一切ノ精霊、集会シテ各々利益ニ預ル。三月十五日ヲ待テ。月ノ始ヨリ堂塔草木ノ上迄モ隙無ク群居ス。

3　(願行坊という念仏聖の)或夜ノ夢ニ、束帯鮮ニ、笏ヲ正フシテ、気高ナル人傍ラニ立テ、我ハ是レ右大将頼朝ナリ。面々ニ後世ヲ訪フト雖モ、苦患イマダ休マズ、ヒジリノ外ハ救フ事叶フ可カラズ、我ガ菩提ヲ訪ヒ給ヘト宣フ間、何カナル善根ヲ修シテカ、訪ヒ申ス可キト申スニ、七日ノ迎講、七日ノ説法、七日の往生講、コレラノ行ヲ修シテ回向シ給ハバ、生死ヲ離ル可シ、若シ解脱シタラバ、悦ビハ鎌倉ニテ申ス可シトテ夢覚メニケリ。(注20)

1の承円僧正が「自身の往生のために迎接の儀式」を営んだというのは、亡者追善の儀式ではない。むしろこれは迎講の本来の目的に叶うものというべきである。だが、「我門跡ヲ受ケン人ハ、必ズ此ノ迎講ヲ相続シテ行フベシ」という遺言によって、以後大原の迎講として行なわれたというのは、これが承円の追善供養の儀礼に変わった、少なくともそうした意味を持つに至ったことを示すであろう。

2の「丹後ノ国府ノ迎講」とは、源信の弟子の寛印が丹後の国の迎講を始めたとされる(『今昔物語集』巻二十五、二十三話)ので、その流れを継ぐものであろう。親を亡くしたり、夫を亡くしたりして嘆いていた遺族の夢に、亡者が現われて、「自分に逢おうと思ったら丹後の国府の迎講に詣りなさい。その迎講にはすべての精霊が集会して各々利益に預ります」と告げたというのである。亡者たちがその迎講によって成仏できる旨を告げたことは、迎講が亡者の回向になるということであり、まさしくこれは追善供養化していたことを示す。

3はその点がさらに明確である。頼朝の亡霊が願行坊という念仏聖の夢に現われて、「面々ニ後世ヲ訪フト雖モ、苦患イマダ体マズ」と六道に堕ちて苦しんでいると訴え、願行坊に七日の迎講、七日の説法、七日の往生講を修して回向してほしいと訴えたというのである。さらに頼朝の亡霊は願行坊の供養によって生死を離脱できるであろうし、もし解脱できたら、礼は鎌倉で果たすと約束したという。「コレラノ行ヲ修シテ回向シ給ハバ、生死ヲ離ルベシ」という言葉は、迎講が追善供養の作法になっていたことをよく示すものである。引用は省略したが、その後願行坊は各地を遊行して鎌倉に着き、稲瀬川のほとりで迎講を行なうと、参集の貴賤がこれを貴び土地を寄進したので、寺を建てて「長日の迎講」を始めたが、これが安養院の迎講であるという。願行坊の迎講によって確かに頼朝は苦患を解脱したのであり、その礼を約束どおり果たしたのである。

迎講が現世の人間に極楽往生を確信させるという目的を越えて、亡者の追善供養の意味を持つに至ったということであるが、それは迎講に限らず、「二河白道」もまた追善供養の意味を持つものとして受け取られるようになったことが、謡曲「舟橋」の亡者の言動に示される。そしてその「二河白道」が亡者追善の巫俗と習合したと考えられるものが韓国の死霊祭の巫俗であるが、これについては別稿を参照いただきたい。(注21)

【注】

（1）『佛説観無量壽經』（岩波文庫、中村元他訳註『浄土三部経』下）により、当該箇所の書き出し文を引く。次のようである。「仏、阿難および韋提希に告げたもう、上品上生とは、もし衆生ありて、かの国に生まれんと願う者、三種の心を発さば、すなわち往生す。なにらか三となす。一には、至誠心、二には深心、三には廻向発願心なり。この三心をそのうれば、必ずかの国に生まる。」六二～六三頁。

（2）『大正新修大蔵経』第三十七巻、一七五三『觀無量壽経佛經疏』「觀經正宗分散善義巻四」、二七二～二七三頁。引用は『望月仏教大辞典』（世界聖典刊行協会、一九五四年）「二河白道」を参照して書き下した。

（3）中哲裕「絵解き『源氏物語』」『日本学』一四、一九八九年十二月。

（4）「草筏」の比喩説は、『大般涅槃經』巻二十三「光明遍照高貴徳王菩薩品第十の三」（『国訳一切経涅槃部』二、大東出版社、一九三五年）に、次のようにある。男が王から四毒蛇を飼育してその身を摩洗し、一蛇でも瞋恚を生じさせたら、殺すと命じられる。男が恐怖に駆られて逃げると、王は五人の旃陀羅に追跡させる。男は逃げるが、途中で河に出会う。急流であり、船も筏もない。男は種種の草木を取って筏を造る。男はここに止まれば毒蛇や旃陀羅などに殺されるだろう。しかし、この河を渡る時には水没して死ぬかもしれないと思いながら、水死しても蛇賊に殺されたくはないと決心して、草筏で河に漕ぎ出したところ、渡ることができた、という話である。三八〇頁。

（5）法然『選択本願念仏集』（八）「念仏行者は必ず三心を具足すべきの文」。大橋俊雄『法然全集』第二巻、春秋社、一九八九年。二四四～二四九頁。

（6）『述懐鈔』十一「慧心僧都往生要集事」、『浄土宗全書続』第九巻、山喜房佛書林、一九七四年。著者舜昌（一二五五～一三三五）は浄土宗総本山知恩院第九世、『法然上人絵伝』四十八巻を撰述。今泉淑夫編『日本仏教史辞典』吉川弘文館、二〇〇一年。

（7）『舟橋』、日本古典文学大系『謡曲集』上、岩波書店、一九六四年。

（8）新訂増補国史大系第十八巻、吉川弘文館、一九六五年所収、『古事談』。
（9）日本古典文学大系『沙石集』岩波書店、一九六六年。巻第十本「迎講事」、四二五頁。
（10）『大日本史料』第二編之十一、寛仁元年六月十日条。五一〇〜五一一頁。
（11）日本思想大系『源信』岩波書店、一九七〇年所収、『往生要集』。
（12）注10に同じ。
（13）日本思想大系『往生伝法華験記』岩波書店、一九七四年。『大日本国法華験記』の成立は一〇四三年頃。
（14）『拾遺往生伝』は注13『往生伝法華験記』所収、三八三頁。『中右記』の引用はその頭注による。
（15）新編日本古典文学全集『栄花物語』2、小学館、一九九七年。一九八頁。
（16）『通俗日本史』第四巻、早稲田大学出版会、大正元年（一九一二）、所収。
（17）注11に同じ。迎講については、拙稿「二河白道」と韓国の巫俗儀礼」『明治大学人文科学研究所紀要』第三二冊。一九九二年参照。
（18）拙稿「和州円成寺の縁起類の調査と翻刻」『明治大学人文科学研究所紀要』四四、一九九七年。
（19）伊藤真徹「迎講の一考察」『仏教文学研究』四、法蔵館、一九六一年。
（20）注6の『述懐鈔』十二「大原西林院承圓僧正迎講事」、十三「願行上人迎講事」。
（21）拙稿「浄土教文化の日韓比較—『観無量寿経』の図像学的展開をたどる」、崔吉城・日向一雅編『神話・宗教・巫俗—日韓比較文化の試み』風響社、二〇〇〇年。

# Ⅳ 人と学問

# 一　阿部秋生

## はじめに

阿部秋生の源氏物語研究はほぼ昭和期の源氏物語研究史に重なり合う。その研究は作者と作品の歴史的社会的宗教的背景、文学史的背景を幅広くさぐりつつ、作者の創作意図や文学意識、作品の構造や主題を明らかにすることにまっすぐに向かっていた。後年は本文研究にも勢力をそそいだ。源氏物語の長い研究史を見わたしながら、源氏物語の研究は源氏物語に即した研究方法を編み出すしかないという立場を堅持したと見られる。昭和期は戦前においても研究方法は岡崎義恵の日本文芸学派や社会歴史主義派などの方法論争が続き、研究者は方法的自覚をせまられたと言われる。(注1)戦後においては方法論はさらに多様に新しい文学理論や哲学・心理学・歴史学・社会学の諸理論の導入による流行の盛衰が顕著であったが、阿部はそうした方法がそれなりの有効性をもつことは否定しないものの、むしろ限界を見越してはっきりと距離を置いていた。その研究は源氏物語の本質的問題を問い続ける骨太で重厚なスタイルで一貫していたといえよう。そのような阿部秋生の研究の軌跡を、以下具体的にたどってみたい。

## 一　戦前の研究

阿部（旧姓青柳）秋生は明治四十三年（一九一〇）十月秋田市に生まれた。大正初年父の任地である樺太に渡り、昭和五年（一九三〇）三月樺太庁大泊中学校を卒業、同年四月第一高等学校文科甲類入学、同八年三月卒業、四月東京帝国大学文学部国文学科入学、昭和十一年（一九三六）三月同上卒業、同年四月同大学院進学、翌年三月大学院を退学した。大学院に進んだ昭和十一年六月国民精神文化研究所編輯事務臨時嘱託となり、同十五年（一九四〇）四月同研究所助手になった。嘱託となった時から、同研究所の古事記や日本書紀、最澄の研究に携わったようである。(注2)「最澄の宗教」（『国民精神文化』昭和十五年十一月）は後の紫式部と源氏物語の仏教が天台系であることへの考察につらなるものであったと見られる。

ところで、この時期の文章で、今回はじめて読んだ「國文學研究態度論」（『國民精神文化』昭和十四年二月）は、阿部秋生の学問論として、また古典研究に取り組む態度や覚悟を述べた論として阿部の研究方法を宣言する重要な論文であろうと思う。「学術は日々の人間の生活の間から誕生したものだ」ということを繰り返し強調し、「学術的価値とは結局日々の生活に於ける価値に到達するための暫定的な或は媒介的な価値概念である」ことを忘れてはならないというのが、その学問観である。人文学の研究が空理空論に堕することへの警告を含意するものでもあろうと思う。その上で国文学研究はどうあるべきか、どのような研究態度を取るべきかを述べるが、結論的にいえば、研究においては対象に対して、「無私とか無我といふ境地」を自分自身に実現してみることだというところに落ち着くかと思われる。

これだけでは抽象的で分かりにくいと思うが、たとえば源氏物語について中世の研究家と宣長の方法の違いについて、前者は自分の方へ源氏物語を引き寄せた結果牽強付会に陥ったが、宣長は源氏物語に寄っていった。

「研究者自身が作品の中に割込んでみる以外に研究の方途は残つてゐない。」宣長の方法は正しいのだが、しかし、宣長は「自分の全体を源氏物語に近附けようとしてゐたらうか。最後まで握つて離さないでゐるものがありはしなかつたらうか」と、こう問うて、宣長の「もののあはれ」論や古道論における理念と宣長の現実との矛盾を指摘する。ここには阿部が宣長と格闘していた様子が彷彿とする。問題はどこにあったのか。阿部は「宣長にしても中世の研究家にしても、考へてみた事のないのは自分自身である。」「自分自身が何なのか、どうすればその自分がどうなるのか」、「それを検討してみる時、一つの理念を頭において、それに添ふ様に自分をかへてゆかうとする事が如何に徒労な努力に終り勝ちであり、効果のないものであるかに気がつくであらう」と言う。このような思弁を重ねて、「無私とか無我」という境地を自分自身に実現するというところに到るのであるが、その思弁の過程は常に根本問題を見据えて、そこに立ち返りつつ思弁するという構えが一貫している。

戦後、昭和二十一年三月の『國語と國文学』の特集「國文學の新方向」に寄せた、「自らを戒める言葉」には次のようにある。「国文学のあるべき姿を問題にするだけならば、そこに戦時型とか平時型とかいふ区別のあるべき道理はないし、従つて新事態を迎へたからといつても特に云ふべきことはないはずである。」「それにも関らず今改めてそれを問題にしてみなければならないといふのは、理論的にはあるべきはずのない事実が、現実には行はれてゐたといふことなのではなからうか。」このように問うて、戦時中における国学の問題を例として、研究者が「時流に便乗し、時の政策に阿諛追従してゐたのだとみられても止むを得ないほどに、問題の所在を晦ましてゐた感がないでもない」と回顧する。学問研究は「真実を明らかに自他共に納得しうる結論を得ようとする」ものだという研究の根本条件が疎かになったのではないかと述べる。根本に立ち返って始めようという立場が阿部秋生の変わらない姿勢であったと言ってよいように思う。

さてこの時期の注目すべき論文としては、戦後の成立論争を先取りすることになった論文、「源氏物語執筆の順序―若紫の巻前後の諸帖に就いて―」(『国語と国文学』昭和十四年八・九月)を発表している。これが阿部秋生の源氏物語研究の出発点であった。本論文は源氏物語が現行巻序どおりの執筆ではなく、若紫巻が最初に書かれ、続いて紅葉賀・花宴・葵・賢木・花散里・須磨巻という「若紫グループ」が書かれ、その後に帚木・空蟬・夕顔・末摘花巻という「帚木グループ」が執筆され、少女巻あたりまで行ったところで首巻の桐壺巻が書かれたと推定するものである。物語の内部徴証と整合性の観点からこうした執筆順序を推定したのである。研究史的には十年以上早く和辻哲郎「源氏物語について」(『思想』大正十一年十一月)が提起した帚木巻起筆説と共通する成立の問題を取り上げたのであるが、和辻説を受けた上での論ではなかったし、帚木巻後記説は和辻とは反対であった。

同様の成立の問題について、阿部秋生より半年ほど後に発表されたのが、玉上琢彌「源語成立攷―擱筆と下筆とについての一仮説―」(『国語国文』昭和十五年四月)である。この論文はさまざまな観点や論点が入り組んで整理しにくいが、源氏物語の書き出しについていうと、輝く日の宮巻が最初に書かれ、次に帚木三帖、その後若紫・末摘花巻という順序で書かれ、発表されたが、それは当初は長編として構想されたのではなく短編として発表された。それが長編に仕立て直される段階で、桐壺巻が書かれ、輝く日の宮巻が脱落するという、源氏物語の成立の激しいダイナミズムを想定した。

こうしてこの時期に成立の問題に脚光が当てられたが、これらが戦後の武田宗俊・風巻景次郎以下の大々的な成立・構想論争の下地になったのである。阿部秋生の論文はそうした研究史を準備するものであったが、しかし、阿部はその後の成立論争には関わろうとしなかった。とはいえ、それは後には源氏物語の三部構成説の主張の中で、第一部三十三帖の物語には、桐壺系列十六帖と帚木系列十七帖との二系列の錯綜対立の構造が存するとする構成説として組み直されていく。この「源氏物語執筆の順序」は結論的な執筆順序の当否はそれとして、源氏物語の複雑な内実を実証的に作品の内部から分析する方法を示して、その後の研究に大きな影響を及ぼした。

## 二 『源氏物語研究序説』

阿部秋生のその後の経歴にふれると、昭和十八年（一九四三）、第一高等学校教授、同二五年（一九五〇）、東京大学助教授、同三四年（一九五九）、同教授となるが、その年に『源氏物語研究序説』（東京大学出版会）を出版する。これが博士学位論文である。本書は「序論　源氏物語研究の方法」、「第一篇　源氏物語の環境」、「第二篇　明石の君の物語の構造」から成り、千頁を越える大著である。その構成、立論はまさしく博士論文の模範というべき重厚な著書である。

序論では近代国文学の方法から説き起こし、中世近世の研究を展望し、その上で文献学、唯物史観的歴史社会的研究、日本文芸学、民俗学などの研究方法について、それぞれの方法的特性と限界を評定し、みずからの研究方法については次のように述べた。

私は、文学研究は、作品や作家を離れてはならないと思ふ。文芸の文芸たる存在を、文芸以外のものから区別しようとすると、文芸学のいふやうな結論—たとへば様式になつてしまふことは一応わかる。しかし、さうした理論を先行させて源氏物語を裁断しようとは思はない。さういふ意味では、文学としては夾雑物をも含むことになるだらうが、具体的な歴史的条件の中に存在した作品・作家をそのまま問題にしようと思ふ。しかし、歴史的存在としての文学を問題にするとはいつても、作品や作家は歴史的社会的構造から全面的に規定されて動きのつかないものだとまでは考へない。かなり大幅に作家といふ個性の役割を考慮に入れなければならないと考へる。

私にしても、文学研究の一端を担当するつもりではあるが、ある作家や作品を「文学」としての角度からだけみてゐることは、その対象を不具化することになるのだらうと思ふ。大袈裟にいへば、人文科学の対象となるものは、いつでも全体として観察し、検討する以外にないものだと思つてゐる。（八〇頁。旧漢字は当用漢字に直した。以下同じ）

長文の引用になったが、これが阿部秋生の研究方法の要諦であると思う。作家と作品は不即不離の関係にあるものととらえ、作家は作家、作品は作品と切り離して扱うことはしないということ、作家も作品も歴史的存在として扱うこと、しかし、歴史的社会的な割り切り方はせず、作家の個性というものの役割を重視すること、「文学」という角度だけから作家・作品を見ることはしないということ、こういう方法論を述べた。一見常識的に見えるが、これは考え抜かれたと同時に、実際の研究作業の積み重ねの裏付けをもった、重い表明であったと思う。今日のテクスト論からいえば、古めかしいと批判されるであろうが、しかし、ここでいう「夾雑物」を排除しない文学研究の方法はテクスト論が行き詰まった今、立ち返って見るべき方法ではないであろうか。『源氏物語研究序説』はこういう方法、こういう態度でまとめられている。

本論の内容を若干紹介する。「第一篇　源氏物語の環境」は「作者の経歴」「作者の環境」「作者の思考」の三章から成る。作者研究に的を絞るかたちであるが、それぞれの項目は独立したテーマでありつつ、作者と源氏物語の「環境」の全体にわたる明晰な分析である。中でも、第二章「作者の環境」は三〇〇頁を越える分量で、「思想的環境」として「叡山の思考」「文章道的思考」を取り上げ、「社会的環境」として「受領・諸大夫の意識」「権門の配偶」以下、道綱の母、和泉式部、「藤原道長一門の家格」、「女房史の転換期」を論じる。

これらは当時衝撃をもって迎えられた研究であったが、「思想的環境」の最澄論には源氏物語の宗教的深みを照らす視点が示されていた。最澄の生涯をかけた問題は「現在の生における成道の事実を実現する方法」（一六七頁）の探求であり、そのために最澄は「生きてゐることの苦しみを身を以て体験しつつ、それを解決する方法を求めてゐた」（一七二頁）といい、そういう最澄の苦悩は、歌人や物語の作者たちと変わったところはなかったとする。仏教学の立場からはそういう理解でよいのかどうか詳らかにしないが、叡山の深い宗教的な思索と苦闘を文学の問題と本質的なところで関連づける論の立て方は、源氏物語の宗教性を理解する上で非常に大事な問題であると思うのである。同様に「文章道的思考」では儒教思想が貴族生活に流れ込み、作者の日常生活的環境にも深く浸透していたと考えなければならないとして、儒教思想の受容を建前的なものと見なして過小評価してはならないと論じ、またその思想が貴族文学の評価の基準の一翼を形成していたことにも注意を喚起する。これも肯綮にあたる論であろう。

「社会的環境」では受領・諸大夫の子女が権門の男性と結婚した場合の身分差の意識、召人の問題、道長一門の家格の皇族並家格への上昇とその他の貴族との格差の増大など、ここで分析された諸事実は源氏物語を、さらに平安文学作品を読み解いていく上で不可欠な事項として承認されている。特に召人の解明は画期的であった。

第三章「作者の思考」では、作者の強靭な思考力、人間の意識や生き方、女性の在り方を問題にする思考の方向、人間存在の不安定性への思索、作者の仏教思想が天台教学であったこと等について述べる。特に作者の仏教思想の問題は先の最澄論とも重なる。阿部秋生の源氏物語論には、その時代の叡山の思想と通底する問題が見据えられていることに注意を払う必要がある。

第二篇「明石の君の物語の構造」は、文字通り源氏物語における明石物語の全体像を分析し、その位置づけを論じたもので、その後の明石物語論の必読の基本文献となった論である。第一章「須磨・明石の源氏」では、光源氏の須磨下向の准拠を古注釈に拠りながら再検討し、住吉神の神意や宿世観念を物語の方法として位置づけ、貴種流離譚の話型を確認する。第二章「明石の君の周囲」では、特に明石入道の没落した名門貴族の血の疼きを論じたところが特筆すべき点であった。第三章「明石の君の結婚」では、明石の君の源氏との結婚をめぐって、彼女の「身の程」意識やこの結婚の孕む不安定さ、彼女の生き方を分析し、第四章「明石の御方」では、彼女が上京し、姫君を紫の上の養女にしながら、後に女御の実母であることに満足するまでの物語において、彼女の地位がどのようなものであったかを、「明石のおもと」「明石の御方」と呼ばれる、その呼称の問題として検討する。彼女は「上」と呼ばれることがなく、妻室として世間に向かって公然と称しうる地位にはなかったという。むろん女房や召人ではないが、「召人と妻との中間ぐらゐの地位、妻のやうな人」（八五一頁）とでもいうべき地位ではないかという。「明石の御方」という呼称はそういう曖昧な地位を指しており、そこに彼女の「身の程」の嘆きのつきない理由があったというのである。

明石の君は明石女御の実母であり、女御に皇子が生まれて皇子の祖母となるが、そういう地位を主張することが許されないという苦渋を社会的に負わされていたという点を明らかにしていく。明石の君の人生のきびしさが手に取るように分析される。

第五章「明石の君の物語の構造」では、須磨・明石の物語は貴種流離譚の話型に則り、また住吉神の霊験譚的性格を持ちながら、そういう枠組みの中で光源氏には菅原道真や周公旦などの准拠を重ね、明石入道にはその時代の没落貴族の執念を形象して、古風な物語を合理化し、写実化し、現実化した構造になっていると論じた。光源氏と明石の君の物語も美男美女の恋物語という古風な物語の型に従いながら、平安貴族社会の現実的な人物の意志や欲求に基づいた物語になっていると論じる。総じて言えば、この物語は「平安京の現実的なしかも豊かな色彩を帯びて動いてゐるものになるのであって、これは前代の物語には例を見なかつた、写実的な、又現実的な、しかも豊饒な色も香もある近代的な構造を有つ物語になつてゐるのである。」（九〇三頁）と評価した。

第六章「源氏物語の三部構成説」では、従来からの三部構成説の再検討をおこなう。そこで阿部は第一部三十三帖を桐壺系列と帚木系列に整然と分けたが、ここにははじめに紹介した「源氏物語執筆の順序」を根底に置きながらも、それを受けた戦後の武田宗俊の成立論が取り込まれていると見られる。その両系列について、桐壺系は予言を根幹とした光源氏の運命物語として長編構造を有し、帚木系はそれに肉付けするものとして、作者の時代の新しい型の物語であるという。その両系列が藤裏葉巻で統合されて第一部の結末がつけられているとして、第二部の物語、匂宮巻以下の第三部と合わせて、三部構成説を妥当とする。

第七章「明石の君の物語の結末」では第二部の始発の若菜上巻以降、作者に変化が起こっているとして、その変化は「もう一段掘り下げて人物を観察して、より現実に即した形で語ることを身につけるやうになったものらしい」(二〇一三頁)というように、作者の作家的成長を認め、それが明石の君の変貌にもかかわると論ずる。

以上が本書の概要である。第一篇「源氏物語の環境」で扱った諸問題が、第二篇の明石物語の構造分析にみごとに生かされ、明石物語が平安貴族の歴史状況と深く切り結ぶ様相を明らかにするとともに、この物語の主題と方法における独自の達成を論じて、余すところのない作品論になっていたと評することができる。

### 三 『光源氏論 発心と出家』——出家問題への関心

阿部秋生には最澄や比叡山の俊秀たちの成道をめぐる思想的格闘に寄せる強い関心があったようであり、その一端は先にも触れた。『光源氏論 発心と出家』(東京大学出版会、一九八九年)は、最澄や成道の問題に直接言及することはないが、源氏物語が仏教と深いところで交流する様相を発心と出家の問題をめぐって分析する論文集である。

第一章「光源氏の容姿」がやや異質であるが、第二章「光源氏の発心」以下、「光源氏の出家」、「六条院の述懐」、「紫の上の出家」、「今年をばかくて忍び過ぐしつれば」と、六章にわたって光源氏の出家・道心の問題を中心に論じる。各論文の初出は昭和二六年(一九五一)から昭和四七年(一九七二)という時期であるが、特にこの時期の学界の研究状況や関心が仏教に傾斜したというわけでもないので、これは阿部の個人的な関心の持ち方によっていたのであろう。

「光源氏の発心」は光源氏の心情を測定しながら、「発心」の時期を見定める。空蟬・夕顔との交渉を通じて、源氏は「無常と意識せずに無常を知る」といい、「この去りゆくもの、移りゆくものをとどめかねる「苦しさ」を知ったという（源氏の）実感の内容は、無常観と相通ずるものである」という。そういう光源氏は、「やがて無常を知り、仏法を志すこともありうるという素地ともいうべき感覚をもっていたということだけはいっておくことができるであろう」（七一頁）という。光源氏の人物像には若い時分から仏教を感受する形象がされていたということである。発心の時期は桐壺院崩後、藤壺出家直後であり、源氏二十四歳、そういう若い時分から源氏はいずれ出家しようと考えていたと捉える。これは源氏物語の宗教的心性を考えていくとき、大事な認定であろう。

第三章「光源氏の出家」は『国語と国文学』昭和二六年九月号に発表された論文であるが、本書のテーマや論点はこの論文に凝縮されている。光源氏は容姿をはじめすべての点で理想化されて語られ（第一章参照）、栄耀栄華をきわめたが、そういう光源氏が五十年の栄華のはてに、「宿世のほども、みづからの心のきはも、残りなく見はてて」「世のはかなく憂きこと」をいやというほど思い知ったと述懐する。

作者は光源氏の生涯に平安貴族社会とその文化の頂点を描き出したが、その頂点は一般貴族が夢想するような不安や不平のない極楽浄土ではなく、源氏にとってそれもまたはかなき憂き世であった。作者は何を見ていたのか。阿部は、「作者はそこに人間の当面する袋小路を見ていたのであろう」（一五一頁）と考える。

作者が考えている、あるいは無意識に感じているのは、人間が普通の意味で最も恵まれた条件にあり、普通の意味での欲望や理想を充足しえた時、多くの人はそこに満足を期待するのであるが、実は依然として問題がのこり、しかもその問題は行き詰まりに必ず直面するということであって、この問題に関しては階級や時代の差によって問題が変ることがないからである。どんな人でも、（略）いやでも味わねばならぬ人間の宿命的な袋小路のあることを言っているのである。その問題のあることに気づいた時、この作者はそれを眼前の貴族に託して、その人物を栄華の頂点に追い上げることによって問題にはっきりした形を与えたのであったといえるだろう。（一五一頁）

ここでいう「その問題は行き詰まりに必ず直面する」とか、「人間の宿命的な袋小路」とは、最澄の直面した問題につながるのである。「叡山を中心とした平安思想史を検討してみる必要が起こってくる」（同）というが、その検討が『源氏物語研究序説』の第一篇第二章の「叡山の思考」、同第三章の「作者の仏教思想の系統」になる。光源氏の、さらには源氏物語の出家の問題をその時代の叡山の思想史に連絡させることは先にも見たが、その連絡のさせかたは阿部秋生の独自な観点であると思う。その解釈の説得力は叡山の思想的格闘をみずから検証するところに生まれたのである。

第四章「六条院の述懐」は昭和四十一年、四十四年、四十七年と書き継がれた論文であるが、実は私が大学院に入学した昭和三十九年（一九六四）、阿部秋生は大学院人文科学研究科担当になっており、それから三年ほど続けてこのテーマで講義を受けたことを思い出す。話はなかなか前進しない印象であったし、その時はこの問題の重要さは理解できなかったが、今も忘れがたい講義であった。

この論文で扱う問題は、光源氏と藤壺と紫の上が晩年に自分の生涯を回顧したとき、三人がそろって同じように、この世は栄華を極めた人生であったが、それにもかかわらず憂愁の思いの絶えない生涯であったと述懐する記事の検討である。幻巻で光源氏は紫の上を亡くして翌年の春に、女房を相手に自分の生涯を回顧して、憂愁と悲哀にみちた生涯であったと述懐したが、同じ趣旨の述懐が、実はさかのぼって御法巻と、若菜下巻でも語られていた。さらに同様の述懐が臨終に当たっての藤壺にも見られ（薄雲巻）、紫の上にも見られる（若菜下巻）。物語の中でこの三人は最も華麗な生涯を送った人であったが、その三人がそろって晩年に同じような憂愁を口にした。そういう彼らが最後に求めたものは仏道であるが、なぜ作者はそのように語ったのかという問題である。それに対する特段の答えはないが、考えておくべきこととして、阿部秋生の示すところは、平安貴族社会の権門の貴公子たち、師輔の子高光や道長の子顕信など、将来の栄達を見捨てて突然出家した者たちへの注目である。彼らには、「権門の身として栄進を予約されていることに晏如としていられなかった」、「外貌からは見てとれない意識の底の憂愁」があって、そういう時代の空気が作者にも伝わってきたのではないかという（二二〇頁）。

第五章「紫の上の出家」では、第二部の物語における紫の上の心情や意識には仏教的思考が前提されているといい、紫の上がその生活体験を愛執の生活と認めたところには、「厖大な体系と実践的体験とを踏まえた」仏教的思考が意識されていることを考慮すべきであり、出家ということを「有閑人種の黴の生えたような遊びごとと考え」てはならないと、注意を喚起する。第六章では光源氏の出家には紫の上を亡くした「悔恨と哀慕の思い」が消えず、「乱れた心」のままの出家になったのであろうと推測する。

阿部秋生は一貫して源氏物語論の重要なテーマとして出家や仏道の問題に注目していたと言ってよい。それはまた源氏物語の精神的内面的、あるいは宗教的な深みを照らし出す視点でもあったことを押さえておきたい。

## 四　『源氏物語の物語論』『源氏物語の本文』ほか

『源氏物語の物語論―作り話と史実―』（岩波書店、一九八五年）は、蛍巻の光源氏が玉鬘を相手に話した物語論の意義や背景を総合的に検討した論である。「あとがき」に二十年ほど前の「蛍の巻の物語論」（『東京大学教養学部人文科学科紀要』昭和三六年三月）を調べ直したとあるが、ほとんど書き下ろしに近い後年の研究成果である。

本論は「蛍の巻の物語論」「「もののあはれ」の論」「物語論の背景」の三章から成る。阿部のもっぱらの関心は、なぜ作者は物語論を論じたのか、というところにある。阿部は次のように考える。当時物語は低級なものとしてしか認められていず、「物語の作者」であるということは世間から「薄笑い」をもって迎えられるような目で見られた。世間の物語への評価は所詮「架空の作り話」であり、事実無根の「そらごと」であり、それゆえ役に立たない低級なものということである。それに反発する作者は自分でも納得し、世間にも物語の価値を認めさせようと考えた。作者が物語論を書いた必然性をこのように推測した。

第一章では蛍巻の物語論は「論」と呼ばれてきたが、「論」とは何かの検討が興味深い。「論」は仏典や外典には多く見られるが、仮名書きの「論」は源氏物語の「論」以外にはほとんどなく、源氏物語に「論」と称される文章があることは驚くべきことだという。そうした検討の後に、物語論の注解に入り、物語本質論に相当する部分―「その人の上とてありのままに」以下「ことの心たがひてなむありける」まで―を次のように解釈する。

物語は、これらの虚構を加えられて、実話の本来的な形や色から離れて、「そらごと」といわれるものになる。こうして、物語的な手法が加えられることによって、史実としての面影、色・形は薄れて、物語としての相貌、形や色あいに変わるけれども、実話以来の「世にふる人のありさま」、人間とはこういうもので、こうして生きてゆくものだという人間の本来的な姿が一段と鮮明に語られる。だから、紫式部は、物語というものは、史実・実話と似ても似つかぬところまで姿を変えてしまうことはあるが、史実・実話の中の肝腎の語り伝えるべき部分、つまり「世にふる人のありさま」は、どのように虚構されても、物語の中に歴として残るもの、残すものと考えていた、つまり物語は、史実・実話に基づいて作られるものだとしているところがあったと思われる。その意味で、物語は、実話からどんなに離れていても、語り伝えようとしている中心的なものは、実話に由来するこの現実の世の人間の姿である。その意味において、根も葉もない「そらご

と」ではないのだと考えていたと思われる。（九七〜九八頁）

ところが、これは当時の一般の人々の物語観とは逆であったから、この理論を正当化するために法華経の方便説法の論理を利用したという。「仏のいとうるはしき心にて説きおきたまへる御法も、方便といふことありて」という展開がそれである。

第二章は本居宣長の「もののあはれ」論の検討である。宣長は蛍巻の物語論を敷衍して「もののあはれ」論を提示するに至るが、「もののあはれ」論が古文辞学派の影響を受けて成立する背景などを検討し、宣長の蛍巻の物語論の読み方には誤解があったと判定する。

第三章では、その時代の通念的な文学観であった政教主義的文芸観、文章道的文芸観の分厚い歴史を検討し、その延長線上に物語＝「そらごと」＝「低級」という物語観が流布しており、紫式部の物語論はそれに抵抗し、反論したものであったとして、その苦闘の様相を浮き彫りする。本書は全体として蛍巻の物語論が時代状況の中で屹立していたこと、それゆえに理解されにくい状況にあったことを浮かび上がらせる。

＊　＊　＊

阿部秋生は日本古典文学全集『源氏物語』（後に「完訳日本の古典」「新編日本古典文学全集」に引き継がれる）の本文校訂を行ったが、その過程で直面した本文の問題について検討考察した論文を集めたのが『源氏物語の本文』（岩波書店、一九八六年）である。掲載論文は昭和四七年から五九年に発表された。なお阿部の校訂本文は『完本源氏物語』（小学館、一九九二年）がある。

『源氏物語の本文』で取り上げられる源氏物語の本文の問題は多方面に及ぶ。重要な論点を紹介する。一章「昨今の源氏物語研究」では通行の活字本テキストを利用する場合、それぞれの校訂方針や校訂の精確度について研究者は慎重に判断するべきで、二三種のテキストを見比べる必要や、『源氏物語大成』校異篇を使う習慣をもつべきことを説き、二章「伝本状況について」では本文校訂は青表紙本と河内本を安易に校合してはならない—新しく混合本を発生させるだけだと誡め、三章「河内本発見の前後」では大正初期の河内本の発見による本文問題の解決への学界の期待や興奮にふれるなど、本文をめぐる研究状況について、幅広く話題とした。

四章「諸本分類の基準」では、池田亀鑑が青表紙本、河内本の分類を行ったとき、そういう名称や概念が先にあって、それに相当する伝本（本文）を求めるという分類手続きが取られたことについて、それは異例であり、まず本文の形状・性格の分類からはじめるべきであったと、疑問を呈する。五章「別本の本文」は「別本」という概念の不明確さを問題にするが、その上で青表紙本・河内本・別本の本文の性格について、『源氏物語大成』校異篇の桐壺・幻・夢浮橋巻の最初の一頁を対象にして、異文状況を調査し、青表紙本では書写する場合に、「書本を尊重し、書本のままに書写することが原則とされていた」（二四一頁）と判定し、河内本においても同様の原則があったが、別本は「書写者が本文の混成・校訂・改訂などの手を加えた」（二五七頁）と考えるべき様相を呈するという。つまり、別本においては、「異文一つ一つが錯雑し、散乱しているだけで、それらをいくつかの系統に分類しうる脈絡などの見当らない異文の混在していることが別本の特徴であるかに見える」（二二七頁）という。

本文研究は最終的には我々が読むべき最善の源氏物語のテキストを定めることであろう。それがいかにむずかしいか、どんな厄介な問題があるかを本書は教えてくれる。

*　　*　　*

国語国文学研究史大成『源氏物語』上下（三省堂、一九六〇年）は、「研究史通観」「翻刻研究文献」「翻刻研究文献解題」「研究書誌」から成る。平安末から昭和三十年代までの重要な研究資料を収載する。本書は使い勝手がよく私は今もよく利用するが、中でも「研究史通観」は行き届いた整理で便益をこうむっている。本書は阿部秋生・岡一男・山岸徳平の三名の編著であり、各項は三名の分担執筆とあり、「研究史通観」も三名がそれぞれに担当したとあるだけで、担当範囲は不明である。それゆえ阿部がどこを担当したかは正確にはわからないが、それはそれとして、こうした幅広い研究史の展望と資料の翻刻が阿部の源氏物語研究の基本にあった。

『「源氏物語」入門』（岩波書店、一九九二年）は初心者向けの源氏物語案内であるが、内容は今触れた「研究史通観」とも重なり、本文の問題に触れ、「雨夜の品定」における「論」の問題、宣長の「もののあはれ」論を取り上げるなど、平易簡潔に解説するが、阿部秋生の源氏研究を理解する上で有益である。

昭和四十年（一九六五）以降の経歴について簡単に触れる。昭和四十年東京大学評議員、四十一年東京大学教養学部長、国立国語研究所評議員、四十二年東京大学教養学部付属アメリカ研究資料センター長など、学内学外の要職を歴任し、昭和四十六年（一九七一）三月東京大学定年退職。同年四月実践女子大学教授、昭和六十一年（一九八六）三月実践女子大学定年退職、その間実践女子大学文学部長を六年間、文芸資料研究所長を七年間兼務した。昭和五十八年（一九八三）に勲二等瑞宝章を授与される。昭和六十三年（一九八八）日本学士院会員に選ばれる。平成十一年（一九九九）五月二十四日逝去。享年八十九歳であった。注2の「業績目録」によれば、最晩年まで旺盛な研究と執筆を続け、源氏物語と平安文学研究に偉大な足跡を記したことがよく分かるが、意外に宇治十帖関係の論文が少ない。今は入手しがたいが、紫之故郷舎刊『源氏物語とその人々』（井本農一編、昭和二十四年）に、阿部秋生は「薫」について書いている。薫の世界が身にしみるような文章である。

**【注】**

（1）「研究史通観　三昭和期」阿部秋生・岡一男・山岸徳平編著『源氏物語』下（国語国文学研究史大成）三省堂、一九六〇年。

(2) 経歴については、三角洋一・藤原克己編「阿部秋生博士略年譜・業績目録」(『国語と国文学』平成十一年十月)、阿部秋生先生を偲ぶ会編『阿部秋生先生の御業績』平成十二年六月に拠る。以下同じ。

## 二　深澤三千男

深澤三千男氏とじかに接する機会は年に数回、主に春秋の学会の時くらいのお付き合いである。その他では毎年夏にお盆の頃に京都で、山中裕氏が「御堂関白記を読む会」を主催されていて、数年前までは私も何回か出席したことがあったが、深澤氏はそれに毎年出席されていて、その折に雑談したり、一度は植物園を案内していただいたことがあったが、そういう淡泊なお付き合いに終始している。とはいえ、源氏物語研究の上では私は深澤氏から実に多くのことを学び、その研究を咀嚼するところから源氏研究を進めた者として、小文を寄稿させていただく。(注)（以下敬称略）

＊　　＊　　＊

源氏物語研究における深澤三千男の研究の最大の功績は、源氏物語論に王権論という領域を定位したことだろうと私は思っている。中世以来の源氏物語の享受と研究の長い歴史のなかで、源氏物語の表現、方法、構造、主題については、それぞれの時代の思想を反映しながら、多くの事実が明らかにされるとともに、さまざまな議論が積み重ねられてきた。

たとえば中世の注釈書である『河海抄』は、源氏物語について、「誠に君臣の交、仁義の道、好色の媒、菩提の縁にいたるまで、これをのせずといふことなし」といったが、今日風に言い換えれば、王権・政治の主題、愛の主題、宗教による救済の主題といってよいかと思う。そうした大きな主題の重層した作品として源氏物語を理解したのである。これに対して、近世の本居宣長はいわゆる「もののあはれ」論を展開して、「もののあはれ」は恋にきわまるといい、源氏物語は恋物語として、「恋のもののあはれの限りを、深くきはめつくして見せむため」のものであり、源氏と藤壺との恋のように不義密通という、「ことさらにわりなくあるまじき事の限りなる恋」を書くことで、「もののあはれの深かるべき限りを、とりあつめたるものぞかし」(『源氏物語玉の小櫛』)と喝破した。今日源氏物語を恋愛小説として現代と変わらない恋愛の種々相が描かれていると評価し、愛と苦悩の文学というふうに捉えるのは、宣長の説を踏襲するものといってよい。

宣長は源氏物語の世界を「もののあはれ」の深浅の層が階層化されている世界として一元論的に捉えたのだが、王権論は『河海抄』に見られるような政治の主題をも源氏物語の不可欠の領分として位置づけ、源氏物語を作品論としても、あるいはテクスト論としてもいくつもの主題の重層した構造体として捉えるべきことを示したのであった。むろん深澤以前にも、源氏物語の王権や政治の問題については言及されていたし、何より天皇を天皇たらしめる秘儀や制度の分析は歴史学、神話学、民俗学、文化人類学等々によって明らかにされてきたのだが、その成果を具体的に源氏物語の王権論として作品構造に位置づけ確認することがうまくできなかった。

物語論としては、たとえば三種の神器に緊縛される天皇の秘儀的な構造を桎梏として捉え、それから逸脱するところに天皇の人間的な造型があるとして評価したのである。桐壺帝についていえば、摂関期の天皇の神器に緊縛されたタブー性が確認され、桐壺帝がそのタブーと緊張的に関わっていくところに、桐壺帝の人間性とその時代の矛盾が論じられたのである。戦後の平安物語論における天皇の人間性の評価は、思想的には昭和天皇の「人間宣言」に見合うようなものであったといえよう。王権の問題は制度として見るとき、非人間的な抑圧機構であり、それゆえに物語がそうした制度に対立する人間の苦悩を形象したことは高く評価しなければならないが、しかし、そうした視点だけでは物語がなぜ光源氏の王権を造り上げていったのかは十分に説明できない。それは王権論を作品の読みに貫徹できなかったという点で挫折であった。深澤はそこを突破して見せてくれたのである。

深澤の主著は『源氏物語の形成』(桜楓社、一九七二年)と『源氏物語の深層世界』(おうふう、一九九七年)の二冊であると思うが、『源氏物語の形成』が切り開いた王権論の地平が源氏物語の作品論研究に果たした役割は画期的であったと私は評価している。氏の王権論はフレイザー『金枝篇』や山口昌男の論の応用に発したとされるが、深澤によってはじめて王権論は源氏物語の作品構造として確認され定位されたからである。

すこし具体的にいうと、次のようになろう。まず源氏物語論になぜ王権論が必要とされたのかということだが、いうまでもなく問題の根源は光源氏の「帝王の相」という予言にある。「帝王の相」を持つと予言されながら、臣下に下された源氏はいかにして臣下から「帝王」になるのかということであったが、それが父帝の妃藤壺との密通による不義の皇子の即位によって、臣下でありながら天皇の父となり、最後は天皇の父であることを根拠にして、準太上天皇になるというかたちで実現したのであった。こうした破天荒な物語がなぜ語られたのか、そのような構想の淵源はどこにあったのか、そのような物語をどのように理解するのか、そうした物語を源氏物語全体の中にどう位置づけるのかなどの問題が、源氏物語の内在的な問題として王権論を要請していたのである。

本居宣長は先にも見たように源氏と藤壺との不義密通という理不尽な恋においてこそ、「もののあはれ」の究極の深みを語りうるのだと論じたが、近世の儒者安藤為章や国学者萩原広道はこれは現実にあってはならないということを示すための諷諭であり、誡めであると論じた。だが、これらはいずれも光源氏の王権(深澤氏はより厳密に「潜在王権」という)の確立するプロセスを物語の内的な論理として説明するものではない。深澤はそこに文化人類学の王権の聖性、両義性、トリックスターの論を媒介することで、光源氏がそうした属性を体現していることを物語の表現と構造に即して分析し確認したのであった。臣下に下った光源氏が準太上天皇になるまでの波乱に満ちた物語が、光源氏の予言された「帝王の相」の実現を語る物語であり、王権の諸特性をみごとに体現する物語であることを論じ明かしたのであった。

光源氏の実現した六条院世界が現実の天皇以上に理想的な王権の理念を体現しているとする観点は、従来の論における源氏の中年の恋と風流の世界、あるいは栄華の物語というふうな六条院理解をはるかに超えたすぐれた把握であった。光源氏が王権の模擬行為と見なしうるさまざまな行為を繰り返すことも、王権論の観点から説明できるのであり、そうした物語の基本構造を解き明かす原理的な観点として王権論は有効な観点であったのである。王権論は光源氏の予言に始まり、準太上天皇になるまでの物語の基本構造を体系的に説明することを可能にしたのである。

もっとも玉鬘十帖の物語の光源氏をトリックスターとする論などは、文化人類学の王権論の杓子定規な当てはめの傾向が強く、私としては必ずしも賛成しかねるし、そうした強引さはいくつか目に付くが、それは瑕瑾といってよいのだろうと思う。源氏物語という複雑で重層的な構造の奥行きの深い物語が、王権論として説明できるような基本的で原理的な構造を有することをきちんと確認したことが大事なことであったと思う。

『源氏物語の形成』ではこの他に女三の宮や紫の上の物語を論じ、また宇治十帖論に及ぶが、なかで紫の上を「菩薩的理想像」と捉えた点など、私には興味深いが、一一の論文には今は触れる余裕がない。次著『源氏物語の深層世界』への展開にかかわるという点では、「源語と日本紀」が源氏物語の歴史を語る方法に踏み込む点で重要と思う。そこでは氏は『日本紀』や『懐風藻』の大津皇子の記事に触れながら、その記事の背後に隠された「皇室秘史」を紫式部が読みとったであろうと推測する。そうした紫式部の独特な歴史観が光源氏の造型に投影しているという。

『源氏物語の深層世界―王権の光と闇を見つめる眼―』は、そうした前著の到達点をさらに一歩深め、大胆に展開させたものである。本書は源氏物語の王権と歴史や伝承における王権とを重ね合わせながら、王権のおぞましい聖性に光を当てていく。第一編「紫式部の皇室秘史幻想への幻想」は「源語と日本紀」において示された紫式部における「皇室秘史」という歴史観を想定するところから、光源氏と藤壺との物語の発想源として、神功皇后、皇極女帝、光明皇后、孝謙女帝、二条后高子などの后妃の密通譚を執拗に追尋する。それは「幻想」というように、歴史の真実かどうかの問題ではなく、王権の光と闇、王権の秘儀的構造を確認する作業である。第二編「深層の源氏物語」は上にも触れたような、源氏物語の王権論的構造を作品論として提示するものであり、第一編と照応しつつ相補的な関係に立つ。第三編「歴史の深層との冥合」は院政期にかけての歴史が源氏物語の王権論的構造をなぞるような様相を見せる不思議を『今鏡』において見る。

王権論が国家や政治や権力の問題と不可分である以上、源氏物語論を越えていくことは当然のことかもしれないが、深澤の天皇制の歴史と文化の深層に向けて注ぐ論の射程は大きく深い。ここに前著と合わせて深澤の源氏物語王権論の全容が示されたといってよく、ここまで王権論を徹底した膂力には敬服するほかない。この他に「桐壺の巻ところどころ」などの、源氏物語の巻々について検討した「ところどころ」シリーズがあるが、それらは二著には収載されていない。願わくば一書にまとめてくだされぱと念じる。

深澤三千男の論文は何を言いたいのかというテーマやメッセージがはっきりしていて、私はいつも面白く拝見したが、人によっては癖が強いと思うかもしれない。それは文章についても同様で、独特の癖のある文体で実際読みにくいところがあるが、私としてはこういう一つのテーマに執して論理の赴くままに徹底して論じきった誠実さに敬意を表したいのである。また若い世代がこういう業績をきちんと読んでくれることを願うものである。

今後さらに深澤には源氏物語論にとどまらず、平安文学史また平安文化はむろんのこと、もっと広い射程でこれまでと同じような刺激的な論文を書いていただきたいものと私は思っている。

最後に箴言集と言ってよい『知恵の言葉—深澤三千男語録』（文芸社、二〇〇二年）があることを記しておく。現代社会に対する絶望や悲しみに発するような語録である。ユーモアや毒気もあるが、社会や人生について考えさせられる言葉である。

【注】

小文の初出は深澤三千男氏の神戸商科大学の定年退官記念に寄稿したものであるが、敬称を略すなど若干文体を改め最後の一文を加筆した。

# 初出一覧

## Ⅰ　漢籍・仏典の注釈世界から

第一章　光源氏の物語と『尚書』―注釈史における儒教的言説と物語の方法―

初出「源氏物語の歴史的文化論的研究―注釈史における儒教的言説と物語の方法―」『明治大学人文科学研究所紀要』第六十五冊、二〇〇九年三月。発表の時期が前後するが、本論文に基づいて、和漢比較文学会第二十七回大会（二〇〇八年九月二十七日、於東北大学）で講演し、後に『和漢比較文学』第四十二号（二〇〇九年二月）に「『源氏物語』と『尚書』」として掲載した。内容は重複する。

第二章　「帚木」巻の「諷諭」の物語から「蛍」巻の物語論へ―『白氏文集』諷諭詩を媒介として―

初出「「雨夜の品定」と諷諭の物語―『白氏文集』「新楽府」の受容と変奏」、日向一雅編『源氏物語と漢詩の世界』青簡舎、二〇〇九年二月。これに蛍巻の物語論を連結させる論を加筆した。

第三章　明石の君の物語と『鶯鶯伝』―「明石」巻の光源氏と明石の君との出会いと別れを中心に―

初出「明石の君の物語と『鶯鶯伝』」、仁平道明編『源氏物語と東アジア』新典社、二〇一〇年九月。

第四章　按察使大納言の遺言と明石入道の「夢」―明石一門の物語の始発と終結―

初出「按察使大納言の遺言―明石一門の物語の始発―」、仁平道明・日向一雅編『源氏物語の始発―桐壺巻論集』竹林舎、二〇〇六年十一月。加筆補訂した。

第五章　光源氏の出家と『過去現在因果経』
初出、同題。日向一雅編『源氏物語と仏教』青簡舎、二〇〇九年三月。

## Ⅱ　宮中行事の世界

第六章　源氏物語の年中行事―朝賀・男踏歌・追儺―

初出「源氏物語の年中行事―朝賀・男踏歌・騎馬打毬・追儺」『大学院研究科共同研究成果報告書』明治大学大学院、二〇〇八年三月。「騎馬打毬」を削除し、「朝賀」については加筆した。

第七章「蛍」巻の騎射と打毬
初出「源氏物語「蛍」巻の騎射と打毬」、日向一雅編『源氏物語　重層する歴史の諸相』竹林舎、二〇〇六年四月。

第八章　源氏物語の音楽―宮中と貴族の生活の中の音楽―

初出、同題。日向一雅編『源氏物語と音楽』青簡舎、二〇一一年二月。

第九章　源氏物語の政治と経済―桐壺帝・朱雀帝・冷泉帝の治世と光源氏の経済―

初出「政治と経済」、加納重文編『源氏物語とその時代』講座源氏物語研究第二巻、おうふう、二〇〇六年十二月。

第十章　平安文学作品に現れた宮内省の職と諸寮―大膳職・木工寮・大炊寮・主殿寮・典薬寮・掃部寮―

初出「平安文学作品に現れた宮内省の諸寮―大炊寮・主殿寮・典薬寮・掃部寮」、日向一雅編『王朝文学と官職・位階』竹林舎、二〇〇八年五月。「大膳職」「木工寮」を加筆した。

## Ⅲ　東アジア文化圏における文学の伝流

第十一章　平安文学における『本事詩』の受容について―徐徳言条・崔護条を例として―
初出「『本事詩』の注釈と平安鎌倉文学における『本事詩』受容の研究」『明治大学人文科学研究所紀要』第六十九冊、二〇一一年三月。

第十二章　仏教説話の日韓比較―道成寺・源信の母・役小角を中心に―
初出「心火・祈り・呪法のイメージ―古代説話の日韓比較」『國文學』第四十八巻一号、二〇〇三年一月号。「韋提希夫人―中将姫の祈り」を削り、「源信の母」を加筆した。

第十三章　中将姫説話と『観無量寿経』の韋提希夫人―『大唐西域記』『三国遺事』の説話と関わらせて―
初出「中将姫説話覚書」『明治大学人文科学研究所紀要』第三十九冊、一九九六年三月。

第十四章　「二河白道」の文化―『観無量寿経』に淵源する文学と仏教民俗―
初出①「「二河白道」と韓国巫俗儀礼―迎講・浄土庭園・謡曲「舟橋」を媒介として―」『明治大学人文科学研究所紀要』第三十二冊、一九九二年度。②「和州円成寺の縁起類の調査と翻刻」『明治大学人文科学研究所紀要』第四十一冊、一九九七年度。①②を合わせて加除統合した。

## Ⅳ　人と学問

一　阿部秋生
初出「阿部秋生　昭和の源氏物語研究史を作った十人」、紫式部顕彰会編『源氏物語と紫式部　研究の軌跡』研究史編、角川学芸出版、二〇〇八年七月。一部加除補訂した。

二　深澤三千男

初出「深澤先生の人と学問—源氏物語研究を介して—」、神戸商科大学『人文論集』第三十四巻第一・二号、一九九八年十二月。

# あとがき

本書は私にとって五冊目の源氏物語の研究書になる。一部重複するところもあるが、前著までの論との違いの一つは古注釈の漢籍・仏典の典拠・出典や、宮中行事や儀式書に依拠したところが大きい点である。源氏物語をその時代の知識や教養、制度や慣習の中において読み解くことを試みたと言ってもよい。そこには常にその時代の新しい東アジアの文化が多かれ少なかれ浸透しており、それを作者は相当自覚的に物語の創作に利用したのではなかろうかと思う。「東アジア」は現今の流行のように見えるが、その視点はやはり研究史にとっての必然的な課題になっているということだと思う。本書も自分なりに源氏物語における「東アジア」を考えようとしたものである。

ところで、ここまで源氏物語に関わってこられたのは秋山虔先生のもとでこの作品の読み方を学んだことが何よりの土台になっていたのだと、今にして思う。山梨大学を卒業して東京大学大学院に入学したものの、右も左も分からず、源氏物語はどう読んだらよいのか皆目見当が付かなかった。秋山先生の授業と論文を通してこの作品の読み方を少しずつ身につけたのだと思う。それが土台である。いつのころか先生は源氏物語における和歌の重要性を力説するようになったが、その時和歌は敬遠してしまい、結局和歌について書くことはなかった。これは反省している。

大学院ではまた阿部秋生先生の光源氏の出家の講義を聴いたが、そのころ先生の『源氏物語研究序説』をひと夏かけて読み終わった時の充足感は今もなつかしく思い出される。その第一編「源氏物語の環境」では「作者の経歴」「作者の思考」「作者の環境」という章立てで、源氏物語という作品の「環境」を縷々と論じ明かされたが、後になってみると、その時の読後感が形を変えて自分のテーマに繋がってきたように思う。本書は拙いが、二人の先生への報告である。心から御礼申し上げます。同時にこれまで研究を続けてこられたのは、多くの先輩友人のお蔭である。とりわけ同世代の物語研究会の友人の仕事が導きともなり刺激ともなったことは計り知れない。感謝申し上げる。

本書は十年近く前に橋本孝編集長から声を掛けていただいたのが切掛けである。原稿が遅々として整わない中、相川晋氏には校正段階での差し替えなど多大なご迷惑をおかけした。皆さんの励ましで何とか漕ぎ着けたというのが実感である。心から感謝申し上げる。また本書の索引は明治大学助教の高橋麻織さん、大学院の入江千晶さんのお陰である。お二人にも厚く感謝申し上げる。

最後に本書は科学研究費補助金基盤研究（C）、ならびに私立大学戦略的研究基盤形成支援事業（代表・吉村武彦）による研究の成果の一部であることを記して、関係各位への謝意としたい。

二〇一二年二月

日向一雅

**著者略歴**

日向一雅（ひなた　かずまさ）

1942年、山梨県生まれ。1972年、東京大学大学院人文科学研究科博士課程単位修得退学。博士（文学）。明治大学文学部教授。主要著書『源氏物語の主題』桜楓社、『源氏物語の王権と流離』新典社、『源氏物語の準拠と話型』至文堂（紫式部学術賞）、『源氏物語の世界』岩波新書、『源氏物語―その生活と文化』中央公論美術出版（連合駿台会学術賞）。他編著、論文多数。

源氏物語　東アジア文化の受容から創造へ

2012年3月20日　初版第1刷発行

著者　日向　一雅

装幀　笠間書院装幀室

発行者　池田　つや子

発行所　有限会社　**笠間書院**

〒101-0064　東京都千代田区猿楽町2-2-3

☎03-3295-1331㈹　FAX03-3294-0996

振替00110-1-56002

NDC分類：913.36

ISBN978-4-305-70587-7 

シナノ印刷

（本文用紙：中性紙使用）

# 索　引

＊源氏物語関連は、別項としてたてた。

## 人名・書名・事項

## 【か】

## 【さ】

## 【た】

## 【な】



## 【は】

## 【ま】

【や】



【ら】

# 源氏物語

【さ】



【た】



【な】



【は】

## 【ま】



## 【や】



## 【ら】



## 【わ】